HEYNE
BÜCHER

Das Buch

In ihrem neuen Roman erzählt Mary Stewart eine der weniger bekannten Geschichten des Sagenkreises um König Artus. Mit dem fesselnden Werk über den Prinzen Alexander und die Pilgerin Alice knüpft sie an ihre inzwischen weltberühmte Merlin-Trilogie an.

Auf das Drängen seiner Mutter hin bricht Prinz Alexander nach Camelot auf, um den Tod seines Vaters zu rächen. Unterwegs verschlägt es den jungen Ritter auf abenteuerliche Weise ins Reich der Fee Morgana. Dem Zauber der finsteren Schwester von König Artus verfallen, begibt er sich in ihrem Auftrag auf die Suche nach dem heiligen Gral.

Zur gleichen Zeit kehren Alice und ihr verwitweter Vater von ihrer alljährlichen Pilgerfahrt ins Heilige Land zurück. In Tours werden beide Zeugen eines Staatsstreiches unter den fränkischen Fürsten. Man vertraut ihnen den kleinen Theudowald an, den letzten Vertreter eines großen Geschlechtes. Es heißt, der Junge führe den Gral bei sich.

Im englischen Kloster St. Martin kreuzen sich die Wege des Prinzen und der Pilgerin, und beide finden, wonach sie eigentlich gesucht haben: ihren eigenen »Gral« . . .

In *Der Prinz und die Pilgerin* erzählt Mary Stewart souverän die Geschichte eines großen Abenteuers und einer großen Liebe. Ein bezaubernder Roman voller Leben, mit dem die Autorin das Britannien der sagenhaften Artus-Zeit wieder heraufbeschwört.

Die Autorin

Mary Stewart ist eine der populärsten Autorinnen der Gegenwart. In Sunderland, County Durham, geboren, lebt sie heute in Edinburgh und den West Highlands. Unter anderem sind ihr der Scottish Arts Council Award und der Preis des Internationalen PEN-Verbandes verliehen worden. Berühmt wurde sie vor allem durch ihre Merlin-Trilogie.

Im Wilhelm Heyne Verlag ist derzeit außerdem lieferbar: *Wie ein Vogel im Sturm* (01/9849).

MARY STEWART

DER PRINZ UND DIE PILGERIN

Roman

Aus dem Englischen
von Michaela Link

Deutsche Erstausgabe

WILHELM HEYNE VERLAG
MÜNCHEN

HEYNE ALLGEMEINE REIHE
Nr. 01/10276

Titel der Originalausgabe
THE PRINCE AND THE PILGRIM
erschienen 1995 by Hodder & Stoughton

Umwelthinweis:
Das Buch wurde auf
chlor- und säurefreiem Papier gedruckt.

Redaktion: Oliver Neumann,
Redaktionsbüro Dr. Andreas Gößling

Printed in Germany 1997
Umschlagillustration: Mark Harrison
Umschlaggestaltung: Atelier Ingrid Schütz, München,
unter Verwendung des Originalumschlages
von Hodder & Stoughton, London
Gesamtherstellung: Ebner Ulm

ISBN 3-453-12445-6

Im fünfzigsten Jahr unserer Ehe
widme ich dieses Buch meinem Mann Fred
mit all meiner Liebe.

Inhalt

Eins

Alexander, der Vaterlose

N
W
E
S
Caer Eidyn
Caer Mord
northumbria
Luguvallium
Burg Rose
Kloster St. Martin
Brocavum
rheged
Glannaventa
York
Segontium
northgalis
Dunkler Turm
Viroconium
Ost-Angeln
Craig Arian
dyfed
Glevum
Blestium
Wye
Severn
Ost-Sachsen
LONDON
Thames
Venta
Amesbury
Sommerland
Winchester
Sachsenküste
Camelot
Tintagel
dumnonia
cornwall
Tamarus
Enges Meer

1

Im sechsten Jahr der Herrschaft Arthurs, des Hohen Königs von ganz Britannien, stand ein junger Mann auf den Klippen Cornwalls und blickte hinaus aufs Meer. Es war Sommer, und auf den Felsen unter ihm wimmelte es von Seevögeln. Die Wellen der Flut, die fast ihren höchsten Stand erreicht hatte, spülten über den Kiesstrand und brachen sich mit einem milden Donnern am Fuß der Klippen. Jenseits der gischtbedeckten Untiefen verdunkelte sich das Meer zu tiefstem Indigoblau, hier und dort durchstochen von spitzen Felsen, die das Wasser in zornigem Weiß umtoste. Es fiel nicht schwer zu glauben – und natürlich glaubte der junge Mann es auch –, daß das alte Land Lyonesse dort unten im Wasser versunken lag, viele Faden tief, und daß die Bewohner dieses verlorenen Landes noch immer dort zwischen ihren Häusern umherliefen – oder eher umhertrieben, sie waren ja Geister –, wo jetzt die Fische schwammen und man in stillen Nächten noch immer das gedämpfte Läuten der ertrunkenen Kirchenglokken hören konnte.

Aber heute, da die Sonne hoch am Himmel stand und das Meer so ruhig war, wie es an diesem grausamen Küstenstreifen nur je werden konnte, dachte der Beobachter auf den Klippen keinen Augenblick lang an das alte, ertrunkene Königreich. Genausowenig war er sich der sommerlichen Schönheit rings um ihn herum bewußt. Mit schmalen Augen, die er mit der Hand gegen das grelle Licht abschirmte, versuchte er, etwas zu erkennen, das weit draußen im Südwesten am Horizont zu sehen war. Ein Segel.

Es war ein Segel von seltsamem Aussehen und gehörte keinem der Schiffe, die er kannte. Und es war auch keines der kunstlos getakelten Boote, wie die heimischen Fischer sie benutzten. Was er hier vor sich sah, war ein offensichtlich fremdländisches Rigg mit einem quadratischen, rotbraunen Segel. Als es schließlich deutlich zu erkennen war, tauchte hinter ihm ein weiteres auf. Und noch eins.

Und dann waren die Schiffe selbst zu sehen, wie sie lang und tief durchs Wasser glitten. Keine Zeichnung auf den Segeln; kein Banner am Mast; aber längs der Ruderbänke Reihen bemalter Kreise, die in den flakkernden Sonnenstrahlen funkelten: Schilde.

Unverkennbar selbst für ihn, der noch nie im Leben ein sächsisches Langschiff gesehen hatte. Und das hier an dieser Küste, an der kein sächsisches Langschiff etwas zu suchen hatte. Da plötzlich drehten die Schiffe vor seinen Augen – es waren fünf an der Zahl – wie auf Kommando bei, so wie eine Vogelschar auf ein ungehörtes und unsichtbares Signal hin umschwenkt; jetzt steuerten sie aufs Ufer zu, auf die enge, geschützte Bucht eine Meile weiter nördlich. Noch immer zögerte der Beobachter, sich abzuwenden, um die Neuigkeit weiterzugeben. Denkbar war immerhin, daß die kleine Flotte so weit westlich von der sächsischen Küste – jenem schmalen Streifen, der den Sachsen vor langer Zeit überlassen worden war und auf dem sich eine Föderation sächsischer Königreiche gebildet hatte – vom Kurs abgekommen war und hier Zuflucht suchte, um Reparaturen vorzunehmen und frisches Wasser an Bord zu holen. Aber in letzter Zeit hatte es keinen Sturm gegeben, und die Schiffe – jetzt, da sie näher kamen, konnte er auch Einzelheiten erkennen – zeigten keine Anzeichen irgendwelcher Schäden. Waren nicht auch die Schilde und das Dickicht von Speeren darüber beredtes

Zeugnis genug? Fünf sächsische Langschiffe voll bewaffneter Krieger.

Er drehte sich um und lief los.

Der junge Mann hieß Baudouin; sein Bruder war Marke, König von Cornwall. Der König hatte Cornwall vor ungefähr drei Wochen verlassen, um sich mit einem der kleinen Könige von Dyfed zu beraten, und sein Reich während seiner Abwesenheit der Fürsorge seines Bruders anvertraut. Obwohl der König natürlich mit geziemendem Geleit fortgezogen war, hatte er doch den Hauptteil seiner Kämpfer zurückgelassen, so daß Baudouin auf seinen fast täglichen Ausritten zur Kontrolle der Grenzen des Königreiches und der Wachtürme stets von einer bewaffneten Eskorte begleitet wurde.

Die Männer waren auch heute bei ihm. Sie rasteten jetzt hinter einem Felsvorsprung, wo der Seewind sie nicht erreichen konnte, gönnten den Pferden etwas Ruhe und teilten sich die Weizenkuchen und die schmale Ration Wein, die ihre Wegzehrung bildeten. Sie waren etwa fünfzehn Meilen von zu Hause entfernt.

Wenige Minuten, nachdem der junge Mann Alarm gegeben hatte, saßen die Soldaten im Sattel und ritten in scharfem Galopp auf die steile Senke zu, die in die geschützte, von den heimischen Fischern als Hafen benutzte Bucht hinunterführte.

»Wie viele?« rief der Offizier, der an Baudouins Seite ritt. Sein Name war Howel.

»Schwer zu sagen. Fünf Schiffe, aber ich weiß nicht, wie viele Männer auf einem Platz haben. Sagen wir, vierzig pro Schiff, fünfzig, vielleicht mehr.«

»Jedenfalls genug.« Howels Stimme klang grimmig. »Und wir sind nur fünfzig. Nun, zumindest sind wir ihnen gegenüber im Vorteil, denn sie müssen erst versuchen, an Land zu kommen. Was mögen sie vorhaben, so weit entfernt von ihren Grenzen? Einen schnellen Beutezug, und dann nichts wie weg? Das würde ihnen hier nicht viel einbringen. Da ist nur dieses Dorf, eine halbe Meile talaufwärts – arme Fischer, kaum einen Speer wert, sollte man meinen.«

»Wohl wahr«, entgegnete Baudouin, »aber bewaffnet, wie sie sind, bezweifle ich, daß sie uns wohlgesonnen sind. Ich glaube nicht, daß sie sich nur wegen der kärglichen Beute, die hier in den Dörfern entlang der Küste winkt, so weit von ihren heimatlichen Gestaden fortgewagt haben. Und es sind sicher auch keine Gesetzlosen, die sich an der Küste herumtreiben. Aber es gäbe noch andere Möglichkeiten. Ihr müßt doch auch die Gerüchte gehört haben?«

»Ach, diese Geschichten von landlosen Männern aus Germanien und dem hohen Norden, die an der sächsischen Küste keine freundliche Aufnahme finden, so daß ihnen nichts übrig bleibt, als sich andernorts umzusehen. Ihr haltet das also für wahr?«

»Gott weiß, aber es sieht so aus, als würden wir es bald herausfinden.«

»Nun, wie sollen wir sie aufhalten?«

»Mit Gottes Hilfe können wir es zumindest versuchen. Und seine Hilfe ist an diesen Küsten oft sehr wirksam.« Baudouin lachte kurz auf. »Sie haben vielleicht gehofft, mit der Flut an Land zu kommen, aber meiner Rechnung nach müßte gerade jetzt der Ebbstrom einsetzen, und ihr wißt ja, was das in der Totenbucht bedeutet.«

»Und ob, bei Gott!« Howel, der sein ganzes Leben an dieser Küste verbracht hatte, antwortete mit wilder Befriedigung. »Sie kennen die Strömung hier nicht. Nicht mal unsere Fischer versuchen, bei diesem Strom in die Bucht einzulaufen.«

»Genau darauf rechne ich«, sagte Baudouin zuversichtlich, aber bevor Howel ihn fragen konnte, was er damit meinte, hatten sie den Rand der Talsenke erreicht und brachten ihre Pferde zum Stillstand.

Die Bucht war klein, und ein schmaler Fluß, kaum mehr als ein Bach, strömte steil hinunter, dem Meer entgegen. Wo seine Mündung breiter wurde, rann sein Wasser seicht über kiesigen Sandgrund; bei Hochwasser allerdings war der Sand bedeckt, und die Wellen schlugen bis zur Grasnarbe herauf. Draußen in der Bucht ragten steile Felszähne auf, ein jeder umwirbelt von weißem Wasser.

»Ah.« Baudouin nickte zufrieden. Er beugte sich im Sattel vor, spähte hinunter auf die Mole aus zusammengeworfenen Steinen, die den Fischern als Landesteg diente. In ihrem Schutz lagen vier kleine Boote an Land. »Gut, gut. Es sind also alle sicher daheim.«

Er drehte sich um und erteilte ein paar schnelle Befehle. Drei der Soldaten wendeten ihre Pferde und galoppierten landeinwärts auf das Dorf zu, das ein wenig höher talaufwärts lag. Die übrigen trieben ihre Pferde auf das steile Ufer zu, das sie vorsichtig hinunterschlitterten, bis sie den schmalen Grasstreifen über der Flutmarke erreichten.

Die Tide schlug gerade um, und eine leichte, launische Brise wehte: die Kornen wußten, daß kein Segel genügen würde, um die Langschiffe an Land zu bringen. Aber mit Hilfe ihrer Ruder konnten sie es schaffen; es waren starke und gut bemannte Schiffe.

»Also, was machen wir?« fragte Howel.

Baudouin war bereits von seinem Pferd gesprungen. »Das sind unsere Gewässer. Laßt sie uns nutzen.« Und augenblicklich hatten die Soldaten unter seiner Führung die vier kleinen Boote vom sicheren Strand bis an die Flutkante hinuntergezogen. Kaum waren sie zu Wasser gelassen, da kamen auch schon die drei ins

Dorf gesandten Männer in gestrecktem Galopp die Talsenke heruntergejagt. Jeder Mann trug vor sich auf dem Sattel ein grob mit Sackleinen verschnürtes Bündel. Der Soldat, der an der Spitze ritt, hielt außerdem eine flammende Fackel in einer Hand.

Einer der Männer bei den Booten stieß einen Schrei aus und zeigte mit dem Finger aufs Meer. »Mylord! Da kommen sie!«

Die Langschiffe, die noch immer weit draußen und tief im Wasser lagen, stahlen sich um die Landspitze herum. Sie hatten die Segel eingeholt, und ihre Ruder blitzten im Sonnenlicht auf. Einer der Männer lachte kurz. »Harte Arbeit, das. Schätze, wenn sie an Land kommen, ist ihnen nicht mehr nach Kämpfen zumute.«

»Wenn sie an Land kommen, werden sie tot sein«, sagte Baudouin gelassen und erteilte weitere Befehle.

Und so kam es. Die Sachsen, die ihre Flotte wohlbewaffneter Schiffe in die scheinbar ruhige Bucht ruderten, wurden plötzlich von einer mächtigen Strömung erfaßt, die sie wieder hinaus auf See zu treiben drohte. Die Gewalt dieser Strömung überraschte sie völlig, brachte ihre Schiffe vom Kurs ab und drehte sie quer zur Küste. Während die Ruderer sich noch schwerer in die Riemen legten, um sie wieder unter Kontrolle zu bekommen und weiter auf die Küste zuzuzwingen, ertönte vom sächsischen Ausguck ein alarmierender Schrei.

Vom Südende der Bucht her, dem Blick der Sachsen durch die primitive Mole bisher verborgen, erschien wie aus dem Nichts eine kleine Flottille von offensichtlich unbemannten Booten. Sie schaukelten mit den Wellen auf und ab, drehten sich ein paar Augenblicke lang ziellos in der Dünung, nahmen dann, als die Strömung sie erfaßte, Fahrt auf und hielten direkt auf die sächsischen Langschiffe zu, als würden sie genau dorthin gesteuert.

Während sie sich den immer noch hilflos in den Fluten treibenden Schiffen näherten, sah man Rauch aus ihnen aufsteigen, Rauch, aus dem plötzlich lodernde Flammen ausbrachen. Augenblicke später erreichten die nun voll entflammten kornischen Boote die Langschiffe und wurden von der Strömung längsseits gegen diese gedrückt. Die Sachsen gaben das Rudern auf und versuchten, die Brandboote mit den Riemen von ihren Schiffen wegzudrücken – mit dem Erfolg, daß die versengten und angekohlten Riemen das Feuer auf ihre eigenen Schiffe trugen. Drei der jetzt mit den Brandbooten zu einem einzigen Flammenmeer verschmolzenen Sachsenschiffe fingen Feuer und brannten licherloh. Einigen der Männer aus den brennenden Schiffen gelang es, an Bord der anderen beiden Langboote zu klettern, von denen eines kenterte. Nur ein einziges sächsisches Schiff entkam dem Inferno. Die Männer an Bord versuchten tapfer, das Schiff von den brennenden Wrackteilen freizuhalten und die verzweifelten Schwimmer aufzunehmen, bis die schwere Fracht und die heftige Strömung sich als übermächtig erwiesen und dem überladenen Schiff nichts anderes übrig blieb, als sich mit dem Strom wieder auf See hinaustreiben zu lassen. Die qualmenden Trümmer und die verzweifelten Hilfeschreie zurücklassend, verschwand es wieder hinter der Landspitze.

Die Kornen, die hüfttief im Wasser standen, warteten auf die schiffbrüchigen Sachsen. Knapp dreißig von ihnen erreichten mit Mühe das Ufer, nur um sich dort den Schwertern der Soldaten gegenüberzufinden. Die ersten drei ließ man auf Baudouins Anweisung hin am Leben; sie wurden aus dem Wasser gezogen und gefesselt, um sie zu späterer Befragung mitzunehmen. Die übrigen wurden getötet, sobald sie flaches Wasser erreichten, und ihre Leichen wieder ins Meer zurückgeworfen, so daß die Strömung sie fortspülen konnte. Aber zuerst beraubte man sie aller Wertgegenstände, die sie bei sich trugen; auch dies geschah auf Baudouins Anweisung hin.

»Denn«, meinte er, »unser eigentlicher Kampf steht uns noch bevor – mit den Fischern, deren Boote ich gerade zerstört habe. Also nehmt für euch, was ihr an Waffen finden könnt, aber legt den Rest der Beute beiseite – ja, hier direkt neben mich. Ich werde dafür sorgen, daß keiner von euch heute mit leeren Händen nach Hause zurückkehrt, aber die Leute im Dorf müssen ihren Anteil bekommen. Glaubt mir: Daß sie nichts fangen können, bis sie sich neue Boote gebaut haben – das wird ihnen schon bald weit furchtbarer erscheinen als die Möglichkeit eines sächsischen Überfalls!«

»Die Möglichkeit! Das war mehr als nur bloße Möglichkeit, das war blutige Wirklichkeit!« rief einer der Männer und zog ein Breitschwert aus seiner Scheide. »Seht euch das an! Diese Kerben! Jede für einen Toten, daran besteht kein Zweifel!« Er strich liebevoll über das sächsische Schwert, warf es dann jedoch mitsamt seinem Gürtel und seiner vergoldeten Schnalle zu den anderen Dingen auf den Haufen.

»Eine Sache ist erst dann wirklich, wenn sie geschehen ist«, bemerkte Baudouin. Er sah die Soldaten an, die seinem Befehl alle – einige allerdings mit ausgesprochenem Bedauern – Folge leisteten. »Und dank eurer Schnelligkeit und Einsatzbereitschaft ist es hier nicht dazu gekommen.« Er lachte. »Aber laßt uns hoffen, daß die Leute im Dorf die Gefahr erkannt haben und es uns nicht verübeln, daß wir ihre Boote verbrannt haben! Seht mal. Da kommen sie schon.«

Eine kleine Schar Dorfbewohner kam die Talmulde

herunter. Einige trugen hastig ergriffene Waffen bei sich. Sie wußten wohl schon, daß der Kampf beendet war, denn es waren auch Frauen bei ihnen und sogar ein paar Kinder, die unter schrillem Geschrei um sie herumtobten.

Sie machten ein paar Meter vor den Soldaten halt, drängten schließlich nach einigem Gemurmel und Füßegescharr einen aus ihrer Mitte, wahrscheinlich den Dorfältesten, vorwärts, bis er vor dem Prinzen stand.

Der Mann räusperte sich, aber bevor er das Wort ergreifen konnte, sagte Baudouin schnell: »Dein Name ist Rhu, nicht wahr? Nun, Rhu, die Gefahr ist vorüber, und ich – der König und ich, wir müssen dir dafür danken, daß du uns das Feuer und den Zunder überlassen hast.« Ein kurzes, zufriedenes Grinsen huschte über seine Züge, und seine weißen Zähne blitzten auf. »Wie du siehst, hat es genügt. Es waren fünf sächsische Langschiffe, alle voll bewaffnet, und Gott weiß, was sie hier vorhatten, wären sie erst an Land gekommen. Ihr könnt sicher sein, daß in diesem Falle jetzt nicht einmal mehr eure Kinder leben würden.«

Daraufhin erhob sich ein gedämpftes Murmeln, und einige der Frauen zogen ihre Kinder enger an sich, während aller Augen zum Meer hinüberwanderten, wo im flachen Wasser immer noch ein paar Leichen trieben. Eine Frau schrie plötzlich auf, und ihre Stimme klang schrill vor Zorn. Zwei kleine Jungen, die darauf brannten, die Leichen näher in Augenschein zu nehmen, hatten sich von den anderen weggestohlen und rannten nun über den Kiesstrand. Eingefangen und zurückgezerrt, ernteten sie Schelte und Maulschellen von ihren Müttern und belustigte, nachsichtige Blicke von den Männern. In dem kurzen Durcheinander ließ die Spannung ein wenig nach, und Baudouin ergriff die Gelegenheit beim Schopf. Er lachte und bemerkte leichthin:

»Es tut mir leid um eure Boote, aber das hier sollte euch helfen, euch und eure Familien solange über Wasser zu halten, bis ihr euch neue und bessere gebaut habt.«

Daraufhin erhob sich ein zustimmendes Gemurmel bei den Dorfbewohnern, und auf ein Wort von Rhu machten sich zwei Männer daran, die Beute zusammenzuraffen. »Später wird gerecht geteilt, und jeder bekommt seinen Anteil«, sagte Rhu schroff, und Baudouin nickte.

»Und zweifellos wird das Meer euch noch mehr bringen. Schon jetzt treiben die ersten Wrackteile ans Ufer. Der König erhebt keinen Anspruch darauf. Sie gehören euch.«

Auch das löste Zustimmung aus, sogar einige rauhe Worte der Dankbarkeit. Holz war rar in diesem felsigen, windgepeitschten Land, und die Sachsenschiffe versprachen Strandgut von guter Qualität. In der nächsten Zeit würde die Flut diesem Küstenstreifen reiche Ernte bringen.

Ein Soldat führte Baudouins Pferd heran, und mit dem Zügel in der Hand verharrte der Prinz noch kurz, um ein letztes Wort mit dem Ältesten zu sprechen. Aber einige der Dorfbewohner drängten sich noch immer dicht an sie heran, und weder die häßlichen Blicke, die sie auf die Gefangenen richteten, noch ihr böses Getuschel entgingen dem Prinzen.

»Was ist mit denen da? Sollen die am Leben bleiben? Wo sie uns alle ermordet und unsere Häuser niedergebrannt und unsere Frauen genommen hätten? Wo sie unsere Kleinen getötet und gegessen hätten? Jeder weiß, wie diese sächsischen Wölfe sind! Gebt sie uns, Prinz!« Und ein paar Frauen, die augenscheinlich mit Messern bewaffnet waren, fielen mit schrillen Schreien ein. »Gebt sie uns! Gebt sie uns!«

»Zurück!« rief Baudouin scharf, und die Soldaten stellten sich vor die Gefangenen. »Wenn ihr wißt, was euch hätte widerfahren können, dann will ich jetzt nichts mehr von euch hören! Für euch ist die Geschichte jetzt zu Ende! Den Rest überlaßt dem König. Was diese drei Männer betrifft – nach allem, was wir wissen, könnten unserem Land noch weitere Gefahren bevorstehen, und König Marke muß näheres darüber in Erfahrung bringen. Also lassen wir diese Männer am Leben, damit sie ihm sagen können, was er wissen muß. Sie gehören nicht euch, meine Freunde; sie gehören dem König!«

»Dann möge der Herr ihnen beistehen«, sagte irgend jemand fast unhörbar, bevor er lauter hinzufügte: »Euer Bruder, der König, sollte Euch nobel belohnen für das, was Ihr heute vollbracht habt, Prinz!«

Auf dem Heimritt dachte Baudouin voller böser Ahnungen darüber nach, wie sein Bruder die Neuigkeiten tatsächlich aufnehmen würde. Eine noble Belohnung würde es gewiß nicht geben.

Marke war kein schlechter Herrscher für dieses wilde und entlegene Königreich; er war hart, genau wie seine Untertanen und deren Sitten, aber auch gerissen, ein Freund von List und Verschwörung. Nichts liebte er mehr, als andere Männer durch seine Schliche zu übervorteilen. Er war nicht umsonst in der Runde der Herrscher als »König Fuchs« bekannt. Aber Grausamkeit und Schläue sind keine Züge, die einen Mann bei seinem Volk beliebt machen, und so liebte das kornische Volk seinen König nicht. Ihre Liebe gehörte Baudouin, dem Jüngeren, Tatkräftigeren, der ihre Sitten verstand und mit großen und kleinen Leuten gleichermaßen zu reden wußte.

Das wußte König Marke; es brannte in ihm, doch er sagte nichts.

2

Der König kam drei Tage später nach Hause, und noch bevor er so recht auf dem Hof seiner Festung angelangt war, hörte er von dem Versuch der Sachsen, an seiner Küste zu landen, und der erfolgreichen Abwehr dieses Vorhabens durch seinen Bruder. Alle, angefangen vom Hauptmann der Truppe, die Baudouin angeführt hatte, bis hin zu dem Stallburschen, der Marke den Zügel abnahm, und dem Diener, der ihm die Stiefel auszog, brannten darauf, dem König von dem Vorfall zu berichten und den Ideenreichtum des Prinzen zu rühmen.

»Und wo steckt mein Bruder jetzt?« erkundigte sich Marke.

»Ich habe ihn kaum eine Stunde vor Euch kommen sehen, Herr«, sagte der Diener. »Er ist in seine Gemächer gegangen. Sein kleiner Sohn war Anfang der Woche ein wenig krank, und die Gemahlin Eures Bruders machte sich Sorgen.«

»Hm.« Der König ließ kein Zeichen von Besorgnis bezüglich seines Neffen erkennen. Der Junge war gut zwei Jahre alt und bisher das einzige Kind, das Baudouin und seine junge Frau Anna bekommen hatten. Ein lebhafter und normalerweise kräftiger Junge, der die Eifersucht des älteren Bruders noch weiter anheizte: Marke selbst hatte keinen Sohn, und obwohl er seiner irischen Königin gegenüber sehr aufmerksam war – manch einer fand ihn gar zu aufmerksam –, hatte sie ihm bisher keine Kinder geboren. Er war zu sehr auf ihre Jugend und Schönheit versessen, um sich von ihr zu trennen. Der Gedanke, daß Alexander, der Sohn seines Bruders, wahrscheinlich der einzige Erbe des Königreiches war, verstärkte die Bitternis, die sein Blut dünner werden ließ und ihm seine Tage vergällte.

Wie es nach der Rückkehr des Königs nach längerer Abwesenheit vom Hof Sitte war, berief Marke an diesem Abend den Rat ein. Es war eine zwanglose Angelegenheit, nicht mehr als ein Treffen der kornischen Edelmänner und Offiziere, das vor dem Abendessen in der großen Halle stattfand. Die Königin war nicht anwesend. Baudouin saß wie gewöhnlich zur Rechten des Königs, Drustan, sein und des Königs Neffe, zu Markes Linker. Während die Männer noch darauf warteten, daß der König die Halle betrat und den Rat eröffnete, lehnte Drustan sich über den leeren Stuhl, um mit Baudouin zu reden.

»Auf ein Wort, Vetter.« Die beiden Männer waren fast gleichaltrig, so daß die Anrede »Onkel« zwischen ihnen absurd gewesen wäre. Drustan war ein großgewachsener Mann mit braunem Haar, gesunder Gesichtsfarbe und dem Aussehen eines Kämpfers. Der war er auch, als Sohn Lord Benoics und der Schwester von König Marke und Boudouin. Er hatte sich das freimütige Wesen und das galante Gehabe zu eigen gemacht, das man am Hof des prächtigen Herrschers, der sein Vater war, erlernte. Auf ihn war Marke ebenfalls eifersüchtig, und in der Tat hatte er guten Grund dazu; aber ein Verdacht war noch kein Beweis, und einen Beweis gab es nicht. So wurde Drustan wohl oder übel immer noch am kornischen Hof willkommen geheißen.

Er war mit König Marke auf seiner Reise durch Wales gewesen und brannte nun darauf, Baudouins Bericht über das Abenteuer mit den Sachsenschiffen aus erster Hand zu hören. Ihm waren Gerüchte zu Ohren gekommen, daß die Sachsen versuchten, in den entlegeneren, westlichen Landen Fuß zu fassen. Er rühmte Baudouin für dessen Tat. »Da Ihr ja«, fügte er mit einem Grinsen hinzu, »von unserem huldvollen Herrn und König selbst kein Lob zu erwarten habt ... Aber laßt euch davon nicht traurig stimmen. Je weniger darüber geredet wird, um so besser, bis wir sehen, woher der Wind weht. Also – ich höre, der junge Alexander sei während unserer Abwesenheit krank gewesen? Ich hoffe, es geht ihm jetzt besser?«

Baudouin dankte ihm für die Teilnahme und versicherte, im Kinderzimmer stehe alles zum Besten, als der König in die Halle kam und seinen Platz einnahm.

»Ha, Bruder.« Es war ihr erstes Zusammentreffen nach seiner Rückkehr. Die Begrüßung fiel laut aus, so daß alle sie hören konnten, und bei aller Knappheit doch herzlich. »Man erzählt mir, du habest alle Hände voll zu tun gehabt, unsere Küsten zu verteidigen. Du hast deine Sache gut gemacht, und wir danken dir. Später, wenn wir die Gefangenen befragt und vielleicht ein wenig mehr über das Ziel dieses Überfalls wissen, werden wir noch einmal darüber sprechen. Aber zunächst einmal müssen wir uns mit den Vereinbarungen befassen, die wir mit dem walisischen König getroffen haben – und dann wollen wir uns dem Abendessen zuwenden, bei Gott! Unsere Unterkunft in Dyfed war nicht schlecht, aber auf dem Heimweg war die Kost doch etwas kärglich!« Er lachte sein gewaltiges Lachen und schlug Baudouin auf die Schulter, blickte aber in die andere Richtung, zu Drustan hinüber, und in den bleichen Augen lag keine Spur von Heiterkeit. »Und das ist ja noch nicht alles, wonach ein Mann hungert nach so vielen Tagen und Nächten fern von daheim!«

Während dieser Ratsversammlung richtete der König das Wort nicht mehr an Baudouin, und nach der Abendmahlzeit blieb er nicht in der Halle, um noch mit dem einen oder anderen zu sprechen, sondern suchte sogleich das Quartier der Königin auf. Aber am nächsten Nachmittag fand sich ein Diener bei Baudouin ein, der ihm ausrichtete, daß sein Bruder ihn an diesem Abend zum Essen erwarte – allein.

Als er seiner Frau Anna davon erzählte, schwieg diese und beobachtete ihn mit betonter Gelassenheit, während ihre Dienerinnen ihm frische Kleider aus den Zederntruhen holten und auf dem Bett für ihn bereitlegten. Nachdem die Mädchen fort und ihre leisen Schritte in dem steinernen Treppenhaus des Turms, in dem Baudouins Familie untergebracht war, verklungen waren, drehte sie sich hastig und mit ängstlichem Blick zu ihm um.

»Sei vorsichtig. Versprichst du mir das?«

Er brauchte sie nicht zu fragen, was sie meinte. »Natürlich bin ich vorsichtig. Fürchte nicht für mich. Nach allen Berichten sind seine Beratungen günstig verlaufen, und er war gestern abend beim Essen recht guter Dinge. Ja wirklich, er hat sogar Worte des Lobs für meinen Kampf unten in der Bucht gefunden.«

»Was hätte er denn anderes tun können?« Die Angst in ihrer Stimme nahm ihr die Schärfe. »Wer wüßte besser als er, was die Leute von dir denken? Aber du und ich, wir wissen . . .«

»Anna!« Seine Stimme klang warnend, obwohl sie allein in dem Turmzimmer waren, das dicke Wände besaß; die meisten Leute am Hof Markes waren vorsichtiges Benehmen gewöhnt, und wer hätte größeren Grund zur Vorsicht als die Erben des Königs?

»Es tut mir leid, mein Geliebter. Wir wollen kein Wort mehr darüber verlieren. Aber sei vorsichtig.« Diesmal sprach sie ganz leise und hob dann die Hand, um lächelnd seine Wange zu streicheln. »Denk an den Barbier, mein Lieber, bevor du zu diesem königlichen Abendmahl gehst. Sieh, ich habe dein Hemd fertig genäht, während du deine Abenteuer bestanden hast. Gefällt es dir?«

Er betastete die feine Stickerei, die sie in der Hand hielt, zog sie dann an sich und küßte sie. »Es ist wunderschön. Wie du, meine Geliebte. Habe ich die Erlaubnis, es zu tragen, oder soll es mit Kräutern und Zedernholz weggelegt werden, damit Alexander es erben kann?«

Sie schmiegte sich enger an ihn, und ihre Lippen suchten die sanfte Vertiefung an seiner Kehle. »Es ist für dich, jeder einzelne Stich ist für dich, wie du sehr wohl weißt. Aber heute abend? Würdest du es heute abend tragen wollen? Warum willst du dir solche Mühe machen nur für – ich meine, nur für ein ganz gewöhnliches Gespräch und eine Abendmahlzeit?« Dann fügte sie mit plötzlicher Wildheit, als könne sie nicht länger an sich halten, hinzu: »Haßt er dich nicht schon genug, wo jeder hier ihm die Ohren vollplärrt, was für ein großer Kämpfer du bist und wie die Männer dich lieben und dir folgen, und jetzt willst du bei einem Besuch bei ihm aussehen wie ein Prinz des Hohen Königreiches – so prächtig und so schön wie König Arthur selbst?«

Baudouin legte ihr sanft eine Hand an die Lippen. »Still jetzt, laß es genug sein. Diese Dinge bedürfen keiner Worte. Und wir sollten uns besser beeilen. Also, meine Liebe, hilf mir, meine besten Gewänder für meinen Bruder, den König, anzulegen. Ja, dieses schöne Hemd soll es sein; warum nicht? Meinen Dank. Und dazu den Kragen von Zitronengelb. Und nun den Dolch für das Fleisch . . . Nein, sonst nichts. Soll ich bewaffnet gehen, wenn ich mit meinem Bruder essen will?« Er küßte sie noch einmal. »So, nun ist es aber genug der Sorge, Anna. Bring den Jungen zu Bett. Du wirst sehen, es dauert nicht lange, und ich bin wieder bei dir. Ich glaube nicht, daß es spät wird – du kannst sicher sein, ich bleibe nicht länger als unbedingt nötig!«

»Hauptsache, du bleibst nüchtern«, sagte sie, und sie nahmen lachend Abschied.

Es war spät. Das Gemach, in dem Anna und Baudouin schliefen, lag auf der Westseite der Burg, im Eckturm. Obwohl das Meer etwa eine halbe Meile weit entfernt war, konnte man die Wellen die ganze Nacht hindurch hören, wie sie durch die Höhlen der felsigen Küste rauschten und gurgelten. Durch die schmalen, unverglasten Fenster wirbelte der Nachtwind ins Zimmer, der zu dieser Zeit des Jahres lind war und voll von den Düften der Weiden auf den Klippen und dem Salz des Meeres.

In einer Ecke des Raumes, dort, wo die Zugluft von den Fenstern ihm nichts anhaben konnte, lag der kleine Alexander in tiefem Schlaf unter weichen Decken, die die Frauen der Prinzessin aus der Wolle der heimischen Schafe gewoben hatten. Seine Mutter, die schlaflos in dem großen Bett auf der anderen Seite des Zimmers ruhte, warf den Kopf auf dem Kissen hin und her und hob schließlich eine Hand, um sich das lange Haar aus dem Gesicht zu streichen. Wenn sie doch nur schlafen könnte! Wenn Baudouin doch nur endlich zu Bett käme, dann würden sie gemeinsam über ihre Ängste lachen, würden sich vielleicht lieben und Ruhe finden. Aber hier zu liegen und sich zu fragen, was dieser Fuchs von einem Bruder in diesem Augenblick wohl sagen mochte, was er plante, was er tat ... Gegen ihren Willen kehrten ihre Gedanken in die Vergangenheit zurück, zu den Gelegenheiten, bei denen Markes Eifersucht und tiefer Abscheu gegen seinen jüngeren Bruder sich in unbedeutenden und manchmal auch nicht so unbedeutenden Taten gezeigt hatte. In letzter Zeit war ihr aufgefallen, daß dieselbe Bitterkeit sich nun auch gegen das Kind richtete. Gegen den kleinen Alexander, der trotz all seiner Kühnheit und seines frohen Mutes immer noch kaum mehr war als ein Baby und hilflos gegen eine Macht, wie Marke sie in Händen hielt. Eine Macht, die er in einem seiner plötzlichen Wutausbrüche sehr wohl gegen sie wenden konnte.

Endlich! Jemand kam hastig die gewundene Treppe des Turms herauf. Doch ihr langer Seufzer der Erleichterung blieb ihr im Halse stecken. Sie fuhr auf, saß kerzengerade im Bett. Das waren nicht Baudouins Schritte . . . Wer immer da kam, näherte sich unbeholfen mit schwerem Tritt und lautstark, ohne auf die Schlafenden Rücksicht zu nehmen. Und er war bewaffnet. Sie konnte hören, wie ein in der Scheide steckendes Schwert gegen die gewölbten Mauern der Turmtreppe klirrte.

Der Unbekannte war fast an der Tür. Bevor die schweren Schritte Halt machten, war sie aus dem Bett und an der Seite ihres Sohnes, nachdem sie sich ein Bettlaken um die Schultern geworfen und Baudouins Schwert an sich gerissen hatte.

Dann dröhnte es schließlich gegen die Tür: zu ihrem Entsetzen kein Klopfen, sondern der Tritt eines bestiefelten Fußes.

»Anna! Prinzessin? Seid Ihr wach?«

Die Schwertspitze zitterte und sank zu Boden, aber die wilde Anspannung machte es ihr unmöglich, sich von der Stelle zu rühren. Sie erkannte Drustans Stimme, aber der Tritt gegen die Tür, die atemlosen Silben und die stockenden Schritte konnten nur Boten eines furchtbaren Unglücks sein. Sie flog zur Tür und riß sie auf.

Drustan, der bereits zum nächsten Tritt ausholte, war sehr bleich und schien unter seinem bauschigen Umhang nur halb bekleidet zu sein. Das Hemd stand ihm an der Kehle offen, seine Ärmel flatterten um die

Handgelenke, seine Stirn war schweißbedeckt, der Atem ging stoßweise. Als Anna die Tür ganz aufzog, taumelte er gegen den Pfosten, und sie sah, daß er eine schwere Last unter seinem Umhang verbarg. »Anna . . .«, sagte er; es war nur ein Keuchen, und als er einen Schritt nach vorn ins Lampenlicht machte, konnte sie sehen, was er trug.

In der plötzlichen Stille wurde das Rascheln seines Umhangs, aus dem er Baudouins Körper zu Boden gleiten ließ, so laut wie die Wellen des Meeres draußen vorm Fenster. Wortlos wartete er, während sie in ihrem dünnen Hemd mit weit aufgerissenen Augen und wie betäubt dastand, das Bettlaken über den Brüsten zusammengepreßt, der Atem stockend, als würde ihr Leben erlöschen.

Dann flutete es mit einem Schmerz zurück wie Blut in erfrorene Glieder. Drustan trat mit leisem Schritt ans Bett und legte den Leichnam des jungen Prinzen darauf. In diesem Moment rührte sich das Kind in der Ecke unter seinen Decken, murmelte etwas vor sich hin und schlief wieder ein. Anna warf sich mit einem Aufschrei auf den Leichnam ihres Mannes, doch Drustan ergriff sie am Arm und zog sie wieder auf die Füße.

»Hört mich an, hohe Herrin! Wir haben keine Zeit zu trauern! Der König – ja, natürlich war es der König, wer auch sonst? –, er war halb wahnsinnig und schwor, auch die ganze Brut seines Bruders auszulöschen, und das heißt Euch, Anna, und den Jungen. Versteht ihr? Ihr seid beide in Gefahr. Ihr müßt fliehen, die Burg verlassen, sogar Cornwall verlassen. Ihr müßt doch irgendeinen Ort haben, an dem Ihr Zuflucht suchen könnt? Um Jesu willen, Herrin, hört mich an! Wir dürfen keine Zeit verlieren! Weckt den Jungen . . .«

»Wie ist es geschehen? Und warum?« Sie schien ihn kaum gehört zu haben. Sie war starr, leichenblaß und außerstande, irgend etwas anderes wahrzunehmen als den aufgeschlitzten Leichnam, der in seinem sich ausbreitenden Blut auf dem Bett lag.

»Wie solche Dinge bei Marke eben gehen«, sagte Drustan rauh. »Ein erzwungener Streit, dann böse Worte, und plötzlich fährt das Schwert aus der Scheide. Brauchte er je einen Grund? Oder müßtet Ihr nach dem Grund fragen?«

»Er war unbewaffnet«, sagte sie wie versteinert.

Drustan beugte sich vor und entwand ihr sanft das Schwert. »Das weiß ich.«

»Und Marke muß es auch gewußt haben. Nicht einmal er könnte so ehrlos sein, sein Schwert gegen einen unbewaffneten Mann zu richten.«

»Er war betrunken. So werden die Leute sagen ...«

»So werden sie sagen.« In ihrer Stimme lag bittere Verachtung. »Und sie werden es ihm deswegen nachsehen. Aber ich werde das nicht tun!«

»Und das sollt Ihr auch nicht«, sagte Drustan hastig. »Seht, Ihr werdet später noch genug Zeit haben, darüber nachzudenken, was Ihr tun müßt. Aber jetzt müßt Ihr fort, und das Kind mit Euch. Hört mich an. Es geschah, nachdem sie zu Abend gespeist hatten. Sie waren allein; die Diener hatten noch Wein gebracht und waren dann weggeschickt worden. Der König trank zuviel, und dann geschah diese schändliche Tat. Aber Baudouin, der nur mit dem Messer bewaffnet war, mit dem er gegessen hatte, verteidigte sich ehrenhaft, so daß es großen Lärm gab. Tische und Bänke stürzten um, und der König, der sich in Trunk und Leidenschaft verloren hatte, machte solches Geschrei, daß die Diener aufwachten und herbeigeliefen. Sie kamen zu spät, um Baudouin zu retten, aber einer von ihnen holte mich, und als ich in den Speisesaal kam, fand ich Euren Lord vor, so wie Ihr ihn jetzt seht, und der König blutete ...«

»Ah«, war alles, was Anna sagte, aber er beantwortete ihre unausgesprochene Frage.

»Ein paar Fleischwunden, nicht mehr als Kratzer, aber die Diener schickten nach Salben und Verbänden, und der Feldscher kam, und zusammen haben sie ihn dort festgehalten. Aber er tobt immer noch – und jetzt schreit er Verrat und schwört, Euer Leben und das des Kleinen sei verwirkt.«

»Weshalb?«

»Wegen des Verrats, den Euer Gemahl beging, als er sich mit einem Messer gegen seinen König verteidigte.« Dann fügte er heftig hinzu: »Was gilt das alles schon? Es ist geschehen! Ich habe ihn zu Euch gebracht, aber Ihr könnt nicht bleiben, um ihn zu begraben, nicht einmal, um ihn zu betrauern. Um des Kindes willen, Anna, flieht, und flieht schnell!«

Ein Geräusch an der Tür ließ sie beide herumfahren, Drustans Schwert schnellte aus der Scheide, aber es war nur die Zofe der Prinzessin, die ihre Angst und Neugier hergetrieben hatte. »Herrin? Ich habe etwas gehört – *aah!*«

Ein schriller Schrei entfuhr ihr, als sie den blutbefleckten Leichnam auf dem Bett erblickte. Der Schrei riß das Kind aus dem Schlaf, das ob dieser Störung entrüstet zu wimmern begann – und er riß Anna aus ihrem alptraumhaften Schockzustand. Später war Zeit genug, als trauernde Gemahlin zu weinen; jetzt war sie Prinzessin und Mutter eines Prinzen, und sie befand sich in einer Situation, über die sie und Baudouin gesprochen und für die sie, wenn auch widerwillig, sogar Pläne gemacht hatten. Baudouin war tot. Sein Sohn mußte gerettet werden. Und sie hatte die kostbare Hilfe Drustans, der vielleicht in diesem Augenblick sein eigenes Leben für sie aufs Spiel setzte. Er hatte bereits – so berichtete er ihr, während sie und die Zofe hastig ein paar

Dinge zusammenpackten – seinen Diener um Pferde geschickt, und der Mann würde sie während des ersten Abschnitts ihrer Flucht begleiten. Es war nicht nötig, jetzt darüber zu reden, wohin sie gehen würden. Auch darüber war viele Male gesprochen worden. Annas Vetter hatte ein Schloß besessen, das fern von Cornwall in einem freundlicheren Land im Norden stand; es war eine Reise von mehreren Wochen bis dorthin, weit genug, um sicher zu sein. Das Schloß wurde seit dem Tod des Vetters von seiner Witwe geführt, die versprochen hatte, Anna und ihrem Sohn, falls dies einmal notwendig werden würde, Zuflucht zu gewähren. Nicht einmal König Marke konnte ihnen dort etwas anhaben.

So kam es, daß Drustan etwa zwanzig Minuten später mit kampfbereitem Schwert in der rechten Hand und dem kleinen Jungen im Arm die Tür auftrat und sich anschickte, den Frauen voran die Treppe des Turms hinabzusteigen. Anna und Sara, ihre Zofe, hatten so viel in ihre Bündel hineingestopft, wie sie tragen konnten; die Prinzessin war immer noch mit dem Schwert ihres Gemahls bewaffnet.

»Schnell jetzt«, sagte Drustan.

Aber Anna drehte sich auf der Schwelle noch einmal um und rannte zurück in das Gemach. Sie lief zum Bett. Die beiden anderen warteten, während sie ihren traurigen Abschied nahm, einen Kuß auf die Stirn ihres toten Prinzen drückte. Das Kind auf der Schulter des Mannes sah mit großen und noch immer verschlafenen Augen schweigsam zu. Anna beugte sich über das Bett, und einige groteske Augenblicke lang schien es, als ringe sie mit der Leiche ihres Gemahls. Als sie dann zurücktrat, sahen die anderen, daß sie ihm das bestickte, vor so kurzer Zeit unter zärtlichem Gelächter übergestreifte Hemd ausgezogen hatte. Über der

Brust, wo feine Seidenfäden ein zierliches Muster woben, waren die Blutflecke bereits hart und dunkel geworden.

Es schien, als habe sie alle Küsse verbraucht. Einen Augenblick lang stand sie ganz still da, preßte das blutige Hemd an sich und richtete ein letztes Mal das Wort an ihren Mann. »Mylord«, sagte sie, »Euer Sohn soll Euer Hemd tragen und Euer Schwert führen, und wenn er erwachsen ist, wird er die Bestie von Cornwall für die Freveltat dieser Nacht zur Rechenschaft ziehen. Das verspreche ich Euch, und diese drei hier sind meine Zeugen.« Dann wandte sie sich um und folgte Drustan nach unten, wo der Diener mit den Pferden auf sie wartete.

3

Ein nebelverhangener Halbmond stand am Himmel, spendete aber nur wenig Licht. Deshalb ritten sie langsam, bis sie den Küstenpfad erreichten; dort war der Himmel vom Widerschein des Mondlichts auf dem Meer heller, und ihr Weg lag klarer vor ihnen. Sie hielten sich ein paar Meilen weit an der Küste, ließen die Pferde spritzend durch seichtes Wasser traben und ritten so schnell, wie der unebene Grund es zuließ, bis der Weg sich endlich steil hügelaufwärts wandte, den Höhen des Moores zu, wo die alte Römerstraße den Lauf des Flusses Tamarus querte und der Weg nach Osten vor ihnen lag.

Hier wurde das Reiten auch ohne das Widerleuchten des Meeres leichter. Die Straße nahm einen geraden Verlauf und war, von kleinen Schäden hie und da abgesehen, in ordentlichem Zustand. Nach einer Weile klarte es auf, und am Himmel zeigten sich ein paar Sterne.

Drustan hatte ihnen mit Goren einen Mann als Begleitung mitgegeben, der mit der Straße wohl vertraut war, und dafür gesorgt, daß sie gute, frische Pferde hatten. Sie kamen schnell voran. Anna, die sich weit über die Schultern ihres braunen Rosses beugte, um Löcher in der Straße rechtzeitig zu erkennen, hatte immer noch keine Zeit gefunden zu trauern. Sie war bis in die letzte Faser auf Flucht ausgerichtet, kannte nur den einen Gedanken, ihren Sohn in Sicherheit zu bringen. Baudouins Schwert hing in seiner Scheide am Sattelknauf ihres Pferdes, eines großen Braunen – Baudouins Pferd –, und das hastig zusammengerollte, blutige Hemd hatte sie in ihrer Satteltasche. Für den Augenblick genügte das; Baudouin war bei ihr, und Baudouins Sohn schlief in Saras Armen. Sie richtete den Blick auf die dunkle Straße, die Gedanken auf den Weg, der vor ihnen lag, und ritt um ihr Leben und um das ihres Sohnes.

Sie waren kaum zehn Meilen weit gekommen, als Goren sich im Sattel umdrehte und aufgeregt zurückzeigte. Eine Sekunde später hörte auch Anna das Schlagen von Hufen, die auf der Straße hinter ihnen schnell näher kamen.

Sie schlug dem Pferd mit den Zügeln auf den Hals, und der Braune beschleunigte sein ohnehin schon stürmisches Tempo. Hinter sich hörte sie, wie das Kind ein schläfriges Wimmern von sich gab, und Saras erschrokkene Stimme, die versuchte, es zu beruhigen.

»Es hat keinen Sinn, Mylady«, sagte Goren keuchend. »Dieses Tempo können wir nicht lange halten. Yon Sara ist keine große Reiterin, und wenn ihr Pony stolpert . . .«

»Wie viele Pferde? Kannst du das ausmachen?«

»Mindestens zwei. Vielleicht mehr. Aber zwei reichen schon«, sagte der Mann grimmig.

»Was sollen wir tun? Warten und uns ihnen stellen? Ich bin bewaffnet und du auch, und bis sie uns erreicht haben, werden wir wieder zu Atem gekommen sein, aber sie nicht. Wenn wir aufs Moor reiten . . .«

»Aye, aber nicht sofort. Ich kenne etwas weiter eine Stelle, einen alten Steinbruch. Da stehen Bäume, sogar ziemlich dicht, weil es windgeschützt ist. Dort hat man gute Deckung. Das ist alles, was wir tun können – dort untertauchen und hoffen, daß sie vorüberreiten.«

»Oder daß es harmlose Reisende sind, die nichts mit uns zu tun haben?«

Aber in dieser verzweifelten Nacht und das Dröhnen der Hufe dicht hinter sich, konnten die Flüchtenden das unmöglich glauben. Anna sagte nichts mehr, bis Goren nach einigen Minuten nach vorn wies. Sie sah die tiefe Finsternis des Steinbruchs und seiner schützenden Bäume und lenkte ihr Pferd darauf zu. Goren glitt aus dem Sattel, nahm die Zügel der drei Tiere und führte sie zwischen die Bäume. Er hielt sie so fest, daß ihre Köpfe an seinem Körper ruhten und das Schnauben aus ihren Nüstern in den Falten seines Umhangs unterging. Die Flüchtlinge warteten lautlos und angespannt. Die näherkommenden Hufschläge wurden schnell lauter und waren dann ganz plötzlich bei ihnen. Ohne zu zögern, näherten sie sich dem Steinbruch; das ungestüme Tempo ließ keinen Augenblick nach. Die Verfolger ritten vorüber.

Da erwachte Alexander endgültig. Er stellte fest, daß er sich im Dunkeln an einem fremden Ort und obendrein noch in einem höchst unbequemen Lager befand, stieß mit zornigen kleinen Fäusten seine Tücher beiseite und schrie vor Wut und Angst laut auf.

Der Galopp erstarb. Die Pferde blieben schlitternd

stehen, und ein mit leiser Stimme gegebener Befehl war zu hören. Dann drehten die Verfolger vor dem Eingang des kleinen Steinbruchs um, und eine Männerstimme rief in die Nacht:

»Prinzessin Anna?«

Sie hatten keine Wahl. Anna räusperte sich und antwortete. »Wer ist da? Ich kenne deine Stimme. Sadok?«

»Derselbe, Mylady.«

»Und was willst du von mir?«

Es entstand eine Pause, die so bedeutungsschwer war wie eine laute Antwort. Dann sagte er: »Der König möchte nicht, daß Ihr den Hof verlaßt. Er hat mich beauftragt, Euch zu sagen, daß er nicht Euer Feind sei. Was heute nacht geschah ...«

»Sadok, weißt du, was heute nacht geschah?«

Eine neuerliche Pause, während die Pferde mit den Hufen stampften und nach Luft schnappten. Anna beugte sich über den Hals des Braunen und flüsterte Goren hastig zu: »Laß meinen Zügel los. Ich gehe hinaus und rede mit ihnen. Steig wieder auf dein Pferd und nimm Sara den Jungen ab. Sie wissen vielleicht nicht, daß du mit uns gekommen bist, und vielleicht haben wir noch eine winzige Chance, daß du fliehen kannst und der Junge mit dir ...«

»Es sind nur die beiden, Lady. Ich könnte sie lange genug aufhalten, um ...«

»Nein. Tu, was ich sage, aber warte, bis ich mit ihnen gesprochen habe. Sadok war ein Freund meines Gemahls. Wenn es keinen anderen Ausweg gibt und ich gezwungen bin, mit ihnen zu gehen, dann laß Sara allein – sie werden ihr nichts tun – und rette den Jungen, wenn du kannst. Du weißt, wohin wir wollten. Bewahre und behüte ihn. Gott sei mit dir.«

»Und mit Euch, Mylady.«

Er zog sich in die Dunkelheit zurück, und damit man

von seinem Gespräch mit Sara nichts hörte, hob Anna abermals die Stimme: »Wer ist bei dir, Sadok?«

»Mein Bruder, Prinzessin. Mein Bruder Erbin. Ihr kennt ihn.«

»Ja. Also gut. Ich komme.«

Hinter sich konnte sie das Knirschen von Leder hören, als Goren in den Sattel stieg. Alexander war still. Sie wandte den Kopf des Braunen um und ritt in das offene Mondlicht der Straße hinaus.

Keiner der beiden wartenden Reiter machte einen Schritt auf sie zu, und obwohl sie bewaffnet sein mußten, hatten sie ihre Waffen nicht gezogen. Gab es vielleicht doch noch Hoffnung? Während sie ihr Pferd neben dem von Sadok zum Stehen brachte, versuchte sie ihren Atem zu beruhigen und schob gleichzeitig die Kapuze ihres Umhangs zurück.

Das Mondlicht war jetzt heller, und sie konnte beide Männer deutlich sehen. Sadok war ein junger Mann, etwa im Alter ihres ermordeten Baudouin; er war seit seiner Kindheit an Markes Hof, und die beiden Männer hatten einander immer gemocht. Sadok und sein Bruder hatten Baudouin auf dem Abenteuer mit den sächsischen Langschiffen begleitet. War es möglich – überschlugen sich Annas verzweifelte Gedanken –, daß König Marke bei der Auswahl der Männer zu ihrer Verfolgung wie in so vielen anderen Dingen während seiner wechselvollen und gewalttätigen Herrschaft die falsche Wahl getroffen hatte …?

Sadok räusperte sich. »Prinzessin, es tut mir leid. Gott weiß, daß ich Baudouin geliebt habe, und ich würde Euch niemals Böses wünschen, aber …«

»Oder Baudouins Sohn?«

Ihr Pferd war direkt neben seinem, Schulter an Schulter. Annas Gesicht, das von den dunklen Falten ihrer Kapuze umrahmt wurde, sah zerbrechlich und lieblich aus, und das Mondlicht wischte die feinen Linien der Angst und der Trauer fort. Ihre großen, dunklen Augen waren auf einer Höhe mit denen Sadoks. Er las Furcht in ihnen und Flehen. Ihre Hand auf dem Zügel sah klein und zierlich aus. Anna, die blonde Anna, die Keusche, die niemals einen anderen Mann als ihren Gemahl angesehen hatte, diese Anna hätte jede Waffe benutzt, um ihren Sohn zu retten. Daher sah sie Sadok jetzt mit diesen furchtsamen, flehenden Augen an und hatte gleichzeitig unter den schweren Falten ihres Umhangs die rechte Hand um den Griff von Baudouins Schwert gelegt.

Ihre Stimme zitterte ebensowenig wie ihre Hand. »Sadok, Erbin, wenn ihr wißt, was heute nacht meinem Gemahl zugestoßen ist, wißt ihr auch, warum es geschah. Und ihr wißt, daß es keinen guten Grund für den Wunsch des Königs geben kann, mich und mein Kind wieder in der Burg zu wissen. Mich mag er vielleicht verschonen, aber Alexander wird er gewiß töten. So wie er seinen Vater ermordet hat und aus demselben Grund.«

Sadok war wie die Hälfte der Bewohner des Schlosses von Markes betrunkenem Geschrei aus dem Schlaf gerissen worden, nachdem dieser sich aus den festen Händen von Ärzten und Dienern befreit hatte und, das Schwert in der Hand, auf seiner Suche nach Anna und ihrem Kind durch die Zimmer und Höfe der Burg getaumelt war. Jetzt blieb dem jungen Mann nichts anderes übrig, als mit heiserer Stimme einzuwenden: »Prinzessin . . .«

»In glücklicheren Zeiten hast du mich bei meinem Namen genannt.«

»Anna . . .« Ironischerweise klang nicht Anna, sondern Sadok verzweifelt. »Was Ihr sagt, ist wahr, bei Gott! Und Gott weiß, daß ich Euch nichts Böses will, genausowenig wie Erbin. Aber was können wir tun? König Marke würde uns niemals glauben, daß wir Euch nicht einholen konnten. Und selbst wenn er es täte, würde er andere hinter Euch herschicken. Und Ihr – auf dieser langen Straße, die so ungeschützt am äußersten Ende des Königreiches übers Moor führt, Ihr würdet gewiß überholt werden, noch bevor ihr dessen Grenzen überschritten habt. Aber wenn Ihr uns erlaubt, Euch jetzt mit nach Hause zu nehmen, und wir langsam reiten, mit Rücksicht auf das Kind ... dann wird der König, bis wir zurückkommen, wieder nüchtern sein, und es wird Tag sein und die Burg voller Menschen, die Freunde von Euch und Eurem Herrn sind ... und dann wird gewiß nicht einmal er ...« Er brach ab.

»Ja, nicht einmal er.« Eine unüberhörbare Schärfe schwang in Annas Stimme mit. »Nicht einmal er würde, wie du es nicht zu sagen wagst, mich und mein Kind kaltblütig vor den Augen des ganzen Hofs ermorden. Vielleicht nicht. Aber wie lange würdest du uns geben? Wie lange, hm, Sadok?«

»Die Liebe des Volkes ...«

»Die Liebe des Volkes ist keinen roten Heller wert! Was können diese Leute schon tun, diese armen Schlucker? Wenn sie auch nur einen Funken Macht hätten, hätten sie den Fuchs schon vor langer Zeit vertrieben und meinen Gemahl zu ihrem Herrscher gemacht. So wie sie vielleicht eines Tages, wenn man ihn am Leben läßt, versuchen werden, Alexander zu ihrem Herrscher zu machen. Willst du mir eines sagen und mir deinen Eid darauf geben?«

»Wenn ich es bei meiner Ehre tun kann.«

»Wie lauteten deine Befehle für heute nacht?«

»Euch einzuholen und Euch und den Jungen zurück zum König zu geleiten.«

»Und kein Unfall unterwegs?«

Er schwieg. Sie nickte. »Spar dir die Mühe, ich verstehe auch so. Das ist die Art des Fuchses. Keine Worte, auf die man ihn später festlegen könnte, aber eine stille Übereinkunft. Etwa nicht?« Als er immer noch nichts sagte, fuhr sie sanfter fort: »Sadok, glaube nicht, daß ich dir oder deinem Bruder die Schuld daran gebe. Ihr seid die Männer des Königs, und ihr wart freundlicher zu mir, als es eure Pflicht gewesen wäre. Also, wenn ihr nicht zurückreiten und sagen könnt, ihr hättet uns nicht gefunden – und es stimmt, daß der König das kaum glauben würde und ihr beide euch dadurch seinem Zorn aussetzen würdet –, könntet ihr dann nicht um meines Herrn willen, den ihr beide geliebt habt, seinen Sohn gehen lassen und nur mich mitnehmen? Das würde den König beschwichtigen, und wenn ich nur einmal mit der Königin reden könnte, dann wäre ich vielleicht zumindest für eine gewisse Zeit in Sicherheit, und eines Tages könnte ich möglicherweise ...«

»Wir werden mehr tun als das, Mylady.« Plötzlich und mit Entschlossenheit erhob Sadok wieder die Stimme. »Wir werden zurückreiten und ihm sagen, daß der Junge tot sei. Wir werden uns irgendeine Geschichte ausdenken, die er glauben wird – daß wir Euch an der Furt dort hinten gestellt hätten und Eurer Zofe das Baby entreißen wollten. Aber sie stürzte mit dem Kleinen in den Fluß, wo sie ertranken. Und dann haben wir Euch, die Ihr dem König keinen Schaden mehr zufügen könnt, weiterreiten lassen, um ein Unterkommen zu finden, wo immer Ihr mögt. Wenn Ihr mir irgend etwas mitgeben würdet, einen Umhang vielleicht, damit wir eine Art Beweis hätten? Und wenn Ihr mir Eurerseits vielleicht etwas versprechen würdet?«

Annas Hand, die um den Schwertgriff lag, entspannte sich. Sie holte lang und rauh Atem. »Gott sei dir gnädig, mein Freund!« war alles, was sie hervorbringen konnte, aber nach wenigen Augenblicken hatte sie sich wieder unter Kontrolle. »Und dein Bruder? Erbin? Was ist mit dir, Erbin?« Als der jüngere Mann etwas über einen Gefallen stammelte, den er Baudouin schulde, und seine Bereitschaft bekundete, seinem Bruder Folge zu leisten, streckte sie zum Dank erst dem einen, dann dem anderen die Hand hin und sagte mit einer Stimme, die zwischen Erleichterung und Staunen schwankte: »Aber was in Gottes Namen ist in Marke gefahren, ausgerechnet Euch und Euren Bruder auszusenden, Baudouins Sohn zu ermorden?«

In Sadoks Stimme lag eine gewisse trockene Belustigung. »Ich habe Euch doch gesagt, er war immer noch sehr betrunken, und als er anfing, seine Befehle zu brüllen, ist es mir gelungen, in seiner Nähe zu sein.«

»Eines Tages«, sagte Anna, »eines Tages ...« Sie beließ es dabei. Dann brachte sie das Gespräch wieder auf Sadoks frühere Worte: »Du hast von einem Versprechen gesprochen. Wenn ich es bei meiner Ehre tun kann, werde ich es dir geben. Was willst du von mir?«

»Nur, daß Ihr Euren Sohn in Sicherheit bringt, weit fort von hier, und ihn im Gedenken an den schändlichen Mord an seinem Vater großzieht, so daß er eines Tages zurückkommen wird und ihn rächt.«

»Bei Gott, das werde ich!«

»Wir werden hier sein und warten«, sagte Sadok. Er legte einen Schwur ab, und Erbin brummte ein paar zustimmende Worte. »In der Zwischenzeit – habt Ihr genug Geld für Euren Unterhalt, bis Ihr irgendwo Zuflucht findet? Ich habe ein wenig bei mir, und Erbin ...«

»Ich habe genug.« Nicht einmal jetzt hätte sie Drustans großzügige Hilfe preisgegeben oder die Anwesenheit Gorens, der unsichtbar mit dem noch immer schweigenden Alexander im Schatten stand. Sie öffnete eine ihrer Satteltaschen. »Hier. Das ist eines von seinen Nachtgewändern. Er schlief, als wir – als wir ...« Sie schwieg einige Augenblicke und machte sich an den Schnallen der Satteltasche zu schaffen, aber als sie wieder zu sprechen begann und versuchte, noch ein paar Worte des Dankes zu finden, griff Sadok nach ihrer Hand, hob sie und küßte sie.

»Das genügt, Prinzessin. Reitet jetzt weiter. Beeilt Euch. Wir werden unsere Rückkehr bis nach Tagesanbruch hinauszögern. Gott sei mit Euch und mit Eurem verwaisten Sohn, und laßt uns beten, daß wir uns eines Tages in Frieden und Sicherheit wiedersehen.«

Er wendete sein Pferd, drängte es zu einem leichten Trab, und schon bald hatten er und sein Bruder sich wieder in der Finsternis verloren.

Goren kam unter den Bäumen hervor geritten. »Ich habe alles gehört. Wir sind also in Sicherheit?«

»Wir sind in Sicherheit, und das haben wir Gott und zwei ehrlichen Männern zu verdanken! Also kann Alexander jetzt soviel weinen, wie er mag. Komm, Sara.« Sie wendete ihr Pferd ein weiteres Mal gen Osten und fügte so leise hinzu, daß Goren es nicht hören konnte: »Mag er die Tränen vergießen, die mir verwehrt sind.«

4

Sie brauchten fast einen ganzen Monat. Da sie nicht wußten, wie Marke Sadoks Geschichte aufnehmen würde – und ob er ihr überhaupt Glauben schenkte –, wagten sie nicht, den direkten Weg zu nehmen, sondern ritten über die Feld- und Waldwege der Bauern und Köhler. Das hieß: Schwierige, harte Ritte durch einsame Wälder, abgeschiedene Flußtäler und sumpfige Niederungen, die an den Grenzen Markes zum Sommerland hin gefährlich morastig wurden. Anna stellte fest, daß sie Geld im Überfluß besaß; außer dem, was sie beim Packen hastig an sich genommen, und dem, was Drustan ihr aufgedrängt hatte, fand sie einen weiteren Beutel mit Gold in ihrer Satteltasche, den wahrscheinlich ebenfalls Drustan dort versteckt hatte. Also konnten die Reisenden alles, was sie benötigten, bezahlen. Ab und zu gelang es ihnen, eine einigermaßen respektable Taverne zu finden, in der sie sich und ihre Pferde einen oder vielleicht zwei Tage ausruhen konnten, aber für gewöhnlich waren sie schon dankbar, wenn sie in irgendeinem am Weg gelegenen Kotten Zuflucht fanden oder in der Scheune eines Bauern oder schlimmstenfalls sogar in der leerstehenden Hütte eines Schafhirten, der seine Herde jetzt, im Sommer, im höheren Hügelland weidete.

Die schlechten Wege, die ständige Fürsorge, die das Kind brauchte, und die Stütze und der Trost, den sie Sara geben mußte, hatten ein Gutes für Anna: Sie hatte keine Zeit zu trauern. Die Tage bestanden aus harten Ritten, der Suche nach einem sicheren Weg und, wenn der Tag sich neigte, einer Unterkunft; und des Nachts war sie so müde, daß sie gleich in einen tiefen, traumlosen Schlaf versank.

Sie brauchten drei Wochen bis nach Glevum und mußten sich von dort aus auf einem Umweg zur Brücke durchschlagen, aber sobald sie den Severn überschritten hatten und jenseits der Grenzen des Sommerlandes waren, wo die Männer des Hohen Königs die Straßen zwischen ihnen und der kornischen Grenze beherrschten, fühlten sie sich sicher, auch wenn Anna fürchtete, daß Marke erraten könnte, was ihr Ziel war.

Die Burg, in der Annas Vetter gelebt hatte, Craig Arian, lag hoch in den Bergen des Wyetals, an einem von dessen Nebenflüssen. Die Witwe Theodora hatte jüngst wieder geheiratet, einen ältlichen Mann namens Barnabas, der in einer der Truppen des Hohen Königs Offizier gewesen war. Anna und ihr Vetter hatten sich nie sehr nahe gestanden, aber sie hatte von Zeit zu Zeit Grußworte mit Theodora ausgetauscht. Sie wußten natürlich beide, daß, da Theodora selbst kinderlos geblieben war, Annas Anspruch auf Craig Arian und seine Ländereien Vorrang vor dem der Witwe hatte und Anna somit jedes Recht besaß, dort Zuflucht zu suchen. Ohnehin war nicht genug Zeit gewesen, einen Boten vorauszusenden, der ihnen von Baudouins Tod Mitteilung gemacht und für Anna selbst und ihren Sohn um Aufnahme gebeten hätte.

So kam es, daß Anna, als sie mit ihrer müden kleinen Truppe langsam das gewundene Flußtal auf der letzten Etappe ihrer Reise hinaufritt, keineswegs sicher war, welche Begrüßung auf sie wartete. Sie hatte Barnabas nie kennengelernt und keine Vorstellung, was für eine Art Mann er war. Ein Veteran aus Arthurs Armee, verheiratet mit einer wohlhabenden Witwe und behaglich untergebracht in einer hübschen kleinen Burg in diesem reichen Landstrich ... Es war möglich, ja, sogar wahrscheinlich, dachte Anna müde, daß er Baudouins Witwe und dem kleinen Sohn, der ihn und seine eigenen Erben aus Craig Arian vertreiben konnte, die Tore verschließen würde. Und wer konnte ihm einen Vorwurf machen, wenn er zögerte, König Marke zu kränken, indem er die flüchtige Prinzessin aufnahm? Er besäße die besten Gründe, falls er seine Tore vor ihr verriegelte.

Als sie endlich der Burg auf der bewaldeten Bergspitze ansichtig wurden, hieß Anna ihre Begleiter stehenbleiben und schickte Goren mit der Nachricht von Baudouins Tod und der Bitte der verwitweten Prinzessin, ihr Zuflucht zu gewähren, voraus.

»Nicht mehr als das«, sagte sie erschöpft. »Um mehr kann ich nicht bitten, und Gott weiß, ich habe für mich selbst nur wenig Recht, überhaupt etwas zu erbitten. Aber für das Kind ... ich bitte sie, das Kind in Sicherheit und Heimlichkeit hierbleiben zu lassen, bis ich vielleicht zum Hohen König nach Camelot reisen und ihn um Gerechtigkeit bitten kann. Geh jetzt, Goren. Wir werden hier am Wasser auf dich warten.«

Sie hätte sich keine Sorgen zu machen brauchen. Als Goren zurückkehrte, war er nicht allein, sondern in Begleitung von Barnabas persönlich und einem halben Dutzend Dienern sowie einer Maultiersänfte, in der seine stämmige Frau saß. Theodora begrüßte Anna mit Küssen und Freudentränen und nahm dann sie und den Jungen für den Heimweg mit in ihre Sänfte.

»Denn dies ist dein Heim und seines«, sagte sie, »und du bist willkommen. Nein, sag nichts. Du siehst zu Tode erschöpft aus. Kein Wunder! Komm jetzt, und nach ein paar Stunden Ruhe und einer guten Abendmahlzeit wirst du uns erzählen, was geschehen ist.«

»Anna«, sagte Barnabas, ein kräftig gebauter Graubart mit freundlichen Augen und schelmischem Lächeln, der nach einer Verwundung, die er in einem von Arthurs Kriegen empfangen hatte, ein wenig humpelte. »Wenn König Marke von Cornwall Euch hier sucht, was durchaus geschehen mag, werden wir schon wissen, wie wir ihn uns vom Leibe halten und ihn zurück hinter seine Grenzen treiben. Also ruht Euch nun in Frieden aus, Cousine, und sorgt Euch nicht mehr, sondern kümmert Euch um Euren Sohn.

Wir werden seine Burg und diese schönen Ländereien für ihn bewahren, bis er erwachsen ist.«

Zum erstenmal, seit ihr Gemahl Baudouin ermordet wurde, schlug die Prinzessin Anna sich die Hände vors Gesicht und weinte.

Zwei

Alice, die Mutterlose

Das Königshaus der fränkischen Merowinger

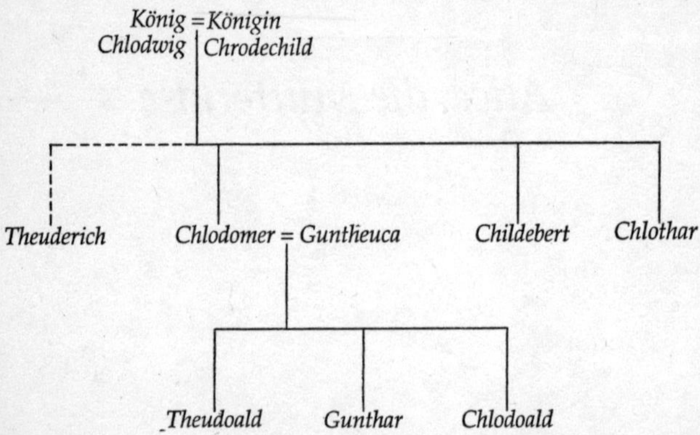

5

Das kleine Mädchen lag der Länge nach im Staub auf dem Bauch und beobachtete zwei Eidechsen. Die Reptilien kämpften – oder paarten sich; das wußte die Kleine nicht genau. Die beiden Beschäftigungen glichen einander zu sehr, fand sie. Die Eidechsen krümmten sich und rangen miteinander, zischten mit breiten, melonenfarbigen Mäulern und huschten durch den Schatten der Tamariske. Dann waren sie wie der Blitz die rauhen Steine der Gartenmauer hinaufgeschossen und verschwunden.

»Alice! Alice!« Es war eine Männerstimme, hoch und ziemlich tonlos. »Alice!«

Das Kind schnitt eine Grimasse zu der Mauerspalte hin, in die die Eidechsen gehuscht waren. Es antwortete nicht gleich, sondern ließ sich zögerlich durch den Staub rollen, bevor es Anstalten machte aufzustehen. Von irgendwo jenseits der federigen Zweige der Tamariske begann eine Glocke ein süßes, leicht brüchiges Geläut.

»Alice?« Die Stimme klang jetzt ängstlich und ein ganzes Stück näher.

»Ich komme, Vater.« Sie sprang auf die Füße, zog das lange Gewand, das sie bis zu den Knien hochgezogen hatte, wieder herunter und schüttelte den Staub heraus. Dann griff sie nach ihren Sandalen, die sie zwischen die Baumwurzeln geworfen hatte, und schlüpfte mit nackten, schmutzigen Füßen hinein. Das lange, wehende Gewand verbarg Füße und Sandalen gänzlich. Schließlich glättete sie ihre lange, hübsche goldbraune Mähne, verschränkte ihre Arme so, daß ihre schmutzigen Hände in den weiten Ärmeln verschwanden und folgte mit gesenktem Blick, züchtig, gefaßt und wunderschön, ihrem Vater, dem Herzog, in die Kapelle des heiligen Hieronymus in Jerusalem.

Herzog Ansirus, ein hochgewachsener Mann von etwa vierzig Jahren, war in seiner Jugend ein beachtlicher Kämpfer gewesen – und auch ein beachtlicher Liebhaber, blond, gutaussehend und diskret. Diese letzte Eigenschaft war nötig gewesen, da seine Neigungen ihn unweigerlich zu verheirateten Damen hingezogen hatten, denen es aus einer Vielzahl von Gründen nach Abwechslung gelüstete. Ansirus war ihres Interesses wahrhaftig würdig gewesen. Er hatte sich in der Schlacht von Caledon, wo er Seite an Seite mit dem jungen König Arthur kämpfte, eine schlimme Brustverletzung zugezogen, und eine Weile hatte für ihn kaum noch Hoffnung bestanden, mit dem Leben davonzukommen. Daß er schließlich doch genesen war, konnte, so sagten die Ärzte (und natürlich gab der heimische Priester ihnen recht), nichts Geringeres als ein Wunder sein. Als der Herzog wieder zu Kräften gekommen war, hatte er zum Dank eine Pilgerfahrt ins Heilige Land angetreten. Es stimmt wohl, daß er dazu nicht den harten Weg gewählt hatte; bisweilen war ihm das Atmen immer noch schwergefallen, und die endlosen Kämpfe zwischen den Franken und deren Nachbarn – König Chlodwig wollte ganz Gallien unter fränkische Herrschaft bringen – hatten das Reisen zu Land gefährlich gemacht. Also war er mit dem Schiff nach Italien gefahren, von dort aus weiter nach Griechenland und nach einem Aufenthalt von etwa einem Monat nach Acre und Jerusalem. In Athen hatte er im Haus eines Freundes ein Mädchen kennengelernt, das ihn – obwohl unverheiratet und sogar noch Jungfrau – derart gefesselt hatte, daß er es vom Fleck weg geheiratet und ins Heilige Land mitgenommen hatte. Seine junge Frau hieß Alice und war von genauso verschwiegener Natur wie er selbst. Sie war ein stilles Mädchen, als arme Verwandte zwischen ihren Cousinen aufgewachsen. Schon in zartem Alter hatte sie gelernt, daß ihre Schönheit – an der kein Zweifel bestand – auf keinen Fall die ihrer Cousinen in den Schatten stellen durfte. Für sie bedeutete Lord Ansirus einen Ausweg, Sicherheit und Wohlstand – falls mehr, wußte nur Ansirus davon. Sie war eine ruhige und pflichtergebene Ehefrau, die ihre häuslichen Angelegenheiten mit sorgsamer Tüchtigkeit erledigte und jeden Tag nicht unbeträchtliche Zeit gehorsam neben ihrem Gemahl kniete, während dieser Gott für seine wiederhergestellte Gesundheit und nun auch für sein Glück dankte.

Sie konnte den Wohlstand und die Behaglichkeit von Ansirus' Burg daheim im reichen Herzland von Rheged nicht lange genießen. Ein Jahr nach der Rückkehr des Paares nach Britannien starb Alice im Kindbett, und das Baby, ein Mädchen, wurde der Amme übergeben.

Man hätte nun annehmen können, daß der gramgebeugte Witwer dem Kind die Schuld am Verlust der Mutter geben würde, die Kleine verstoßen würde, aber er hatte die Sünden seiner Jugend bereut und schenkte dem Säugling seine ganze Liebe. Er hatte am Totenbett seiner Gemahlin Keuschheit gelobt, und dieses Gelübde hielt er. Überdies hatte er gelobt, eine weitere Pilgerfahrt zu unternehmen, was er auch binnen eines Jahres tat. Er hätte das Kind mitgenommen, aber die Frauen, die für es sorgten, entsetzten sich derart über diesen Gedanken, daß er eingedenk der Unbequemlichkeiten der Reise und des Schmutzes und der Krankheiten im Heiligen Land davon abließ und allein aufbrach. Doch als die kleine Alice schließlich mit fünf

Jahren die Geduld mit ihren Kinderfrauen verlor und frei in den Burggärten umherlief, ähnelte sie ihre Mutter so sehr, daß der noch immer von seinem schmerzlichen Verlust gezeichnete Vater den Gedanken kaum ertragen konnte, sie aus den Augen zu lassen. Und als er schließlich seine nächste Pilgerfahrt vorbereitete, bestand er darauf – und diesmal bestand auch Alice darauf, die die Gewohnheit angenommen hatte, ihren Kopf durchzusetzen –, daß seine Tochter ihn begleitete. Und da waren sie nun endlich, knieten Seite an Seite vor dem Bild des Heiligen Hieronymus mit seiner scharlachfarbenen Robe und seinem zahmen Löwen. Ansirus bewegte mit geschlossenen Augen die Lippen, in Gedanken ganz auf sein Gebet konzentriert, und das Kind Alice, dessen junges Gesicht süß war wie das eines Engels, hatte seine grauen Augen zu Gott emporgehoben.

Ich wüßte doch gern, überlegte sie versonnen, wann die Feigen an diesem Baum draußen vorm Fenster reif werden? Diese Eidechsen waren lustig, nicht wahr, wie sie da herumgesprungen und hin- und hergehuscht sind? Ich wüßte gern, ob sie ihre Babys auf normale Weise bekommen oder Eier legen wie die Wassermolche zu Hause im Teich. Eier wären doch bestimmt viel einfacher. Warum müssen die Menschen es nur anders machen? Oh, und glaubst du, wir fahren mit demselben Schiff zurück? Mit dem Kapitän, der den goldenen Ohrring trug und all diese seltsamen Worte zu den Seeleuten sagte? Du weißt schon, der mit den sprechenden Vögeln – nur daß Vater mir leider keinen kaufen wollte. Vielleicht – wenn *du* mit ihm sprechen würdest? Ich weiß, daß du das oft tust. Und ich würde diesen Vogel doch so schrecklich gerne haben, wirklich.

So merkwürdig es erscheinen mochte – auch Lady Alice sprach mit Gott.

An den wichtigeren Tagen – heiligen Tagen und Sonntagen – besuchten der Herzog und seine Tochter die große Auferstehungskirche, aber für ihre alltäglichen Gebete gingen sie in die Kapelle des Heiligen Hieronymus. Es war im Grunde nur eine kleine Altarnische in der Marienkirche, die der römische Kaiser Konstantin vor zweihundert Jahren hatte erbauen lassen. Diese Kirche, die aus gewaltigen Steinen gebaut war, erstrahlte in üppigem Schmuck, da sie den ganzen Reichtum der vielen tausend Pilger aufnahm, die heutzutage in die Heilige Stadt strömten. Sie stand auf dem Tempelplatz, dem weiten Plateau, auf dem ursprünglich, so hieß es, der Tempel Salomos gestanden habe und wo Jesus den Rabbinern gelauscht und die Geldwechsler hinausgeworfen hatte. Und aus einem dieser hohen Ecktürmen hatte der Teufel persönlich dem Gottessohn alle Königreiche der Welt gezeigt.

Aber das war inzwischen alles Vergangenheit, und die sorgsam gemeißelten Steine der Tempel und Gerichtshöfe, Zeugnisse römischer Herrschaft zu Herodes' Zeiten, waren geraubt worden und wurden nun andernorts benutzt. Doch des Nachts, wenn die neuen Gebäude hoch und schwarz in den Himmel ragten und sich das Mondlicht durch Pinien und Olivenbäume in schmale Straßen stahl, fiel es nicht schwer, sich vorzustellen, wie diese Geschichten wieder und wieder erzählt wurden, und wie die Pilger ihnen lauschten, während sie in den Fußstapfen ihres Herrn wandelten, den Kreuzweg beschritten, zum Teich Bethesda unter dem Tempeltor gingen, in den Garten Gethsemane oder gar zum Felsen des Grabes Jesu selbst, der verborgen lag, auch wenn er sich jetzt in den Grundmauern einer Kirche befand.

»Und wie glücklich dürfen wir uns schätzen, daß all diese Dinge noch da sind und wir sie sehen können«, sagte Ansirus, der seine Tochter herumführte, um ihr die heiligen Orte zu zeigen. »Wenn sie nicht dem Treiben der Leute ein Ende gemacht hätten, die mit dem Hammer herkamen, um sich ein Stückchen von dem heiligen Felsen abzuschlagen und es mit nach Hause zu nehmen, wäre mittlerweile nur noch wenig davon übrig. Heute gibt es hier zweimal so viele Pilger wie bei meinem letzten Besuch.«

Die Stadt war wirklich unerträglich überfüllt, obwohl sie ihre Grenzen mit jedem Jahr weiter ausdehnte. Im ganzen Bezirk um den Haram herrschte ein Überfluß an Gaststuben, Herbergen und Klöstern, in denen die Pilger untergebracht waren, die einen mehr auf Bequemlichkeit bedacht, die anderen eher auf christliche Askese. Alice und ihr Vater waren besser dran als die meisten: Ansirus hatte bei seinem ersten Besuch in Jerusalem mit seiner Gemahlin bei Freunden gewohnt, Römern, die seit jeher mit der Familie von Alice Verbindungen unterhalten hatten. Als Rom ein Jahrhundert zuvor den Schwertern der Goten anheimgefallen war, hatten viele Römer mit ihren Familien fliehen müssen, und einige von ihnen hatten sich schließlich in Jerusalem angesiedelt. Die meisten hatten es zu Wohlstand gebracht und Häuser zwischen den bewaldeten Hügeln am Stadtrand gebaut oder gekauft. In einem dieser Häuser, am Fuß des Ölbergs, wohnten Alice und ihr Vater.

Lentulus, ihr Gastgeber, war Bankier und Geschäftsmann; es hieß, er mache ein Vermögen mit Grundstükken, indem er mit Schutt und Trümmern übersätes Land aufkaufte, es räumen ließ und zum Zwecke der Bebauung weiterverkaufte. Ferner sagte man, er habe mit dem Handel mit heiligen Reliquien zu tun – natürlich nicht, um die Gläubigen in die Stadt zu locken, sondern um ihre Seelen, wenn sie nun schon einmal da waren, zufriedenzustellen. Splitter vom Kreuz Christi, Stücke des Schilfrohrs, an dem ihm der Essigschwamm gereicht worden war, ein Dorn aus der Krone, ein Tropfen des Essig selbst in einer Phiole – all diese wunderbaren Reliquien waren zu einem gewissen Preis immer noch zu haben. Alice, der man einiges davon gezeigt hatte, betrachtete sie mit schlichter Ehrfurcht, aber selbst mit ihren fünf Jahren mußte sie doch über den schier unerschöpflichen Vorrat an Nägeln und Dornen staunen, die im Angebot waren. Ein Wunder, nicht wahr? Ihr Vater schob ihre Fragen ein wenig beklommen beiseite, redete dann vom Glauben und von Symbolen, Dinge, die sie nicht verstand und prompt wieder vergaß. Und es wäre auch nicht nötig gewesen, sie zu ermahnen, wie er es tat, ja niemand anderen nach solchen Dingen zu fragen – sie hatte sonst niemanden zum Reden. Lentulus' Söhne, zwei erwachsene und verheiratete Männer, lebten nicht mehr zu Hause; einer betrieb sein Geschäft in Akka, der andere in Massilia. Lentulus' Gemahlin Matilda war von Arthritis verkrüppelt und weilte stets in ihrem Gemach. Die Führung des Haushalts überließ sie einem ältlichen jüdischen Ehepaar, das nicht viel Umgang mit anderen Menschen pflegte. Alice hatte keinen Gefährten ihres Alters. Da sie den ganzen Tag an irgendwelchen Pilgerstätten verbrachte, ferner den obligaten Kreislauf von Gottesdiensten und Fürbitten absolvierte und bald nach dem Abendessen zu Bett geschickt wurde, kam es Ansirus gar nicht in den Sinn, daß sie noch etwas anderes brauchen könnte, um ihre Zeit auszufüllen oder – wenn ihm dieser Gedanke gekommen wäre (was natürlich nicht der Fall war, denn Alice war ja ein Mädchen) – ihren Verstand. Wenn er über sie nachdachte – und das tat er oft –, ging er fest davon aus, daß das Kind die bestmögliche Vorbereitung auf das Leben bekam, das sie führen würde. Für ein Mädchen wie Alice hielt das Leben zwei Alternativen bereit: Sie mußte entweder einen passenden, von ihrem Vater ausgewählten Mann ehelichen und dessen Kinder zur Welt bringen oder den Schleier nehmen und sich als keusche und fromme Braut Christi in ein Kloster zurückziehen.

Trotz seiner eigenen Frömmigkeit neigte der Herzog, was seine Tochter betraf, doch eher der ersten Alternative zu. Sein schöner kleiner Landsitz in Rheged mit der in einer engen Flußschleife des Eden gelegenen rosenfarbenen Burg – Arx Rosea, wie sie auf alten Karten hieß – würde eines Tages einen neuen Herrn und einen Erben benötigen; natürlich wären ihm auch eine oder zwei Enkeltöchter überaus willkommen. So kam es, daß er manchmal, wenn er das schöne junge Gesicht neben sich in der Kirche sah, das verzückt zu Gott aufschaute, im stillen darüber nachdachte, ob er seine Tochter nicht Hals über Kopf und viel zu früh in die Arme der Kirche trieb, wenn er sie weiter das ganze Ritual der Pilgerfahrt mitmachen ließ.

Er hätte sich indes nicht sorgen müssen. Bei einem weniger intelligenten oder weniger mit Fantasie gesegneten Kind hätte dies vielleicht der Fall sein können. Alice nahm zwar all die Geschichten für wahr, hatte aber einen Glauben erworben, der auf ganz einfache – und überaus elementare – Weise funktionierte. Es fiel ihr nicht weiter schwer, die Apostel zu akzeptieren, die Heiligen und den Herrn Jesus selbst, denn es waren Menschen, die auf diesen Pfaden gewandelt und ihre Wunder vollbracht hatten – Magie oder Wundertaten, wo lag da der Unterschied? –, Menschen, denen man eines Tages durchaus einmal wiederbegegnen mochte. Natürlich hatte es die Kreuzigung gegeben, aber für die Pilger lag der größte

Nachdruck auf der Auferstehung, dem glücklichen Ende, so wie es immer in den Geschichten geschah, die Alice am besten gefielen.

Vor allem aber war sie ganz von dem Leben in Jerusalem in Anspruch genommen; es hielt sie in seinem Bann, erregte und interessierte sie. So viele Dinge geschahen, und es gab soviel zu sehen: die sorgsam bewässerten Gärten (man denke nur an den Regen zu Hause); die Türme mit den Storchennestern darauf und den vielen Schwalben ringsum, die den ganzen Tag zwitscherten und emsig hin- und herschossen; die Eidechsen und die winzigen Skorpione, die bunten Vögel (fünf Stück für einen halben Penny?); die Kamelbabys, die hinter ihren Müttern durch die schmalen *Souks* trotteten, die Waren, die in den Marktständen zum Verkauf standen, die Straßen mit ihren Kupferschmieden, Teppichknüpfern, Leinenverkäufern; die Kinder, die im Schmutz spielten, die kostbar gewandeten Reiter auf ihren wunderschönen Pferden.

Und Jesus, der Jerusalem ebenfalls geliebt hatte? Eines Tages würde er hierher zurückkehren, würde durch die Straßen schreiten, all die neuen Gebäude betrachten, mit den Menschen reden und stehenbleiben, um zu den Kindern zu sprechen; sie hoffte nur, daß dies geschehen würde, wenn sie und ihr Vater auf Pilgerfahrt waren. An Chancen dazu würde es ihnen nicht mangeln; der Herzog hatte, wie Alice wußte, gelobt, etwa jedes dritte Jahr zum Heil seiner Seele eine Pilgerfahrt zu unternehmen . . .

Als sie sich etwa drei Jahre später – Alice war acht – wieder einmal mit ihrem Vater in Jerusalem befand, geschah es.

Er kam die schmale, steinerne Gasse hinunter, direkt jenseits der Gartenmauer.

Lentulus' Villa lag am Stadtrand, und dahinter waren Felder – was man hier im Heiligen Land so Felder nannte; Parzellen steiniger Erde mit spärlichen Grashalmen im Frühling und dünnen gelbweißen Blumen, ähnlich den Gänseblümchen. Darunter hatten sich rote Anemonen gemischt, von denen ihr Vater ihr erzählt hatte, es seien die Lilien des Feldes. Im Sommer gab es weder Gras noch Blumen, und die Hirten mußten die Herden immer weiter fort führen, um nach Weiden zu suchen.

Genau das schien auch dieser Mann – der in Alices Gedanken bereits Jesus hieß – zu tun. Er schritt nicht umringt von seinen Schülern durch die Straßen der Stadt und redete auch nicht mit den Menschen; er ging ganz langsam die Gasse hinunter, die von der Stadt wegführte, knietief in Schafen watend. In der einen Hand hatte er einen Hirtenstab, mit der anderen hielt er locker die vier Beine eines Lämmchens, das über seiner Schulter lag.

Der Gute Hirte. Alice erkannte das Bild, das sie von ihm gesehen hatte, auch wenn der junge Mann selbst nur wenig Ähnlichkeit mit den Gemälden und den Wandbehängen in den Kirchen aufwies. Selbst für eine Achtjährige, die dreißig ziemlich alt fand und vierzig gar vergreist, war dieser Mann jung. Kein blondes Haar, kein säuberlich gestutzter Bart, keine weißen Roben und gewiß kein Heiligenschein. Nur ein dünner junger Mann mit dunklem Haar und dunklen Augen, dessen Wangen wohl einige Tage nicht rasiert worden waren und der einen braunen, mit einer roten Kordel gegürteten Kaftan trug. Seine Füße waren bloß.

Die Schafe blökten und umringten ihn. Er sah Alice auf ihrem Ausguck oben auf der Gartenmauer im Schatten des Tamariskenbaums und blickte lächelnd zu ihr auf.

Damit war die Sache besiegelt. Alice sagte ein wenig atemlos, obwohl es ihr in dem flammenden Sonnenschein und bei dem Getöse und dem Geruch der Schafe überall unmöglich war, Ehrfurcht zu empfinden: »Du bist also zurückgekommen! Ich wußte, du würdest kommen!«

Er blieb stehen und stützte sich auf seinen Hirtenstab. Das Lamm auf seiner Schulter stieß einen leisen Laut aus, und er legte den Kopf schief, um es mit der Wange zu liebkosen. »Ich komme oft hier vorbei.«

Obwohl sie lateinisch mit ihm gesprochen hatte, antwortete er ihr in ihrer Muttersprache, aber das war keine Überraschung. Natürlich sprach er ihre Sprache.

»Und du, kleines Mädchen?« sagte er. »Du bist wohl zu Gast hier, eine Pilgerin in meiner Stadt. Es muß alles ganz anders sein als bei dir daheim in Britannien. Wie gefällt es dir hier in dem Land, das ihr heilig nennt?«

»Ich mag es, ich mag es sehr. Aber ich habe mich gefragt . . .«, begann Alice, wurde dann aber plötzlich von einer Schüchternheit befallen, die ihr ansonsten gänzlich fremd war. Was sagte man denn nun zu jemandem, der von den Toten auferstanden war, um zu einem Ort zurückzukehren, an dem er so grausam getötet worden war? Sie schluckte und schwieg.

»Was wolltest du wissen?« fragte er nach. Er hatte sehr freundliche Augen, die immer noch lächelten, aber sie sah sich außerstande, mit ihren Fragen fortzufahren.

»Ach, es ging nur um die Schafe«, sagte sie schnell. »Diese langen Beine und diese komischen Hängeohren. Sie sind ganz anders als die Schafe bei uns. Und die, die wir zu Hause in Rheged haben, sind sowieso was Besonderes. Sie sind klein, haben Pelz an den Beinen und blaues Fell, und sie bleiben den ganzen Winter auf den Hügeln. Wir müssen die Herden nicht von einem Ort zum anderen führen wie ihr hier. Wo wir leben, gibt es jede Menge Gras.«

»Ich weiß so einiges über dein Land.« Natürlich wußte er das. »Es muß zu allen Zeiten des Jahres wunderschön sein.«

»Das ist es auch. Es ist sehr hübsch dort. Du wirst doch sicher eines Tages dort hinkommen? Die Leute sagen, daß eines Tages . . .«

»Lady Alice? Lady Alice?« Die Unterbrechung kam von Maria, ihrer Kinderfrau, die gerade aus einem Schläfchen im Sonnenschein erwacht war und nun den Garten nach ihrem Schützling absuchte.

»Eines Tages, ja – das hoffe ich doch«, entgegnete der Hirte, hob dann zum Gruß kurz seinen Stock und wandte sich zum Gehen.

Alice ließ sich von der Mauer hinuntergleiten und rannte auf ihre Kinderfrau zu, die den ganzen Rest des Tages über ihr gutes Benehmen nur staunen konnte.

6

»Hast du bemerkt«, fragte Alice eines Tages, die jetzt elf war und so hübsch, wie ein Mädchen es in diesem unbeholfenen Alter nur sein kann, »daß mein Vater immer anfängt, von seiner Seele zu reden, wenn der Wind von Norden kommt und es überall in der Burg furchtbar zieht?«

Sie sprach mit ihrer Zofe Mariamne, die ein Kichern nicht unterdrücken konnte.

»Nun, es ginge ja nicht an zu jammern, wenn der Wind von Süden kommt. Wie die Dinge liegen, werden wir wohl eine schöne, schnelle Reise haben und – Gott sei gedankt – vor Ende April im Sonnenschein sein!

Ach, werde ich mich freuen, wieder zu Hause zu sein.« Denn Mariamne kam aus einem Dorf keine zwei Meilen von Jerusalem entfernt. Bei der letzten Pilgerfahrt hatte der Herzog sie in Dienst genommen.

Alice stieß einen leisen Seufzer aus. »Es war schön, nicht wahr? Die Reise dorthin war das allerbeste – aber da warst du ja noch nicht bei uns. Wir hatten unglaublich gutes Wetter, und all die Orte, die wir gesehen haben – Rom und Tarentum und dann erst die Zeit bei der Familie meiner Mutter in Athen. Und dann die eigentliche Pilgerfahrt ... Natürlich ist Jerusalem wunderbar, obwohl man da nie viel zu tun hat, abgesehen vom – ich meine, ich weiß, daß man natürlich zum Wohle seiner Seele hingeht.« Der Satz endete mit etwas, das verdächtig nach einem Seufzer klang.

Mariamne, die gerade ein neues Hemd für ihre Herrin stickte, hielt in der Arbeit inne. Die Nadel blitzte im Sonnenlicht auf, das für den Monat März überraschend strahlend war und Alices nach Süden gelegenes Gemach recht ordentlich wärmte. Mariamne fand auch nach drei Jahren die Kälte des britischen Winters immer noch ziemlich unerfreulich.

»Nur?« hakte sie nach.

»Oh, es ist nur, daß ich nicht gerne ausgerechnet jetzt, wo der Frühling kommt, von zu Hause weg möchte. Denk nur, was wir alles verpassen, die Primeln kommen schon raus, und mein Pony wird im Juni ein Fohlen haben – aber ich denke, daß wir bis dahin vielleicht schon wieder zu Hause sind.«

»Im Juni wieder zu Hause? O nein, Herrin, da müßt Ihr Euch irren. Die Seereise allein hat schon Wochen und Wochen gedauert, und ich erinnere mich an jede einzelne davon, seekrank wie ich war! Bis Juni würdet Ihr ganz gewiß nicht wieder zu Hause sein.«

Alice stand von ihrem Stuhl auf und trat ans Fenster.

Sonnenlicht überflutete den breiten Steinsims, und die Düfte der ersten Frühlingstage – Erde, Kiefernharz, knospende Bäume und all die Gerüche des Wachstums – wehten mit der milden Brise heran. Sie glaubte sogar die Schneeglöckchen riechen zu können, die noch immer in späten Schneewehen unter den Bäumen verborgen lagen. Sie drehte sich um und lächelte dem anderen Mädchen zu. Trotz des Altersunterschiedes – Mariamne war etwa vier oder fünf Jahre älter – schien Alice, die Herrin von Burg Rose und deren Feldern seit dem Tag ihrer Geburt, häufig die ältere von den beiden zu sein. Sie sprach sanft, ganz in der Manier eines Erwachsenen, der schlechte Nachrichten brachte und Trost anbot. »Es tut mir sehr leid, Mariamne. Ich habe schon darüber nachgedacht, wie ich es dir sagen soll. Mein Vater hat nicht vor, dieses Jahr nach Jerusalem zu fahren. Er hat gestern mit mir darüber gesprochen, und es sieht so aus, als wäre die Reise zu gefährlich, selbst übers Meer. Nicht einmal nach Rom kann man reisen, wo der Kaiser mit den Burgundern gemeinsame Sache macht, und aus Athen haben wir seit dem Tod meiner Großtante keine Nachrichten mehr bekommen. Es tut mir leid. Ich hätte Jerusalem auch gern wiedergesehen, und ich weiß, wie sehr du dich darauf gefreut hast, nach Hause zu fahren.«

Da Mariamne von ihrer Familie – gegen ein durchaus angemessenes Entgelt – beim Herzog in Dienst gegeben worden und ihre Position praktisch die einer Sklavin war, wußte sie, daß ihre Erwartungen nicht das geringste zählten. Alice erwies ihr mit ihren mitfühlenden Worten eine Freundlichkeit, die ihr anderenorts kaum gewährt worden wäre. Ihrer angeborene Geduld, eine der Stärken ihres Volkes, ließ sie schweigen. Wortlos machte sie sich wieder an ihre Arbeit.

»Wenn diese Dinge besser geworden sind«, sagte

Alice, »werden wir gewiß fahren. Und ich verspreche dir, dafür zu sorgen, daß du mitkommen kannst.«

»Es ist nicht wichtig, Herrin. Ihr seid zu gut zu mir. Und ich bin wirklich sehr glücklich hier.« Die Nadel hielt abermals inne. »Aber Ihr sagtet doch ... ich dachte, Ihr hättet gesagt, daß mein Herr, der Herzog, eine Reise plane? Um seiner Seele willen, sagtet Ihr? Und daß Ihr bis Juni wieder zu Hause wäret? Was ist das für ein Ort, der so nah liegt? Oh ja, da ist der heilige Mann oben auf dem Table Hill oder die Chapel Perilious, wo das Schwert des Hohen Königs aufbewahrt und gezogen wurde, aber das ist wohl kaum ein christlicher Schrein, und Euer Vater würde dort nicht hinwollen. Es kann sich auch nicht um eine Reise zu dem Kloster handeln, wo Eure Mutter begraben liegt – das wäre kaum eine Pilgerfahrt, nicht wahr? Neun Meilen oder zehn? Also, wo könnte man außer nach Jerusalem noch hingehen?«

Alice lachte. »Du redest genau wie ich! Für dich gibt es nur einen Ort auf der Welt – Jerusalem, so wie Burg Rose der einzige Ort für mich ist! Wir werden nach Tours fahren.«

»Tours? Wo liegt das?«

»In Gallien. Es liegt in König Chlodomers Land, ziemlich weit im Süden. Die Hauptstadt des Königs ist Orléans, aber Vater sagt, daß auch Tours eine recht hübsche Stadt sei. Sie liegt an einem großen Fluß, der Loire, die durch ein schönes und sehr reiches Land fließt. Es klingt hübsch. Er sagt, die alte Königin – das ist die Mutter des Königs – verbringe viel Zeit dort, und sie sei sehr fromm, so daß die Unterkunft für die Pilger gut sei. Nicht, daß das ins Gewicht fiele, das versteht sich von selbst.«

»Natürlich«, pflichtete Mariamne ihr ernst bei. »Und wenn es südlich genug liegt, ist es vielleicht sogar warm dort. Also, was führt die Christen in diese Stadt Tours?«

»Der Schrein des heiligen Martin. Er war Bischof, glaube ich.« Alices Auskünfte waren eher vage. »Na, jedenfalls hat er eine Menge Wunder bewirkt. Vater hat mir nicht viel darüber erzählt. Aber er sagte, der alte König, König Chlodwig also, Chlodomers Vater, sei dort getauft worden. Er ist aus Dankbarkeit, weil er irgendeine Schlacht gewonnen hat, Christ geworden. Königin Chrodechild war Christin und hat ihn dazu überredet. Ich weiß nicht, gegen wen er gekämpft hat; es hat immer irgendwelche Kriege dort drüben gegeben, sagt Vater.«

Der Herzog hatte seiner Tochter tatsächlich eine Menge erzählt.

Die allgemeinen Befürchtungen wegen der Unruhen auf dem Kontinent nach dem Tod König Chlodwigs waren mehr als berechtigt gewesen. Wie es bei den salischen Franken Sitte war (»eine törichte Sitte, wie wir finden«, meinte Ansirus dazu), wurden die Ländereien, die Chlodwig in den Kriegen seines Lebens erobert und unter eine zentrale Herrschaft gebracht hatte, nach seinem Tod zwischen seinen vier Söhnen aufgeteilt. Der Älteste, Theuderich, Sohn einer der Konkubinen des Königs, erbte große Territorien im Norden; Chlodomer, der legitime Erbe, erhielt die fruchtbaren Länder längs der Loire; Childebert, der dritte Sohn, bekam einen breiten Streifen Küstenland von der Loire bis zur Schelde, während der vierte Sohn, Chlothar, das Territorium nördlich der Somne erhielt und daneben einen Teil von Aquitanien. Die Aufteilung war alles andere als gerecht, und die darauf folgenden Streitigkeiten zwischen den Brüdern machten Reisen durch die fränkischen Länder gefährlich, sogar für Pilger.

»Bis auf Chlodomers Königreich Orléans, dort ist es relativ sicher«, sagte Ansirus. »Er ist Christ, zumindest dem Namen nach, und die Straßen stehen Pilgern offen. Ja, man heißt sie dort sogar willkommen. Königin Chrodechild, Chlodwigs Witwe, verbringt viel Zeit in Tours. Wenn sie während unseres Besuchs dort auch zugegen ist, hoffe ich, daß ich dich ihr vorstellen kann.« Er lächelte. »Nein, sieh mich nicht so aufgeregt an, Kind. Denk immer daran, daß diese Franken ein rauhes Volk sind. Sie leben für den Krieg und, Christenkinder hin oder her, schrecken vor keinem Mord zurück, wenn ihre Pläne es erforderlich machen. Sei dankbar, daß unser Status uns schützen wird, aber erwarte kein Camelot.«

»Ich wünschte«, sagte Alice sehnsüchtig, »daß irgendwann einmal ein Bischof oder sonst jemand in Camelot sterben und Wunder wirken würde, dann könnten wir dorthin reisen.«

Aber sie sprach diesen Wunsch nur sehr leise aus.

7

Am Abend eines feuchten und windigen Tages im April sahen sie die Stadt Tours zum erstenmal.

Die fränkische Stadt war ganz gewiß kein Camelot. Die Zitadelle war eine grimmige Festung aus grauem Stein, die Häuser, die sich um sie scharten – in ihren Schatten kauerten, so schien es –, bestanden bestenfalls halb aus Stein und halb aus Holz und schlimmstenfalls aus zusammengebackenem Schlamm mit undichten Strohdächern. Der gewundene Fluß zog sich ebenfalls grau und mit dahinhuschenden weißen Wellenkämmen unter einem niedrigen grauen Himmel durchs

Land. Man konnte sich kaum etwas vorstellen, das von dem rosenroten Zauber von Ansirus' Burg oder der von der Sonne ausgedörrten, zerfallenden Pracht Jerusalems weiter entfernt gewesen wäre. Aber die Pilgerherberge am Flußufer gegenüber der Stadt war solide gebaut und trocken und hieß sie mit Feuern, Fleisch und einem roten Wein willkommen, der besser war als alles, was sie zuvor gekostet hatten. Der Herzog zog sich voller Dankbarkeit darüber, keine königliche Depesche vorzufinden, die ihn sofort an den Hof rief, gleich nach dem Abendessen mit dem Rest seiner kleinen Reisegruppe zurück und fiel in einen erschöpften Schlaf.

Am nächsten Morgen hatte es aufgehört zu regnen. Die Sonne stand hoch am Himmel, und die kleine Stadt über dem gekräuselten schmalen Fluß sah, wenn auch nicht prachtvoll, so doch auf jeden Fall hübsch aus; zwischen den Häusern blühten Obstbäume, und die Leute strömten über die Flußbrücke dem morgendlichen Markt zu. Es gab sogar eine vergoldete Turmspitze, die im Sonnenlicht blitzte, und von der Zitadelle wehte ein Wimpel, der kundtat, daß entweder der König oder die alte Königin, seine Mutter, in der Stadt weilte.

Und es dauerte auch nicht lange, da kam der Ruf an den Hof. Königin Chrodechild war in Tours und empfange den Herzog und Lady Alice, sobald diese dem heiligen Schrein ihre erste Huldigung erwiesen hätten. Danach schätze sie sich glücklich, sie für die Dauer ihres Aufenthaltes als Gäste unter ihrem Dach willkommen zu heißen. Sie habe, so berichtete der Bote, nicht in der Zitadelle Quartier genommen, sondern in ihrem Palast auf der anderen Seite der Stadt. Eine Eskorte begleite sie dorthin.

Der erste Anblick des »Palastes« war genauso enttäuschend wie das regengepeitschte Bild, das Tours ihnen am Vortag geboten hatte.

»Ein Palast? Das ist doch bloß ein Bauernhof!« sagte Alice zu Mariamne, deren Maultier neben ihrem Pony einherzockelte. Sie sprach leise, damit die Männer, die man ihnen als Begleitung mitgegeben hatte, sie nicht hören konnten. Dann blickte sie zweifelnd auf den bestickten, primelfarbenen Rock ihres besten Gewandes herab. »Ich wünschte, ich hätte meine dicken Schuhe mitgebracht statt dieser Pantöffelchen! Die Eskorte bringt uns gewiß zum richtigen Platz, aber bist du sicher, daß der Bote heute morgen von einem ›Palast‹ gesprochen hat?«

»Ja«, erwiderte Mariamne, die diesen Ort, bevor sie Burg Rose das erste Mal erblickt hatte, wenn auch nicht für einen Palast, so doch gewiß für ein sehr wohlhabendes Haus gehalten hätte. »Aber es sieht doch hübsch aus. So wie auf dem Land, nicht wahr? Von der Stadt habe ich ehrlich gesagt nicht viel gehalten! Diese Bettler überall, die armen Geschöpfe – wie schrecklich es mir wäre, irgendwo hingehen zu müssen, ohne eine Eskorte zu haben, die sie fernhält! Und hat es in den Straßen nicht abscheulich gerochen?«

Da sie in diesem Augenblick einen sehr schmalen Weg hinaufritten – den sie zu Hause als Trampelpfad bezeichnet hätten – und ihnen außerdem eine Herde von Schweinen, die aus dem Wald getrieben wurde, den Weg versperrte, mußte Alice lachen. »Ich nehme an, daß jeder Ort, an dem eine Königin residiert, ein Palast ist. Schließlich ist es die Königin, die ihn dazu macht. Aber ich hoffe doch, daß wenigstens die Fußböden sauber sind!«

Königin Chrodechild, die Witwe des großen Merowingerkönigs Chlodwig, hätte selbst einem Schweinestall

Adel verliehen. Was sich in der Tat als Vorteil erwies, da sich die Viehställe des Gebäudes – das ganz eindeutig ein Bauernhof war – in unmittelbarer Nähe des Raumes befanden, in dem der Herzog mit seinem Gefolge empfangen wurde. Es war ein großer, langgestreckter Raum, eine Halle, die noch immer etwas von der Würde ihres römischen Ursprungs verströmte; der Boden bestand aus schön gefertigten Mosaiksteinen, die Wandbehänge waren in hellen, mittlerweile angenehm verblichenen Farben gehalten. Die vierte Wand der Halle war offen, so daß man durch eine Reihe von Bogengängen auf einen Hof mit einigen Blumenkübeln, fröhlich blühenden Orangenbäumen und einem sehr hübschen Springbrunnen hinausgelangte. Die Schlafkammern und Gästezimmer bildeten zwei weitere Seiten des Hofes, und von der vierten kam man auf hügeliges Weideland, das zum Fluß hinunterführte. Jenseits der Gastgemächer lagen die Küchen und Dienstbotenquartiere; lediglich ein schmaler Streifen Garten, in dem sich neben vielen Obstgärten auch die Ställe, Scheunen und Lager des großen und wohlhabenden Bauernhofs befanden, trennte die königlichen Räumlichkeiten von den übrigen Quartieren.

Der »Palast« war also tatsächlich ein Bauernhof, aber gleichzeitig auch mehr als das. Wie die meisten Häuser der fränkischen Adligen stellte er eine Einheit dar, eine Miniatursiedlung, die, ob nun in Krieg oder Frieden, gleichermaßen unabhängig war. Mit der Aprilbrise, die auch die Gerüche der Viehställe zu ihnen herüberwehte, kamen das Muhen der Kühe und das unablässige Gegacker des Federviehs – und andere Geräusche: Das Klirren eines Schmiedehammers, das Klimpern von Rüstungen, das Klappern von Weberschiffchen und das Gelächter und die Rufe der Frauen, die unten am Fluß munter ihre Wäsche wuschen.

In der Halle herrschte zwar keine zeremonielle, aber respektvolle Stille. An ihrem Ende befand sich ein niedriges Podest, aus dessen Mitte sich ein großer, prächtiger Stuhl erhob. In seiner Nähe standen vielleicht ein Dutzend Männer und einige Frauen, letztere bekleidet mit den feierlichen Kutten der Nonnen. Die meisten Männer waren offensichtlich Krieger und in gepanzertes Leder gewandet. Sie trugen juwelenbesetzte Gürtel und Armbinden und waren ausnahmslos groß und blauäugig mit schulterlangem, blondem Haar und langen Schnurrbärten. Zwei weitere Männer hielten sich im Hintergrund; einer trug eine Priesterkutte und hatte das Gesicht in seiner Kapuze verborgen, der andere war ein junger Mann, groß und dunkelhaarig, angetan mit einer langen Robe und einer Silberkette um den Hals, die ihn als eine Art Palastbeamten auszuweisen schien.

Die Königin selbst stand neben einem der Bogengänge. Sie hielt ein Schwert in der Hand, dessen Klinge sie im Sonnenlicht bald in diese, bald in jede Richtung drehte, während sie den Kopf gesenkt hielt, um seine schöne Form zu studieren und mit dem Daumen die Schneide zu erproben. Ein Mann mit der Lederschürze und den Gelenkbändern der Schmiede – seiner Kleidung nach zu urteilen ein Sklave – stand neben ihr und wartete offensichtlich auf ihr Urteil über sein Werk. Als der Haushofmeister die Neuankömmlinge ankündigte, blickte sie auf, drehte sich um und warf im selben Augenblick dem Mann das Schwert zu. Die Klinge traf ihn und klirrte gegen seine derben Ledermanschetten. Bevor es zu Boden gleiten konnte, fing der Mann das Schwert mit einer schnellen Bewegung auf, gerade einen Zoll von seinem Fuß entfernt. Er wog es in der Hand, grinste angesichts von Alices schockiertes Gesicht und ging quer über den Hof auf ein Tor zu, daß zu den Werkstätten führen mußte.

»Mein hochwohlgeborener Herzog.« Die Königin hatte sich nicht einmal umgesehen, um festzustellen, wo das Schwert gelandet war. »Und Eure Tochter, Lady Alice? Seid willkommen in unserem Königreich.«

Vor den Bogengängen, wo die Frühlingssonne warm auf die Pflastersteine im Hof fiel, standen Stühle bereit. Die Königin führte sie dorthin, und ein Diener brachte eine Schale mit wohlschmeckenden Pasteten sowie einen Krug Wein herbei, der von bleichgoldener Farbe war und köstlich nach Blumen duftete. Alice, die auf einem Hocker neben dem Stuhl ihres Vaters saß, nippte daran und lauschte dem Austausch von Höflichkeiten. Gleichzeitig beobachtete sie die weißen Tauben, die gurrend über die Dächer stolzierten, und dachte darüber nach, daß diese Pilgerfahrt ebenso wie die nach Jerusalem ihrer Seele (vermutlich) gut tun, ihrem Gehirn oder ihrem Körper aber in keiner Weise nützlich sein würde. Wenn doch nur die Freunde ihres Vaters nicht alle so alt gewesen wären!

In den Augen des Kindes »alt«, fehlten der Königin ein oder zwei Jahre bis zur Fünfzig. Als Mädchen mußte sie hübsch gewesen sein; das konnte man aus dem stolzen und energischen Blick erahnen, den direkten blauen Augen, der aufrechten Haltung. Jetzt war sie dünn, und die Sorge hatte ihr Linien in die feine Haut gemeißelt und die Augen mit Müdigkeit überschattet. Ihr Haar lag unter einem Schleier verborgen, und ihre Robe war von einer düsteren Farbe irgendwo zwischen Braun und Grün. Es war eine schlichte, beinahe nonnenartige Kleidung für eine Königin, aber ihr Gürtel hatte eine wirklich wunderschön gearbeitete Goldschnalle, und an ihrem Hals hing an einer Halskette ein juwelenbesetztes Kreuz. Die Pantoffeln, die unter dem nüchternen Gewand hervorlugten, waren aus weichem, bronzefarbenem Ziegenfell. So nonnenhaft ihr Kleid auch sein mochte, verströmte es doch eine gewisse unterschwellige Eleganz, und ihr Stolz und ihre Energie waren immer noch zu spüren, vom Alltag ungebrochen. Doch Alice sah nichts von alledem. Wenn ihre Gastgeberin, so dachte sie, doch nur jung gewesen wäre, eine junge Königin mit Kindern in Alices Alter . . .

Genau in diesem Augenblick, als wäre ihr Gedanke ein Wunsch gewesen, kam ein Junge vom Flußufer her über die Wiesen gerannt und stürzte, dicht gefolgt von einer rotgesichtigen, ängstlichen Frau, auf den Hof.

»Theudo! Prinz Theudo! *Theudoald!* Komm zurück! Deine Großmutter hat Gäste, und du weißt, daß du bei mir bleiben sollst!« Die Frau erblickte die Königin, und ihre Stimme verlor sich. Sie blieb stehen und knickste hastig, während der Junge, der ihr keinerlei Beachtung schenkte, lachend auf die Königin zulief. Als er Alice und den Herzog bemerkte, hielt er inne und machte, noch immer ein wenig außer Atem, seine Verbeugungen.

Die Frau, wahrscheinlich seine Amme, knickste wieder, murmelte irgend etwas und huschte davon. Weder die Königin noch der Junge nahmen auch nur die geringste Notiz von ihr. Es schien, dachte Alice, daß die Merowinger nicht die Gewohnheit hatten, ihren Untergebenen große Aufmerksamkeit zu widmen.

»Mein Enkelsohn.« In der Stimme der Königin lag unüberhörbarer Stolz und überdies noch ein ganz neuer Ton; es schien, als habe sie den Jungen gern. Er war jünger als Alice, etwa sechs oder sieben Jahre alt, aber recht groß für sein Alter. Sein Haar war blond wie das der anderen Mannsleute, aber er trug es sehr lang, so daß es ihm fast bis zur Taille fiel. Dieser Umstand im Verein mit der klaren Haut, den blauen Augen und dem vollen, kindlichen Mund, hätte ihm vielleicht ein mädchenhaftes Aussehen verleihen können, wäre da nicht die Haltung des Kopfes gewesen, die von Arroganz kündete, und ein Anflug von Sturheit in der Art, wie er das Kinn hob. Zuversichtlich trat er neben seine Großmutter. Eine ihrer Hände legte sich leicht auf seine Schulter, und sie ließ eine Strähne des langen Haars durch ihre Finger gleiten.

»Dies ist wohl der Älteste Eures Sohnes, König Chlodomers?« fragte Herzog Ansirus, der den Jungen mit einem Lächeln betrachtete. »Er ist ein hübscher, großer Junge. Ihr müßt sehr stolz auf ihn sein. Und ich glaube, er hat auch noch einen Bruder, der nur ein paar Jahre jünger ist. Sind sie beide zur Zeit bei Euch?«

»Ja. Wann immer ich in Tours bin, kommen die Jungen zu mir. Ihr Vater ist die halbe Zeit außer Landes, und Königin Guntheuca pflegt ihn zu begleiten. Sie sind jetzt zu dritt; im vergangenen Frühjahr wurde noch ein Junge geboren. Der zweite Junge, Gunthar, und der kleine Chlodoald bleiben bei den Kinderfrauen, aber Theudoald ist in einem Alter, in dem er sich eher zu den Männern hingezogen fühlt« – ihre Lippen zogen sich in die Länge und mochten vielleicht ein Lächeln andeuten – »oder zu mir. Er weiß, daß ich ihn bereits als erwachsenen Mann ansehe.«

Herzog Ansirus machte eine Erwiderung, und schon bald waren er und die Königin tief in ein ernstes Gespräch verstrickt; es ging um die jüngste Aufteilung der fränkischen Königreiche und ihre möglichen Konsequenzen. Immer dasselbe, dachte Alice, die mit auf dem Schoß gefalteten Händen auf ihrem Hocker saß, während ihre Augen sich sehnsüchtig auf die sonnigen Gipfel jenseits der Hofmauern hefteten. Hier würde ihr Vater wohl kaum seine Ansichten zum Thema Landteilung kundtun, einer Maßnahme, die unausweichlich Streitereien und Kämpfe mit sich brachte, mit all den schrecklichen Konsequenzen eines Krieges, zu denen nicht zuletzt auch die zeitweilige Zerstörung eben des Landes zählte, um das gekämpft wurde ... Ah, dieses Thema hatten sie sicher umschifft, und jetzt sprachen sie über den heiligen Schrein und die Pläne, die die Königin für eine weitere Verschönerung hegte. Das würde sie sicherlich länger beschäftigen ...

Ein Zupfen an ihrem Rock weckte ihre Aufmerksamkeit. Theudoald lud sie mit einer knappen Kopfbewegung und einer Frage in den Augen schweigend ein, mit ihm zu gehen und die Erwachsenen ihren Gesprächen zu überlassen. Sie nickte eifrig und räusperte sich, um zu der steifen Anrede auszuholen, die ihrer Gesellschaft zukam.

»Madam, mein hoher Herzog – Vater. Mit Eurer gnädigen Erlaubnis ...«

»Ich will Alice die Pferde zeigen, Großmutter«, unterbrach Theudoald und nahm, da er anscheinend keine Erlaubnis benötigte, sei sie nun gnädig oder nicht, Alice bei der Hand und zog sie auf die Füße. Er war fast genauso groß wie sie. Sie warf ihrem Vater einen halb lachenden, halb entschuldigenden Blick zu, erhielt daraufhin sein wohlwollendes Nicken und folgte dem Jungen hinaus auf den sonnendurchfluteten Hof. Die Königin blickte ihr nach, stockte aber nicht einen Augenblick in ihrem Bericht über ihren Sohn, König Chlodomer, und das heilige Vermächtnis, das er mit der Kirche des heiligen Martin geerbt hatte, jener Kirche, die einen steten Strom von Pilgern zu dem heiligsten Schrein Europas und der großen Basilika zog, die vor einigen Jahrhunderten am selben Ort erbaut worden war.

Alice drehte sich mit einem flüchtigen Knicks um und lief langsam hinter dem Prinzen her quer über den Hof.

8

Das Anwesen – ob nun Palast oder Bauernhof – war größer, als Alice gedacht hatte, ein riesiger, weitverzweigter Komplex aus Häuschen und Viehställen, Kräuter-, Gemüse- und Obstgärten, in denen Männer gruben und pflanzten, und Höfen, in denen sich Mägde mit Körben voller Vorräte oder Kleiderstapel abmühten. Auf den Stallhöfen trieben sich Männer – wohl die Wachen und Kämpfer – müßig herum oder saßen über Würfelspiele gebeugt auf den warmen Pflastersteinen, während Stallburschen und Viehtreiber alle Hände voll mit ihren Schutzbefohlenen zu tun hatten.

Der Prinz ging im Laufschritt voran, zwischen zwei Reihen von Bienenstöcken und einem mit weißen Ziegen bevölkerten Verschlag hindurch. Alice, die die primelfarbenen Röcke raffen mußte, folgte ihm, so schnell sie konnte, über Pflastersteine, die gewiß noch nie gefegt worden waren. Sie kamen an der Schmiede vorbei, wo der Schmied wieder an dem Schwert arbeitete, das er Königin Chrodechild gezeigt hatte. Er nickte ihnen grüßend zu. Hinter ihm konnte Alice im flackernden Feuerschein der Schmiede einen Wald aus Lanzen in einer Ecke sehen. Königin Chrodechilds Palast konnte wahrscheinlich eine kleine Armee mit Reittieren und Waffen ausstatten.

Dort, wo es durch einen schmalen Torbogen, der tiefe Schatten warf, aus dem Häuserlabyrinth in die Weingärten ging, blieb Theudoald stehen, um auf sie zu warten. Die der Sonne preisgegebenen Weingärten erstreckten sich talaufwärts bis zu einem bewaldeten Gipfel in fast einer halben Meile Entfernung. Die Weinreben trieben eben erst Knospen und waren bisher nichts als kleine, stummelige Pflanzen, die in ordentlichen Reihen den Hügel hinaufführten und noch nichts von der bevorstehenden Ernte ahnen ließen.

Dennoch war deutlich, daß es sich hier um bessere Reben handelte als bei den so sorgfältig gepflegten Pflanzen auf ihrem geschützten Wingert von einem knappen Morgen bei Burg Rose. Die Sonne schien jetzt heiß auf die jungen Blätter und die rosigen Knospen, und zwischen den in Reih' und Glied dastehenden Weinstökken vertrocknete die Erde bereits zu Sommerstaub.

Kein Wunder, dachte Alice, daß die Weine der Loire ganz anders schmeckten als die, die man in Rheged erntete.

Mittlerweile waren sie für die Diener und die Wachen auf den Höfen nicht mehr zu sehen. Theudoald warf einen Blick hinter sich. »Schnell!« sagte er. »Hier entlang!« Und ohne noch länger zu zögern, rannte er schon zwischen den Weinstöcken hindurch.

Dort führte ein Pfad direkt hügelaufwärts und teilte den Weingarten in zwei Teile. Der Pfad war breit genug für einen Karren und zeigte tiefe Furchen. Außerdem war er sehr staubig. Alices dünne Pantoffeln hatten schon nicht unerheblichen Schaden gelitten, und sie besaß nicht so viele prächtige Kleider, daß sie es sich leisten konnte, die primelfarbenen Seide zu verderben. Sie zögerte, aber der Junge wiederholte nur drängend: »Schnell! Komm doch!« Dann stürmte er weiter den Pfad hinauf. Alice zog sich ihre Röcke bis über die Knie hoch und folgte ihm.

Auf dem Gipfel der Anhöhe zwischen dem Weingarten und dem Waldland trafen sie auf eine niedrige Trockensteinmauer, die an manchen Stellen mit Gräsern und Dornensträuchern überwuchert war. An manchen Stellen, wo Steine aus dem Mauerwerk fehlten, waren Lücken. »Hier entlang«, keuchte Theudoald und sprang auf eine dieser Lücken zu.

Alice blieb entsetzt stehen. Ihre Pantoffeln waren wahrscheinlich bereits ruiniert, aber das primelfarbene Seidenkleid nicht, und es war zu kostbar, um es zu gefährden. Selbst wenn sie in der Lage gewesen wäre, sich über die Mauer zu ziehen – der Wald dahinter sah wenig einladend und nach unangenehm dichtem Unterholz aus. »Wo willst du hin?«

»Schnell! Sie haben uns noch nicht verpaßt!« Während er sprach, sprang er schon hinunter in den Wald.

Alice, die immer noch zauderte, hörte den dumpfen Aufprall, als er landete, dann ein Keuchen und einen unterdrückten Aufschrei. Sie lief auf die Mauer zu und blickte hinüber. »Was ist passiert? Hast du dir wehgetan?«

»Da war irgendwo ein lockerer Stein. Ich bin in Ordnung, aber diese Dornen . . . Ich komm' nicht raus!«

Er saß wirklich und wahrhaftig fest. Als er bei seinem Sprung über die Mauer ausgerutscht war, war er Hals über Kopf in einem Dornengesträuch gelandet und versuchte nun, sich aus den langen, biegsamen Zweigen, die sich in seine Kleider gebohrt hatten und ihn festhielten, zu befreien.

Alice hatte auf den Schafweiden ihres Heimatlands so manches Mal einem Mutterschaf helfen müssen, das in den grimmigen Dornen einer Hecke oder eines wilden Rosenbusches festsaß. Also hieß es nun doch Lebewohl, schönes primelgelbes Kleid. Sie preßte ihre hübschen Lippen zusammen, raffte ihre Röcke noch höher und machte sich bereit, über die Mauer zu klettern. »Halt einen Augenblick still. Ich komme dir helfen. Ich habe eine Schere in meinem Täschchen . . .«

»Nein, nein! Ich bin fast draußen. Da ist nur noch dieser . . .« Es folgte ein Ausruf in der fränkischen Sprache, den Alice, vielleicht zu ihrem Glück, nicht verstand. Jetzt sah sie, daß die Dornen nicht nur die

Kleider des Jungen festhielten, sondern auch sein Haar. Er verschwendete keinen Gedanken an seine Kleidung: Mit einem lauten Geräusch reißenden Stoffs befreite er sich und zog, noch immer auf den Knien liegend, einen scharfen, kleinen Dolch aus seinem Gürtel, mit dem er den Dornenzweig abhackte, der sein Haar nicht freiwillig losließ. Dann kletterte er wieder über die Mauer. Seine Hände waren blutig, aber das schien er nicht zu bemerken. Er versuchte – noch immer unter leisem, fränkischem Gemurmel – das Gewirr aus Stoff und Haar und Dorn auseinanderzusortieren.

»Komm, ich helfe dir«, sagte Alice und griff in ihr Retikül nach der Schere, die sie immer bei sich trug.

Theudoald brachte mit einer heftigen Bewegung die verhedderte Locke außer Reichweite. »Nein! Ich schaff's schon!«

»Aber deine Hände bluten ja schon! Wenn du mich nachsehen ließest ...«

»Nein, tu das Ding weg! Ich sage dir, du darfst es nie schneiden! Nie und nimmer!«

»Warum nicht?«

Aber noch während sie die Frage stellte, erinnerte sie sich an etwas, das ihr Vater ihr über diese seltsamen Leute, die Franken, erzählt hatte. »Ihre Könige schneiden sich niemals das Haar«, hatte er gesagt. »Das lange Haar ist ein Zeichen ihrer Königswürde. Die Löwenmähne. Es kurz zu schneiden, bedeutet Schande und Demütigung. Es könnte den Verlust eines Königreiches bedeuten.«

Hastig steckte sie die Schere weg. »Ich vergaß. Mein Vater hat mir davon erzählt. Er sagte, das lange Haar sei ein königliches Symbol. Es tut mir leid. Kommst du zurecht?«

»Ja. So, das wäre erledigt.« Er warf den Zweig zu

Boden und strich sich sorgsam die Haare zurück. »Was ist ein Symbol?«

»Ich – ich glaube, das heißt, daß eine Sache für eine andere steht. Ein Zeichen eben. Na ja, wie, wie zum Beispiel ein Kreuz.«

»Oder eine Krone?« Der Erbe der Merowinger wischte sich seine zerkratzen Hände an der Vorderseite seines Rocks ab und lud Alice mit einer Geste ein, sich neben ihn zu setzen. Sie zögerte abermals und bedachte die staubigen Steine mit einem zweifelnden Blick, aber der Prinz war ihr Gastgeber, und gutes Benehmen war gutes Benehmen. Also raffte sie den langen Rock abermals, suchte sich die sauberste Stelle auf der Mauer aus und setzte sich.

»Wo gehen wir hin? Warum hattest du es so eilig?«

Er zeigte mit dem Kopf hügelabwärts, und Alice sah vier Männer durch den Bogengang hinaufkommen. Die Sonne fing sich auf ihren Waffen. Einer der Männer, anscheinend der Anführer, hob die Hand zum Gruß und rief ihnen irgend etwas zu. Die Männer kamen den Weg herauf. Theudoald blieb, wo er war, und bohrte seine Absätze in die Mauer. »Wenn wir schneller gewesen wären, hätten wir uns im Wald verstecken können. Es gibt Stellen, an denen sie uns nie finden würden, aber da kämst du mit diesen Röcken natürlich nicht hin.«

»Da hast du wohl recht. Tut mir leid. Du wolltest dich verstecken?«

»Natürlich.«

»Warum?«

»Mußt du das fragen? Sieh doch! Es scheint bei dir genau dasselbe zu sein.« Erst jetzt sah sie, daß sich Mariamne mit gerafften Röcken im Kielwasser der Soldaten hügelaufwärts mühte.

»Möchtest du nicht auch manchmal weggehen, einfach ganz allein für dich, ohne irgend jemandem zu sagen, was du tust?« fragte der Junge. »Erlauben sie dir jemals, allein zu sein?«

»Zu Hause, ja, manchmal. Aber wenn wir auf Reisen sind, ist das etwas anderes. Dann soll meine Zofe eigentlich bei mir bleiben.«

»Was, glauben sie denn, könnte dir hier zustoßen?«

»Ich nehme nicht an, daß sie überhaupt darüber nachdenken.« Alice war sich nicht sicher, ob in der Frage vielleicht eine Spur von Groll gelegen hatte. »Sie befolgen lediglich ihre Anweisungen. Wenn ich ein Junge wäre, wäre das wohl anders.«

»Nicht, wenn du ich wärest.«

Die Männer standen jetzt ein paar Meter entfernt zu Diensten. Ihre Waffen hielten sie in den Händen.

Sie waren außer Hörweite, aber Alice senkte trotzdem die Stimme. »Nun, bei dir ist das etwas anderes, du bist ein Prinz. Aber das ist doch dein Zuhause! Das heißt, jedenfalls das Zuhause deiner Großmutter. Was sollte *dir* denn hier zustoßen?«

»Ach, irgendwas. Ich werde immer bewacht, aber selbst bei den Wachen weiß man nie, wem man trauen kann und wem nicht. Die Spione meiner Großmutter passen auf, aber man kann eben nicht immer wissen, wer gerade der Feind ist.«

»Welcher Feind? Ihr habt doch im Augenblick keinen Krieg, oder?«

»Es gibt keine Kämpfe, nein. Meine Onkel sind beide in Paris, daher meint mein Vater, daß wir drei – meine Brüder und ich – eigentlich in Sicherheit seien, aber wenn er fort ist, kommt meine Großmutter mit ihren Leuten aus Paris hierher und gibt auf uns acht.«

»Aber – hast du gesagt, deine *Onkel?*«

Er nickte, hatte den eigentlichen Sinn der Frage aber offensichtlich mißverstanden. Sachlich fuhr er fort.

»Mein Onkel Childebert und König Chlothar. Vor allem Onkel Chlothar – unsere Ländereien sind weit besser als die seinen. Natürlich würden die beiden sie meinem Vater gern wegnehmen. Mein Onkel Theuderich ist der älteste, aber er ist unehelich.« Geschürzte Lippen und ein neuerliches Nicken. »Na, jedenfalls meint meine Großmutter, wenn sie ihm genug versprächen, würde er ihnen wohl helfen. Natürlich würden sie ihre Versprechen hinterher nicht halten.«

Bruder mordet Bruder und Vater Sohn, hatte Herzog Ansirus gesagt. Alice sah den Jungen an, die glatte Kinderstirn, das königliche Haar, das sich jetzt in ein trauriges Wirrwarr verwandelt hatte, die zerrissene Tunika und die schmutzbefleckten Knie und Hände; ein scharfer Stich des Mitleids, in das sich ein gerüttelt Maß Ungläubigkeit mischte, brachte sie zum Schweigen. Sie, die selbst noch ein Kind war, hatte Mißtrauen und Verrat nie kennengelernt, Gesichter des Bösen, die diesem Jungen, der nicht einmal so alt war wie sie, so vertraut waren.

»Aber . . .«, begann sie und hielt dann gleich wieder inne, als Mariamne rotgesichtig und atemlos die letzten paar Schritte zu ihnen heraufkletterte, um schließlich keuchend vor ihnen stehenzubleiben.

»Madame – Herrin . . .« Sie hielt inne, um Luft zu holen und warf dem Jungen einen unsicheren Blick zu. Mit zerrissenen Kleidern, schmutzig und blutbefleckt, entsprach Theudoald in keiner Weise Mariamnes Vorstellungen von einem Prinzen. Aber sie brachte trotzdem einen angedeuteten Knicks zustande, der in eine Richtung irgendwo zwischen den beiden Kindern zielte. »Ich dachte, Ihr wäret noch bei Eurem Vater, Madame. Sie haben mir die Vorratskammern gezeigt und – oh, der Himmel sei uns barmherzig! Eure Pantoffeln! Und dieses Kleid! Auf dieser schmutzigen Mauer! Das bekommen wir nie wieder sauber! Wo hattet Ihr nur Eure Gedanken? Am besten kommt Ihr jetzt gleich mit mir und laßt mich versuchen ...« Der Ausdruck des Erstaunens in der Miene des Jungen schien ihr das Wort abzuschneiden, und sie legte sich hastig eine Hand vor den Mund. »Es tut mir leid, Herrin ...«

»Schon gut, Mariamne. Der Prinz hat mir den Ausblick übers Tal gezeigt. Wir haben uns unterhalten. So, und wenn du nun bitte bei den Männern warten möchtest?«

Mariamne versank in einen neuerlichen Knicks, der diesmal dem Zweck diente, die Würde ihrer Herrin wiederherzustellen. Dann zog sie sich zu der Gruppe wartender Soldaten zurück.

Aber Theudoald war bereits von seinem Sitzplatz auf der Mauer heruntergerutscht. »Es hat keinen Sinn. Wir müssen zurück. Da kommt nun auch noch der Haushofmeister meiner Großmutter. Es muß Zeit zum Abendessen sein. Außerdem habe ich Hunger. Du nicht?«

»Wenn ich so drüber nachdenke, doch«, meinte Alice. Sie stand auf und schüttelte sich den Staub aus den Kleidern. Es war eine ganze Menge davon vorhanden. »Wenn wir uns die Hände waschen sollen, bevor das Fleisch ...«

»Wozu sollte das gut sein? Waschen wir sie besser hinterher, wenn sie fettig sind«, rief der Prinz fröhlich und lief schon los, den Hügel hinunter. Die Wachen beeilten sich, ihm zu folgen. Der Haushofmeister kam, nachdem er noch ein Wort an Mariamne gerichtet hatte, Alice entgegen.

Es war der junge Mann, den sie schon beim Empfang durch die Königin hinten in der Halle gesehen hatte. Jetzt im Sonnenlicht sah sie, daß er groß war, dunkelhaarig und dunkeläugig und eine nüchterne, rehbraune Tunika mit einem Überrock aus dunklem Braun trug. An der silbernen Amtskette auf seiner Brust hing das vergoldete Abzeichen der Königin, und an seiner Schulter steckte eine Brosche aus getriebenem Silber. Er trug einen Gürtel aus gutem, gegerbtem Leder, das wie eine Roßkastanie glänzte; am Gürtel hingen eine Börse und ein dicker Schlüsselbund. Der Haushofmeister der Königin, hatte Theudoald gesagt. Ein Diener, dem man vertraute. Aber, dachte Alice, der Mann war doch gewiß ein Fremdler. Er sah nicht aus wie ein Franke. Ein Römer vielleicht? Einer jener Unglücklichen, die oft aus guter oder sogar adliger Familie stammten und die die fränkischen Eroberer im Krieg verschleppt und versklavt hatten?

Aber es sah nicht so aus. Bevor der Mann sprechen konnte, stand Mariamne errötet und aufgeregt hinter ihm. »Lady Alice! Denkt nur! Er kommt aus meinem Land – aus dem Nachbardorf! Und das hier in Tours! Ist das nicht wie ein Wunder?«

Der junge Mann richtete sich aus seiner Verbeugung wieder auf. Alice, die noch immer ihre Röcke festhielt, stand stocksteif da und blickte entgeistert zu ihm auf.

»Du?«

Das eine Wort klang atemlos wie ein Keuchen.

Seine Brauen fuhren in die Höhe. »Madame?« Dann huschte ein Lächeln über sein Gesicht. »Nein, wirklich, es ist das kleine Mädchen! Das kleine Mädchen aus Jerusalem! Aber kein kleines Mädchen mehr, sondern eine erwachsene Dame, und was für eine hübsche Dame obendrein! Wie geht es Euch, und wie geht es den kleinen blauen Schafen auf Euren britischen Hügeln?«

»Ich dachte, Ihr wäret Jesus.« Die Worte kamen ihr mit der ganzen Wucht des einfachen Gemüts über die Lippen. Im nächsten Augenblick hätte sie sie gern zurückgenommen und spürte, wie sie scharlachrot wurde. Hastig fügte sie hinzu: »Damals war ich noch sehr jung, und Ihr trugt ein Lamm, und Ihr schient zu wissen, wer ich war, und – bitte lacht nicht! Ich habe mich immer daran erinnert, und ich weiß, es war dumm, aber manchmal habe ich versucht, mir einzureden, es sei die Wahrheit gewesen.«

Er lachte nicht. Statt dessen sagte er ernst: »Ihr erweist mir eine große Ehre. Hätte ich es gewußt, hätte ich Euch gesagt, daß ich nur ein einfacher Bauernsohn bin, ein ganz gewöhnlicher Mensch – und daß mein Name trotzdem Jesus lautet.« Er lächelte, als er ihren erstaunten Ausdruck sah. »Wir schrecken nicht wie Ihr davor zurück, diesen Namen zu benutzen, kleine Dame. Hier bin ich als Jeshua bekannt. Es ist derselbe Name, und Euch kommt er leichter über die Lippen, nicht wahr?«

»Ich – ja, natürlich. Aber – wie kommt es, daß Ihr meine Sprache so gut sprecht?«

»Jerusalem war immer voller Pilger, und viele kamen aus Eurem Land. Mir ist es immer schon leicht gefallen, neue Sprachen zu erlernen. Ein nützliches Talent« – er lächelte schon wieder – »wenn man ehrgeizig ist.«

»Ich verstehe ...« Alice bemerkte, daß sie immer noch die Röcke des primelfarbenen Gewandes festhielt. Sie ließ die Seide auf eine schickliche Länge hinunter, glättete den Stoff und spürte, wie mit diesen beruhigenden Gesten auch ihre Fassung zurückkehrte. »Und jetzt seid ihr der Haushofmeister der Königin?« Das war wieder Lady Alice, die da sprach. »Wie seid ihr hierhergekommen, Meister Jeshua?«

»Wenn ich Euch das vielleicht auf dem Weg hinunter berichten könnte? Es ist Zeit fürs Abendessen, und Ihr werdet erwartet. Nehmt meinen Arm, Herrin, der Weg ist holprig.«

»Ich fürchte, meine Hände sind staubig. Ich möchte Euren Ärmel nicht beschmutzen.«

Er lachte nur und legte sich ihre Hand auf den Arm. Dann gingen sie gemeinsam durch den Weingarten hinunter, dicht gefolgt von einer glücklich lächelnden Mariamne.

9

Wenn Alice hätte hören können, was Chrodechild dem Herzog erzählte, hätte sie besser verstanden, warum der junge Prinz so scharf bewacht wurde, sogar in seinem eigenen Heim.

»Gott und seine Heiligen allein wissen, wie viele Jahre wir noch in der Lage sein werden, Pilger in Tours willkommen zu heißen. Ihr wißt ja, Herzog, daß das Land nördlich des Flusses zum Besitz meines Sohnes Childebert gehört, also auch die Straßen, die Ihr auf Eurem Weg durchs Tal genommen habt, und das Kloster, in dem Ihr letzte Nacht Quartier nahmt.«

»Gewiß. Und wir sind unbehelligt und behaglich gereist. Welchen Grund könnte er haben, die Pilger an der Durchfahrt zu hindern? Und – mit Eurer Erlaubnis, Madame – sich die Einkünfte zu verscherzen, die sie ihm bringen? Er ist doch Christ, oder? Ich war bisher in dem Glauben . . .«

»O ja. Als mein Herr, König Chlodwig, der Heiligen Kirche beitrat, wurden auch meine Söhne getauft und mit ihnen eine große Anzahl unserer Kämpfer.« Ein flüchtiges Lächeln huschte über ihre Züge. »Aber unsere Landsleute sind zuerst Krieger und erst dann Christen.«

»Solange Ihr hier in Tours Hof haltet, Madame, werden Eure Söhne doch gewiß den Schrein und die Pilgerstraßen unterhalten, so wie Ihr und Euer Gemahl es wünschten?«

»Solange ich lebe, ja, vielleicht. Aber da Burgund stets gierig kläffend an unserer Schwelle steht – wer weiß, welcher der Könige, welcher meiner Söhne den nächsten Feldzug überleben wird? Prinz Theudoald ist groß für sein Alter und klug, ja, und ich habe dafür gesorgt, daß er fromm und gottergeben ist, aber er ist noch keine sieben Jahre alt, und schon jetzt bedrohen die Burgunder unsere Ostgrenzen.«

Der Herzog zögerte, und die Königin ließ abermals das für sie so typische trockene Lächeln sehen und nickte. »Ihr erinnert Euch, daß ich selbst aus Burgund stamme? Seid beruhigt, Herzog; ich hatte keine Liebe für meinen Onkel Sigismund, und obwohl er mich mit meiner Verheiratung als Bauern in seinem Spiel um die Macht benutzt hat, bin ich kein Bauer geblieben – außer in den Händen Gottes und zu Gottes heiligem Zweck.«

»Auf geradem Wege bis in die achte Reihe gelaufen, und dann eine Dame?« sagte der Herzog lächelnd, und sie lachte.

»Ja, eine gekrönte Königin und eine fränkische Königin, dem Namen wie der Gesinnung nach! Wenn mein Herr, König Chlodwig, noch lebte, wäre er eines Tages gegen Burgund gezogen, ganz gleich, was dieser Opportunist in Rom zu dieser Angelegenheit zu sagen gehabt hätte. Und ich hätte kein Wort gesagt, um ihn daran zu hindern. Aber er ist tot, und meine Söhne sind, Gott sei's geklagt, miteinander zerstritten, so daß Burgund seine Chance nur allzu bald wittern könnte.«

»Aber wäre denn Burgund – allein, denn ich bezweifle sehr, daß der Kaiser eine Allianz riskieren würde – in der Lage, eine Armee aufzustellen, die es mit der geballten Macht der fränkischen Königreiche aufnehmen könnte? Denn im Angesicht einer solchen Bedrohung würden die Differenzen Eurer Söhne doch gewiß vergessen sein und eine geeinte fränkische Armee zu Felde ziehen?«

»Das ist es, worum ich bete.«

»Und wofür Ihr arbeitet, Madame?«

»Und wofür ich arbeite.« Diesmal war das Lächeln grimmig. »Also ziehe ich zwischen den Hauptstädten meiner Söhne umher. Ich mache kein Geheimnis daraus: Ich habe immer noch Freunde am Burgunderhof, die mir Informationen zukommen lassen. Um der alten Zeiten willen . . .« Die Worte hatten einen höhnischen Klang, aber der Herzog glaubte, daß sie sehr ernst gemeint waren. »Ich halte hier Hof, in der Nähe des Schreins des heiligen Martin und des Klosters, das er gegründet hat, dem ersten in Gallien und dem frömmsten. Und so sitzt Childebert in Paris, während ich seine Grenze von hier aus beobachte, und Chlodomer wartet in Orléans darauf, daß Godomar von Burgund den ersten Schritt tut.« Sie hob abermals die Schultern und ließ den Satz unbeendet verklingen.

»Ich kann einfach nicht glauben«, sagte Herzog Ansirus höflich, »daß eine Königin wie Ihr nicht alles zuwege bringt, was sie sich vornimmt.«

»Ha!« Seine Bemerkung entlockte der Königin nur ein verwirrendes, bellendes Lachen. Keine Närrin, diese alte Königin, dachte Ansirus. Sie weiß so gut wie ich, daß ihre Söhne, deren Christentum kaum bis unter die Haut reicht, bei der geringsten Entschuldigung das Land in Stücke reißen würden, so wie hungrige Wölfe über einen Kadaver herfallen. Nun wollen wir um ihret- und um des jungen Theudoalds willen hoffen – und noch mehr als das, hoffen wir es um Britanniens und des zerbrechlichen Friedens willen, den der Hohe König Arthur dort hält –, daß Chlodomer lange genug lebt, um seine Söhne erwachsen werden zu sehen, sein Königreich sicher und in Frieden verwahrt zu wissen.

Sein Blick traf den Chrodechilds. Ganz gewiß keine Närrin, die alte Königin. Wie zur Antwort auf seine Gedanken nickte sie.

»Nun, wir werden sehen«, sagte sie.

In diesem Moment wurde zur Erleichterung des Herzogs zum Abendessen gerufen und der Haushofmeister ausgesandt, die beiden Kinder zu holen.

Drei

Der fahrende Ritter

N
W
E
S
Caer
Eidyn
Caer Mord
northumbria
Luguvallium
Burg Rose
Kloster
St. Martin
Brocavum
rheged
Glannaventa
York
Segontium
northgalis
Dunkler Turm
Viroconium
Ost-
Angeln
Craig Arian
dyfed
Glevum
Ost-
Sachsen
Blestium
Wye
Severn
Venta
LONDON
Thames
Amesbury
Sommerland
Winchester
Camelot
Sachsenküste
Tintagel
dumnonia
cornwall
Tamaru
Enges Meer

10

Alexanders Mutter verheiratete sich nicht wieder, obwohl ihre Jugend und Schönheit – und vielleicht auch das behagliche kleine Besitztum im Wye-Tal, das allein ihr gehörte – ein paar hoffnungsvolle Herren vor ihre Tore lockten. Aber sie alle wurden enttäuscht. Die Prinzessin Anna blieb unverheiratet und lebte auskömmlich und mit den Jahren in langsam wachsender Zufriedenheit auf dem Schloß. Theodora und Barnabas waren von nimmermüder Freundlichkeit; Theodora kam Annas Gesellschaft sehr gelegen, und Barnabas, der mit der Zeit erleichtert feststellen konnte, daß Anna wohl keine neue Ehe eingehen und ein anderer Mann Craig Arian für sich fordern würde, widmete sich ganz ihrem Wohlergehen. Mit Hilfe dieses guten und sanften Mannes lernte Anna schon bald den kleinen Besitz zu verwalten, eine Obliegenheit, die sie und Barnabas sich in Alexanders Namen teilten.

Wie es der Lauf der Dinge ist, erholte sie sich mit der Zeit von dem Schrecken und der Trauer über den Mord an ihrem Mann, aber weder ihr Haß auf König Marke noch ihre Entschlossenheit, ihn eines Tages für seine hinterhältige Tat büßen zu lassen, schwanden je dahin. Sie sorgte dafür, daß der Junge, während er heranwuchs, erfuhr, was für ein Mann sein Vater gewesen war, und lernte, dessen Erbe mit Stolz und Freude anzunehmen. Die Männer nannten ihn mitleidig den Vaterlosen, aber im Grunde genommen litt das Kind weniger unter dem Mangel eines Vaters, als es der Fall hätte sein können – weil Barnabas sich darum kümmerte, daß der Junge alle Fähigkeiten erlernte, die er brauchen würde. Er bildete ihn sowohl zum Kämpfer aus als auch zum Herrn eines Landsitzes, auch wenn es nur ein kleiner war. Und so wuchs Alexander in Sicherheit, ja sogar im Glück auf, im »Frieden des Hohen Königs«, der in den sanften Tälern seiner Kindheit herrschte.

Dieses Glück wurde nicht durch das Wissen vom Hergang des Todes seines Vaters getrübt. Auf seine ersten kindlichen Fragen dazu hatte Anna ihm lediglich erzählt, er sei in Cornwall geboren, wo Prinz Baudouin seinem älteren Bruder, König Marke, gedient habe, und daß Baudouin gestorben sei, als sein Sohn zwei Jahre alt war. Da Baudouin als jüngerer Sohn keinen Anspruch auf Land in Cornwall hatte, habe Anna beschlossen fortzugehen und ihrem und Alexanders Anspruch auf Craig Arian Nachdruck zu verleihen. Und ganz zu Recht, pflegte sie hinzuzufügen, da König Marke, obwohl er selbst keine Kinder hatte, noch immer lebte, so daß die reichen Täler an der walisischen Grenze sowohl ihr als auch ihrem Sohn das bessere Leben und die bessere Zukunft boten.

»Er muß jetzt ein alter Mann sein«, sagte Alexander eines Tages, als sie wieder einmal darüber sprachen. Er war vierzehn, groß für sein Alter und betrachtete sich selbst als erwachsenen Mann. »Und er hat keinen Sohn. Also sollte ich nach Dumnonia reisen und mir Cornwall und das Königreich ansehen, das eines Tages vielleicht mir gehören wird?«

»Es wird dir nie gehören«, widersprach seine Mutter.

»Wie meinst du das?«

»Du solltest Cornwall und alles, was damit zusammenhängt, besser vergessen. Es kann niemals dein sein. König Marke ist nicht dein Freund, und selbst wenn er es wäre und dir die Herrschaft über das Königreich überließe, würdest du um jeden einzelnen Fuß seiner kahlen Erde kämpfen müssen. Seit dem Tod von Herzog Cador, der früher Tintagel hielt, hat sein Sohn Constantin dort geherrscht. Ich höre, daß er ein harter und grausamer Mann sei. Marke klammert sich an alles, was sein ist. Wenn er stirbt, wird nur der stärktste Mann mit großem Glück sein Bollwerk zu halten wissen.«

»Aber wenn es eines Tages dem Gesetz nach mir gehört, dann wird der Hohe König mich doch gewiß unterstützen und mir helfen? Mutter«, sagte Alexander eifrig, »laß mich wenigstens nach Camelot reisen!«

Anna schlug ihm diese Bitte ab, aber er fragte wieder und wieder, und jedesmal fiel es ihr schwerer, einen Grund zu finden, so daß sie ihm zu guter Letzt die Wahrheit sagte.

Es geschah eines Tages im Frühling von Alexanders achtzehntem Jahr, daß er mit Barnabas und zwei anderen Männern ausritt – Gefolgsleuten der Burg, also streng genommen keine Krieger, aber sie waren, wie die Männer in jenen Tagen es zu sein pflegten, stets bereit, sich und ihren Herrn zu verteidigen. Der kleine Trupp war zu den Grenzen des Landsitzes unterwegs, als sie in einer Flußbiegung, wo das Wasser, in seiner Wucht gebrochen, seicht über glatte Steine lief, auf dem anderen Ufer drei bewaffnete Reiter erblickten, die sich anscheinend anschickten, den Fluß zu überqueren. Es waren Fremde, und als Alexander auf sie zuritt, sah er, daß einer der Männer auf seiner Tunika einen Keiler trug, das Zeichen von Cornwall. Er gab seinem Pferd die Sporen und rief ihnen eifrige Grußworte zu.

Die Kornen, die sich auf dem Weg nach Veroconium verirrt hatten und wußten, daß sie sich auf dem Gebiet eines fremden Fürsten befanden, waren auf der Suche nach einer Stelle zum Überqueren des Flusses; sie hofften, ein Bauernhaus oder eine Hirtenhütte zu finden, wo man ihnen den Weg zurück auf die Straße weisen konnte. Auf Alexanders Rufen hin glaubten sie jedoch, man wolle ihnen die Flußüberquerung verwehren. Sie zügelten ihre Pferde, und der Bursche mit dem Wappen, der sah, daß der junge Mann, den er für einen Ritter hielt, drei bewaffnete Männer bei sich hatte, schleuderte diesem eine Art Kampfruf entgegen, zückte sein Schwert und trieb sein Pferd ins Wasser.

Ein Augenblick des Schreckens, ein warnender Ruf von Barnabas, und dann war es zu spät. Alexander, jung, heißblütig und mit einem Kopf voller Geschichten über Tapferkeit und Heldenmut, hatte nur auf einen solchen Augenblick gewartet. Fast bevor er richtig nachgedacht hatte, lag Baudouins Schwert in seiner Hand, und dort, inmitten der Untiefe des Wye, führte Alexander den ersten Streich seines ersten Kampfes.

Es war ein glücklicher Hieb. Er krachte gegen die Klinge des anderen, schlug sie ihm aus der Hand und schnellte geraden Wegs und tödlich direkt hinauf in die Kehle des Mannes. Dieser stürzte ohne einen Laut. Barnabas und die Diener trieben ihre Pferde neben den Jungen, aber der Kampf war vorüber. Der Tote mußte der Anführer der Gruppe gewesen sein, denn als er stürzte, rissen die beiden anderen ihre Pferde herum und galoppierten davon.

Alexander, noch immer atemlos vor Aufregung und Schrecken über seinen ersten tödlichen Schlag, brachte nur instinktiv sein aufsteigendes Pferd unter Kontrolle und starrte dann hinunter auf den im seichten Wasser ausgestreckten Leichnam. Barnabas, der genau so weiß war wie der Junge selbst, griff nach dessen Zaumzeug.

»Warum hast du das getan? Sieh doch das Zeichen!

Das ist der Keiler von Cornwall! Das waren Markes Männer!«

»Ich weiß. Ich – ich wollte ihn nicht töten. Aber er hätte mich getötet. Er hat als erster gezogen. Habt Ihr das nicht gesehen? Ich habe nur gefragt, was sein Begehr sei, das war alles. Aber dann zog er sein Schwert und die anderen mit ihm. Hast du das nicht gesehen, Barnabas?«

»Ja. Ich habe es gesehen. Nun, daran läßt sich jetzt nichts mehr ändern. Ihr zwei da, hebt den Leichnam auf. Wir sollten besser zurückreiten und Eurer hochwohlgeborenen Mutter erzählen, was geschehen ist. Dies ist ein schlimmer Tag, ein schlimmer Tag.«

Langsam ritt die kleine Gruppe zurück zur Burg.

11

Anna war im Obstgarten und sah eben zu, wie einer der Gärtner einen Apfelbaum beschnitt. Als Alexander sein Erlebnis erzählen wollte, faßte sie ihn am Arm und führte ihn schnell fort, damit der Mann sie nicht reden hören konnte: »Denn«, sagte sie mit großem Nachdruck, »wenn dies tatsächlich Markes Männer waren, könnte das Gefahr bedeuten.« Sie ließ nicht zu, daß er noch ein Wort sagte, bevor sie nicht in ihrem eigenen Gemach waren, und schickte sogar das Mädchen fort, das dort beschäftigt war.

»Aber Mutter«, protestierte Alexander, »die Männer sind in unser Land eingedrungen, und der, den ich getötet habe – er hat mich zuerst angegriffen. Wenn du Barnabas fragst, er wird dir erzählen, wie alles gekommen ist. Ich habe das kornische Zeichen gesehen und bin ihnen entgegengeritten, um sie zu begrüßen und nach ihrem Begehr zu fragen, und da hat der Anführer einfach das Schwert gezogen. Was hätte ich tun sollen?«

»Ja ja, ich weiß. Deswegen würde es vielleicht keine Schwierigkeiten geben. Aber die anderen Männer – wenn sie nach Cornwall zurückkehren ... Du sagst, du und Barnabas, ihr hättet zwei von unseren Männern bei euch gehabt? Waren sie in der Nähe? So nah, daß Markes Männer ihre Wappen sehen konnten?«

»Natürlich.« Der Junge war ungeduldig. »Und daran müssen sie auch erkannt haben, daß sie sich auf unserem Land befanden, aber nicht einmal das hat sie aufgehalten.«

Anna schwieg einen Augenblick lang, wandte sich dann mit einem kleinen Seufzer ab und ging langsam zum Fenster. Dort standen ein Stuhl und ihr Stickrahmen. Sie schob die Arbeit beiseite und setzte sich hin, um, das Kinn in die Hand gestützt, aus dem Fenster zu blicken. Eine ihrer weißen Tauben flog herbei, um in der Hoffnung auf Körner leise gurrend auf dem steinernen Sims einherzustolzieren.

Anna sah und hörte nichts. Sie war wieder in jenem mitternächtlichen Gemach in Markes Burg mit all den Erinnerungen, die gleichzeitig am Leben zu erhalten und zu vergessen sie sich so sehr bemüht hatte. Plötzlich wandte sie sich vom Fenster ab und setzte sich in ihrem Stuhl auf. In diesem Augenblick erhob sich die erschreckte Taube mit einem vernehmlichen Flügelschlagen und flog davon.

»Alexander ...«

»Was ist, Mutter? Du siehst bleich aus. Ist dir nicht wohl? Wenn ich dich aufgeregt habe, tut es mir leid, aber warum sprichst du von Gefahr? Du hast selbst gesagt, wegen des Mannes, den ich getötet habe, könne es keine Schwierigkeiten geben, und es ist wahr ...«

»Nein, nein, das ist es nicht. Es geht um eine andere Angelegenheit – eine schwerwiegendere. Ich habe dir etwas zu sagen. Ich wollte damit warten, bis du achtzehn bist und bereit, zum Hohen König zu gehen, um deine Dienste dort anzutragen. Aber jetzt ist es nun einmal geschehen, so daß ich damit nicht länger warten kann. Hier, nimm dies.«

Sie zog einen kleinen silbernen Schlüssel aus ihrem Gewand, den sie dem Jungen reichte. »Geh an diesen Schrank in der Ecke und öffne ihn. Du mußt kräftig ziehen, denn seine Angeln sind gewiß steif. So ist es recht. Auf dem Boden liegt eine Lederschatulle mit einer Kordel darum; bring sie hierher ins Licht ... Nun mach sie auf. Nein, müh dich nicht mit den Knoten; es wird nicht nötig sein, die Schachtel wieder zu verschließen. Schneide sie auf. Nimm deinen Dolch. So.«

Sie drehte ihren Stuhl um und richtete den Blick abermals aus dem Fenster. »Ich möchte nicht sehen, was darin ist, Alex. Mach nur den Kasten auf und sag mir, was du siehst.«

Unter dem Fenster war noch immer der Gärtner zwischen den Obstbäumen beschäftigt. Seine Kinder, ein Junge und ein kleines Mädchen, tollten auf dem Hof herum und spielten mit einem halb ausgewachsenen Hündchen. Alles, was Anna hörte und was diese fröhlichen Geräusche von unten laut übertönte, war das Quietschen des Leders und dann ein Rascheln, ein trockenes, knarrendes Geräusch und Alexanders Stimme, die so sehr der Baudouins ähnelte und im Augenblick einen verwirrten Klang hatte.

»Da drin ist nicht viel, Mutter. Nur irgendwelche alte Kleidung ... ein Hemd, ein altes Hemd, und es ist – pfui – ganz schmutzig! Flecke, schwärzliche Flecke, und ganz steif ist es geworden ...« Plötzlich herrschte tiefe Stille. Dann sagte er mit veränderter Stimme: »Das ist Blut, nicht wahr?«

»Ja.« Sie hielt das Gesicht immer noch entschlossen abgewandt.

»Aber – wessen Blut? Was hat das zu bedeuten, Mutter? Was?« Dann fügte er, bevor sie etwas sagen konnte, mit einem scharf eingesogenen Atemzug hinzu: »Nein, ich brauche nicht zu fragen. Es ist das Blut meines Vaters, nicht wahr? Warum sonst hättest du es aufbewahrt? Es war seins?«

Sie nickte wortlos. Er hatte über dem Kasten gekniet und zaghaft den befleckten Stoff betastet. Jetzt nahm er das Hemd in beide Hände und preßte es sich fest an die Brust. Dann stand er auf.

»Wie wurde er getötet? Du hast mir erzählt – du hast mich glauben lassen, er sei an einer Krankheit gestorben! Aber dies – warum hast du dieses schreckliche Ding all die Jahre aufbewahrt? Er wurde heimtückisch getötet, das ist es doch, nicht wahr? Nicht wahr? Wer hat ihn getötet?«

Da drehte sie sich um. Alexander stand voll im Sonnenlicht, das bestickte Hemd noch immer an sich gepreßt. »König Marke«, sagte sie.

»Ich habe es mir gedacht! Ich habe es mir gedacht! Wann immer dieser Name fiel, hattest du denselben Ausdruck in den Augen. Mutter, erzähl mir, wie es geschehen ist!«

»Ja, ich will es dir erzählen. Es ist Zeit, daß du es erfährst.« Anna bedeutete ihm, das Hemd wieder in die Schachtel zu legen, und lehnte sich dann mit einer Art von Erleichterung in den Kissen zurück. Der Augenblick war gekommen, und es war Zeit, allerhöchste Zeit, das langgehegte Gespenst einen Schritt weichen zu lassen. »Setz dich nieder, hier neben mich, mein lieber Sohn, auf den Fensterstuhl, und hör mir zu.«

Sie erzählte ihm alles von Anfang an, von dem Tag an, als die sächsischen Kriegsschiffe in die Bucht unter den Klippen eingelaufen waren. Ihre Stimme war trokken und gleichmäßig, lange schon vom Schmerz gereinigt, aber an einer Stelle in der Erzählung, als sie ihm erzählte, wie Baudouin das Hemd übergestreift und mit ihr gelacht hatte, da streckte Alexander eine Hand aus und legte sie auf ihre. Sie fuhr zügig fort; die Flucht, die Begegnung mit Sadok und seinem Bruder, die sichere Obhut auf Craig Arian.

Er hob an, etwas zu sagen, ein Wort des Trostes, aber sie schüttelte den Kopf. Dann zog sie ihre Hand zurück und blickte ihn direkt an. Ihre Augen waren trocken und sehr klar.

»Ich brauche keinen Trost. Ich brauche Rache. Ich habe vor vielen Jahren geschworen, daß du, mein Sohn, wenn du erwachsen sein würdest, diesen bösartigen Fuchs von einem König aufspüren und ihn töten würdest. Willst du das tun?«

Es wäre dem jungen Alexander gar in den Sinn gekommen, anderes zu denken. Das brachte er leidenschaftlich zum Ausdruck, indem er auf die Füße sprang und augenblicklich anhob, Pläne für eine Reise nach Cornwall zu machen. Aber sie gebot ihm Einhalt.

»Warte. Du mußt noch mehr wissen. Ich habe gesagt, daß ich eigentlich vorhatte, dir diese Geschichte an deinem achtzehnten Geburtstag zu erzählen. Ich habe es jetzt schon getan, weil deine Begegnung mit Markes Männern heute morgen alles ändert.«

»Inwiefern?«

»Hast du es nicht begriffen? Sadok wurde uns in jener Nacht nachgesandt, um uns zu ermorden. Er versprach mir, Marke zu erzählen, daß du tot seist, und wenn nötig hinzuzufügen, daß auch ich tot sei. Glaubst du nicht, daß der Fuchs, wenn er dich noch am Leben wähnte, nicht schon lange nach uns gesucht und dich getötet hätte? Und gewiß hätte er Spione hierhergeschickt. Wohin sonst hätte ich dich bringen sollen?«

»Dann waren diese Männer heute Spione?«

Sie sah ihn an. Er war ein großer Junge, blauäugig wie sein Vater, mit braunem Haar, das ihm dicht auf die Schultern fiel, und einem schlanken, aber muskulösen Körper. Wie er da nun hochgewachsen und angriffslustig in dem strahlenden Sonnenlicht, das durchs Fenster fiel, stand, war er das Inbild eines prächtigen jungen Kämpfers. Es war nicht nötig – wie Anna sich nachgiebig eingestand –, daß ein solcher Mann, der jung und hübsch war und obendrein Herr einer behaglichen kleinen Burg und fruchtbarer Länder mit guten Dienern und einer klugen Mutter, obendrein noch einen schnellen Verstand haben mußte.

Ohne Ungeduld bemerkte sie: »Nein. Ich glaube, diese Begegnung war ein Zufall. Aber dies waren Markes Männer, und wenn einer von ihnen dich zufällig erkannt haben sollte – du bist das Abbild deines Vaters –, werden sie nach Cornwall zurückkehren und dem Fuchs erzählen, daß Baudouins Sohn noch lebt und hier auf Craig Arian zu finden ist. Und indem du seinen Mann getötet hast – nein, mein Junge, ich weiß, daß du es tun mußtest, halt ein –, aber dadurch hast du ihm einen Grund geliefert, Männer auszusenden, die zu Ende bringen sollen, was Sadok schon vor Jahren hätte tun sollen.«

»Nun denn«, sagte Alexander triumphierend, »dann werde ich zuerst ausziehen! Wenn ich mich gleich auf den Weg mache und hart reite, kann ich in Cornwall sein, bevor sie dort ankommen!«

»Nein. Welche Chancen hättest du schon? In dieser Sache muß anders zu Werke gegangen werden. Die Zeiten haben sich geändert, Alexander. Heute morgen hast du getötet, weil du angegriffen wurdest, und das kann dir niemand zur Last legen ...«

»Aber du sagtest, es würde Marke den Grund liefern, nach mir zu suchen und mich töten zu lassen!«

»Marke richtet sein Tun nicht an Regeln und Gesetzen aus. Ich aber rede vom Gesetz. Heute hattest du ein Recht zu töten. Aber nur aus Rache zu töten und noch dazu, wenn es um einen König geht – nun, die Zeiten haben sich geändert. Die Sache muß den Weg des Gesetzes gehen. Du wirst dich an den Hohen König wenden und ihm deinen Fall vortragen, und du wirst deine Beweise mitnehmen. Du wirst in die Runde Halle gehen und meine Geschichte erzählen, wirst ihnen das blutige Hemd zeigen und den Hohen König um sein Urteil bitten. Nach allem, was man hört, stehen Arthur und Marke nicht auf gutem Fuß miteinander, und Arthur wird dir sehr wahrscheinlich erlauben, Marke herauszufordern und – wie es das Gesetz will – gegen ihn zu kämpfen. Du bist noch jung, Alexander, und so bleibt dir noch Zeit, Erfahrungen zu gewinnen, damit du es mit einem Gegner wie Marke aufnehmen kannst. Noch bist du nicht soweit, mein Sohn, und du bist ein Pfeil, der sein Ziel nicht verfehlen darf. Verstehst du das nicht? Es hat einmal eine Zeit gegeben – jene ersten Jahre –, da hätte ich die Welt für Markes Tod gegeben, komme, was da wolle, aber wir werden mit den Jahren weiser. Wenn du jetzt nach Cornwall gingest und es Gott weiß wie bewerkstelligen würdest, ihn zu töten und den Schwertern seiner Wachen zu entrinnen, würden Arthurs Gesetzeshüter dich vor Gericht bringen, und wir hätten nichts gewonnen. Geh zuerst zu Arthur, dann haben wir Recht und Gesetz auf unserer Seite.«

»Wird der Hohe König mir glauben?«

»Ich denke schon. Er kennt Marke. Und es muß an Markes Hof noch Männer geben, die sich an jene Nacht erinnern. Drustan ist nicht mehr in Cornwall; er lebt auf seiner Burg im Norden, aber er wird, wenn nötig, an unserer Seite stehen, und natürlich ist da auch noch Sadok, und er . . .«

Sie hielt aufstöhnend mitten im Worte inne, und ihre Hand fuhr an ihre Kehle. »Sadok! Und Erbin! Ah, Gott, daran hätte ich sofort denken müssen! Sobald diese Männer mit ihrem Bericht zu Marke zurückkehren, können wir unschwer erraten, was Sadok und seinem Bruder bevorsteht!«

Bevor sie ihren Satz beendet hatte, kniete Alexander auch schon neben ihrem Stuhl nieder. »Ich breche noch heute auf! Nein, Mutter, hör mich an! Du hast gerade eben gesagt, daß du mir, wenn ich achtzehn würde, vom Tod meines Vaters erzählen und mich zum Hohen König schicken wolltest, damit ich meine Rache nehme an dem Mörder.«

»Ja, aber . . .«

»Nun, der Tag ist da! Was heute morgen geschah – man kann es Schicksal nennen! Wie dem auch sei, es ist geschehen und – das hast du selbst gesagt – könnte Gefahr bedeuten! Also, was zählen da ein paar Monate mehr oder weniger? Ich werde noch in diesem Jahr achtzehn! Also werde ich jetzt aufbrechen, heute . . .«

»*Heute?* Alexander – nein, hör zu! Selbst wenn es möglich wäre, dich auf solche Abenteuerfahrt gehen zu lassen . . .«

»Dann je früher, desto besser!« Er ließ sich nicht mehr zum Schweigen bringen, und sein Eifer fegte ihre Proteste beiseite wie ein starker Wind. Auf diesem Terrain fühlte er sich heimisch; dies war eine Männersache, und er war ein Mann nach seinem ersten Kampf, ein Mann, der soeben das erste Mal in seinem Leben getötet hatte. Diese Sache erforderte weder Witz noch Raffinesse; er war der Sohn seines Vaters, kühn und mutvoll, aber auch jung genug – und unerfahren –, um das ganze als Abenteuer zu betrachten wie die aufregenden und wunderbaren Geschichten, denen er als Kind gelauscht hatte. »Warum nicht? Mit guten Pferden und zwei oder drei Männern kannst du sicher sein, daß wir die beiden überholen, lange bevor sie an Markes Grenzen kommen. Sie werden keinen Grund zur Eile sehen; vielleicht zaudern sie gar, König Marke zu berichten, wie ihr Anführer getötet wurde, und wer weiß, vielleicht halten sie auch mit ihren Nachrichten über Baudouins Sohn hinterm Berg. Scheint ja die Sorte König zu sein, die dem Überbringer schlimmer Neuigkeiten die Zunge abschneiden läßt!«

»Aber – wenn es dir nicht gelingt, sie einzuholen? Wenn sie eine andere Straße reiten? Außerdem kennst du den Weg doch gar nicht.«

»Ich nehme jemanden mit, der ihn kennt, ein paar Männer. Uwain, denke ich, er ist ein guter Mann, und dann noch einen – mehr nicht. Nur wir drei; um so schneller werden wir vorankommen. Sorge dich nicht, wir werden sie schon einholen.«

»Und was dann?«

Er sprang auf die Füße. »Mußt du das fragen? Sie werden mit ihrer Nachricht nicht bis zu König Marke vordringen und Sadok und seinen Bruder nicht in Gefahr bringen. Das ist es doch, was du willst, nicht wahr?« Etwas in ihrer Miene ließ ihn einhalten. »Was ist, Mutter? Du brauchst dich nicht um mich zu sorgen, das weißt du doch! Sie werden gewiß nicht mit uns rechnen. So haben wir die Überraschung auf unserer Seite und . . .«

»Das ist es nicht. Du vergißt etwas. Wenn diese Männer, wie wir annehmen, nicht Markes Spione waren, was waren sie dann? Ein Zufall oder irgendeine andere Angelegenheit muß sie hierhergeführt haben. Ich wüßte gern, was.«

Er sah sie unwillig an. »Du meinst, wir sollen sie am Leben lassen? Markes Männer?«

»Jawohl. Bevor wir nicht wissen, wer sie sind, können wir nicht wissen, ob sie nicht vielleicht ebenfalls Baudouins – deines Vaters – Freunde waren. Ich möchte das Risiko nicht eingehen, daß du Männer tötest, die sich vielleicht gegen den Mörder deines Vaters gestellt haben, vielleicht sogar an dessen Seite kämpften, als er die sächsischen Langschiffe in Brand setzte. Gewiß, sie dienen Marke, aber ich möchte nicht, daß sie getötet werden, bevor wir mehr über sie wissen.«

»Ja, ich verstehe. Und bevor wir Neuigkeiten aus Cornwall haben?«

»Auch das. Glaube mir, Alex, wenn sie sich wirklich als gefährlich erweisen, werden wir dafür sorgen, daß sie ihrem Herrn keine Nachrichten mehr überbringen können. Wenn es Baudouins Männer waren, werden sie es nicht versuchen.«

»Wohl kaum. Nun, also gut, Mutter, natürlich werde ich tun, was du sagst. Wir werden sie dir bringen, und wir werden allesamt ohne einen Kratzer hierher zurückkehren. Na, das wird ja eine langweilige Angelegenheit!« Er griff nach ihrer Hand und hob sie zum Kuß. Sein enttäuschter Blick verschwand aus seinen Augen, und das eifrige Funkeln kehrte zurück. »Aber danach habe ich dann deine Erlaubnis, zu Drustan zu reiten und mit ihm zum Hohen König zu gehen?«

Sie lächelte und hob die Hand, um seine Wange zu berühren. »Wie könnte ich dich davon abhalten? Natürlich. Aber noch eins, Alex: Auch wenn du Uwain und den anderen Mann allein schicken mußt, überschreite selbst nicht die Grenzen von Markes Reich. Noch nicht. Nicht bevor wir mehr wissen. Habe ich dein Versprechen?«

»Hm – ja, ich denke doch. Ja, Mutter, ich verspreche es.«

So wurde es beschlossen. Mehr, als sie getan hatte, das wußte sie, konnte sie nicht tun, um ihn zu schützen. Obwohl sein achtzehnter Geburtstag noch fast ein Jahr auf sich warten lassen würde, wußte sie so gut wie er, daß sie ihn nicht von seinem Vorhaben abhalten konnte. Aber sie war zufrieden. Er würde sein Wort halten, und später, wenn er, wie sie geplant hatte, mit Drustan nach Camelot ging, würde er in Sicherheit sein, mit einem starken Schwert und guter Führung versehen, bis er Arthurs Erlaubnis und Unterstützung erbitten konnte. Sie verspürte vor allem eine tiefe Erleichterung und Erlösung. Die Last, die sie all die Jahre hindurch getragen hatte, die Last des Wissens und die Furcht vor der Tat, waren ihr abgenommen. Wie er gesagt hatte, dies war der Tag.

Sie holte tief Luft. »Dann geh mit meinem Segen«, sagte sie, »und Gott sei mit dir.«

12

Sie konnten nicht wissen, welchen Weg die Kornen nehmen würden, aber ihr eigener Weg stand fest: Sie mußten den schnellsten wählen. Also brachen sie von Craig Arian in südöstlicher Richtung auf, um den Wye bei der römischen Brücke in Blestium zu überqueren und dann durch die Hügel zur Severnmündung und dem Übergang ein Stückchen östlich von Venta zu reiten.

Sobald sie Blestium hinter sich hatten, ein kleines Städtchen, das sich einer ordentlichen Gaststube rühmen konnte, wurde die Straße hügelig. An manchen Stellen war sie kaum mehr als ein einfacher Hirtenweg. Aber das Wetter hatte es bisher gut mit ihnen gemeint; sie ritten über trockenen Boden und kamen schnell voran. Von den Männern, denen sie folgten, war noch nichts zu sehen. Auf dem steinigen Pfad konnte man keine Hufabdrücke erkennen, aber es gab andere Hinweise – frische Pferdeäpfel hier und da –, daß Reiter jüngst diesen Weg entlanggeritten waren. Nur noch knapp eine Meile von der Fähre über den Severn entfernt, machten sie in der einsetzenden Dämmerung auf einer Lichtung mit einer Holzfällerhütte halt. Sie mußten ihren Pferden Ruhe und sich selbst etwas zu essen gönnen. Die Hütte war verlassen, die Holzfäller waren bei dem guten Wetter tiefer in den Wald gezogen. Da aber die Hütte unerträglich stank, schliefen sie in der schönen und trockenen Nacht lieber draußen. Uwain und Brand, die die Straße kannten, versicherten Alexander, daß die erste Fähre gleich nach Tagesanbruch über den Fluß setzen werde. Es war also sinnlos, wenn sie vorher dort waren. Der Fährmann schlief in einer Hütte auf der anderen Seite des Flusses. Die drei Männer aßen ihre Rationen, und schon bald fiel Alexander, der sich zum Schutz gegen den nächtlichen Tau in seinen warmen Mantel gehüllt hatte, in tiefen Schlaf, im Ohr noch das beruhigende Geräusch der in der Nähe grasenden Pferde.

Der Morgen dämmerte mit einem feinen Frühnebel herauf, der wie zartes Gewebe von den Bäumen herabhing und die Berge in Schleier hüllte. Die Männer erreichten den langgezogenen Hügel, der zur Fähre hinunterführte, noch während die Sonne sich Zoll um Zoll hinter den Gipfeln hervorschob und lange blaue Schatten vor ihnen auf den Weg warf. Der Nebel lag in länglichen Bänken über der Flußmündung, zwischen deren weißen Ufern das flache Wasser glänzte. Mit auflaufender Flut strömte es in die Flußmündung; Seevögel zogen mit gellenden Rufen ihre Kreise. Sie konnten das braune Segel des Fährschiffs schon sehen, als sie noch ein Drittel des Weges vor sich hatten. Brand hatte ihnen von einer Taverne erzählt, die nur ein kurzes Stück Weg vom Fähranleger auf dem Südufer entfernt lag, und der Gedanke an ein Frühstück war nicht zu verachten.

»Wenn Sie hier entlanggekommen sind, werden wir es vom Fährmann erfahren«, meinte Uwain. »Und wenn nicht, tja, dann sind wir ihnen ein gutes Stück voraus und können sie auf der Hauptstraße von Glevum abpassen. Sie werden ihre Pferde gewiß nicht allzu sehr drängen. Bestimmt erwarten sie nicht, daß man ihnen folgt.«

In dieser Hinsicht zumindest hatte er recht. Die Kornen hatten denselben Weg genommen, waren jedoch ganz gemächlich geritten, da sie es nicht übermäßig eilig hatten, mit ihren Neuigkeiten heimzukehren. Wie es sich fügte, hatten sie Alexander nicht wiedererkannt, daher war ihre einzige Neuigkeit eine unwillkommene, nämlich der Verlust eines Mannes, dem Marke vertraut hatte. Und Marke war, wie Alexander erraten hatte, kein Herr, der schlechte Nachrichten wohlgefällig aufnahm. Also reisten sie langsam, mit dem Ergebnis, daß sie die letzte Fähre verpaßten und die Nacht in der baufälligen Hütte am Ufer verbringen mußten, wo der Fährmann schlief, wenn der Zufall oder schlechtes Wetter die letzte Flußüberquerung des Tages verhinderten.

Als Alexanders kleiner Trupp näher kam, sich aus dem Schatten der Bäume löste und hufeklappernd die

Schotterstraße hinunter auf die Mole zuritt, führten die beiden Kornen gerade ihre Pferde hinter der Hütte hervor, die Blicke fest auf das sich nähernde Segel draußen auf dem Wasser geheftet.

Beim Klang der Hufe drehten sie sich um, sahen aber keinen Grund zur Sorge; ihre Schwerter steckten noch immer in ihren Scheiden. Das Wappen des Keilers leuchtete weiß auf ihren Röcken.

Dann stieß einer von ihnen, ein großer Bursche, der die Zügel eines Schecken hielt, einen jähen Schrei aus, und das Schwert schien ihm mit einem Satz wie von selbst in die Hand zu springen.

»Das ist er! Das ist der mörderische junge Bastard, der Kynon getötet hat!«

Und fast bevor Alexander und seine Männer wußten, wie ihnen geschah, waren die beiden Männer im Sattel und kamen mit gezückten Schwertern auf sie zugaloppiert.

Die Geschwindigkeit und der Zorn ihres Angriffs ließen keine Zeit für Worte, nicht einmal für Gedanken. Schwerter trafen klirrend aufeinander, die Pferde drehten sich auf der Stelle, und ihre Hufe sprühten Funken auf den Steinen. Es gab keine Gelegenheit, dem Kampf Einhalt zu gebieten oder einen Waffenstillstand auszuhandeln; keine Möglichkeit für Baudouins Sohn, sich zu erkennen zu geben und herauszufinden, wem in all diesen Jahren die Treue der beiden Kornen gegolten hatte. Wie hätte er auch wissen sollen, daß der Mann, den er in jenem schicksalsschweren Scharmützel bei Arian Craig getötet hatte, der Bruder desjenigen war, der nun und mit mehr Kraft und Kampfeskunst, als der junge Prinz sie besaß, danach trachtete, seinerseits ihn zu töten?

Später vermochte sich Alexander nicht mehr zu erinnern, was eigentlich geschehen war. Der große Mann auf dem Schecken zwang ihn zurück, Schritt um Schritt, zwang sein unsicher über die Steine rutschendes Pferd immer näher an den Graben am Straßenrand. Der Kampf im Fluß war etwas ganz anderes gewesen als dies hier; jetzt war weder Platz für Furcht noch für Jubel; die Zeit schien endlos und gleichzeitig wie auf Flügeln davonzufliegen. Neben sich hörte er ein Krachen und einen Aufschrei, und ein durchgehendes Pferd rammte seinen Gegner in der Flanke. In diesem Augenblick spürte er, wie sein Schwert die Abwehr des Mannes durchdrang. Es wurde beiseite geschlagen, kam aber mit blutiger Spitze wieder heraus.

Alexander atmete inzwischen nur noch keuchend, sog mit schnaubenden Stößen Luft in seine Lungen, die Zähne zu einem Grinsen äußerster Anstrengung gebleckt. Grimmig gab er seinem Pferd die Sporen und trieb es auf den Schecken zu, aber gleichzeitig schlug der Korne, der sich wieder erholt hatte, dem Prinzen das Schwert aus der Hand und holte zu dem letzten, dem tödlichen Schlag aus.

Er verpaßte sein Ziel um Haaresbreite, um die Breite des gepanzerten Riemens an des Prinzen Schulter, den er durchtrennte. Dann prallte Brands Pferd auf das Alexanders, und Brands Schwert zwang mit dem gellenden Geräusch von Metall auf Metall die Waffe des Kornen beiseite und bohrte sich durch die gepanzerte Halsberge in die Kehle des anderen. Dieser fiel mit lautem Krachen in den Schotter der Straße, und sein Pferd wirbelte wiehernd vor Entsetzen herum und jagte dem Wald entgegen, wobei es die Steine mit Blut besprengte.

»Seid ihr verletzt, Herr?«

Alexander, der noch unter dem Schock des Kampfes stand, schüttelte benommen den Kopf, während er gleichzeitig mit unsicheren Händen versuchte, das Schwert wieder in seine Scheide gleiten zu lassen. »Es ist sein Blut. Es hat gespritzt. Ich schulde dir meinen Dank, Brand. Er hätte mich beinahe gehabt. Er ist tot, nicht wahr?«

»Ja, Herr, beide sind tot. Für etwas anderes war keine Zeit.«

»Ich weiß. Das läßt sich nicht mehr ändern. Seid ihr beide mit heiler Haut davongekommen?«

»Ja, Herr, aber Uwain ist verletzt.«

»Schlimm?« Alexander wischte sich mit dem blutverschmierten Handrücken den Schweiß aus den Augen. Die Sonne, die gerade erst über den Hügeln aufstieg, blendete ihn mit ihren klaren und leuchtenden Strahlen. So wenige Augenblicke hatte der verzweifelte Kampf nur gedauert. Der Prinz schwang sich aus dem Sattel, warf Brand seine Zügel zu und lief zu der Stelle, wo Uwain lag.

Der hatte einen Schnitt in der Seite davongetragen, quer über dem Hüftknochen. Sie wuschen das Blut weg – am Hang fand sich ganz in der Nähe ein kleines Rinnsal von Quellwasser –, bis die tiefe, gezackte Wunde sauber war. Aber sie blutete, obwohl sie sie nach bestem Vermögen verbunden hatten, weiter.

»Die Fähre«, sagte Alexander drängend. Er kniete neben Uwain und hielt dem Verwundeten einen Becher Wasser an die Lippen. »Wenn wir ihn zur Fähre hinuntertragen können und von da aus weiter bis zu der Taverne, von der du sprachst . . .«

»Seht nur«, sagte Brand und streckte die Hand aus.

Alexander erhob sich. Der Meeresarm lag hell und glänzend vor ihnen; die Sonne hatte die Nebel fast aufgelöst. Das braune Segel war immer noch zu sehen, hatte mittlerweile aber fast das andere Ufer erreicht.

Alexander starrte angestrengt hinüber. »Wurde er zurückgerufen? Ich kann niemanden auf der anderen Seite entdecken.«

»Nein, Herr.« Brands Stimme klang verächtlich. »Er ist zurückgesegelt. Er muß den Kampf bemerkt haben und wollte nicht rüberkommen, bevor alles vorbei war. Er wird wohl erst wieder übersetzen, wenn er uns hat fortreiten sehen. Was sollen wir jetzt tun?«

Alexander blickte auf Uwain herab, der sich auf die Füße zu ziehen versuchte und behauptete, die Wunde sei nicht weiter schlimm, er habe bei der Jagd schon Schlimmeres erlebt und sei noch immer gut für einen harten Tagesritt ... Aber der Prinz legte ihm eine Hand auf die Schulter, um ihn wieder auf sein notdürftiges Lager zurückzudrängen.

»Nein, warte. Ruh dich noch einen Augenblick aus.« Zu Brand gewandt, fuhr er fort: »Wir müssen uns zuerst der Leichen entledigen. Wenn ihre Pferde noch in der Nähe sind, laß sie frei. Falls andere Reisende hier entlangkommen, wollen wir nicht, daß man uns Fragen stellt, noch nicht jedenfalls. Zumindest braucht ihr jetzt nicht weiter nach Cornwall zu reiten. Hier, diesen zuerst. Du nimmst die Füße. Dahin, würde ich sagen.«

Mit vereinten Kräften trugen sie den Toten von der Straße weg in den Wald. Dort gab es einen Steinbruch, der mit Dornen und Büschen überwuchert war; früher hatte man dort Steine für die Straßen gewonnen. Sie legten die Leichen in einen niedrigen Graben und scharrten mit Dolchen und bloßen Händen Steine und Schotter zusammen, um die beiden Toten zu bedecken. Den Schecken, der in der Nähe graste, fingen sie ein, entkleideten ihn seines Zaumzeugs und trieben ihn mit einem Schlag mit der Breitseite eines Schwerts davon. Das andere Pferd war verschwunden. Dann kehrten sie zu Uwain zurück und halfen ihm in den Sattel.

Von der Fähre war immer noch nichts zu sehen. »Um so besser«, sagte Alexander, der mittlerweile Zeit zum

Nachdenken gehabt hatte. »Wenn wir übergesetzt wären, um die Taverne zu suchen und dort Quartier zu nehmen, würde sich die Kunde von diesem Zwischenfall im Laufe des Tages in ganz Dumnonia herumgesprochen haben. Wie die Dinge liegen, ist alles, was der Fährmann gesehen hat, ein Scharmützel am Waldrand, und wenn er sich endlich dazu überwinden kann überzusetzen, wird er wohl kaum weitere Nachforschungen anstellen.«

»Und Uwain?«

»In Blestium gab es eine Taverne, die nicht schlecht aussah. Und genau da schaffen wir ihn jetzt hin – das wirst du doch schaffen, oder, Uwain? Guter Mann. Wir bringen dich dorthin und sorgen dafür, daß jemand nach deinem Bein sieht. Dann bleiben wir ein oder zwei Tage, um zu sehen, wie es sich macht.«

»Eure hochwohlgeborene Mutter wird nicht allzu erfreut sein.«

»Das ist wohl wahr, aber Ihr könnt ja bezeugen, wie es dazu kam. Wir hatten keine Möglichkeit, anders zu handeln. Es war wie beim ersten Kampf – als sei da irgendeine Art von Schicksal am Werk. Und mein Schicksal wäre ganz gewiß erfüllt gewesen, wärest du nicht mit deinem Schwert dazwischengekommen, Brand. Sieh zu, daß du meiner Mutter das auch erzählst, Uwain.«

»Das mache ich, Prinz. Aber was ist mit Euch? Kommt Ihr nicht mit uns heim?«

»Noch nicht. Ich – meine Mutter wird wissen, wohin ich gehe.«

»Doch nicht nach Cornwall?« fragte Brand scharf.

»Nein, nein, ich habe versprochen, die Grenze nicht zu überschreiten. Sagt ihr nur, daß ich meinem Schicksal folge. Sie wird verstehen.«

Vielleicht fügten alle drei stillschweigend das simple

Gebet *Ich hoffe* hinzu. Aber obwohl die beiden Soldaten zweifelnde Blicke tauschten, sagten sie nichts mehr. Schließlich kamen sie im Lichte eines blutroten Sonnenuntergangs zu der römischen Brücke und den willkommenen Lichtern der Taverne, die sich gelb in die Dämmerung ergossen.

13

Die Taverne war behaglich, und es dauerte auch nicht lange, da war ein Arzt für Uwain gefunden. Nachdem er die Verletzung ordentlich verbunden hatte, erklärte er, die Wunde sei sauber und bereits auf dem Weg der Heilung. Die drei Männer blieben zwei Tage, bis der Arzt Uwain die Fortsetzung der Reise gestattete, dann brachen sie Richtung Craig Arian auf.

Als sie an die Weggabelung kamen, wo ein steiler Pfad nach Westen in das Tal des Kleinen Wye hinaufführte, brachte Alexander sein Pferd zum Stehen und sagte den beiden anderen Lebewohl.

»Denn«, erklärte er, »nachdem ich mich einmal auf dieses Abenteuer eingelassen habe, muß ich es zu Ende bringen. Meine Mutter wird verstehen. Es ist noch nicht vorüber.« Er zögerte. »Sie hat mir etwas erzählt, worüber ich nicht reden darf, noch nicht jedenfalls, aber ihr könnt ihr folgende Botschaft überbringen: Daß ich aufgebrochen bin zu tun, was sie mich geheißen hat, nur ein wenig früher. Sagt ihr, daß ich nach Norden reite, um meinen Vetter Drustan in Caer Mord aufzusuchen, und ich werde ihr, sobald ich kann, Botschaft von mir senden. Mag sein, daß ich mit Drustan hier entlangkommen werde, wenn er nach Camelot zurückkehrt; dann werde ich sie aufsuchen.«

Brand und Uwain versuchten, ihn zu überreden, mit ihnen nach Hause zu reiten und die Reise in den Norden erst anzutreten, nachdem er noch einmal mit Prinzessin Anna gesprochen hatte, aber Alexander (der sich nun endlich der Führriemen entledigt sah und keineswegs die Absicht hatte, sie sich von seiner Mutter wieder anlegen zu lassen) wollte nicht auf sie hören, wiederholte nur die Botschaft an seine Mutter und wendete sein Pferd dann nach Norden, so daß seinen beiden Gefährten nichts anderes übrigblieb, als ihm kopfschüttelnd nachzusehen.

So kam es, daß er allein und leichten Herzens nach Norden ritt. Er war siebzehn, er hatte zwei heftige Kämpfe ausgefochten und war aus beiden ohne einen Kratzer hervorgegangen. Er hatte ein gutes Pferd, einen Beutel voll Geld, neue Gewänder, den Segen seiner Mutter (wahrscheinlich jedenfalls) und das Schwert seines Vaters, und es war Mai. Die Sonne stand hoch am Himmel, und der frühe Morgentau glitzerte auf den Grashalmen. Was Wunder, daß er bester Laune war und während des Rittes vor sich hin sang. Er war jung und stark und unterwegs, seinen Weg zu suchen. Zum Glück erfreute er sich in diesem Jahr des Herrn 523 der Hilfe Drustans, eines der ehrsamen Genossen Arthurs, des Hohen Königs von ganz Britannien.

An sein eigentliches Ziel – die Rache für den lang zurückliegenden Mord an seinem Vater, die Gerechtigkeit, nach der es ihn vor nur ein paar Tagen noch so sehr verlangt hatte, und der Wunsch, König Marke zu stellen – dachte er nicht länger. Der vielversprechende Tag mit seinen ungeahnten Abenteuern zog ihn ganz in seinen Bann. Als die Straße hügelabwärts führte und er durch die Bäume das Glitzern von Wasser sah, das eine

Furt versprach, kehrten seine Gedanken und Hoffnungen augenblicklich zu den Geschichten zurück, die er gehört hatte, Geschichten über von Gesetzlosen beherrschte Flußfurten, an denen Reisende ausgeraubt wurden. Als sein Pferd das Wasser witterte, stellte es die Ohren auf und beschleunigte seinen Schritt – während Alexander das Schwert in der Scheide lockerte –, als gelte es, einem freudigen Ereignis entgegenzustreben.

Er fand genau das, was er eigentlich hätte erwarten können: eine seichte Übergangsstelle, wo der Fluß durch sein steinernes Bett lispelte, und auf dem anderen Ufer oberhalb der Hochwassermarke die Werkstatt eines Schmieds, der seine Schmiede am Wegesrand hatte. Seinen Amboß hatte er draußen stehen. Daneben war, vom Alter arg mitgenommen, aber noch erkennbar, das Bild Myrddins, des Gottes der Umherziehenden, mit einer Opfergabe aus Früchten zu seinen Füßen.

Der Schmied, der vor dem Stamm einer nahen Eiche saß und die Überreste seines Abendmahls in ein Tuch gewickelt neben sich im Grase liegen hatte, warf ein sachkundiges Auge auf Alexanders Pferd, das nun spritzend durch die Furt auf ihn zustob und schließlich vor ihm stehenblieb.

»Einen guten Tag Euch, Meister. Ich sehe, Ihr bedürft heute meiner Hilfe nicht. Habt Ihr's noch weit?«

Solche Männer galten als eifrige Sammler und Übermittler von Neuigkeiten, doch Alexander war, selbst wenn er irgendeinen Grund zur Vorsicht gesehen hätte, zu erfüllt von seiner neuen Freiheit, um damit hinterm Berg zu halten. »So weit nach Norden wie nötig. Ich will zu Sir Drustan in Caer Mord in Northumbria.«

»Dann habt Ihr noch ein langes Stück Wegs vor Euch,

junger Herr, aber dank Arthurs Mannen, die diese Straßen bewachen, wird es ein sicherer Weg sein.« Seine kleinen schwarzen Augen, die unter zottigen Brauen blinzelten, waren ganz damit beschäftigt, Alexanders Kleidung zu mustern, das fehlende Wappen und die gute Zucht seines Pferdes. »Und wo kommt Ihr her, junger Herr?«

»Aus Blestium.« Mehr zu sagen war nicht nötig, denn es mußte nicht jeder Reisende wissen, daß der junge Herr von Craig Arian ganz allein eine solch lange Reise unternahm. »Kennt Ihr den besten Weg, Schmied?«

»Das will ich meinen. Ich halte Augen und Ohren offen«, sagte der Schmied, »und ich höre von allem, was vorgeht. Ihr solltet Euch am besten an die alte Straße halten, den Römerweg, wie man ihn hier nennt. Ihr stoßt in Viroconium darauf, und von dort aus heißt es immer der Nase nach Richtung Norden bis nach Rheged, wo von Brocavum aus die Straße nach Osten abzweigt. Es ist ein langer Weg, Meister, aber Ihr habt ein gutes Pferd da. Sorgt für es, dann wird es auch für Euch sorgen.«

»Gewiß. Aber – Rheged? So weit nach Norden muß ich? Ich wollte eigentlich schon lange vorher nach Nordosten reiten.«

»Nun, wenn dem so ist – es gibt eine Straße, die nicht mehr als vier Tagesritte von hier entfernt in östliche Richtung abgeht, aber es ist eine schlechte Straße, soviel weiß ich, und danach gibt es keinen Weg mehr durch die Berge, bis Ihr nach Rheged kommt. Ihr solltet besser über Rheged reiten. Aber tut, was Ihr wollt, und Gott sei mit Euch.« Mit einer Geste auf das Myrddinbild am Eingang der Schmiede hob er das Tuch mit den Überresten seines Mahles auf.

Alexander sagte hastig: »Ich werde nach Rheged reiten. Über Viroconium, sagt Ihr? Gibt es dort ein gutes Quartier?«

»Ich bin selbst nie dort gewesen«, entgegnete der Schmied, »aber ich kann Euch sagen, welchen Weg Ihr nehmen müßt. Der größte Teil der Strecke ist recht gut, aber in den nächsten zwei oder drei Tagen, fürchte ich, steht Euch ein harter Ritt bevor. In den Hügeln ist schwerer Regen niedergegangen. Gestern erst gab es einen Wolkenbruch dort – man konnte den Sturmregen bis hierher sehen, und ich höre, die Brücke über dem Fluß, die einen Tagesritt nach Norden von hier entfernt ist, ist wieder einmal weggeschwemmt worden wie bei jeder Flut. Heute morgen ist in aller Frühe ein Kurier durchgekommen, und so, wie er es schilderte, müßt Ihr ein ordentliches Stück nach Westen reiten, um an die nächste Furt zu gelangen. Seht.« Mit diesen Worten griff er nach einem Stock, erhob sich und zeichnete in den Schlamm am Flußufer eine Skizze. »Hier. Und wenn Ihr drüben seid, müßt Ihr gleich umdrehen und in östlicher Richtung am Fluß entlang zurückreiten, dann habt Ihr nach einem halben Tag Eure Straße wiedergefunden.«

»Und was ist mit einem Quartier? In Blestium hat man mir gesagt, an der Brücke gebe es ein Kloster. Ich hatte eigentlich vor, dort zu schlafen. Wenn ich jetzt darauf zuhalte und dann am nächsten Tag längs des Flusses weiterreite, so wie Ihr es hier eingezeichnet habt . . .«

Der Schmied schüttelte den Kopf. »Euer junges Haupt wird das nicht schaffen, Meister. Das Kloster ist jenseits des Flusses, daher werdet Ihr dort diese Nacht ohnehin nicht Quartier nehmen können. Besser, Ihr zweigt hier ab, wo ich das Zeichen gemacht habe. Und hier« – der Stock stocherte wieder im Schlamm herum – »hier werdet Ihr wahrscheinlich bessere Unterkunft finden als in jedem Kloster. Die Lady ist zur Zeit nicht daheim, da sie mit ihrem Bruder im Unreinen ist und er sie in diesen vergangenen zwei Jahren anderswo eingesperrt hat, aber die Leute, die ihr dienen, werden Euch gewiß aufnehmen und Euch gutes Quartier geben. Und man liegt dort weich gebettet, so sagt man, auch wenn das Schloß der Dunkle Turm genannt wird.«

Wenn das Grinsen des Schmiedes etwas Hinterhältiges hatte, so bemerkte Alexander nichts davon. »Der Dunkle Turm? Lady? Was für eine Lady?«

»Lady Morgan, Arthurs leibliche Schwester. Königin Morgan, hätte ich sagen sollen; sie war Urbgens Königin in Rheged, bis er sie verstieß – wegen irgendwelcher Geschichten um einen Liebhaber und des Versuches, das Reichsschwert zu stehlen, dasjenige, das den Namen Caliburn trägt. Das war auch der Grund für den Zwist zwischen ihr und ihrem Bruder Arthur, daher wäre es klüger von Euch, nicht von ihm zu reden, junger Herr, wenn Ihr im Dunklen Turm zu Gast seid.«

»Ja, natürlich. Natürlich, ich verstehe«, sagte Alexander, der überhaupt nichts verstand, aber diese erste Begegnung mit der großen Welt und die Erwähnung berühmter Namen überaus aufregend fand. Es war möglich, daß er zu Königin Morgans Burg geritten wäre, auch wenn die zerstörte Brücke ihn nicht dazu gezwungen hätte; der Gedanke, dort Quartier zu suchen, erschien ihm weit verlockender als jedes zahme Kloster. »Aber Ihr sagtet, die Lady selbst – die Königin – würde nicht dort sein?« Er gab sorgsam acht, sich die Enttäuschung nicht anmerken zu lassen.

»Nun, das letzte Mal, als Nachricht von dort kam, war sie nicht in der Burg«, entgegnete der Schmied. »Aber es hat andere Neuigkeiten gegeben. Es herrscht ein Kommen und Gehen, und eine Flut wichtiger Botschaften wandert hin und her zwischen dem Südwesten und den Ländern nordwestlich von hier bis hinauf nach Northgalis und sogar noch weiter bis an die Grenzen Rhegeds. Und man erzählt sich von Zusammenkünften ...« An dieser Stelle hielt er inne und spuckte zu einer Seite aus, ein Zeichen, das Alexander von seinem walisischen Stallburschen kannte, der sich damit gegen Magie zu schützen meinte. »Mitternächtliche Zusammenkünfte und Zaubersprüche und Hexen, die durch die Luft fliegen, wenn der Mond tief hängt; sie versammeln sich an irgendeinem Ort, um böse Taten gegen ihre Feinde auszuhecken.«

»Und Ihr glaubt das alles?« fragte Alexander.

»Was das betrifft«, entgegnete der Schmied schroff, »so bekomme ich hier, wo ich lebe, direkt an der Furt über den Fluß, eine Menge seltsame Dinge zu sehen. Wer bin ich zu sagen, was man glauben und was man nicht glauben kann? Aber wenn ich an Eurer Stelle wäre, würde ich meinen Weg mit großer Vorsicht wählen, junger Meister, und wenn Ihr in der Burg übernachtet, erinnert Euch daran, was die Leute über Königin Morgan erzählen! *Faery* nennen sie sie, die Fee, und es heißt, sie sei mit ihren Zaubersprüchen schneller bei der Hand als selbst ihre Schwester Morgause, die Hexe von Orkney, die sich auf einen Kampf mit Merlin einließ und von ihrem eigenen Sohn im Bett in Stücke gehackt wurde.« Und wieder machte er das Zeichen.

»Ich werde daran denken«, sagte Alexander, der die Geschichte gehört hatte und nicht den leisesten Wunsch verspürte, sie noch einmal zu hören. Er dankte dem Mann, gab ihm eine Münze und ritt zwischen Wäldern weiter, den Kopf voll von Burgen, Zaubersprüchen, königlichen Namen und der Aussicht auf eine behagliche – oder zumindest interessante – Unterkunft für die Nacht.

14

Am späten Nachmittag erreichte er den Fluß und stellte fest, daß das Wasser, genau wie der Schmied gesagt hatte, hoch und wild war; es stürmte unter einem steilen Ufer dem Meer entgegen; die Böschung gab unter dem Druck des Wassers immer weiter nach und ergoß einen Schwall von Steinen hinunter in die Flut. Der einzige Fingerzeig, daß an dieser Stelle je eine Brücke gestanden hatte, war eine Reihe schwerer Holzpfeiler, die aus dem anderen Ufer herausragten, wo die Straße zwischen Wäldern anstieg.

Durch die dicken Bäume hindurch konnte er die Ecke eines Gebäudes erkennen. Zweifellos das Kloster. Er ließ sein Pferd halten und ein oder zwei Minuten verweilen, während er die Tiefe und die Strömung des Wassers zu ermessen suchte. Aber selbst für sein kühnes und unerfahrenes Auge sah der Fluß undurchquerbar aus, daher wendete er das Pferd achselzuckend und ließ es stromaufwärts am Fluß entlangtraben. Der Pfad, der an manchen Stellen steil und holprig war, wurde offensichtlich trotzdem viel benutzt, als wären solche Überschwemmungen nichts Ungewöhnliches. Wie viele ärgerliche Reisende, überlegte er, hatten wohl in dem Turm mit dem grimmigen Namen, dem Dunklen Turm, für eine Nacht um Quartier und Obdach gebeten? Jetzt, da die Aussicht darauf immer näher kam, verspürte er unter dem oberflächlichen Prikkeln der Neugierde auch eine Art Ängstlichkeit. Als der Abend heraufdämmerte und weit jenseits des tosenden Flusses der erste Eulenschrei ertönte, empfand er nichts als Dankbarkeit für das Licht, das er ein gutes Stück rechts vom Flußufer durch die Bäume leuchten sah.

Auch sein Pferd sah es, und vielleicht roch es auch

Stall und Futter. Es stellte die Ohren auf und schritt mit plötzlichem Eifer voran, und schon bald kamen Roß und Reiter aus dem tiefen Dunkel der Bäume auf gerodetes Land in dem sich weit öffnenden Tal, in dessen Mitte auf einem Plateau felsigen Graslandes die Burg stand.

Sie war klein, zwei Türme mit einer Mauer dazwischen, die nach hinten einen Bogen beschrieb und einen Hof umschloß, auf dem in Schuppen und Ställen Tiere und Diener untergebracht waren; daneben gab es noch ein großes, scheunenartiges Gebäude, in dem wahrscheinlich Vorräte gelagert wurden. Um drei Seiten der Burgmauern zog sich als natürlicher Graben ein Bach. Die Quelle, die diesen Bach nährte, lag hoch am Hang und ergoß sich in ihrem felsigen Bett weißschäumend hernieder und umspülte die Vorderfront der Burg, wo eine schmale Holzbrücke zu einer tief in einem Bogengang gelegenen Tür führte. Das Ganze wirkte eher grimmig als prächtig, ein altes Gebäude aus grauem, von Alter und Wetter geschwärztem Stein, das in dieser wilden, einsamen Gegend zu Verteidigungszwecken gebaut worden war. Das Tal lag hoch zwischen den Hügeln, und zu beiden Seiten ragten steile Wälder von Raben umschwirrten Gipfeln entgegen. In der offenen Talsohle wuchs das Gras sogar zu dieser Zeit des Jahres nur kärglich zwischen Inseln aus Farn- und Dornengebüsch. Eine merkwürdige Burg für eine Königin, dachte Alexander und erinnerte sich dann daran, was der Schmied über Königin Morgan erzählt hatte, daß sie nämlich in Schande von Ihrem Mann verstoßen worden sei und außerdem ihren Bruder, den Hohen König, schwer gekränkt habe. Also war diese Burg, dieser so treffend benannte Dunkle Turm, in Wahrheit ein Ort der Verbannung, ein Gefängnis? Was für ein Willkommen würde man dort einem Reisenden bereiten? Es kam Alexander gar nicht in den Sinn, daß eine einsame, wie eine Gefangene lebende Königin einem jungen, hübschen Prinzen nur allzugern ihre Tore öffnen würde.

Aber sei es, wie es sei, es gab keinen anderen Ort, an dem er um Quartier hätte bitten können. Er trieb sein Pferd durch den Fluß, der an dieser Stelle zwar immer noch schnell, aber flach und weit ausgebreitet über die Wiesen dahinströmte und daher mühelos zu durchwaten war. Dann schwang er sich aus dem Sattel und führte sein müdes Reittier über die hölzerne Brücke.

Das Licht, das er gesehen hatte, stammte von einer Fackel, die in einer eisernen Konsole an einer Art Galgenpfosten befestigt war. Im Lichtschein glänzten die Eisenbolzen eines schweren, fest verschlossenen Tores. Alexander zog seinen Dolch, drehte ihn um und hämmerte mit dem Griff gegen die Bretter.

»Ist jemand da?«

Keine Antwort. Kein Laut bis auf das Rauschen des Baches und das harsche Gelächter eines Raben am Himmel. Das Gebäude schien verlassen zu sein, der Rabe ein böses Omen. Alexander hatte gerade die Hand gehoben, um noch einmal zu klopfen, als das Tor plötzlich geöffnet wurde. Ein Mann, seinem Gewande nach der Pförtner, zog den Torflügel bis an die Mauer, trat dann zurück und verbeugte sich. Hinter ihm konnte Alexander durch die schwarzen Schatten des Torbogens hindurch einen Hof erspähen, auf dem Diener hin und her huschten, außerdem Mädchen mit feiner Wäsche über dem Arm und Männer, dic Platten, Schalen und Schüsseln trugen, allesamt anscheinend mit den Vorbereitungen für die abendliche Mahlzeit beschäftigt. Der köstliche Duft von gebratenem Fleisch schlug ihm entgegen, und plötzlich hatte er einen Bärenhunger. Ob Dunkler Turm oder königliches Gefängnis, das Hochwasser des Flusses hatte ihm eine Gunst erwiesen, da es ihn an dieses Quartier geführt hatte. Gewiß hätte ihm kein Kloster ein Mahl wie dieses aufgetragen, dessen Wohlgerüche ihm in die Nase stiegen.

Er öffnete gerade den Mund, um sich dem Pförtner zu erkennen zu geben und seine Bitte um ein Quartier für die Nacht vorzutragen, als ihm eine Frau an dem sich verbeugenden Manne vorbei entgegenhastete. In der Dunkelheit des Bogengangs konnte er nicht viel von ihr sehen, nur daß sie von zierlichem Körperbau war und sich wie eine junge Frau bewegte. Ihr Kleid war dunkel und schlicht, aber im Fackelschein bemerkte er das Funkeln von Gold an ihrer Taille und das Glitzern von Juwelen. Die königliche Verbannte persönlich, die ans Tor gekommen war, um einen zufällig des Wegs gekommenen Reisenden zu begrüßen? Wohl kaum. Außerdem hatte der Schmied gesagt, Königin Morgan weile zur Zeit nicht auf ihrer Burg. Dann mußte dies also die Dame sein, die die Burg für die Königin verwaltete – und die persönlich ans Tor gekommen war, um ihn willkommen zu heißen.

Das Abenteuer nahm langsam Form an. Alexander trat vor und machte eine Verbeugung.

»Madame . . .«

Die Dame blieb wie angewurzelt stehen. Der Torwächter richtete sich auf, warf einen Blick auf Alexander, einen weiteren auf die Brücke hinter ihm, die bis auf das Pferd leer war, und legte dann tatsächlich beide Hände an das Tor, um es dem jungen Mann vor der Nase zuzuwerfen.

Er war indes nicht schnell genug.

Der Prinz sprang vor, warf Knie und Schulter gegen das Eichenholz und drückte es mit einem Stoß seines Armes wieder auf, so daß der Mann dahinter zurücktaumelte. Sofort wandte er sich an die Dame, die mit schreckgeweiteten Augen dastand und bereits den Mund öffnete, um Hilfe herbeizurufen. Eiligst sagte er: »Madame, vergebt mir! Ich führe nichts Böses im Schilde – und wahrlich, was könnte ich Euch auch Böses tun? Ich bin allein und erbitte mir nur Obdach für eine Nacht.«

Sie sah ihn wortlos an.

Da fuhr er hastig fort: »Ich wollte eigentlich im Kloster Quartier nehmen, aber der Fluß ist über die Ufer getreten, und man konnte nicht hinüber. Es tut mir leid, daß ich ein wenig grob zu Eurem Diener war . . .«

»Schon gut. Er ist nicht verletzt.« Nachdem sich die Dame von ihrer Überraschung, was auch immer diese ausgelöst haben mochte, erholt hatte, trat sie schnell vor. »Ich bitte Euch um Vergebung für das rauhe Willkommen, Herr, aber wir erwarteten andere Gäste, und mein Torwächter ist ein Narr, der seine Anweisungen falsch verstanden hat. Bitte, kommt herein und seid uns willkommen. Laßt Euer Pferd stehen, die Stallburschen werden sich darum kümmern.«

Er folgte ihr auf den Hof. Im Licht der Fackeln, die in ihren Haltern in den Mauern flackerten und zuckten, konnte er sie deutlicher sehen. Sie war jung; soweit hielt das Abenteuer, was es versprochen hatte; aber im Gegensatz zu den Heldinnen der Geschichten, mit denen man ihn als Jungen erfreut hatte, war sie nicht schön. Ihr Gesicht war schmal, sie hatte runde, hellblaue Augen mit bleichen Brauen und Wimpern, und ihr Mund war klein und wirkte verschlossen.

Aber ihr Lächeln, mit dem sie ihn nun begrüßte, war süß und ihre Stimme angenehm.

»Hier entlang, Herr. Ich fürchte, Ihr werdet heute nur ein schlichtes Quartier für die Nacht bekommen, aber das ist alles, was wir Euch bieten können.«

Sie wiederholte ihre Worte über angekündigte Gäste, für die die Hauptträumlichkeiten der Burg schon bereitgemacht seien. Die von Alexander halbwegs erwartete Aufforderung, sich zur Abendmahlzeit mit den anderen in der Halle einzufinden, blieb aus. Sie bemerkte lediglich: »Aber Ihr werdet es warm und behaglich haben, und ich werde jemanden hinaufschicken, der sich um Euch kümmert. Die Brücke ist also wieder einmal dem Fluß zum Opfer gefallen? Das scheint jedesmal zu passieren, wenn er Hochwasser führt, und dann kommen die Reisenden, manchmal ganze Gruppen, hierher, um sich Quartier zu erbitten. Heute könnten wir keine Gruppe aufnehmen, aber für einen einzelnen Reisenden werden wir gern ein trockenes Bett und ein gutes Mahl bereitstellen . . .«

»Natürlich. Es tut mir nur leid, daß ich zu einer so ungünstigen Zeit gekommen bin.«

»Nein, nein. Wenn Ihr – ah, hier ist Grif. Er wird sich um Euch kümmern.«

Ein älterer Mann, seinem Gewand nach ein Haushofmeister, kam quer über den Hof auf sie zugeeilt. Die Dame war, obwohl sie immer noch lächelte, mit ihren Gedanken bereits woanders und reichte Alexander nur mit einem kurzen »Seid willkommen, Herr, und Gott schenke Euch eine gute Nacht« an den Diener weiter, bevor sie davoneilte und durch das Haupttor der Burg entschwand.

»Hier entlang, Herr«, sagte Grif.

Alexander, der nur kurz stehenblieb, um festzustellen, ob sich auch wirklich ein Stallbursche um sein Pferd kümmerte, folgte ihm zu einer kleinen, in der Nähe eines der Türme eingelassenen Tür. Es war offenbar, daß er die Ehrungen, die einem Gast von seiner fürstlichen Herkunft zukamen, hier nicht zu erwarten hatte; sie hatte ihn nicht einmal nach seinem Namen gefragt.

Ein Abendessen und ein gutes Bett war alles, worum zu bitten er ein Recht hatte, und nach dem harten Tagesritt wünschte er sich im Grunde auch nicht mehr.

Der Haushofmeister führte ihn durch einen kühlen, steingefliesten Korridor in ein recht kleines Gemach. Es war jedoch mit allem Notwendigen ausgestattet, verfügte über ein Bett, einen Stuhl, einen kleinen Tisch und eine Truhe für Kleider. Trotzdem hob der Mann entschuldigend eine Hand. »Mein Herr, es ist ein ärmliches Quartier für einen vornehmen Mann wie Euch, aber die besten Gemächer sind anderen versprochen, wie meine Herrin Euch gewiß berichtet hat, und dies muß Euch leider genügen . . .«

»Natürlich genügt es mir. Ich bin dankbar für die Freundlichkeit Eurer Herrin. Darf ich ihren Namen erfahren?«

»Sie ist Lady Luned, einst Gemahlin von Gerin. Seit seinem Tod lebt sie sehr zurückgezogen und verwaltet diese Burg für ihre Herrin, die Königin, aber zuvor war sie bei Hofe.«

»Es muß hier sehr einsam für sie sein nach Camelot, bei allem, was man von dort so hört.«

»Oh, ich meinte nicht den Hof des Hohen Königs«, sagte der Mann schnell. »Ich sprach vom Hof des Königs Urbgen von Rheged. Meine Herrin hat der Königin dort aufgewartet, Königin Morgan, die Urbgens Gemahlin war und König Arthurs Schwester ist.«

Dies trug immerhin ein wenig dazu bei, die überraschende Anzahl von Dienern zu erklären, die diese kleine und abgeschieden gelegene Burg zu beschäftigen schien, und das gar in Abwesenheit ihrer Besitzerin. Lady Luned hatte ihr Gefolge behalten.

»Und Eure Herrin empfängt immer noch Gäste«, meinte Alexander. »Die Straße sah mir ganz so aus, als würde sie viel bereist. Oder stammen die ausgetretenen Pfade von versprengten Reisenden wie mir, die es nicht bis zum Kloster schaffen?«

Der Mann lachte. »Davon haben wir hier jede Menge, mein Herr. Der Fluß schickt uns recht häufig jemanden zur Gesellschaft her. Aber in der Regel ist es nur für eine Nacht; die Flut geht genauso schnell zurück, wie sie sich erhebt. Ihr braucht nicht zu fürchten, lange aufgehalten zu werden.«

»Aber heute nacht werden Gäste erwartet, für die Eure Herrin selbst ans Tor geht? Darf ich erfahren, wer diese Gäste sind?«

»Nun, Königin Morgan persönlich«, sagte der alte Mann. »Sie kommt von Norden und will nach Castell Aur in Wales. Es scheint, daß sie dem Hohen König die Bitte unterbreitet hat, sie zu ihrer eigenen Burg ziehen zu lassen. Er wird sie eskortieren – das heißt vielmehr bewachen – lassen, aber er erlaubt ihr, ihre eigenen Leute um sich zu haben, so daß diese Burg hier wieder wie ihr eigener Hof sein wird.« Ein Lächeln und dann ein Seufzen. »Ah, nun, die arme Königin. Es ist eine anstrengende, aber auch erfüllte Zeit für die Leute hier im Dorf. Sie wird vielleicht für ein paar Wochen hier Rast machen, wenn das Wetter gut ist und die Gesellschaft, die sie mitbringt, ihr zusagt. Sie müßte eigentlich bald hier sein. Ihr habt ja gesehen, welches Getriebe in der Burg herrschte, und daß meine Herrin, Lady Luned, selbst alle Hände voll zu tun hatte ... Aber Ihr seid willkommen, dafür hat sie noch immer gesorgt. Und nun, Mylord – denn ›Mylord‹ muß die Anrede doch lauten nach Euren Manieren, junger Herr? –, habt Ihr alles, was Ihr braucht? Ich werde Euch einen Jungen schicken und selbst nachsehen, was die Küchen Euch bereits bieten können.« Dann fügte er noch hinzu: »Den Abort findet Ihr übrigens gleich auf der anderen Seite des Durchgangs.«

Unter etlichen Verbeugungen verließ ihn der Mann. Alexander warf seine Satteltasche auf die Truhe und zog sich ein sauberes Hemd heraus. Der zufällig des Weges gekommene Reisende konnte verständlicherweise natürlich nicht damit rechnen, an den königlichen Tisch gebeten zu werden oder auch nur einen Blick auf den königlichen Gast werfen zu dürfen, aber als der versprochene Junge mit einer Schale heißen Wassers und einem frischen Handtuch kam, wusch er sich sorgfältig und fragte sich, wie er wohl in den Augen einer Königin aussehen mochte. Denn dies war nicht nur die frühere Königin von Rheged und Arthurs Schwester, sondern nach allem, was man so hörte, auch eine berüchtigte Hexe, von den Menschen gefürchtet und Königin Morgan, die Zauberin, Morgan le Fay, genannt.

15

Bald hatte sich Alexander vom Schmutz der Reise gesäubert und war in frische Kleider geschlüpft. Inzwischen hatte er auch voller Erleichterung begriffen, wie dankbar er dem glücklichen Zufall sein konnte, der ihn davor bewahrt hatte, Lady Luned seinen Namen zu nennen und danach möglicherweise seinen Platz an der königlichen Tafel einnehmen zu müssen. Nach seinem langen Tag auf der Straße ohne einem anderen Begleiter, der ihm zugehört hätte, als seinem Pferd, war er in Gefahr gewesen, das Ziel seiner Reise zu vergessen und damit auch die Tatsache, daß er kaum sein Recht auf königliche Geburt und königlichen Titel geltend machen konnte, ohne jenen Schaden anzurichten, den abzuwenden er mit Brand und Uwain ausgezogen war.

Alexander, Sohn von Prinz Baudouin, mußte tot bleiben, und Anna, die verwitwete Prinzessin, unbehelligt, bis die Zeit gekommen war, da Drustan, ihr Clansmann, ihnen die Möglichkeit gab, in den Genuß des Urteils und der Gerechtigkeit des Hohen Königs zu kommen.

Also war der zufällig des Weges gekommene Reisende für Lady Luned ein Niemand und würde in seinem Gemach speisen. Und das hieß, dachte Alexander fröhlich, als Schritte den Flur entlangeilten und der köstliche Duft des Mahls an seine Nase drang, daß er sofort essen konnte und nicht gezwungen war, auf die verspäteten königlichen Gäste zu warten.

Er rief »Herein!« und zog sich in die Fensternische zurück, während einige Diener mit den dampfenden Platten und einem großzügigen Korb mit ofenwarmem Brot eintraten. Der Junge, der ihm zuvor gedient hatte, stellte einen Krug Wein ab und daneben einen Kelch und einige Servietten. Die Servietten waren aus schönem Leinen, der Kelch ein elegantes Stück aus Silber. Es schien, daß man nicht von königlicher Abkunft sein mußte, um sich des Besten erfreuen zu dürfen, was Lady Luned zu bieten hatte.

Er dankte den Männern, die sich verbeugten und zurückzogen. Der Junge hob den Weinkrug, reichte ihm eine der Servietten und war offensichtlich willens zu bleiben und ihn zu bedienen, aber Alexander beschloß, ihn mit einem schnellen Wort zu entlassen. Als er fort war und die Tür sich hinter ihm geschlossen hatte, trat der Prinz noch nicht sogleich an den Tisch.

Das Fenster seines Gemaches lag an der Außenseite der Burg. Die Öffnung war schmal, bot aber einen recht guten Blick auf den Weg, der um den Graben herum zur Brücke und zum Haupttor führte. Der Lärm des Wasserfalls hatte die Geräusche der Hufe übertönt, aber vor einigen Sekunden waren zwei Reiter auf die Tore zugeritten. Bevor sie es erreichten, zügelten sie ihre Pferde und wendeten, wie es schien, um zwei andere zu grüßen, die herbeigaloppiert kamen, sie zu überholen. Dann hörte man ein Hämmern am Tor und die Rufe, die den Pförtner herbeiholen sollten.

Die ersten Mitglieder der königlichen Reisegesellschaft? Alexander wandte sich nachdenklich vom Fenster ab und war dem Zufall, der zu seiner Abgeschiedenheit geführt hatte, noch dankbarer als zuvor.

Denn im Aufflackern der Fackel am Pförtnerhaus hatte er auf den Umhängen des zweiten Reiterpaares das Wappen von König Marke von Cornwall erkannt.

Der Rest der Gäste – der eigentliche Haupttroß – kam, kurz nachdem Alexander sein Mahl beendet hatte. Es war eine große Gesellschaft; gut zwanzig bewaffnete Reiter eskortierten drei Sänften und eine kleine Schar mit Gepäck beladener Maultiere. Berittene Fackelträger gehörten ebenfalls dazu, so daß Alexander trotz des Dunkels der Nacht von seinem Fenster aus den ganzen Zug deutlich sehen konnte.

Die Königin reiste natürlich in einer der Sänften; die erste, von kräftigen weißen Maultieren getragen und von goldener Farbe verziert, mußte die ihre sein. Er suchte nach dem königlichen Wappen von Rheged, bis ihm klar wurde, daß eine verstoßene Königin natürlich kein Recht auf die Ehrenabzeichen ihres Gemahls hatte, genausowenig wie auf dessen Schutz. Und ihre Eskorte diente ja auch nicht dem Schutz – es sei denn einem Schutz, wie ihn Wachen einem Gefangenen zukommen lassen würden. Dann waren, wie ihm mit einem Anflug von Erregung klar wurde, die bewaffneten Männer also Soldaten des Hohen Königs selbst. Er entdeckte keine Wappen und auch keinen Wimpel, aber er hatte gehört, daß Arthur einen schlichten weißen Schild trage – auf den Gott seine Worte schreiben könne, sagten die Kirchenmänner. Aus welchem Grunde, dachte Alexander, sollte ein Mann wie Arthur, ein Fürst der Schlachten und unumstrittener Herrscher eines vereinten und befriedeten Reiches, seine Identität und seine Verdienste auch zur Schau stellen?

Und so kam es, daß er ganz unbewußt und getrieben von seiner instinktiven kindlichen Heldenverehrung den ersten Schritt im Kampf gegen das Böse tat, ohne auch nur zu ahnen, daß das Böse überhaupt existierte.

Am nächsten Tag machte er Bekanntschaft damit.

Er schlief tief, ohne Träume oder andere Beeinträchtigungen, wachte früh auf und fand vor seiner Türe bereits Diener vor, die Essen und frisches Wasser brachten. Der alte Haushofmeister Grif war bei ihnen; seine Gastgeberin hatte ihn geschickt, sich das Wohlergehen des Reisenden angelegen sein zu lassen und ihm ihre guten Wünsche für die Weiterreise zu übermitteln. Lady Luned habe sich noch nicht erhoben, sagte der alte Mann und bemühte sich mit sanfter Höflichkeit, Alexander klarzumachen, daß sie, wenn sie später aufstand, alle Hände voll damit zu tun haben würde, ihrem königlichen Gast aufzuwarten. Alexander, der nur den Wunsch hatte, möglichst schnell aufzubrechen, ließ ihr seinen warmen Dank und gute Wünsche ausrichten, nahm dann sein Frühstück ein, packte seine guten Gewänder – zusammen mit den Resten seines Frühstücks – in die Satteltasche und begab sich hinaus auf den Burghof.

Dort herrschte geschäftiges Treiben, Männer aßen und tranken und begafften die kichernden Dienstmädchen, die ihnen Essen und Bier herbeitrugen; andere säuberten ihre Waffen oder versorgten ihre Pferde und deren Zaumzeug; die Stallburschen von der Burg waren mit Eimern und Bürsten zugange, und ständig kamen und gingen Marktfrauen durchs Tor und Einheimische, die ihre Waren zum Verkauf brachten.

Alexander trat in den Stall, in den man am Vorabend sein Pferd geführt hatte. Er fand es dort gut untergebracht an einem Futtertrog vor, den es mit einem halben Dutzend anderer Reittiere teilte. Sein Sattel hing auf einem Ständer nahe der Tür. Er hatte ihn eben heruntergehoben, als ein Stallbursche hereinkam, seinen Eimer fallenließ und an Alexanders Seite stürzte.

»Gebt mir das, Herr. Ich mache es.« Er nahm den Sattel, hob ihn auf den Rücken des Pferdes und bückte sich dann, um den Gurt strammzuziehen. »Das ist ein selten schönes Tier, das Ihr da reitet. Ich habe ihn letzte Nacht selbst versorgt. Er war müde – Ihr hattet einen langen Ritt, nicht wahr? –, aber ich habe ihm einen warmen Brei mit einem Tropfen Bier drin gegeben, und er hat alles weggeputzt. Jetzt ist er für den Tag bestens gerüstet. Habt Ihr's noch weit, junger Herr?«

»Kommt darauf an. Ich sehe, daß heute morgen Leute hergekommen sind, Landmann. Hast du gehört, ob der Fluß noch immer Hochwasser führt?«

»Das Wasser ist heute morgen schon ein gutes Stück gesunken, also keine Sorge, junger Herr. Mittlerweile ist der Fluß sicher nur noch knietief. Der Pfad auf dieser Seite wird nie überschwemmt – jedenfalls nicht so, daß man ihn nicht mehr benutzen könnte –, und ein Pferd findet dort sicheren Halt.« Er gab dem Hengst einen liebevollen Schlag aufs Hinterteil. »Ihr wollt nach Norden, höre ich?«

»Ja, nach Rheged, und von da aus weiter nach Nordosten.« Alexander, der dem Mann dankbar für die gute Pflege war, die er seinem Pferd hatte angedeihen lassen, plauderte noch ein paar Minuten mit ihm, bedankte sich dann und griff nach dem Zügel. Der Stallbursche blieb mit ein paar Kupfermünzen als Belohnung strahlend zurück. Ohne mehr als einige neugierige Blicke und hier und da ein höfliches »Guten Morgen« auf sich zu ziehen, führte Alexander sein Pferd vom Hof und durchs Tor. Er sah keinen Grund, den Torwächter besonders zu belohnen, sondern wartete lediglich schweigend, während der Mann die schwere Türe für ihn aufdrückte. Sobald er über den Graben war, stieg er in den Sattel und lenkte das Pferd zu dem Pfad nördlich des Flusses; er wollte zu der Straße, die er gestern vom anderen Ufer aus an den Klostergebäuden am anderen Ende der zerstörten Brücke gesehen hatte.

Er sollte sie nie erreichen.

Drei Männer von Königin Morgans Eskorte, die noch früher als Alexander auf den Beinen waren, waren zur Jagd ausgeritten, um etwas Besseres für die Tafeln der Burg aufzutreiben als die fetten Gänse und Kapaune, die die Bauern auf die Burg brachten.

Sie ritten in den Wald hinauf, der die Hänge des Tals bedeckte. Dort waren die Wege holprig, die Bäume standen dicht an dicht in undurchdringlichem Unterholz. Es dauerte nicht lange, da hatten sie das erste Wild gestellt. Daß es eine junge, tragende Hirschkuh war, kümmerte sie nicht. Die Jagd war alles. Die Hunde wurden mit lauten Rufen und Gelächter vorangetrieben, und die drei Männer galoppierten in wilder Eile durch den Wald, während die Hirschkuh hügelabwärts dem Fluß entgegenstürmte.

Der Fluß stand, auch wenn sein Wasserspiegel des Nachts gefallen war, immer noch recht hoch, und sein Rauschen war so laut, daß Alexander, der in flottem Galopp das Ufer entlangritt, nichts von der Jagd hörte – bis plötzlich die Hirschkuh aus den Bäumen hervorbrach, die dort bis dicht ans Wasser reichten, und nach einem Satz mitten auf dem Weg stand, kaum drei Zoll vor seinem Pferd.

Der Braune war ein gutes Pferd, ebenso ruhig wie schnell und keineswegs schreckhaft. Aber er konnte angesichts des unvorhersehbaren Hindernisses nur mit einer ruckartigen seitlichen Drehung einen Zusammenstoß vermeiden, und das auch nur um Haaresbreite. Trotzdem wäre Alexander vielleicht im Sattel geblieben, wäre das Tier nicht durch sein scharfes Ausweichmanöver vom Pfad abgekommen und bis hinunter an den Fluß geschlittert, wo die jüngste Flut einen Teil der Uferböschung gelockert hatte.

Unter dem kräftigen Hufschlag gab der Boden nach, rutschte weg und glitt ins Wasser. Das Pferd stürzte und schleuderte seinen Reiter seitlich in den Fluß. Die Hirschkuh flog noch immer unversehrt wie ein Pfeil über das aufgerissene Ufer dahin und tauchte schon bald in den Bäumen auf dem anderen Ufer unter, während die Jagdgenossen, die nur wenige Augenblicke später aus dem Wald hervorbrachen, feststellen mußten, daß ihre Hunde die Spur am Ufer verloren hatten und Alexanders großer Brauner die Böschung heraufgetrabt kam. Alexander selbst lag reglos dort, wo er aus dem Sattel geschleudert worden war, halb im strömenden Wasser, halb auf dem steinigen Schutt des weggebrochenen Ufers.

16

Alexander erwachte mit pochendem Kopf, einem scharfen Schmerz im linken Fuß und einem ärgerlichen Brennen im linken Unterarm. Er lag im Bett, und es war dunkel, doch neben ihm brannte eine Kerze, und ihr kleines Licht verriet ihm, daß er wieder in dem Schlafgemach im Dunklen Turm war, in dem er vergangene Nacht geschlafen hatte. Vergangene Nacht? Er fühlte sich schläfrig, und ihm war leicht übel; seine Glieder waren so schwer, daß er sich fragte, wie lange er wohl geschlafen haben mochte und – da ihn die Gespinster seines Traums immer noch gefangenhielten –, ob er überhaupt losgeritten war. Das Kerzenlicht verschwamm vor seinen Augen. Er schloß sie wieder und versank abermals in Schlaf.

Als er wieder aufwachte, war es heller Tag, und er hörte, wie der Türriegel aufgeschoben wurde. Die Tür öffnete sich, und herein kam eine stämmige Frau mit einem Korb über dem Arm und einem Becherglas in der Hand. Ihr folgte der Junge, der ihm gestern aufgewartet hatte und nun eine dampfende Schale und einen Arm voller Wäschetücher trug.

»Nun, da haben wir Euch also wieder!« Die Stimme der Frau war von einer fast berufsmäßigen Munterkeit und wohlvertrautem Klang. Daraus und aus ihrem schlichten Kleid, der Schürze und dem weißen Häubchen, das ihr Haar verbarg, ließ sich erraten, daß sie schon mehreren Generationen als Kinderfrau und Krankenschwester gedient hatte oder zumindest den jeweiligen Besitzern der Burg. Sie stellte ihren Korb auf den Tisch. »Und in mehr als einer Hinsicht, junger Herr! Ihr dachtet schon, Ihr hättet es geschafft, von hier wegzukommen, nicht wahr, und dann mußtet Ihr feststellen, daß es ganz so einfach doch nicht geht! Nun, Ihr könnt von Glück sagen, daß man Euch so bald fand. Es ist Euch nichts Böses geschehen, aber Ihr müßt Euch wohl noch ein paar Tage gedulden und der alten Birgit erlauben, sich um Euch zu kümmern ... Hier, trinkt dies. Könnt Ihr Euch aufsetzen? Das ist gut ... Setz die Schale dort hin, Peter, und hol mir die anderen Dinge, die man für mich bereitgestellt hat. Eile dich! Und nun zu Euch, junger Herr, trinkt aus ... Der Trank hat Euch gutgetan, so wie Ihr ausseht. Wenn Ihr Euch heute morgen hättet sehen können, als sie Euch vom Fluß raufbrachten, wie eine Wasserleiche saht Ihr aus, weiß wie Wachs und mit einer schwarzen Schwellung im Gesicht, und dann das Blut – und tropfnaß wart Ihr, so kalt wie Schmelzwasser ...«

»Der Fluß?« Das Wort brachte Alexander die ersten Erinnerungen zurück. Er legte sich seine unverletzte Hand an den Kopf, zuckte bei der Berührung zusammen und erkundigte sich ängstlich: »Mein Pferd? Es wurde gestoßen. Da war ein Hirsch ... nein, eine Hirschkuh ist auf die Straße gesprungen. Ist mein Pferd verletzt?«

»Macht Euch nur keine Sorgen; dem Braunen geht es gut. Keinen Kratzer hat er! Also erinnert Ihr Euch jetzt wieder? Nun, das ist jedenfalls ein gutes Zeichen! Ja, Ihr habt beide etwas abbekommen, Roß und Reiter, aber Ihr hattet noch Glück. Eine Handbreit tiefer, und Ihr wärt ertrunken, bevor sie Euch hätten rausziehen können. Ihr habt Euch den Kopf angeschlagen, aber das ist nicht mehr als eine Beule, die Euch für einen oder zwei Tage das hübsche Gesicht verunstalten wird.« Sie lachte derb und machte sich dann mit Tüchern und heißem Wasser zu schaffen. Das Wasser roch nach einer Kräutermixtur, und Alexander ließ sich voller Dankbarkeit wieder in das Kissen zurücksinken.

»Ich glaube, ich habe mir den Fuß verletzt. Sagtet Ihr, ich hätte geblutet?«

»Das Blut kam von Eurem Arm hier, und ich muß sagen, einen abscheulichen kleinen Schnitt habt Ihr Euch da zugezogen. Oh je, das könnt Ihr spüren, nicht wahr? Aber ganz still jetzt, wir müssen dafür sorgen, daß die Wunde sauber bleibt. Ihr habt Euch wohl Euren Arm an einem abgebrochenen Zweig aufgerissen, als Ihr das Ufer hinuntergerutscht seid. Um Euren Fuß braucht Ihr Euch keine Sorgen zu machen; ein verstauchter Knöchel, der Euch ein paar Tage im Bett halten wird, mehr nicht. Ich habe Euch ja gesagt, Ihr hattet sehr viel Glück.«

»So will es scheinen. Wer hat mich denn hergebracht?«

»Drei von den Männern waren zur Jagd ausgeritten. Der Euch hertrug, das war Enoch. So, das muß für den Augenblick genügen. Ihr bleibt, wo Ihr seid, und ruht Euch aus, und Peter wird Euch gleich etwas zu essen bringen. O nein, junger Herr, ich sagte, Ihr bleibt in Eurem Bett . . . Es wird ein oder zwei Tage dauern, bevor Ihr Euch gut genug fühlt, um herumzulaufen, dafür wird schon Euer Kopf sorgen. Und keine Bange, was Euer Pferd betrifft, dafür wird gesorgt. Tut einfach, was die alte Birgit sagt, und bevor die Woche um ist, seid ihr alle beide wieder auf den Beinen und unterwegs zu Eurem Ziel.«

Doch in dieser Hinsicht sollte sich Birgit irren.

Alexander aß, was der Junge ihm brachte, und war fest entschlossen, gleich nach seinem Mahl das Bett zu verlassen und zu sehen, ob er seine widerstrebende Gastgeberin nicht von einem Gast befreien konnte, der sich zu einer entschiedenen Last entwickelt hatte. Aber entweder war der Schlag auf den Kopf doch schlimmer gewesen, als es den Anschein gehabt hatte, oder die Krankenschwester hatte ihm ein einschläferndes Mittel in sein Getränk gegeben, denn als er sich aufsetzte und sich zu erheben versuchte, drehte sich das Zimmer gefährlich um ihn, und das Gefühl der Übelkeit kehrte zurück. Er legte sich wieder hin und schloß die Augen. Ein wenig Ruhe noch, ja, dann würde die Welt wohl an ihrem Platze bleiben und er selbst wieder ganz der Alte sein ...

Als er das nächste Mal erwachte, dämmerte der Abend bereits; es war fast dunkel, und er verspürte keine Neigung, sein Bett zu verlassen. Sein Kopf schmerzte immer noch, und der Arm pochte. Peter, der zum drittenmal an jenem Tag – ohne daß Alexander etwas davon gemerkt hätte – mit einer Schale Suppe und etwas frischem, in eine Serviette gehülltem Brot hereinkam, warf ihm einen zweifelnden Blick zu, stellte seine Mitbringsel dann auf den Tisch und eilte aus dem Zimmer, um Birgit mit der Nachricht zu erschrecken, daß der junge Lord ihm keinen allzu lebhaften Eindruck mache. Ja, Peter fühlte sich stark an seinen Oheim erinnert, den ein schlimmer Fieberanfall dahingerafft hatte, nachdem er betrunken in einen Graben gefallen und dort die ganze Nacht über liegengeblieben war, bevor man ihn fand.

Was das Fieber betraf, hatte er vollkommen recht, obwohl es seinen Ursprung in einer Infektion des verletzten Armes hatte und nicht in der Kälte des Wassers. Für die nächsten ein oder zwei Tage kehrte Alexander wieder in das heiße Alptraumland der Fiebervisionen zurück, wo Tag und Nacht einander in demselben qualvollen Land der Wahngebilde die Hand reichten und Gesichter und Stimmen ungehört und unerkannt kamen und gingen.

Als er dann endlich erwachte, geschah das ganz plötzlich; er hatte seinen klaren Kopf und auch sein Gedächtnis wieder zurück und stellte nun fest, daß es abermals Nacht geworden war und er in einem fremden Zimmer lag, viel größer als das andere und üppig, ja nachgerade luxuriös ausgestaltet. Er lag auf Seidenkissen in einem großen Bett mit kostbaren Baldachinen, und überall in dem Gemach standen goldüberzogene Stühle mit bunt bestickten Kissen, daneben geschnitzte Truhen und bronzene Dreifüße mit Kerzen aus weißem Wachs, die nach Honig dufteten. An der Wand gegenüber dem Bett befand sich ein mit einem weißen Leinentuch gedeckter Tisch mit verschiedenen Gefäßen, wie Birgit, die Krankenschwester, sie benutzt hatte, aber diese Gefäße waren aus Silber und vergoldetem Silber oder sogar aus Gold. Über den Tisch gebeugt stand die schönste Frau, die Alexander je gesehen hatte, und bereitete in einem der goldenen Kelche eine Mixtur.

Sie wandte den Kopf, sah, daß er aus dem Schlaf erwacht war und sie beobachtete, und richtete sich lächelnd von ihrer Arbeit auf.

Sie war groß für eine Frau und schlank, aber mit fülligen Brüsten und Hüften und einer Rundung der Taille, die ihr bernsteinfarbenes Gewand kaum zu verhüllen vermochte. Ihr Haar war dunkel und sehr lang; es fiel ihr in dicken Zöpfen über den Rücken, als sei es schon für die Nacht zurechtgemacht, war aber sorgsam mit bernsteinfarbenen Bändern umwunden, in deren winzigen goldenen Knoten Juwelen glitzerten. Auch ihre Augen waren dunkel, die Lider an den äußeren Winkeln liebreizend geschwungen, ein Schwung, dem die schmalen, dunklen Brauen zu folgen wußten. Jede andere Frau hätte sofort gesehen, daß Brauen und Augenlider sorgfältig nachgezogen und verdunkelt und die stolzen Bögen der Lippen sachkundig gerötet waren, aber Alexander, der schwach von seinen Kissen aufschaute, sah nur eine Vision der Schönheit, die, wie er benommen dachte, gewiß im nächsten Augenblick verschwinden und ihn mit der alten Krankenschwester und der freundlichen, aber wenig aufregenden Lady Luned zurücklassen würde.

Doch die Frau verschwand nicht. Sie trat in den Lichtkreis der süß duftenden Kerzen und begann zu sprechen. »So ist der unglückselige Reisende also endlich erwacht? Guten Abend, Herr. Wie fühlt Ihr Euch jetzt? Nein, nein ...«, protestierte sie, als er mühsam versuchte, sich zu erheben. »Bemüht Euch nicht, Euch aufzusetzen. Ihr hattet ein schlimmes Fieber und müßt Euch noch eine ganze Weile ausruhen.« Während sie das sagte, legte sie ihm eine Hand auf die Stirn, eine kühle, starke Hand, die ihn sanft in die Kissen zurückdrängte. Nein, gewiß keine Vision, sondern eine wirkliche Frau und eine sehr reizvolle dazu ... So, dachte Alexander umnebelt, so hätte das Abenteuer eigentlich anfangen sollen; aber sei's drum; die gesegnete Hirschkuh hatte ihn nach der besten Tradition der alten Geschichten in den Dunklen Turm zurück- und in dieses Schlafgemach gebracht. War es ihres? In das Schlafgemach der schönen Dame all seiner Jungenträume ...

»Ihr ...«, sagte er und ärgerte sich über den Klang seiner Stimme. Wie ein blökendes Lamm, dachte er, und versuchte es noch einmal. »Wer seid Ihr?«

Sie trat mit schnellen Schritten an den Tisch, um den goldenen Kelch zu ergreifen und ihm ans Bett zu bringen. Dann beugte sie sich herab, ließ ihre kühle Hand hinter seinen Kopf gleiten und stützte ihn, damit er trinken konnte.

»Ich bin jetzt Eure Krankenschwester, Alexander. Als ich hörte, was geschehen war, habe ich Euch hierherbringen lassen, in meine eigenen Gemächer, wo ich mich selbst Eurer Pflege widmen kann. Niemand in unseren Königreichen würde besser für Euch sorgen. Kommt, trinkt.«

Der Ausschnitt ihres Gewandes spielte locker um ihren cremefarbenen Hals. Als sie sich tiefer zu ihm herabbeugte, konnte Alexander ihre Brüste sehen, rund und voll mit tiefen Schatten dazwischen. Er riß seinen Blick los und hob die Augen – um festzustellen, daß sie ihn beobachtete. Sie lächelte. Verwirrt versuchte er zu sprechen, aber sie schüttelte den Kopf, bedeutete ihm – immer noch lächelnd – zu schweigen und ließ ihn die letzten Tropfen trinken, bevor sie den leeren Kelch wieder zum Tisch trug.

Ihre Stimme war kühl und gefaßt. »Ihr werdet jetzt wieder schlafen; morgen wird das Fieber verschwunden und Euer Arm schon fast geheilt sein. Ich habe Eure Wunden verbunden, während Ihr noch im Schlaf lagt. Der Fuß wird Euch noch eine Weile Schmerzen bereiten; Ihr müßt ihm Ruhe gönnen. Morgen früh komme ich wieder her, um nach Euch zu sehen.«

Alexander, der wußte, daß er diese Feengöttin niemals würde bitten können, ihn dorthin zu geleiten, wo er sich jetzt dringend hinbegeben mußte, verspürte nichts als Dankbarkeit, als sie den Kelch abstellte und sich zum Gehen wandte. Aber es gab etwas, das er wissen mußte. Mit heiserer Stimme fragte er: »Woher wißt Ihr meinen Namen?«

Da war es wieder, dieses feine, kleine Lächeln. Sie hatte bereits eine Hand auf den Türknopf gelegt und drehte sich noch einmal halb um. Sie war wirklich bezaubernd schön. »Ich sehe und höre, und was ich nicht sehe und höre, das weiß ich aus dem Rauch und dem Kristall und den Stimmen in der Dunkelheit. Gute Nacht, Alexander.«

Trotz oder wahrscheinlicher gerade wegen ihrer Pflege kehrte in jener Nacht ein Anflug des Fiebers zurück und versetzte Alexanders Sinne in einen Zustand der

Unruhe und Wachsamkeit. Hier im Dunklen Turm konnte nur eine so aussehen, so sprechen und Weisung geben, den Fremden in diesen königlichen Gemächern unterzubringen – Königin Morgan, die Zauberin.

Was mochte sie noch alles wissen, diese Hexe, die aus dem Rauch und im Kristall lesen konnte und die Stimmen in der Dunkelheit hörte?

Vier

Die schöne Pilgerin

Das Könighaus der fränkischen Merowinger

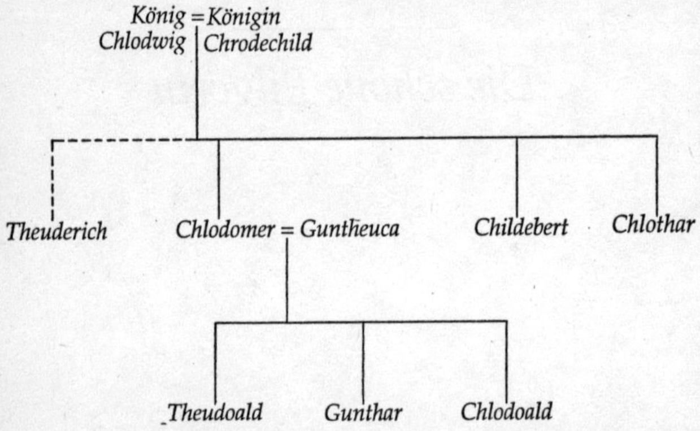

17

Etwa vier Monate, bevor sich dies alles zutrug, hatte sich an einem kalten, sonnenhellen Januarnachmittag Herzog Ansirus auf die Suche nach seiner Tochter gemacht. Er fand sie zusammen mit Mariamne auf ihrem Söller. Die Mädchen, die eigentlich fleißig an ihren Gobelins arbeiten sollten, saßen zusammen in dem schmalen Kegel Sonnenlicht, der durchs Fenster fiel, und lachten über irgend etwas; wenn Alice etwas Geringeres als eine Herzogstochter gewesen wäre, hätte man vielleicht sagen können, daß die beiden Mädchen kicherten. Als der Herzog eintrat, brach das Lachen jäh ab, und beide Mädchen erhoben sich zu einem Knicks. Dann versank Mariamne auf einen Blick ihrer Herrin hin in einen neuerlichen tiefen Knicks und verließ den Söller.

Alice setzte sich wieder, und der Herzog zog sich einen Stuhl näher ans Fenster. Trotz des Sonnenscheins und der Wärme, die der Ofen spendete, war der Raum kühl. Er rieb sich die Hände und räusperte sich, aber bevor er etwas bemerken konnte, sagte sie ernst: »Ja, Vater.«

»Was soll das heißen, ›Ja, Vater‹? Ich habe doch noch gar nichts gesagt.«

»Nein, aber der Wind kommt von Norden, Neujahr ist verstrichen, und dich plagt die Kälte.«

Ihr Vater zog die Brauen zusammen, neigte den Kopf und sah sie scharf an. Mit dem Alter wurde er ein wenig kurzsichtig. »Nun? Und was heißt das?«

»Das heißt, jetzt, da es in der Burg so kalt ist wie in einem Grab und gräßlich zieht an allen Ecken und Enden, ist es an der Zeit, wieder auf Pilgerfahrt zu gehen, nicht wahr?«

Er ließ ein trockenes Kichern hören. »Laß bloß Pater Anselm solche Worte nicht hören, mein Kind! Aber du hast recht. Ich denke tatsächlich viel an den Frühlingssonnenschein im Süden, wo ich doch eigentlich an nichts anderes als an meine Sünden denken sollte und an die Härten der Reise und die Gebete, die wir an ihrem anderen Ende sprechen werden.«

»Was für Sünden?« fragte seine Tochter voller Zuneigung. »Ich bin diejenige, die das Sündigen besorgt, und meine Gedanken sind im Augenblick gerade sündig genug! Ich hatte eben erst mit Mariamne über das Heilige Land gesprochen und daß dies vielleicht das Jahr für eine neuerliche Reise dorthin sein könnte. Und ich sagte auch, wie gern ich wieder einmal nach Rom käme – in dieses wunderhübsche, behagliche Haus mit den beheizten Fußböden! –, und ich sprach von den Seidenstoffen aus Damaskus, die ich auf diesem *Souk* in Jerusalem kaufen könnte. Also, wenn hier einer Sünden zu beichten hätte, dann wäre das wohl ich!«

»Scherze nicht über diese Dinge, mein liebes Kind.«

Seine Stimme war sanft, aber Alice errötete dennoch und sagte hastig: »Vergib mir. Aber Vater, es ist doch wahr. Du bist ein Heiliger, und Gott weiß, daß du mir jede Gelegenheit gegeben hast, auch eine Heilige zu werden, aber ich bin trotzdem nur ein sündiges Mädchen, das mehr an – nun ja, an diese Welt denkt und an all die schönen Dinge darin statt an die Welt, die uns im Jenseits erwartet.«

»Und wie steht es mit Dingen wie zum Beispiel der Ehe?« Auf ihren schnellen Blick nickte er nur ernst. »Ja, Kind, darüber möchte ich reden, nicht über Reisen und Besuche und Gebete.«

Alice atmete hörbar ein, lehnte sich dann abwartend

zurück und faltete ihre Hände auf dem Schoß, eine demütige Geste, die ihren Vater keinen Augenblick lang zu trügen vermochte.

Sorgsam, als wolle er erst sehen, wie sie reagieren würde, sagte er: »Du hast deinen sechzehnten Geburtstag hinter dir, Alice. Das ist ein Alter, in dem die meisten Mädchen sich schon in der sicheren Obhut eines Gemahls befinden und sich um ihren eigenen Haushalt und ihre eigenen Familien kümmern.« Da sie nichts sagte, nickte er abermals. »Ich weiß, mein Kind. Wir haben schon früher über dieses Thema gesprochen, und du warst stets eine ergebene Tochter, hast mich aber immer gebeten zu warten, noch ein Jahr zu warten ... und dann noch eines. Nun mußt du mir den Grund dafür sagen. Du hast keine Mutter, die dir raten könnte, aber ich werde zuhören. Möchtest du der Ehe entgehen, Kind? Ist es möglich, daß du begonnen hast, ans Kloster zu denken?«

»Nein!« Dieses eine Wort kam mit solcher Vehemenz, daß der Herzog überrascht die Brauen hochzog. Daraufhin fuhr seine Tochter sanfter fort: »Nein, Vater, das ist es nicht. Du weißt, es kann niemals sein – ich könnte das fromme Leben nicht ertragen. Und was die Ehe betrifft, ich habe immer gewußt, daß ich eines Tages daran denken müßte, aber – nun, ich habe doch einen Haushalt hier und auch eine Pflicht, dir gegenüber! Können wir nicht warten? Vielleicht bis ich siebzehn geworden bin? Dann, verspreche ich, werde ich dir gehorchen und meine Zukunft ganz in deine Hände legen ...« Sie warf ihm ein Lächeln zu, aus dem teils Zuneigung, teils Schelmerei sprach. »Natürlich immer vorausgesetzt, daß dieser junge Mann, den du erwählt hast, hübsch ist und tapfer – und ohne Land, so daß er mich nicht von hier fortschaffen wird und ich auf Burg Rose bleiben kann!«

Er erwiderte das Lächeln nicht, sondern sagte mit ernster Stimme: »Alice, mein Kind, Gott weiß, daß ich dich bei mir behalten würde, wenn ich dürfte. Aber dir muß doch klar sein, daß diese Dinge früher oder später geregelt werden müssen, wenn wir beide eine sichere Zukunft haben wollen, und nicht nur wir, sondern all unsere Leute hier.«

»Wie meinst du das?« Die Sonne war im Laufe ihrer Unterredung weiter gewandert und schien ihm nun ins Gesicht. In dem scharfen, kühlen Winterlicht fiel ihr plötzlich auf, wie alt er geworden war. Dünner als früher, mit einem sorgenvollen Ausdruck auf dem Gesicht, der die Knochen schärfer hervortreten ließ und tiefe Linien zwischen die Augen zeichnete. Sein Haar war bereits ziemlich grau. »Bist du krank?« Ihre Stimme klang schroff vor jäher Angst und ließ die Frage eher wie eine Anschuldigung klingen.

Der Herzog schüttelte den Kopf. »Nein, nein. Mir geht es recht gut. Aber ich habe Neuigkeiten erhalten, ernste Neuigkeiten. Hast du nicht den Boten gesehen?«

»Nein. Mariamne sagte, sie habe etwas gehört, aber – was für Neuigkeiten, Vater? Schwierigkeiten?«

»Nicht für uns, nicht direkt. Du hast gerade darüber gescherzt, welche Art von Gemahl ich dir erwählen solle ... Ich glaube nun, nach dem, was wir zuvor besprochen haben, zu wissen, wo die erste Wahl liegen könnte.«

»Du sprichst von Drian? Ja. Ist ihm etwas zugestoßen?«

Die Sorge, die aus ihrer Stimme klang, war kaum mehr als steife Höflichkeit. Weder sie noch der Herzog hatten Drian je kennengelernt. Er war der jüngere Bruder eines Gefährten des Hohen Königs namens Lamorak. Letzterer hatte früher zusammen mit Drustan am Hofe von Marke von Cornwall gedient. Er und sein

Bruder galten als gute Männer und treue Diener des Hohen Königs.

Der Herzog schüttelte den Kopf. »Und wieder muß ich es sagen, es ist ihm nicht *direkt* etwas widerfahren. Aber im Süden sind traurige Dinge geschehen. Angelegenheiten, über die ich mit dir nie von selbst gesprochen hätte. Aber zweifellos hast du die Geschichten gehört, die die einheimischen Frauen sich über die Schwester des Hohen Königs erzählen ...?«

Er zögerte, und Alice sagte schnell: »Königin Morgan, die der König von Rheged verstoßen und in ein Kloster in Caer Eidyn gesperrt hat? Ja, natürlich weiß ich das; jeder redet davon. Das ist doch jetzt schon Ewigkeiten her.« Sie fügte nicht hinzu, daß allenthalben und in großer Freude an den Einzelheiten auch über die ehebrecherische Liaison der Königin geredet wurde, die ihren Gemahl gezwungen hatte, sie zu verstoßen und der Gerechtigkeit des Königs anheimzustellen.

»Nein, nein«, wehrte der Herzog ab. »Ich meine nicht Morgan. Ich spreche von ihrer Schwester Morgause, der Witwe von König Lot von Orkney, die auf den Inseln im Norden lebte, bis der Hohe König sie nach Süden rief, damit er ihre Söhne an seinem Hof in Camelot habe. Er hat sie dort in seinen Diensten gehalten, aber Königin Morgause wurde für irgendein Vergehen in der Vergangenheit wie ihre Schwester in ein Kloster verbannt.«

Alice schwieg einen Augenblick. Auch diese Geschichte kannte sie in allen Versionen, wie man sie früher für Kinderohren geeignet hielt; in letzter Zeit waren da noch ein paar Einzelheiten hinzugekommen. Sie schmückten die Geschichte aus, die mittlerweile fast zur Legende geworden war. Es hieß, Morgause habe vor vielen Jahren, als beide noch jung waren, mit ihrem

Halbbruder Arthur das Lager geteilt und ihm einen Sohn geboren, Mordred, der als »Neffe« des Hohen Königs nun Arthurs größtes Vertrauen genoß und sowohl der Königin als auch dem König bei Hofe nahestand. Und dies trotz der Tatsache (auch darüber wurde allenthalben getuschelt), daß Morgause ihren Halbbruder gehaßt und den Jungen nur am Leben gelassen hatte, weil sie Merlins Prophezeiung kannte, er werde eines Tages Arthurs Fluch sein. Sie haßte auch Merlin und hatte sich zu guter Letzt selbst übertroffen, indem sie versuchte, ihn zu vergiften. Doch die Magie des alten Zauberers hatte ihn geschützt, und er war mit dem Leben davongekommen. König Arthur hatte sie für diese Tat bestraft, indem er sie in das Kloster bei Amesbury sperrte, am Rande der Weiten Ebene.

Alice, die sich darüber wunderte, was ihr Vater mit diesen alten Geschichten von Hexerei und Intrige zu tun haben könnte, fragte: »Ich weiß von Königin Morgauses Gefangenschaft in Amesbury, ja. Aber du sprichst, als wäre ihrer Gefangenschaft dort ein Ende gemacht worden? Heißt das, daß sie befreit wurde? Oder was ist geschehen?«

»Sie ist dort getötet worden, und zwar von ihrem eigenen Sohn Gaheris.« Während Alice ihn noch entsetzt anstarrte, machte der Herzog eine plötzliche Bewegung in seinem Stuhl und schlug mit beiden Händen auf die Armlehnen. »Da sitzen wir nun und sprechen über deine Eheschließung, und ich behandle dich immer noch, als wärest du ein Kind. Verzeih mir, meine Liebe! Hör mir zu, dann werde ich dir die ganze Geschichte erzählen. Es ist eine schockierende Angelegenheit. Königin Morgause hat selbst im Kloster und trotz der früheren Sünden, die sie zu büßen hatte, Liebhaber empfangen. Ich weiß nicht wie noch wen, aber der letzte von ihnen war jedenfalls Lamorak. Er war in der

Nähe auf der Ebene stationiert und lernte sie kennen, als er in königlichen Geschäften nach Amesbury geschickt wurde. Es scheint, daß er sich durchaus ehrenwert betrug; er wollte sie heiraten, und so konnte man sagen, daß er ein gewisses Recht darauf hatte, mit ihr das Lager zu teilen. Aber wie auch immer, er war jedenfalls bei ihr, als Gaheris, einer ihrer Söhne, des Nachts in aller Heimlichkeit in das Kloster kam, um seine Mutter zu besuchen. Er fand sie mit ihrem Geliebten zusammen, zog in einem Augenblick wilden Zorns sein Schwert und tötete sie. Ich weiß nicht genau, was danach geschah, aber offenbar wurde er aus irgendeinem Grund davon abgehalten, auch über Lamorak herzufallen. Lamorak übergab sein Schwert daraufhin dem Hohen König und lieferte sich dessen Gnade aus. Man schickte ihn außer Landes, und zwar zu seiner eigenen Sicherheit. Der Orkney-Clan – Gaheris und seine Brüder – ist ein wildes Volk, und der König versucht, Streitigkeiten unter seinen Rittern im Keim zu erstikken. Auch Gaheris ist in die Verbannung geschickt worden.« Der Herzog holte tief Luft. »Du verstehst, was das bedeutet.«

»Daß Drian mit seinem Bruder auf den Kontinent gegangen ist?«

»O nein, das nicht. Noch nicht. Er hielt sich zu dieser Zeit gerade in Drustans Burg in Northumbria auf – und mag immer noch dort sein. Aber ich hörte, daß Gaheris ungeachtet aller Befehle des Hohen Königs geschworen habe, Lamorak aufzuspüren und zu töten. Dann werden wahrscheinlich Lamoraks Clansmänner ihrerseits Rache suchen. Und so wird es immer weitergehen, Blut, das nach Blut schreit . . .« Er klang plötzlich sehr müde. »So also stehen die Dinge – und damit sind unsere Pläne, dich mit dem jungen Drian zu verheiraten, zunichte gemacht geworden. Ich werde nicht zulassen, daß meine Tochter oder mein Haus in eine Blutfehde hineingezogen werden. Wir müssen Gott dafür danken, daß diese Nachricht rechtzeitig gekommen ist. Ich hatte bereits einen Brief geschrieben, den der Bote morgen wieder mit nach Norden nehmen sollte. Nun wird dieser Brief nicht mehr abgesandt werden. Und du wirst deinen Aufschub doch noch bekommen, denn wir müssen von neuem über alles nachdenken.«

Alice neigte den Kopf und faltete die Hände auf ihrem Schoß. »Ich werde für sie beten. Für Lamorak, der unseres Wissens nichts Böses im Schilde führte, und für Drian, der überhaupt nichts Böses getan hat.«

Es entstand ein kurzes Schweigen, während der Herzog seine Hände über die Wärme des Ofens hielt und Alice mit gesenktem Kopf dasaß. Nach einer Weile drehte sie sich um. Der stille Söller, der vom Glühen des Ofens durchströmt wurde und dessen dicke Vorhänge die Steinmauern verbargen; die Stickrahmen, die Körbe voll bunter Wolle, das Spinnrad, die Harfe in der Ecke. Ihr Zimmer mit der Treppe hinter dem Vorhang, ihr Schlafgemach oben am Treppenabsatz. Der Blick aus dem Fenster, der eine Terrasse mit einem Stückchen Garten zeigte und sogar im Winter noch hübsch war mit den immergrünen Büschen in ihren Holzbottichen und den Kräuterbeeten. Und dahinter der Fluß, der breit und gemächlich dahinströmte, ein natürlicher Burggraben, der mehr dem Vergnügen diente als der Verteidigung, denn wer brauchte in diesen friedlichen Tagen unter Arthurs Herrschaft seinen Nachbarn zu fürchten? Gewiß nicht Herzog Ansirus, der Pilger, jener fromme und sanftmütige Mann, den die Einheimischen liebten und dessen Tochter innerhalb der Grenzen des Herzogtums überall ungefährdet ausreiten konnte. Deren Nachbarn ihnen vielmehr zu Hilfe eilen würden, falls das Undenkbare geschähe und ein Feind ihren Frieden bedrohen sollte.

Wäre der Bote mit den bewußten Neuigkeiten nicht rechtzeitig gekommen, hätte es um diesen Frieden durchaus geschehen sein können. Es war ein erschrekkender Gedanke. Die Ehe mit Drian schien eine so gute Idee gewesen zu sein, sowohl für sie (»ein junger Mann ohne Land, der mich nicht von zu Hause fortholt«) als auch für die Zukunft von Burg Rose. Aber selbst wenn die Tragödie in Amesbury sich nicht ereignet hätte, was dann? Wenn Lamorak Königin Morgause geheiratet hätte und Alice Drians Frau geworden wäre – welche Schatten böser Magie und vergangener Sünden (was das Volk sich erzählte, sprach da eine deutliche Sprache) wären dann nach Norden gekrochen, um die Grenzen dieses geliebten Landes mit ihrem Schmutz zu besudeln?

Die Sonne war jenseits des Fensters weitergezogen. Alice warf einen Blick hinaus und betrachtete die Aussicht, die ihr immer so liebreizend erschienen war und ihr jetzt im Schatten sowohl echter wie auch eingebildeter Schleier noch tausendmal schöner erschien. Dies alles durfte sie nicht verlieren, o bitte, lieber Gott . . . Ich werde alles tun, um uns das hier zu bewahren und dem Gemüt meines Vaters wohlverdiente Ruhe zu schenken. Alles.

Als sie ihren Blick wieder ihrem Vater zuwandte, der still dasaß, ein alternder, grau gewordener Mann im grauen Schatten, schob sie ihre Erleichterung beiseite, um ihn zu trösten.

»Vielleicht wird ja nichts von alledem passieren, Vater, und weder Drian noch seiner Familie droht Gefahr. Willst du nicht abwarten, was weiter geschieht, oder willst du nicht vielleicht gleich nach Bannog Dun schreiben, um festzustellen, was Madoc dazu zu sagen hat?«

Jener Madoc, von dem sie sprach, war der Hüter einer Festung – zu klein, um als Burg bezeichnet zu werden – nahe der Nordgrenzen Rhegeds. Er war ein entfernter Vetter von Herzog Ansirus und ebenfalls mit König Ban von Benoic verwandt. Und er war der Erbe von Burg Rose, falls es keinen männlichen Erben geben würde – wenn also Alice keinen Sohn gebar. Sein Anspruch auf die Burg ging auf einen jüngeren Sohn von vor zwei Generationen zurück und würde wohl durchaus standhalten, da es keinen besseren gab. In der direkten Linie wäre da nur Alice.

Der Herzog bewegte sich, setzte sich aufrecht hin und sah, wie sie zu ihrer Freude feststellte, schon wieder einigermaßen erleichtert aus. »Das ist eine der Fragen, die ich noch mit dir besprechen wollte. Es scheint mir das beste zu sein.«

Alice lächelte und sagte, so leichthin sie vermochte: »Habe ich denn eine Wahl?«

»Natürlich.«

»Ich erinnere mich noch schwach an Madoc aus der Zeit, als wir beide Kinder waren. Ein kräftiger Junge und sehr tollkühn. Du hast ihn seither doch noch einmal gesehen, Vater. Wie ist er?«

»Immer noch stark und verwegen. Ein Kämpfer, aber ich glaube, er ist es langsam überdrüssig, Benoic zu dienen, und brennt darauf, eigenes Land zu erringen.« Der Herzog sah sie ernst an und nickte. »Nun denn. Ich werde schreiben. Es könnte eine gute Wahl sein, Alice. Ich zeige dir den Brief, bevor unser Mann morgen nach Norden reitet. Aber nun wollen wir's gut sein lassen, nicht wahr? Ich weiß, ich habe selbst gesagt, die Angelegenheit eile, und ich hätte sie am liebsten bald geordnet – aber damit meine ich doch eher Monate als Tage. Wenn der Winter kommt, ist es noch früh genug.«

Alice fühlte sich gegenüber dem Herzog erleichtert, versuchte jedoch, sich nichts anmerken zu lassen. »Bis zum Winter? Dabei wird *dieser* Winter noch fast drei Monate dauern.«

Er lächelte. »Ja, bis zum nächsten Winter. Du hattest ganz recht mit deiner ersten Vermutung, Alice. Wir gehen im April auf Pilgerfahrt. Meine letzte, bevor ich mein lang ersehntes Heim in unserem Kloster St. Martin beziehen werde, hier in Rheged ... Wenn ich dich mit einem guten Manne vermählt weiß und, so Gott es will, mit einem starken Schwert, das dich beschützt.« Er legte die Hände in den Schoß. »Du wußtest, daß ich mich irgendwann zurückziehen würde. Ich bin nicht krank, abgesehen davon, daß meine Knochen ein wenig knirschen, aber ich stelle doch fest, daß ich leichter ermüde, und in den Wintermonaten finde ich es immer unerquicklicher, auszureiten und für unser Land und unsere Leute sorgen zu müssen. Ich werde froh sein, wenn ich meine Sorgen einem Jüngeren in die Hände legen und mich in den Frieden des klösterlichen Lebens zurückziehen kann. Aber über diese Dinge haben wir ja viele Male geredet.«

»Ich weiß. Aber hier gilt das gleiche wie für meine Verheiratung; es muß kommen, aber doch nicht zu bald.« Sie setzte sich in ihrem Stuhl auf und lächelte ihn an. »So, das wäre also geregelt! Du schreibst an den Grafen Madoc, und dann setzen wir Segel nach Jerusalem. Und wenn ich denn also Braut werde, siehst du gewiß die Notwendigkeit ein, daß ich diese Seidenstoffe aus Damaskus kaufe!«

Er lachte. »Du kannst alles kaufen, was du willst, mein liebes Kind, aber nicht in den *Souks!* Wir fahren nicht nach Jerusalem. Unser Ziel heißt auch in diesem Jahr Tours. Bist du nun enttäuscht?«

»Kein bißchen. Mir hat Tours gut gefallen. Aber warum?«

»Ich möchte gern dem Schrein von St. Martin einen letzten Besuch abstatten, bevor ich hier im Kloster mein Gelübde spreche. Ich hatte das schon seit einer ganzen Weile im Sinn und habe mich gefragt, wie es dort drüben wohl aussehen mag, aber jetzt können wir, *deo gratias*, unsere Pläne schmieden. Der Bote hat mir auch einen Brief von Königin Chrodechild gebracht. Hier ist er.« Er reichte ihr die Schriftrolle.

Es war ein kurzer Brief. Die alte Königin hoffte, daß Herzog Ansirus, wie er es bei ihrem letzten Treffen versprochen habe, immer noch den Wunsch verspüre, in diesem Jahr zum heiligen Schrein des gesegneten Bischofs Martin zu pilgern. Wenn ja, so könne er trotz der sehr realen Gefahr eines Krieges versichert sein, daß er mit seinem Gefolge gefahrlos reisen werde und er selbst »und Lady Alice, falls sie Euch begleitet« bei der Königin Quartier fänden. Sie werde sie mit Freuden aufnehmen und so weiter und so weiter ...

Alice reichte ihm den Brief zurück. »Es war sehr freundlich von ihr, sich unserer zu entsinnen und diesen Brief zu schreiben. Ja, ich würde Tours gern wiedersehen. Ob die Jungen wohl dort sein werden? Theudoald müßte jetzt ... hm ... zehn oder elf Jahre alt sein, schätze ich. Wahrscheinlich wird er bereits für den Krieg ausgebildet. Dieser Krieg! Was muß es für ein Gefühl sein, immer mit der ›sehr realen Gefahr eines Krieges‹ zu leben?«

Der Herzog lächelte. Er sah wieder viel besser aus. Alice dachte: Die Aussicht auf eine Reise hat ihm immer gut getan, aber es war nicht nur das. Ihre Ehe, die Regelung seiner Nachfolge auf dem Familiensitz; ja, auch das hob seine Laune. Aber wichtiger als all dies war für ihn – und sie akzeptierte es traurig – das Wissen, daß für ihn nun bald die Zeit gekommen war, seiner endgültigen Berufung im Dienste Gottes zu folgen.

Er schob sich die Schriftrolle wieder in den Ärmel. »Vor nicht allzu vielen Jahren war das hier in Britannien nicht anders. Ich nehme an, man gewöhnt sich an alles. Aber ich bezweifle doch, daß die Franken sich über den Frieden freuen würden, falls er ihnen jemals angeboten werden sollte! Nach dem, was der Bote spricht – und diese Männer des Königs hören alles –, ist es wohl wahr, daß der Burgunderkrieg unmittelbar bevorsteht. Aber wann hätte er das einmal nicht getan? Andererseits ist es auch wahr, daß die Straßen immer noch frei sind und Pilger gefahrlos reisen können. Und mit Königin Chrodechilds Schutz . . . ja, ich werde fahren, aber wenn du lieber zu Hause bleibst . . .«

»Natürlich möchte ich dich begleiten! Es könnte auch meine letzte Reise sein und auf jeden Fall meine letzte Gelegenheit, mit dir zu fahren.« Im nächsten Frühling um diese Zeit, dachte sie immer wieder, im nächsten Frühling um diese Zeit . . . Was wird dann sein? Mein Vater wird, wenn es dir gefällt, lieber Gott, noch leben und glücklich sein in deinem Dienst, und ich selbst werde noch hier auf Burg Rose sein und, wer weiß, vielleicht mit Mariamne für Madocs Kind Babykleider schneidern. Sie blickte in die ängstlichen Augen ihres Vaters und schenkte ihm ein strahlendes, beruhigendes Lächeln. »Dann sehen wir zu, daß diese Briefe an Graf Madoc und an die Königin auf den Weg kommen und wir anfangen, über sommerliche Seidenkleider nachzudenken! Und natürlich über unsere Seelen!«

Ihr Vater lachte, küßte sie und machte sich daran, seinen Schreiber mit den schicksalsschweren Briefen zu betrauen.

18

Schon bald waren die Vorbereitungen für die »letzte Pilgerfahrt« in vollem Gang. Eine Vorsichtsmaßnahme allerdings ergriffen die Reisenden – sie würden diesmal das Risiko der langen Reise zu Lande durch fränkisches Territorium meiden und statt dessen mit dem Schiff direkt bis an die Loiremündung fahren, dort auf ein anderes Schiff umsteigen und flußaufwärts bis nach Tours segeln.

Abgesehen von jenem ersten Schreiben war von Königin Chrodechild keine Nachricht mehr eingetroffen. Auch nicht von Madoc, der anscheinend irgendwo außer Landes war. Er werde aber – so lautete die Nachricht von seinem Verwalter – gewiß mehr als glücklich sein, den Vorschlag des Herzogs zu besprechen; denn das besagte Bündnis lag, wie allenthalben bekannt war, seinem Herrn bereits seit langer Zeit am Herzen.

»Das will ich wohl glauben«, sagte Ansirus ein wenig trocken und ließ es damit sein Bewenden haben.

Mitte April gingen sie an Bord. Die Reise verlief ereignislos, das Wetter war ruhig, und der Frühling verwandelte sich langsam, während sie südwärts segelten, in einen Frühsommer. In Kerrec in Kleinbritannien[1] gingen sie kurz vor Anker und blieben einige Tage im Haus eines Verwandten. Von dort aus schickte Herzog Ansirus Königin Chrodechild eine Depesche, in der er sie von seinem Nahen unterrichtete. Dies war ein reine Frage der Höflichkeit. Als ihr Schiff schließlich und endlich sicher in Nantes anlegte, dem betriebsamen Mündungshafen der Loire, fühlten sie sich gleichermaßen überrascht wie geschmeichelt, daß dort eine Eskorte auf sie wartete, eine starke Truppe bewaff-

1 = Bretagne

neter Männer in den Farben der alten Königin. Tatsächlich hatte die Königin sie geschickt, wie der Hauptmann der kleinen Truppe erklärte. Sie sollten der britischen Reisegesellschaft behilflich sein, auf das kleinere Schiff umzusteigen, das sie nach Tours bringen würde, und sie in Sicherheit dorthin geleiten.

»In Sicherheit?« Ansirus' Frage kam ein wenig scharf. »Welche Gefahren könnten uns denn hier auf dem Fluß drohen?«

»Keine, Herr.« Die Stimme des Hauptmanns war ebenso gepflegt wie seine ganze Erscheinung. Dieser Mann mit seinem glattrasierten Kinn war kein Franke, sondern, nach seinem Akzent und Benehmen zu urteilen, Römer, und seine Truppe zeichnete sich unverkennbar durch römische Disziplin und Ordnung aus. Als sie seinem gen Himmel gewandten Blick folgten, sahen sie, daß am Masttop die Standarte mit dem Wappen der Königin flatterte.

»Dann ist dies also Königin Chrodechilds eigenes Schiff?«

»So ist es, Herr. Die Flußboote, die für gewöhnlich hier fahren, machen bis Tours ein halbes Dutzend Mal Station – das würde Eure Ankunft am Ende dieser langen Reise zu sehr hinauszögern.« Seine Augen glitten mit einer Art zögerlichem Seitenblick zu Alice und wandten sich dann rasch wieder ab. Sie hatte den Eindruck, daß er eigentlich noch etwas anderes hatte bemerken wollen, nun aber statt dessen nur noch hinzufügte: »Als die Königin Nachricht von Eurer Ankunft erhielt, war sie bestrebt, Euch die Reise zu erleichtern. Die *Merowing* wird Euch schnell und behaglich nach Tours bringen, und dort, mein Herr, sollt Ihr in der Burg Quartier nehmen. Die Königin ist nicht – das heißt, sie weilt derzeit nicht in ihrem Palast.«

»Wir stehen tief in der Schuld Eurer Herrin für ihre

Sorge um uns und ihre Höflichkeit. Sie ist doch wohlauf, hoffe ich?« Der Herzog sprach mit großer Gelassenheit und fügte noch höfliche Nachfragen nach dem Gesundheitszustand anderer Mitglieder der Königsfamilie hinzu, aber während der ganzen Prozedur und auch während der kurzen, steifen Antworten des Hauptmanns konnte Alice Furcht auf der einen Seite und eine wachsende, sogar grimmige Reserviertheit auf der anderen spüren. Sobald die britische Reisegesellschaft sicher an Bord des schmucken königlichen Schiffes war, gingen Ansirus und der Hauptmann, der sich als Marius vorgestellt hatte, gemeinsam hinunter und ließen Alice und Mariamne an Deck zurück. Die beiden Mädchen standen an der Reling und sahen zu, wie die sonnenbeschienene Landschaft vorüberglitt.

Im Vergleich zur Seereise versprach diese Flußfahrt eine reine Freude zu werden. Der Fluß strömte ruhig in majestätischer Breite und weiten Kurven durch ein an Wäldern und Weingärten reiches Land. Von Zeit zu Zeit kamen sie an Dörfern vorbei – oder vielmehr kleinen Niederlassungen mit einem wichtig aussehenden Steinhaus oder einem von Obstgärten und gut gepflegten Blumenrabatten umgebenen Landsitz, um den sich eine Reihe von aus Holz oder Torf gebauten Hütten scharte, die wahrscheinlich den auf dem Gut beschäftigten Dienern und Sklaven als Quartiere dienten. Es sah alles sehr friedlich aus – die blühenden Obstgärten und die üppigen Blumenrabatten, die in Reih und Glied stehenden Bienenstöcke, deren Strohkörbe in der Sonne golden aufleuchteten. Hier und da erblickten sie eine Herde weißer Gänse, die am Flußufer grasten, und da hinten scheuchte ein Junge mit einer Klapper die Vögel aus den Weingärten, deren Pflanzen in frischem Grün erstrahlten. Bisweilen war auch eine Kirche zu sehen, ein kleines Gebäude aus Holz oder Lehm, das inmitten der schützenden Mauern einer Niederlassung kauerte. Ein reiches und liebreizendes Land, aber doch ein Land, in dem man mit geducktem Kopf einherschritt, wenn man seinen Nachbarn fürchten mußte; ein Land (dachte Alice), das keinen Arthur hatte, keinen Fürst der Schlachten, der seine streitenden Könige an einen Tisch brachte und der Schönheit und dem Reichtum seines Landes den Siegel des Friedens aufdrückte.

Sie kamen an einem Kai vorbei und kurze Zeit später an einem anderen; es waren kleine Häfen mit je einer einzigen Anlegestelle für irgendeine Siedlung am Ufer, wo Flußboote vertäut lagen und Fähren verkehrten. Hier herrschte geschäftiges Treiben. Weiße Ochsengespanne zogen schwere Wagen über die Kaimauern oder Straßen. Die Tatsache, daß alle Wagen in dieselbe Richtung fuhren – nach Westen – oder daß die meisten von ihnen voll beladen waren mit Dingen, die wie Möbel oder andere Haushaltsgüter aussahen, bedeutete Alice nichts, die träumend im Sonnenschein an der Reling stand. Aber sie fragte sich doch, worüber ihr Vater und der Hauptmann der Königin unter Deck so lange zu reden hatten, und wünschte sich – ein flüchtiger Gedanke nur –, daß sie, Verheiratung hin, Verheiratung her, alle sicher nach Hause gelangten.

Eine ganze Stunde mußte inzwischen vergangen sein. Die *Merowing* bahnte sich gerade vorsichtig ihren Weg zwischen Inseln hindurch, die von goldgrünen Weiden beschattet wurden, Inseln, auf denen es nur so wimmelte von nistenden Vögeln. Da kam Herzog Ansirus wieder zu seiner Tochter an Deck und verbannte Mariamne mit einer kurzen Handbewegung außer Hörweite. Ein Blick in sein Gesicht ließ Alice die ängstliche Frage stellen: »Vater ... Gibt es schlechte Neuigkeiten? Was ist geschehen?«

»Es ist schlimm genug.« Er legte beruhigend eine Hand auf die ihre, die die Reling des Schiffes umklammert hielt. »Aber ich hoffe, daß es uns nicht direkt betrifft, Kind; wir sind immer noch Pilger, und dies ist ein christliches Land, möge der heilige Martin unser Zeuge sein! Aber es wird eine kurze Pilgerfahrt werden. Diesmal ist das Gerede vom Krieg nicht bloßes Geschrei und Geflenne. Es hat schon die ersten Scharmützel gegeben, und niemand vermag zu sagen, was noch alles kommen wird.«

»Scharmützel? Mit Burgund?«

»Ja.«

»Aber – o Vater, das ist ja schrecklich! Und die arme Königin Chrodechild ...«

»Von wegen arme Königin Chrodechild!« rief der Herzog mit für ihn ungewohnter Barschheit. »Sie hat das Ganze selbst geplant. Sie hat ihre Söhne überredet – nein, sie hat sie nachgerade dazu getrieben. Ich glaube, sie ficht immer noch König Chlodwigs langen Kampf aus, ganz Gallien unter salische Herrschaft zu bringen. Aber das ist nicht der Köder, mit dem sie die fränkischen Könige, ihre eigenen drei Söhne und Theuderich, gegen Burgund vereint hat.«

»Was denn dann?«

»Was würde diesen Wölfen wohl gefallen? Ein Kreuzzug für Jesus Christus?« In Ansirus' Stimme lag eine Art trauriger, verbitterter Verachtung. »Wohl kaum! Nein, sie ruft nach Rache.«

»Rache an Burgund?« rief Alice. »Wofür? Ich dachte, sie selbst wäre eine geborene Burgunderprinzessin.«

»Das ist sie auch. Und Sigismund von Burgund – er und sein Bruder Godomar – haben ihre Mutter und ihren Vater ermordet. Und hätten zweifellos auch sie getötet, hätte Chlodwig sie nicht gesehen und ihre Hand gefordert.«

»Aber das liegt doch nun so viele Jahre zurück . . .«

»Man erzählt sich die Geschichten immer noch, sie sind nicht leicht zu vergessen. Und wie könnte Chrodechild, Christin oder nicht, sie vergessen?«

Unterhalb der Reling des Schiffes flog eine Schar kleiner Watvögel mit glitzernden Flügeln und einem Choral süßer Rufe dahin. Sie zogen nach Westen. Alice sah ihnen beinahe sehnsüchtig nach; ihr Instinkt hat sie also nicht getrogen.

»Was ist denn nun geschehen?« fragte sie. »Du sagst, es habe bereits Kämpfe gegeben?«

»So ist es. Marius – der Hauptmann – hat mir davon erzählt. Es ist eine lange Geschichte und eine traurige dazu, aber ich werde mich kurz fassen. Die fränkischen Könige haben vereint Sigismund und Godomar angegriffen und die beiden besiegt. Godomar floh, aber König Sigismund wurde gefangengenommen – von Chlodomer.«

»Prinz Theudoalds Vater?«

»Eben der. Er hielt Sigismund zusammen mit dessen Frau und Familie eine Weile in der Nähe von Orléans gefangen.«

»Eine Weile?«

Alice blickte schnell auf, und ihr Vater nickte. Sein Blick war grimmig. »Ja. Du kannst es sicher erraten. Er hat sie alle ermorden lassen, grausamerweise auch die Kinder. Marius hat mir die ganze Geschichte erzählt. Ich will dich nicht damit belasten, aber von ihren Konsequenzen mußt du dennoch erfahren, und die sind schlimm genug.«

Sie hörte ihm schweigend zu, während er ihr den Rest erzählte. Es sah so aus, als hätte Godomar, der überlebende Burgunderherrscher, gleich nachdem die siegreichen fränkischen Könige das Schlachtfeld geräumt hatten und ein jeder in sein eigenes Königreich zurückgekehrt war, sämtliche ihm noch verbliebenen Truppen gesammelt, um zur Rückeroberung seiner Länder zu schreiten und seinerseits Rache für den Mord an seinem Bruder zu nehmen. Es war noch nicht bekannt, was genau anschließend geschehen war; es gab Berichte, die von Verrat kündeten, und es ging das Gerücht, daß der älteste der Frankenkönige, der Bastard Theuderich, sich mit Godomar gegen seine Brüder verbündet habe. Was auch immer die Wahrheit sein mochte, in der darauffolgenden Schlacht jedenfalls war Chlodomer getötet, sein Kopf auf eine Speerspitze gespießt und zur Schau gestellt worden. Trotzdem oder möglicherweise gerade deshalb gerieten die Franken dermaßen in Kampfeswut, daß sie Godomar endgültig besiegten und abermals in die Flucht schlugen.

»Daher steht zu hoffen, daß die Dinge schon bald geregelt sein werden«, endete der Herzog. »Marius zufolge ist in Tours alles ruhig, obwohl die Menschen in Orléans seit der Nachricht von König Chlodomers Tod in Angst leben und einige in Tours Zuflucht gesucht haben. Jetzt ist die Stadt überfüllt und voller Gerüchte.«

»Und Theudoald?« fragte Alice, die dem letzten Teil des Berichtes kaum Aufmerksamkeit geschenkt hatte. »Was ist mit Theudoald? Ich nehme an, er wird jetzt König? Oder ist er – war er bei den Kämpfen dabei?«

»Nein, er ist in Sicherheit, in Paris. Königin Chrodechild hat die drei Jungen nach Norden gebracht, gleich nachdem die Nachricht von Chlodomers Tod kam. König Childebert wird seinen Neffen unterstützen. Er hat die Absicht, Theudoald zum König auszurufen.«

Die Inseln waren im Kielwasser des Schiffes zurückgeblieben. Der Fluß hatte sich von neuem verbreitert. Zu beiden Seiten bot sich derselbe ruhige Anblick von Bäumen in frühlingshaftem Grün, von in Reih und

Glied stehenden Reben und saftigen Weiden, auf denen das Vieh graste. Aber diesmal nahm Alice, die sich mit den Ellbogen auf die Reling stütze, nichts von alledem wahr. Sie erinnerte sich an das Kind Theudoald, das all dies erbte und mit dem Land auch das Vermächtnis von Gewalt und Verrat übernahm, das das Erbteil der langmähnigen Könige bildete.

»Wenn also Königin Chrodechild bis zur Krönung in Paris bleibt, werden wir weder sie noch die Jungen zu Gesicht bekommen?«

»So scheint es. Letztendlich muß sie Theudoald natürlich wieder in den Süden bringen, wo es weitere Zeremonien geben wird, aber sie wird gewiß viel zu tun haben und uns wohl kaum bitten, zu den Festlichkeiten zu bleiben. Wir können ihre Angelegenheiten besprechen und unsere eigenen und sobald als möglich wieder heimfahren. Es sei denn – möchtest du bleiben, um die Krönung des Jungen in Orléans mitzuerleben?«

»Nein. Nein, laß uns nach Hause fahren!« Alice straffte sich und sah ihm in die Augen. »Was für eine schreckliche Geschichte. Es hat mir bei unserem letzten Aufenthalt hier gut gefallen, aber – Vater, wie kann irgend jemand diese Menschen verstehen? Die Königin – sie erschien mir so klug und so ... so elegant, und nun hat sie diesen Krieg angezettelt, und das aus einem solchen Grunde! Hat sie denn ganz und gar den Verstand verloren? Oder ist sie krank?«

»Ich habe Marius dieselbe Frage gestellt, wenn auch ein wenig taktvoller. Es scheint, daß es ihr in letzter Zeit nicht gutging, aber es war nichts Ernstes, irgendwelche Probleme mit dem Magen. Ursache sind, so erzählte mir Marius, wohl die neuen asketischen Gewohnheiten der Königin. Anscheinend hat sie zu Ehren des Heiligen begonnen, viel zu fasten und sehr einfach zu leben – als eine Art von Buße. Und sie trägt grob gesponnene Gewänder und verschenkt ihren Reichtum an Bettler. Sie hat sich verändert – aber ihr Verstand ist gesund, sofern man das von einem Menschen, der von solch brennender Leidenschaft getrieben wird, behaupten kann.« Abermals schloß sich die Hand des Herzogs beruhigend um die seiner Tochter. »Keine Sorge, mein Kind, dieses Übel wird uns nicht berühren, und wenn Gott will, wird sich auch der Junge davon befreien. Was uns betrifft, magst du versichert sein, daß dies eine kurze Pilgerfahrt werden wird! Sobald wir am Grab des Heiligen gebetet und mit dem Bischof gesprochen haben, werden wir ein Entschuldigungsschreiben an die Königin schicken und auf dem Absatz kehrt machen, um nach Hause zu fahren.«

19

Die königliche Burg in Tours war eine imposante Festung. Ihre steinernen Mauern schienen direkt am Flußufer aus den Felsen zu wachsen, an einer Stelle, wo der Fluß tief und breit dahinströmte und eine abschrekkende natürliche Grenze zwischen den Königreichen von Orléans und Paris bildete. Die Burg wurde von einem Graben umringt, der sein Wasser durch Schleusen aus dem Fluß bezog. Das Haupttor war über eine Holzbrücke zu erreichen, deren Breite nur für zwei Reiter ausreichte.

Aber befand man sich erst im Inneren, so war die recht bedrohlich wirkende Zufahrt gleich vergessen. Alice und ihr Vater nahmen in ruhigen, nach Süden gelegenen Gemächern Quartier, und die Möbel waren behaglich und in Alices Zimmer sogar hübsch. Die Sonne fiel warm auf den Stein des Fenstersimses, und die ganze Burg war voller Licht. Schwalben, die schon von Süden ihren Weg hierher gefunden hatten, zogen draußen in der frischen Luft zwitschernd ihre Kreise.

Von dieser Höhe aus betrachtet, sah die Stadt, die sich um den Graben herum drängte, sauber, friedlich und spielzeugklein aus mit ihren roten Tondächern, ihren Melonenbeeten und den blühenden Bäumen, deren Reihen bis zu den Mauern der großen Basilika reichten, welche vor etwa einhundert Jahren zur Aufnahme des heiligen Schreins erbaut worden war. Es war ein so friedlicher Traum, der nichts von künftiger Gefahr ahnen ließ und gewiß nicht an eine Grenzstadt eines plötzlich geschwächten Königreiches denken ließ. Die Tore der Stadtmauern standen offen, und Menschen, Tiere und Marktkarren, allesamt winzig in der Entfernung, bewegten sich durch sie hindurch.

Alice, die am Fenster saß, während Mariamne ihr das Haar bürstete, dachte ohne Bedauern daran, daß die so angenehm und behaglich vermutete Pilgerfahrt nun abgekürzt werden mußte. Ein oder zwei Tage Ruhe, gerade Zeit genug, um ihrem Vater ein frommes Gebet am Schrein des Heiligen zu gestatten, und schon würden sie den langen Heimweg antreten. Marius hatte ihnen versichert, daß die *Merowing* jederzeit zu ihrer Verfügung stehe.

Sie seufzte. »Vielen Dank, Mariamne. Reiche mir jetzt bitte mein Gewand. Nein, nicht das blaue; die Gelegenheit, dieses Gewand zu tragen, werde ich vielleicht gar nicht bekommen. Aber sei so lieb und kümmere dich um den Rock, ja? Ich wußte, daß dieser Stoff knautschen würde. Bring mir das Rehbraune mit dem rostfarbenen Überwurf und den braunen Umhang mit der Kapuze. Ich glaube, mein Vater möchte jetzt gleich zum Schrein gehen. Wir sollten uns besser eilen.«

»Jawohl, Madame. Das Rehbraune und der braune

Umhang. Seht, hier ist beides, und beides hat die Reise gut überstanden. Wegen des blauen Kleides braucht Ihr Euch keine Gedanken zu machen; ich werde die Falten schon wegbekommen. Wie schade, daß die Königin nicht hier ist, nicht wahr? Ich hatte mich schon so gefreut, Euch in dem blauen Gewand zu sehen.«

»Alles in allem ist das jetzt kaum noch von Bedeutung.« Alice, die zusah, wie das Mädchen die auf dem Bett bereitgelegten Kleider glattstrich, stellte fest, daß ihre Augen gerötet waren, als hätte sie geweint. »Was ist dir, Mariamne? Das Ganze ist nun wirklich schrecklich, aber wir haben nichts zu fürchten . . .«

»Ich fürchte mich auch nicht. Das ist es nicht.«

»Was denn dann?«

»Ach, nichts, Madame.«

Plötzlich begriff Alice. Als sie Mariamne erzählt hatte, daß ihre Pilgerfahrt nicht nach Jerusalem, sondern nach Tours führen würde, hatte die offenkundige Freude des Mädchens sie überrascht, aber des Rätsels Lösung war einfach. »Ach, natürlich!« rief sie. »Du hattest dich gefreut, deinen Landsmann Jeshua wiederzusehen, nicht wahr? Nun, du konntest kaum erwarten, daß er hier in der Burg wäre, aber ich werde dafür sorgen, daß wir Zeit finden, dem Palast der Königin einen Besuch abzustatten, keine Angst! Weißt du, ob er dort immer noch in Diensten steht?«

»Ja, Madame, das tut er. Ich habe gefragt. Aber er ist nicht in Tours. Er ist mit der Königin nach Paris gegangen. Er ist jetzt *domesticus* und verwaltet den ganzen Haushalt, eine große und sehr wichtige Aufgabe, wie es heißt. Natürlich mußte er sie begleiten. Ich nehme an, daß er mit den Vorbereitungen für die Krönung des jungen Prinzen betraut sein wird, aber wir werden dann nicht mehr hier sein, nicht wahr?«

»Ich fürchte nicht. Es tut mir leid.«

»Das läßt sich nun einmal nicht ändern.« Mariamne wandte sich mit einem kleinen Achselzucken wieder ihrer Arbeit zu. »Und wenn all die Geschichten wahr sind, können wir gar nicht bald genug nach Hause kommen! Wenn Ihr nur noch einen Augenblick still sitzen würdet, Herrin, damit ich Euren Schleier befestigen kann ... So, das wär's. Was glaubt Ihr, wie lange mein Herr, Euer Vater, hierbleiben möchte?«

»Nicht lange, denke ich. Ist das Berin an der Tür? Ich darf meinen Vater nicht warten lassen.«

Mariamne kniete nieder, um die rostfarbenen Falten des Gewandes glattzustreichen und den Gürtel in der Taille ihrer Herrin zurechtzuzupfen. »Wollt Ihr, daß ich Euch begleite?«

Alice schüttelte den Kopf. Sie hatte Mariamne stets gestattet, außerhalb der christlichen Huldigungsstätten, die ihre Herrin besuchte, zu warten, und wußte, daß ihr die Höfe der Basilika von St. Martin Ungemach bereiteten mit ihrem dichten Gedränge aus Bettlern, Kranken, Verkrüppelten und Hungernden, die miteinander um die ihnen von den Gottesfürchtigen zugeworfenen Almosen rangen und sich mit Drohungen und Flüchen um alle scharten, die gezwungen waren, ohne Begleitung dorthin zu gehen. »Das wird nicht nötig sein. Wir haben eine Eskorte. So, und jetzt sag mir, sehe ich auch würdig und keusch aus, Mariamne?«

Mariamne dachte insgeheim, daß ihre Herrin hübsch genug aussah, um selbst in einer Kirche tausend Köpfe zu verdrehen, aber statt dessen lächelte sie nur, knickste und hielt Alice die Tür des Gemaches auf.

Es war eine richtige kleine Prozession, die sich da über die schmale Brücke über den Graben auf den Weg machte. Neben dem Herzog und seinem Gefolge sowie Alices Kammerfrauen wurde der Troß von vier bewaffneten Wachen begleitet, und das Schlußlicht bildeten zwei in feierliche Roben gehüllte Gestalten, Pater Anselm, der Kaplan des Herzogs, und einer der Priester der Königin, Bruder Johann. Die beiden Geistlichen hielten die Köpfe gesenkt und hatten die Hände schicklich und in ihren schweren Ärmeln gefaltet. Die Straßen waren überfüllt, aber die Gegenwart der Bewaffneten und wahrscheinlich auch der Priester hielt Bettler und Tagediebe von ihnen fern. Die meisten Leute hatten ohnehin genug mit ihren eigenen Angelegenheiten zu tun; aber an den Straßenecken sah man überall kleine Zusammenkünfte, Menschen, die mit gesenkten Häuptern und ängstlichen Blicken beieinanderstanden. Tours war sicher, obwohl die Flut des Krieges noch nicht abgeebbt war; in den Köpfen der Menschen war noch kein Friede eingekehrt. Aber nirgends war etwas von dem Kummer zu bemerken, den man angesichts des – schrecklichen – Todes des Königs dieses Volkes wohl hätte erwarten dürfen. Einige voll beladene Wagen fuhren durch die Tore hinaus, diesmal nach Osten – die Flüchtlinge aus Orléans, die dankbar in die Heimat zurückkehrten. Ein König war tot, der nächste würde kommen; was spielte das schon für eine Rolle, solange nur ihre Häuser in Sicherheit waren? Als Alice die Kirche erreichte, trug sie bereits ein Gebet für den jungen Theudoald im Herzen.

Die Schönheit des Gesangs und der vertraute Trost des Rituals halfen, die Gedanken an den Tod und die seltsame und von Gewalt bedrohte Zukunft, die des Jungen harrte, zu glätten und zu vertreiben. Alice verlor sich, wie sie es immer gern getan hatte, in der Konzentration auf das Gebet und in ihrer eigenen Art von Zwiesprache mit einem Gott, mit dem sie immer auf vertrautem Fuße gestanden hatte. Irgendwann während des Gottesdienstes legte sie verstohlen eine Hand auf den Ärmel ihres Vaters, und sogleich legte sich dessen Hand schnell für einen Augenblick auf ihre. Die letzte gemeinsame Pilgerfahrt. Danach – für ihn sein lang ersehnter Traum vom Frieden; für sie die Ehe und was immer diese ihr bringen mochte . . .

Nicht daran denken. Die Zukunft lag bei Gott; dies war die Gegenwart – ihr Vater neben ihr und ein Schiff, das darauf wartete, sie beide nach Hause zu bringen.

20

Sie blieben acht Tage.

Der Herzog wäre früher aufgebrochen, aber Alice sah, daß die lange Hinreise ihn erschöpft hatte, und überredete ihn deshalb, sich etwas Ruhe zu gönnen und während der ersten zwei oder drei Tage seine Besuche am Schrein so kurz wie nur annehmbar zu halten. Er ließ sich unschwer überreden, weil er herausgefunden hatte, daß Bischof Ommatius für einige Tage in Orléans weilte, wahrscheinlich im Zusammenhang mit Dingen, die die bevorstehende Krönung Theudoalds betrafen. Ansirus hatte den Bischof bei seiner ersten Pilgerfahrt nach Tours gelegentlich getroffen, und beide hatten aneinander Gefallen gefunden. Seither hatten sie ein- oder zweimal Briefe gewechselt, und vor seiner Abreise nach Orléans hatte der Bischof Ansirus eine Botschaft hinterlassen, in der er ihn bat, Tours nicht vor seiner Rückkehr zu verlassen.

Obwohl die Stadt von Gerüchten summte wie ein umgeworfener Bienenstock, waren die Pilger offensichtlich nicht in Gefahr. Die Bewaffneten, die sie auf der *Merowing* hergeleitet hatten, eskortierten sie auch täglich zum Schrein und (wie Mariamne ihre Herrin voller Ehrfurcht informierte) hielten des Nachts vor ihren Räumen Wache. In Abwesenheit von Gastgeber oder Gastgeberin wurden weder die königlichen Gemächer noch die große Halle der Burg benutzt; man trug ihre Mahlzeiten in einer angenehmen Galerie mit Blick auf die Stadt und die südlichen Hänge des Tals auf, und der Majordomus selbst, ein älterer Mann mit sorgenvoller Miene, überwachte das Gesinde, das ihnen aufwartete. Ihre einzige Gesellschaft war – abgesehen von Pater Anselm, dem Kaplan des Herzogs – Bruder Johann, der sich (zu seinem offensichtlichen Bedauern) weiter um seine Pflichten daheim kümmern mußte, während die Königin und der junge Prinz in Paris weilten. Bruder Johann war jung und menschlich genug, um in Alices Anwesenheit einen gewissen Trost zu finden, und da er geistreich und unbefangen war, fand sie ihrerseits Gefallen an seiner Gesellschaft bei Tisch. Aber sie konnte nicht umhin zu denken, daß diese letzte Pilgerfahrt, von der sie sich soviel Aufregung erhofft hatte, für sie genauso einsam zu werden schien wie ihre Zeit in Jerusalem.

Sie waren bereits sechs Tage in Tours, als Bischof Ommatius aus Orléans zurückkehrte und der Herzog eine Einladung bekam, ihn am nächsten Tag zu besuchen und auch bei ihm zu speisen. Da ihr Aufenthalt bisher ereignislos verlaufen war, ließ Ansirus sich mühelos überreden, Alice zu gestatten, den Tag nach ihrem eigenen Gutdünken zu verbringen und Seidenstoffe zu erstehen beziehungsweise mit gewohnter Bewachung auszureiten, um sich die Landschaft anzusehen. Die bevorstehenden Festlichkeiten in Orléans hatten dafür gesorgt, daß sich in den Krämerläden die schönsten Dinge häuften, und Alice hatte das Gewünschte bald gefunden. Dann ritt sie mit Mariamne und dem Bewaffneten, der gerade Dienst tat, durch die

Stadttore hinaus über den Pfad, der zum Palast der Königin führte.

Der Palast war genauso, wie sie ihn in Erinnerung hatte, nur etwas kleiner vielleicht. Die Schweine grunzten immer noch in ihren Ställen; die Kühe auf ihrer Weide hoben ohne Neugier die Köpfe; Schafe und Ziegen umringten die Pferde der Reiter in den schmalen Gassen, und ein Kind, das wie ein kleiner Zigeuner aussah, hütete die Gänse auf dem Hof, wo Alice und Theudoald versucht hatten, ihren Wächtern davonzulaufen. Aber es gab auch Veränderungen. Obwohl in den Dienstbotenquartieren noch immer reges Treiben herrschte, waren keine Soldaten dort zu sehen, und in der verlassenen Waffenkammer lagerten keine Waffen mehr. Und was der Hauptgrund ihres Kommens betraf: Von Jeshua war nichts zu sehen. Aus Mariamnes niedergeschlagener Miene ließ sich leicht entnehmen, daß sie zumindest auf eine Nachricht von ihm gehofft hatte, aber alles, was sie bekamen, war die Versicherung (von einem der zurückgebliebenen Haushofmeister), daß er noch immer bei der Königin in Paris weile und wahrscheinlich zusammen mit ihr gleich weiter nach Orléans fahren werde, wenn sie mit dem neuen König nach Süden reise.

Mitten in derselben Nacht wurde Alice durch eine sanfte Berührung an der Schulter und ein hastiges Flüstern aus dem Schlaf gerissen.

»Herrin, meine Herrin! Bitte, wacht auf!«

»Mariamne?« Alice, augenblicklich hellwach, setzte sich im Bett auf. Ihre Gedanken überschlugen sich, und die Sorge, die in diesen Tagen allgegenwärtig war, kehrte mit Macht zurück. »Ist etwas passiert? Was denn nur? Ist mein Vater krank?«

»Nein, nein. Es hat alles seine Ordnung, keine Angst.

Aber er ist gerade vom Bischof zurückgekehrt und hat mich geschickt, Euch zu wecken. Er möchte mit Euch reden.«

»Dann eile dich, reiche mir meinen Nachtmantel. Ja, den da kannst du nehmen. Und entzünde bitte die Kerzen, ja?«

Alice lief zur Tür und öffnete sie. Der Herzog wartete davor, noch mit dem Kapuzenumhang angetan, den er auf dem Heimweg vom Haus des Bischofs getragen hatte. Er hatte die Kapuze zurückgeschlagen, und ein ängstlicher Blick auf seinem Gesicht sagte seiner Tochter, daß die Nachrichten, die er brachte, schlimm sein mußten.

»Vater? Komm herein . . . Nein, behalte deinen Umhang an, es ist kühl. Bitte, die Wolldecke vom Bett. Setz dich hierher, Vater, und ich lege dir die Decke um . . . Du mußt ja furchtbar frieren. Soll Mariamne dir einen heißen Trank bereiten?«

»Nein, nein. Ich habe zum Essen mehr als genug getrunken. Es tut mir leid, dich so zu erschrecken, Alice, aber die Angelegenheit ist unaufschiebbar. Sag deiner Zofe, sie soll wieder zu Bett gehen. Ich muß mit dir allein reden. Sieh mich nicht so verängstigt an, Mädchen . . .« Diese letzten Worte galten Mariamne, die mit weit aufgerissenen Augen an der Tür stand. »Keiner von uns ist in Gefahr. Geh jetzt zu Bett und sieh zu, daß du deine Herrin morgen recht früh weckst.«

Als Mariamne gegangen war, streckte er eine Hand aus und zog Alice an sich. Sie ließ sich auf den Hocker vor seinem Stuhl sinken. Trotz seiner tröstenden Worte an ihre Dienstmagd konnte sie die Sorgen von seinem Gesicht ablesen und in dem angespannten Griff seiner Hand spüren.

»Was ist geschehen, Vater? Was?«

»Ein Bote war bei Ommatius, einer seiner Geheimkuriere. All diese hohen Kirchenmänner und Adligen benutzen Spione – es fällt nicht schwer zu begreifen, warum. Der Mann hat Nachricht aus Paris gebracht, und ich fürchte, es ist eine sehr schlimme Nachricht. Es könnte gar nicht schlimmer sein. Die Jungen sind tot.«

Das Wort traf Alice wie ein Schlag. Als sie endlich etwas sagte, war ihre Stimme kaum vernehmbar.

»Aber Vater – die Jungen? Die Prinzen? Chlodomers Söhne? Und – alle?«

»Alle. Die armen Kinder. Ermordet. Ja, es war Mord. Wenn man bedenkt, wer sie waren, kann es nichts anderes gewesen sein als Mord. Es tut mir sehr leid.«

Alice senkte den Kopf in ihre Hände. Sie erinnerte sich jenes sonnigen Tages vor noch nicht allzu langer Zeit, erinnerte sich der beiden Kinder, die zwischen den staubigen Reben hindurchliefen, um schwatzend auf der Mauer sitzenzubleiben, wo die Eidechsen in der Sonne spielten und die Wachen der Königin sie von unten beobachteten.

»Theudoald ... Er kann höchstens zehn oder elf Jahre alt gewesen sein. Noch so jung und voller Freude auf Orléans, wo er gekrönt werden sollte.« Sie blickte auf. »Er wäre vielleicht ein guter König geworden, Vater. Königin Chrodechild hatte ihn erzogen, und sie – aber wo war sie? Ich dachte, sie wäre zusammen mit den Jungen in Paris gewesen?«

»Das war sie auch, aber anscheinend stand es nicht in ihrer Macht, ihnen zu helfen. Ommatius' Kurier konnte keine Einzelheiten berichten, nur die Tatsachen, eine ziemlich verworrene Erzählung von einem eingeschüchterten Diener. Alles, was er weiß, ist, daß König Chlothar König Childebert irgendwie davon überzeugt hat, daß er sich der Jungen entledigen müsse; wahrscheinlich mit dem Versprechen, daß die drei überlebenden Brüder Chlodomers Königreich untereinander aufteilen würden. Chlothar hat Chlodomers Witwe geheiratet, Königin Guntheuca – ja, die Mutter der Jungen –, so daß die Jungen auf jeden Fall eine Bedrohung für ihn waren, ganz gleich, was geschah. Zumindest würden solche Leute das so sehen.« Der Herzog klang müde, zu müde für Bitterkeit oder Verachtung. »Man hätte etwas Derartiges wohl erwarten müssen, aber es ist trotzdem schwer zu glauben.«

»Aber Königin Chrodechild?« beharrte Alice. Die Geschichte, die sie soeben gehört hatte, in der stillen Dunkelheit, die nur vom Flackern zweier Kerzen erleuchtet wurde, war unfaßbar. »Sie beherrschte doch die Familie, oder jedenfalls hatte es den Anschein. Chlothar und Childebert – die beiden haben ihr doch früher gehorcht. Warum dann dies und warum jetzt?«

»Als sie sie zu den Waffen rief, zum Krieg, ja, da haben sie ihr gehorcht. Aber dies hier ... Wir können nicht wissen, wie es geschehen ist, aber es sieht so aus, als wäre Chrodechild mit einer List dazu gebracht worden, Chlothar die Jungen zu überlassen. Alles, was der Diener – der Informant – wußte, war, daß die Prinzen unter dem Vorwand, dort auf die Krönung vorbereitet zu werden, in den Königspalast geholt und dort erdolcht wurden. Ommatius' Kurier ist sofort wieder aufgebrochen, bevor die Neuigkeit sich verbreitete und die Tore geschlossen wurden. Das ist alles, was wir wissen; den Rest können wir nur erraten; aber es ist wahr, daß die Jungen tot sind. Der Mann hat es gesehen.«

Er verfiel in Schweigen und Alice mit ihm. Was hätte es auch zu sagen gegeben? Der Kummer, den sie verspürte, galt weniger Theudoald, den sie ja nur so kurz gekannt hatte, sondern mehr dem Bösen, das es in der Welt gab und das sogar den Unschuldigen und den Guten so nahe kommen konnte. Wer könnte mit zehn

Jahren den Tod verdient haben? Noch dazu von der Hand eines Menschen, dem er vertraute? Und die beiden anderen waren sogar noch jünger ...

Sie schauderte und griff abermals nach der Hand ihres Vaters. »Du solltest zu Bett gehen, Vater. Ich werde Berin wecken, damit er einen Bettstein für deine Füße wärmt. Und morgen früh ...«

»Morgen früh brechen wir auf«, sagte der Herzog. »Es wäre töricht, noch länger zu zaudern. Wir müssen fort, solange uns die *Merowing* noch zur Verfügung steht. Ich habe einen Diener zum Steuermann geschickt, damit er alles für die morgige Abreise bereit macht. So, und nun, mein Kind, versuch, noch etwas Schlaf zu bekommen und gib deinen Frauen am Morgen Anweisung, deine Sachen zu packen und vor Mittag bereit zu sein. Wir werden abreisen, solange wir das noch können.«

Am nächsten Tag, kurz vor Mittag, gingen sie an Bord und sahen vom Deck des kleinen Schiffes aus ohne Bedauern zu, wie die Dächer und die blühenden Bäume und die Türmchen von Tours hinter ihnen immer kleiner wurden und schließlich ganz aus der Sicht verschwanden.

21

Den ganzen Nachmittag über wehte der Wind leicht, aber stetig, und die *Merowing* blieb auf Kurs. Alice leistete ihrem Vater auf Deck Gesellschaft, sah zu, wie die Landschaft vorüberglitt, und hielt in den kleinen Siedlungen, an denen sie vorüberkamen, Ausschau nach irgendwelchen Zeichen für Unruhen. Aber alles schien friedlich. Zweimal winkte man ihnen von einem der kleinen Kais aus zu, aber dies war, wie es schien, lediglich eine grüßende Geste: vielleicht irgend jemand, der ihren Steuermann kannte; sie sahen, wie er den Arm hob, um den Gruß zu erwidern.

Gegen Abend erstarb die Brise, und sie kamen nur noch langsam voran. Der Fluß hatte sich verbreitert und floß hier und da zwischen kleinen Inseln hindurch; das Schiff mußte sich sorgfältig seinen Weg durch die Kanäle dazwischen bahnen. Ein Diener kam heran, um zu fragen, ob das abendliche Mahl serviert werden solle, und sie gingen nach unten.

Die königliche Kabine war nicht groß, aber komfortabel, ja fast luxuriös. Königin Chrodechilds neuerdings asketische Lebensweise hatte sich dort noch nicht ausgewirkt. Zwei kleinere Kabinen lagen vor der königlichen; in einer davon hatte Alice ihre Koje, neben der eine Pritsche für Mariamne stand; in der anderen schlief der Herzog. Wie bei der Hinreise würden Wachen am Niedergang der Kabinen postiert werden.

Der Abend senkte sich herab, und die Wolken, die sich im Westen zusammenballten, sorgten für eine frühe Dunkelheit. Die *Merowing* fuhr immer noch langsam zwischen den Inseln hindurch, die mit ihren Weiden und Erlenwäldchen ebenfalls wie dunkle, durchs Wasser treibende Wolken aussahen.

Alice zog sich gleich nach dem Abendessen zurück. Mariamne, die ihr Bericht über den Mord an den Jungen verständlicherweise entsetzt und ebenfalls sehr erschreckt hatte, schien vor lauter Erleichterung, nach Hause zu kommen, ihre Ängste vergessen zu haben; ja, sie legte sogar einen gewissen Frohsinn an den Tag angesichts der Schwierigkeiten, ihrer Herrin in einem so beengten Quartier aufzuwarten. Sie half Alice, sich zu entkleiden und ihr Nachtgewand überzuziehen, bürstete deren langes, glänzendes Haar und legte sich dann, nachdem sie die Kabine nach besten Kräften aufgeräumt hatte, auf die Pritsche, die nicht mehr als um Armeslänge vom Bett ihrer Herrin entfernt stand. In allerkürzester Zeit war sie eingeschlafen.

Alice vermochte nicht so mühelos Schlaf zu finden. Sie lag auf dem Rücken, lauschte dem Knirschen der Planken und dem Klatschen der Wellen gegen den Schiffsrumpf, den Blick auf den kleinen Funken des Positionslichts geheftet, das von draußen auf die Kabinendecke fiel; das rauchige, gelbe Licht huschte, von schwarzen Schatten durchzogen, über die Decke. Sie wälzte sich rastlos auf ihrem Lager herum und versuchte, ihre Fantasie von den Bildern abzubringen, die sich ihr ständig aufdrängten: Die drei jungen Prinzen, Kinder noch und gewiß ohne Schuld, die sich in Sicherheit wähnten, hatten den Schutz im Haus ihrer Großmutter verlassen und waren voller Vertrauen zu ihrem Onkel gegangen und dem ruchlosesten Mord, den man sich nur denken konnte, zum Opfer gefallen . . .

Gebete halfen und auch der Gedanke an zu Hause. Schließlich mußte Alice eingenickt sein, denn als sie das nächste Mal die Augen öffnete, hatte sich das Muster des Lichts an der Decke verändert. Es war heller und ruhiger geworden.

Von Deck kamen jetzt keine Geräusche mehr, stattdessen aber hörte sie ganz nah, direkt unter sich, ein neues Geräusch; jemand klopfte sanft gegen den Schiffsrumpf.

Dann Stimmen, die im Flüsterton sprachen; Männerstimmen, deren leise Worte vom Wasser zurückgeworfen und nach oben durch den offenen Hafen getragen wurden. Das leise Klatschen eines Seils gegen den

Schiffsrumpf und das Knirschen der Leiter, als jemand hinaufstieg.

Alice setzte sich auf und warf die Decken zurück. Mariamne, die nichts von alledem bemerkt hatte, erwachte nicht. Alice machte drei Schritte auf das Bullauge zu und stellte sich auf die Zehenspitzen, um hinausspähen zu können.

Von ihrer Kabine auf der Steuerbordseite aus konnte man direkt auf einen schmalen Streifen Wasser blicken, der auf eine recht große und dicht mit Bäumen bewachsene Insel zuführte. Die *Merowing* schien sich fast nicht mehr zu bewegen, die Insel dagegen still und schwarz über das glatte Wasser zu treiben.

Aber direkt unter dem Bullauge kräuselte sich das Wasser, das ein schwacher, aprikosenfarbener Schimmer des Positionslichts überhauchte. Dicht neben dem Schiffsrumpf lag ein Boot, und ein kleines Stück rechts vom Bullauge hing eine Strickleiter herab. Ein Mann, der in dem Boot stand, hielt die Leiter für einen anderen fest. Sie versuchte, sich vorzubeugen und reckte sich immer höher, um besser sehen zu können, aber der Betreffende mußte bereits an Deck sein. Die Leiter wurde losgelassen und glitt schließlich mit einem kaum hörbaren Aufspritzen ins Wasser. Die Bootsmänner zogen sie herein, legten sie ohne besondere Ordnung zusammen, hoben kaum den Arm zum Gruß und stießen das Boot dann vom Schiffsrumpf ab, bevor sie es mit lautlosem Rudern dem dichten Schatten der Inselbäume entgegentrieben.

Alice griff hastig nach ihrem Morgenrock, schlang sich schnell den Gürtel um die Taille, konnte ihre Pantoffeln nicht finden und lief barfuß aus der Kabine, um ihren Vater zu suchen.

Die Tür seiner Kabine stand offen. Die Laterne am Bullauge war entzündet und zeigte ein leeres Bett.

Alice lief auf die Treppe zu, wo die Wachen postiert sein mußten.

Jemand kam die Treppe herunter. Nicht der Herzog; ein hochgewachseneer Mann, der sich vorsichtig bewegte und seinen Mantel offensichtlich um ein unförmiges Bündel gewickelt hatte, das er auf den Armen trug.

Er versperrte die Treppe. Sie trat zurück, holte Luft, wollte um Hilfe rufen, hielt dann aber jäh inne, als er leise im Flüsterton auf sie einsprach.

»Lady Alice? Kleines Mädchen?«

Als er in den Lichtkreis der Laterne trat, erkannte sie ihn.

»Jeshua!«

Er sah müde aus. Sein Gesicht war schlammbespritzt, und ein Geruch nach Schweiß, Pferden und dumpfigem Wasser ging von ihm aus. Er lächelte.

»Derselbe. Mit Eurer Erlaubnis, Herrin. Ist dies das Schlafgemach Eures Vaters?« Er ging an ihr vorbei, duckte sich und legte seine immer noch fest in den Umhang gehüllte Last auf das Bett des Herzogs.

»Was tust du hier? Was hat das zu bedeuten? Wo ist mein Vater? Und was ist das?«

Die Fragen überschlugen sich, als wäre ein Damm gebrochen, der die ganze Spannung der vergangenen Nacht und des vergangenen Tages aufgehalten hatte.

Er beantwortete nur zwei der Fragen, aber das genügte vollkommen.

»Euer Vater ist auf Deck und spricht mit dem Steuermann. Und das« – er zeigte auf das reglose Bündel auf dem Bett – »das ist Chlodoald, König von Orléans, dessen Brüder, wie Ihr wißt, getötet wurden, und der, mit Eurer Erlaubnis, mit zu Euch nach Hause fahren wird.«

22

Sie schnappte nach Luft, sah Jeshua schweigend an und spürte, wie ihr das Blut ins Gesicht schoß.

»Chlodoald? Prinz Chlodoald? Aber man hat uns gesagt, sie wären alle tot!«

»Die beiden Älteren sind tot. Wir haben es geschafft, den dritten Jungen wegzuschmuggeln. Und nun, wenn Ihr . . .«

Ihre Hände flogen an ihre Wangen. Sie fuhr herum und starrte das reglose Bündel auf dem Bett an. »Ist er gesund? Wurde er verletzt?«

»Nein, nein. Er schläft. Es war eine lange und harte Reise, und er ist noch sehr jung. Seit mindestens einer Stunde bekommt er nicht mehr mit, was um ihn herum geschieht. Und nun, Lady Alice, muß ich gehen und mit Eurem Vater reden. Er ist oben beim Steuermann. Ich bin froh, daß Ihr aufgewacht seid. Wenn Ihr so gütig sein würdet, hier bei dem Jungen zu bleiben für den Fall, daß er aufwacht und sich fragt, wo er ist. Er ist ein tapferer kleiner Junge, aber er muß große Angst haben.«

»Natürlich bleibe ich bei ihm. Ah, wir sind wieder unterwegs. Der Steuermann hat Euch erwartet?«

»Er hat auf mich gehofft. Wir konnten einen Boten vorausschicken. Und nun, wenn Ihr gestattet . . .«

»Natürlich.«

Sie sah, wie er die Treppe, die an Deck führte, hinaufstieg, immer zwei Stufen gleichzeitig, dann hörte sie ein leise gesprochenes Wort, wahrscheinlich mit einem der Wachmänner, und schon war er fort. Alice trat auf Zehenspitzen zu dem Bett hinüber und beugte sich über den Jungen.

Im Schein des schwachen Lichts konnte sie nicht allzuviel erkennen. Der Junge lag zusammengekauert da, genau wie Jeshua ihn hingelegt hatte, und die schweren Falten des Umhangs deckten ihn bis auf das Gesicht völlig zu. Er ruhte vom Licht abgewandt, und sie beugte sich tiefer über ihn, um ihn anzusehen. Eine bleiche Stirn, helle Brauen und geschlossene Augen mit hellen, geschwungenen Wimpern. Ein kindlicher Mund und ein entschlossenes Kinn. Das Glitzern einer langen Haarsträhne, gelb wie Gold, die sich aus den Falten des Umhangs hervorgestohlen hatte – sie sah wieder Theudoald vor sich, den Sechsjährigen, aber der tiefe Schlaf der Kindheit hatte die Arroganz und den Starrsinn des Merowingers ausgelöscht. Chlodoald, noch ein Baby, als sie das letzte Mal hier gewesen war. Seine Brüder ermordet; seine Mutter mit dem Mörder frisch vermählt. Chlodoald, der auf brutalste Art und Weise gelernt haben mußte, niemandem zu trauen, jeden zu fürchten. Aber mit Gottes Gnade und dank der Loyalität von ein paar Dienern war er hier und in Sicherheit.

Sie sank vom Bett auf die Knie, und ihr erster Instinkt in diesem wunderbaren Augenblick war es, ein Dankgebet gen Himmel zu senden. Dann setzte sie sich auf einen Stuhl, um über den schlafenden Jungen zu wachen, bis Jeshua oder ihr Vater kämen.

Die Zeit verging langsam. In ihrem Eifer herauszufinden, was sich ereignet hatte und was sich noch ereignen würde, fiel Alice das Warten schwer. Einmal regte sich das Kind im Schlaf und murmelte etwas, schlief dann aber sofort wieder ein. Von Zeit zu Zeit wurden von oben schwache Geräusche laut, aber es waren nur die gewohnten Geräusche des Schiffes in der Nacht; das Knirschen von Brettern, das Schlagen eines Segels, das leise Murmeln des Wassers. Sie fuhren jetzt offensichtlich schneller. Die Luft, die durch den Niedergang zu ihnen herunterdrang, war frischer. Sie fragte sich, ob die *Merowing* die Inseln hinter sich gelassen hatte und jetzt durch das breite Wasser der Flußmündung segelte. Der Steuermann hatte gesagt, daß sie gegen Morgen in Nantes sein würden, wo ein britisches Schiff auf sie warte, um sie sicher nach Hause zu bringen.

Der einzige Stuhl in der Kabine stand direkt unter dem Bullauge. Alice zog ihren Morgenrock fester um sich, kniete sich auf die gepolsterte Sitzfläche, umklammerte den Sims und zog sich hoch, um in die Dunkelheit hinauszuspähen.

Die Kabine selbst war so schwach beleuchtet, daß ihre Augen sich schnell an die Dunkelheit draußen gewöhnt hatten und sie einigermaßen gut sehen konnte. Sie waren noch nicht auf offener See; Land – sie konnte nicht feststellen, ob es die Küste war oder nur eine weitere Insel – glitt schwarz auf schwarz an ihnen vorbei. Nirgendwo waren Lichter zu erkennen, auch die wenigen Sterne verschwunden. Die Brise frischte auf, und das Wasser klatschte und gurgelte gegen den Schiffsrumpf. Und übertönte die Geräusche, die sie vielleicht hätten warnen können. Sie hörte ebensowenig das leise Wort, das jemand an Bord mit der Wache wechselte, wie die schnellen Schritte, die sich über die Treppe näherten. Dann stand plötzlich jemand hinter ihr. Bevor sie auch nur den Kopf drehen konnte, hatten kräftige Hände sie von hinten gepackt. Eine Hand preßte sich auf ihren Mund, um jedes Geräusch zu ersticken, das sie vielleicht von sich geben würde, und eine Sekunde später wurde sie vom Stuhl gerissen und fand sich gegen den Leib ihres Angreifers gepreßt. Trotz des schummrigen Lichts sah sie das Aufblitzen eines zum Stoß erhobenen Messers.

Er war sehr stark, und die Falten ihres Morgenrocks

behinderten sie, aber sie wehrte sich und trat um sich. Sie hörte, wie er eine Art überraschtes Grunzen ausstieß, und sein Griff erschlaffte für einen Moment, so daß sie sich ein wenig Bewegungsfreiheit verschaffen konnte. Mit ihrer freien Hand versuchte sie ihm das Gesicht zu zerkratzen, während sie gleichzeitig um sich trat. Barfüßig, wie sie war, konnte sie jedoch kaum hoffen, ihn zu verletzen, aber schließlich verlor er das Gleichgewicht, und sie taumelten gemeinsam quer durch die kleine Kabine aufs Bett zu, und ein wilder, willkürlicher Tritt führte schließlich dazu, daß sie auf dem schlafenden Kind landeten.

Es folgte ein Aufkeuchen, eine ruckartige Bewegung auf dem Bett und dann ein von einer hohen, jungen Stimme ausgestoßener Schrei, der durch das ganze Schiff zu hallen schien: »Wache! Wache! Zu mir!« Dann blitzte plötzlich ein zweites Messer auf, als der Junge sich über sie warf und seine Klinge mit Macht herunterfuhr.

Alice fand sich auf dem Boden wieder, atemlos, zerzaust und mit schmerzenden Gliedern, aber unverletzt. Über sich hörte sie einen Fluch und einen weiteren Aufschrei. Es wäre vielleicht schlimm ausgegangen für das Kind, aber die Wachen hatten seinen Schrei gehört. Es ertönte ein lauter Ausruf von oben, dann hörte man das Krachen gestiefelter Füße, und zwei Männer kamen über die Treppe in die Kabine gestürzt. Einer von ihnen trat ihr auf die Hand, als er sich auf den Angreifer warf. Der leistete keinen Widerstand. Er ließ das Messer fallen und umklammerte seinen rechten Arm; Blut sickerte durch seine Finger. Ein anderer Mann kam mit einer Laterne herbeigelaufen, und plötzlich war die Kabine von lautem Getöse und Licht erfüllt. Auf dem Bett stand das Kind Chlodoald; der Junge hatte den Umhang abgeschüttelt, sein blondes Haar flog durch die Luft, und er hielt einen Dolch in der Hand, während seine blauen Augen aufblitzten und so aussahen, als wäre er bereit, gleich wieder zuzustoßen.

Dann war der Herzog neben ihr auf den Knien.

»Alice! Kind! Bist du verletzt?«

»Nein. Nein, mir geht es gut. Wirklich, Vater. Was ist passiert? Wer ist der Mann?«

»Er gehört zur Mannschaft, denke ich. Ein Knecht.« Der Herzog half ihr auf und führte sie wieder zu dem Stuhl. »Deshalb ist er auch an den Wachen vorbeigekommen. Sie kannten ihn. Er hat ihnen gesagt, er käme in meinem Auftrag.«

Sie blickte auf, immer noch verwirrt von dem Kampf, dem zuckenden Spiel von Licht und Schatten und dem Lärm in der überfüllten Kabine. Der Junge rief etwas auf Fränkisch. Er klang erschrocken und wütend, und zwei Männer – Jeshua und der Steuermann – versuchten, ihn zu beruhigen. Sie erklärten ihm wahrscheinlich nun, wo er sich befand und daß die Gefahr vorüber war. Der Angreifer, ein stämmiger junger Mann, an dessen Anwesenheit an Bord des Schiffes sich Alice vage erinnern konnte, befand sich im sicheren Gewahrsam zweier Wachen.

»Er wollte den Prinzen töten?«

»So scheint es. Das werden die Wachen bald herausfinden, wenn sie ihn verhören. Nein, bleib ganz ruhig sitzen, Kind.« Der Herzog drängte sie sanft in die Kissen des Stuhls zurück, richtete sich auf und hob seine Stimme über das Chaos in der kleinen Kabine. »Ihr Männer da. Bringt ihn hinauf.« Dies galt den Wachen, die den Angreifer festhielten.

»Wartet!«

Das kam von Chlodoald, der immer noch auf dem Bett stand; seine erhöhte Position verlieh ihm eine gewissermaßen beherrschende Größe. So erschüttert und desorientiert er auch gewesen sein mußte, da er sich zwischen Fremden an einem fremden Ort wiedergefunden und abermals einem Mörder ausgesetzt gesehen hatte – das gehörte der Vergangenheit an, und jetzt war er wieder er selbst, ein Merowingerprinz, dessen erster Instinkt nach Rache schrie. Er hatte im Augenblick für niemand anderes Interesse als für den Gefangenen.

»Man hat dich dafür bezahlt? Wer?«

Der Mann, der verängstigt und verdrossen dreinblickte, schüttelte nur den Kopf und murmelte etwas Unverständliches, aber als einer der Wachmänner eine Hand hob, schritt der Herzog mit scharfer Stimme ein.

»Nicht hier! Mit Eurer Erlaubnis, Prinz Chlodoald. Ich möchte mich vorstellen. Ich bin Herzog Ansirus von Rheged in Britannien. Ich und meine Tochter sind Gäste Eurer Großmutter, der Königin Chrodechild, und wir sind hier, um Euch in Sicherheit zu bringen. Wenn Ihr also so gut sein wollt, steckt Euren Dolch weg, und wir werden diesen Mann nach oben schaffen. Es scheint, daß er zur Mannschaft gehört, daher wäre es nur recht und billig, wenn der Kapitän ihn befragt.«

Obwohl der Junge immer noch auf dem Bett stand, mußte er zu dem Herzog aufblicken. Er zögerte, machte dann jedoch eine formelle kleine Verbeugung, die ihn auf der weichen Matratze fast das Gleichgewicht gekostet hätte, steckte das lange Messer wieder in die Scheide und sprang auf den Boden.

»Herr«, sagte er, und dann an Alice gewandt: »Seid Ihr verletzt, Lady? Es tut mir leid. Ich habe nichts gesehen. Ich habe nicht gesehen, daß überhaupt eine Dame anwesend war. Es ging alles so schnell, und ich habe geschlafen.«

»Ich weiß. Es ist schon gut.« In der Kabine war kaum genug Platz für Alice, um einen Knicks zu machen, aber bevor sie es auch nur versuchen konnte, drängte die Hand ihres Vaters sie abermals sanft auf den Stuhl zurück.

»Nein, mein liebes Kind. Bleib sitzen. Du zitterst ja! Jetzt ist alles gut; es wird nichts Böses mehr geschehen.« Er strich ihr liebevoll über die Schulter, wechselte ein Wort mit dem Steuermann und wandte sich dann wieder an die Wachen. »Ihr Männer, bringt den Burschen rauf. Und nun, Prinz Chlodoald, wenn Ihr mit dem Steuermann gehen wollt, während ich mich um Lady Alice kümmere? Ah, Mariamne, da bist du ja. Komm herein, Mädchen, und mach den Mund zu. Die Gefahr ist vorüber. Sorge dafür, daß deine Herrin wieder zu Bett gebracht wird. Und kümmere dich um ihre Hand, sie ist geschwollen und braucht eine Salbe. Gute Nacht, mein Kind.«

»Gefahr?« Der Herzog, der die Kabine als letzter verlassen hatte, war kaum auf die unterste Stufe der Treppe getreten, als Mariamne immer noch mit schrekkensgeweiteten Augen und offenem Mund durch die Kabine zu ihrer Herrin flog. »Was für eine Gefahr? Was meinte der Herr damit? Madame, Madame, Lady Alice, das war Jeshua! Nicht wahr? Ich war mir nicht sicher bei diesem Licht, und er hat auch kein Wort gesagt, und sein Gesicht war voller Schlamm, aber ich hätte doch schwören können . . .«

Alice lachte, wenn auch ein wenig zittrig. »Ja, es war Jeshua. Und wir waren wirklich in Gefahr, aber jetzt ist alles vorüber, und ich glaube, wir werden feststellen, daß Jeshua etwas sehr Gutes und sehr Tapferes getan hat. Und ich glaube auch, daß er mit uns nach Hause fährt.«

Als Alice wieder in ihrer Kabine war und das Mädchen die zerschundene Hand versorgte, erzählte sie Mariamne, was sich ereignet hatte. Das Entsetzen angesichts der furchtbaren Gefahr, in der sich ihre Herrin befunden hatte, trat schnell hinter Mariamnes Freude über die Nachricht zurück, daß der junge Prinz entkommen war. Doch es bestand kein Zweifel daran, daß alles andere hinter dem Wissen zurücktrat, daß Jeshua auf der *Merowing* weilte und anscheinend mit dem Herzog und dessen Gefolge nach Britannien fuhr.

Sobald das Mädchen Erlaubnis erhielt, sich auf ihre Pritsche zurückzuziehen, war es auch gleich eingeschlafen, während Alice trotz ihrer Erschöpfung noch lange keinen Schlaf fand. Ihre Hand schmerzte ein wenig, aber was sie wach hielt, war der Gedanke daran, was sich wohl gerade an Deck ereignete. Sie konnte keine anderen Geräusche hören als das Klatschen und Saugen des Wassers am Schiffsrumpf, aber sie drehte sich trotzdem ruhelos von einer Seite auf die andere, versuchte, einen Laut zu erhaschen, und dann wieder, nichts zu hören, weil sie nicht hören wollte, was . . . Sie zwang sich, Vernunft anzunehmen und Ruhe zu finden. Wenn der Mann tatsächlich zur Mannschaft der *Merowing* gehörte und von Chlodoalds morddurstigen Onkeln dafür bezahlt worden war, ihre Arbeit zu beenden und das Kind, das jetzt sein rechtmäßiger König war, zu töten, dann würde man ihn zweifellos als Verräter und Attentäter hinrichten. Das war nach dem Gesetz nur recht und billig. Und sobald die Tatsachen bekannt waren, würde der Herzog dafür sorgen, daß er ein gerechtes und sauberes Ende fand. Damit mußte sie sich trösten – daß die jüngste Tragödie Gott sei Dank gut ausgegangen war, daß dieser letzte Mord zweifach vereitelt worden und der Junge in Sicherheit war. Sie alle befanden sich in Sicherheit, und schon bald würden sie wieder daheim sein. Daran wollte sie denken. An zu Hause wollte sie denken und an die sommerlichen Felder und Wälder und an den Frieden, der über Rhegeds Hügeln und Seen lag. Aber vorher . . .

Vorher wollte Alice den verworrenen Botschaften, die in jener Nacht zwischen ihr und ihrem Gott hin- und hergegangen waren, ein letztes Gebet hinzufügen. Es war ein einfaches Gebet für die Seele des Unglücklichen, der sie beinahe getötet hätte und der, aus welchem Grunde auch immer, Chlodoald hatte töten wollen.

Und auf seine eigene Art und Weise gab Alices Gott ihr Antwort. Sie schlief schon fest und hörte das schwere Platschen nicht mehr, mit dem eine Weile später die Leiche über Bord geworfen wurde.

23

Es war spät am nächsten Morgen. Alice und der Herzog befanden sich an Deck und blickten auf den Fluß, dessen Mündung sich an dieser Stelle verbreiterte und mit dem Meer verschmolz. Von Chlodoald war nichts zu sehen. Er schlief wohl noch, meinte der Herzog.

Er selbst hatte auf Deck geschlafen und dem Jungen seine Kabine überlassen. Pater Anselm wartete unten bei ihm, daß er erwachte. Die Posten, die der gestrige Vorfall zu doppelter Wachsamkeit veranlaßte, standen am Niedergang.

»Aber jetzt besteht keine Gefahr mehr«, sagte Ansirus. »Es ist sicher, daß der Bursche die Wahrheit gesagt hat. Er gehörte zur Mannschaft und hatte ebenfalls die Gerüchte über die Ermordung der Prinzen gehört und daraus geschlossen, daß Königin Chrodechild die Kontrolle über ihre Söhne verloren habe. Weiter ging er davon aus, daß Chlothar schon bald zum König von

Orléans gekrönt werden würde und daß er sich mit dem Königreich auch der gesamten Habe der Königin bemächtigen werde – und dazu gehörte natürlich auch die *Merowing*. Es war sein Pech, daß er gerade Wache stand, als Jeshua an Bord kam. Als er Jeshua das Kind nach unten tragen und dann wieder hinaufkommen sah, um mit mir und dem Kapitän zu sprechen, wußte er, daß Chlodoald allein in meiner Kabine lag, und ergriff seine Chance. Er hatte die Absicht, das Kind zu töten und anschließend von König Chlothar eine Belohnung zu verlangen. Er hätte irgendeinen Beweis für die Ermordung des Kindes an sich genommen, um dann über Bord zu springen und an Land zu schwimmen – du erinnerst dich sicher, daß wir gerade nicht weit vom Ufer entfernt waren. Nun, als seine Wache zu Ende war, ging er mit einem Krug gewärmten Weins hinunter und behauptete, ich hätte ihn für den Jungen bestellt, und die Wachen, die ja wußten, daß er zur Mannschaft gehörte, ließen ihn passieren.«

»Und dann hat er mich angegriffen, weil er glaubte, ich wäre Chlodoald?«

»So hat er gesagt. Du knietest auf dem Stuhl am Bullauge, eingehüllt in dein Gewand, und das lange Haar fiel dir offen über den Rücken, so daß er glaubte, du wärest das Kind, das dort stand, um hinauszuschauen. Er legte dir eine Hand auf den Mund, damit du nicht schreien konntest, und riß dich herum, um dich zu erdolchen. An dieser Stelle fand er heraus, daß du kein Kind warst, sondern eine junge Frau. Und da erwachte auch schon der Junge und rief um Hilfe. Den Rest kennst du.«

»Nicht ganz. Der Mann ist tot, nehme ich an?«

»Ja.«

Alice schwieg für einen Augenblick und stand mit gesenktem Kopf da, während sie mit der Hand über die blanke Reling des Schiffes fuhr. »Hat Chlodoald ihn getötet?«

»Nein, nein. Dieser erste wilde Hieb mit seinem Messer war ein Glückstreffer; er hat den Burschen am Handgelenk getroffen und ein paar Sehnen durchschnitten, so daß er seinen Dolch fallen ließ. Nach dem ersten Schrecken und nachdem der Junge erfahren hatte, was geschehen war und wo er sich befand – und daß er auf dem Schiff der Königin und in Sicherheit war –, hatte er nichts mehr dagegen, die Dinge dem Kapitän und mir zu überlassen. Nur daß er . . .«

»Ja, Vater?«

»Nur daß er darauf bestand, daß der Mann vor seinem Tod beichten und die Absolution bekommen solle«, sagte der Herzog.

»Chlodoald bestand darauf?«

»Ja.«

»Ah.« Es war mehr ein Seufzer als eine Bemerkung. Dann blickte Alice auf. »Nun, hoffen wir, daß das vorüber ist und der Mann die Wahrheit gesagt hat. Wenn er wirklich allein und aus eigenem Antrieb gehandelt hat und nicht von Chlothar oder den anderen Onkeln geschickt war . . .«

»Wir können davon ausgehen, daß das die Wahrheit ist. In diesem Teil seines Geständnisses war er sehr offen.«

Alice seufzte abermals, diesmal vor Erleichterung. »Also wissen sie nicht, wo Chlodoald ist. Gott sei gedankt! Es ist also wirklich vorüber, der Junge in Sicherheit, und wir werden bald zu Hause sein . . . Ich frage mich, wie er sich dort einfügen wird, der arme Knabe, nach allem, was geschehen ist? Hat Jeshua dir Näheres erzählt?«

»Soweit er Bescheid weiß. Er war im Quartier der Königin, als Childebert und Chlothar nach den Jungen schickten, um sie, wie sie sagten, für die Krönung vorzubereiten. Als nächstes kam eine der Kreaturen Chlothars, ein Mann namens Arcadius, zur Königin, um ihr mitzuteilen, daß die Jungen ergriffen und sowohl von ihren Lehrern als auch von ihren Dienern getrennt worden seien. Anschließend habe man sie einzeln eingesperrt, bis sie bereit waren, ihrem Anspruch auf die Ländereien ihres Vaters zu entsagen.«

»Wie ist Chlodoald entkommen?«

»Man hatte ihn bereits in ein Versteck geschmuggelt. Sein Lehrer argwöhnte etwas, und er und ein anderer Diener brachten das Kind eiligst fort. Sie wagten es nicht, ihn zu Königin Chrodechild zurückzubringen, aber der Diener ging immerhin zu ihr, um ihr Mitteilung davon zu machen. Daraufhin erteilte sie Jeshua den Auftrag, den Jungen nach Süden zur *Merowing* zu bringen und dafür zu sorgen, daß er in meine Obhut komme. Sie mußten vorsichtig sein und einen Umweg nehmen, hatten unterwegs jedoch keine Schwierigkeiten, und der Lehrer ist nun zurückgeritten, um der Königin auszurichten, daß das Kind in Sicherheit ist.«

»Also wird sie bald erfahren, daß er bei uns ist und auf dem Weg nach Britannien?«

»Ja. Sie hat mich gebeten, dafür zu sorgen, daß er dort in einem Kloster untergebracht wird. Es scheint – das weiß ich von Jeshua –, daß sie immer gehofft hatte, der Jüngste der Knaben werde sich dem frommen Leben zuwenden, und nun scheint dies seine einzige Möglichkeit zu sein.«

»Wenn er einverstanden ist.«

»Allerdings. Gut möglich, daß er erfüllt von Gedanken an blutige Rache ist. Das wäre normal für einen Merowinger. Bevor wir nicht Gelegenheit hatten, mit ihm zu reden, können wir das nicht sicher wissen. Es scheint, als wäre in der Zwischenzeit ein Kloster der geeignetste Ort für ihn.«

»Sankt Martin?«

»Warum nicht? Es ist nicht weit von Burg Rose entfernt, und ich werde selbst in Kürze dort wohnen. Wir können auf dem Heimweg im Kloster Quartier nehmen, dann werde ich mit Abt Theodor reden. Ah, sieh nur, da hinten am Horizont, das könnte schon Nantes sein. Und da ist auch Jeshua; er geht nach unten, um den Prinzen zu wecken und ihn zu fragen, ob er mit uns speisen will. Wir werden vorsichtig mit ihm sein müssen, Alice. Gott allein weiß, welchen Kummer und welche Ängste dieses Kind durchlitten hat.«

»Er ist noch sehr jung«, sagte Alice mit ihrem ausgeprägten Sinn fürs Praktische, »und wahrscheinlich sehr hungrig.«

Im Salon war niemand außer den Dienern. Sie bereiteten alles für die Mahlzeit vor und zogen sich dann auf Geheiß des Herzogs zurück. Nachdem sich die Tür hinter ihnen geschlossen hatte, öffnete sich die Kabinentür, und Chlodoald trat ein. Hinter ihm erschien Pater Anselm.

Es schien, als wäre Theudoald zurückgekehrt – Chlodoald war ein blonder Junge von schmalem Körperbau, aber sehnig und flink und mit derselben stolzen Haltung. Da waren auch wieder die tiefliegenden blauen Augen und die hervorspringende Nase, die sich in späteren Jahren zu einer Adlernase entwickeln würde. Aber der Mund zeigte eine weichere Krümmung als bei dem älteren Jungen, und dieses Kind hatte – durchaus verständlich – nichts von der schelmischen Selbstsicherheit seines Bruders.

Der Junge hatte sich, so gut er konnte, gewaschen und zurechtgemacht, aber er trug immer noch das vom

Reiseschmutz befleckte Hemd und die Tunika – wahrscheinlich die einzigen Kleider, die er noch besaß. Obwohl es ein warmer Tag war, hatte er seinen dunklen Umhang fest um sich gezogen und die Kapuze aufgesetzt.

Der Priester bückte sich, um dem Herzog etwas zuzuflüstern, verbeugte sich dann und verließ die Kabine. Der Junge stand zögernd in der Tür.

Alice nahm lächelnd den Deckel von einer der Schüsseln. »Seid willkommen, Prinz, an Eurem eigenen Tisch. Ich bin froh, daß Ihr so lange geschlafen habt. Ich hoffe, Ihr habt Euch gut erholt und seid recht hungrig? Wollt Ihr nicht herkommen und mit uns speisen?«

Der Herzog deutete auf den majestätischen Stuhl am Kopfende des Tisches, aber der Junge schüttelte den Kopf. Dann trat er hastig vor und schob sich mit einer jähen Geste die Kapuze seines Mantels zurück. Die Geste war sowohl dramatisch wie auch überraschend. Sein Haar war ganz kurz geschnitten, die langen Lokken, das Symbol der Merowingerkönige, waren fort; das Haar reichte ihm glatt, dicht und schlecht geschnitten gerade bis über die Ohren. Der rechtmäßige König von Orléans hatte durch seine eigene Tat abgedankt.

Er sagte nichts, sondern stand nur kerzengerade und hoch erhobenen Hauptes da; seine Haltung sprach von Trotz, ja beinahe von Streitlust und verriet nur so viel Unsicherheit, wie ein Merowingerprinz wohl überhaupt je zu verraten geneigt sein mochte. Während Alice und ihr Vater noch krampfhaft nach der richtigen – nach irgendeiner – Bemerkung suchten, fuhr die Hand des Jungen in die Höhe – eine Geste, die Alice von seinem Bruder kannte, mit der der junge Prinz sich die schwere Mähne zurückzuwerfen pflegte. Die Jungenhand stieß nur auf grob geschnittenes Stoppelhaar und glitt über den kahlen Nacken.

»Es fühlt sich so merkwürdig an«, sagte er unsicher. »Kalt.«

»Mein lieber Junge«, sagte der Herzog sanft, »Ihr habt Euch heute wacker geschlagen. Später wollen wir miteinander reden, aber jetzt seid uns willkommen; ruht Euch aus und eßt etwas.«

Alice lächelte den Jungen stumm an und begann, das Essen zu servieren. Als der Herzog den Jungen abermals zu dem Prunkstuhle geleiten wollte, schüttelte der den Kopf und zog sich einen Stuhl heran. »Ich bin kein Prinz mehr, mein Herr. Dieser Platz gebührt Euch.«

Er war tatsächlich sehr hungrig, und im Laufe des hervorragenden Mahls ließ die Spannung etwas nach. Weder der Herzog noch Alice hätten von sich aus die tragischen Geschehnisse in Paris angesprochen, aber Chlodoald schien begierig zu sein, darüber zu reden – vielleicht eine Reaktion auf seine jüngsten Schreckenserlebnisse.

»Jeshua hat mir erzählt, was geschehen ist. Meine Onkel wußten, daß das Volk meine Großmutter liebt, und sie brauchten ihre Unterstützung oder zumindest ihre scheinbare Unterstützung, wenn sie sich unseres Landes bemächtigen wollten. Natürlich wußten sie, daß Großmutter niemals freiwillig zustimmen würde, also sandten sie diese Ratte aus, dieses . . . dieses *Vieh*, das bei meinem Onkel in Dienst steht, Arcadius von Clermont. Er sollte ihr mit List oder mit Gewalt ihre Zustimmung abringen. Aber vielleicht wißt Ihr das alles bereits.«

»Das spielt keine Rolle. Fahrt fort.«

Der Junge legte die Keule des Kapauns, an der er genagt hatte, fort und wischte sich die Finger ab. »Er kam ganz früh am Morgen. Meine Großmutter hatte den ganzen Tag davor und auch die Nacht hindurch für die Seele meines Vaters gebetet, und sie hatte ihr Fasten noch nicht gebrochen. Gerade diesen Zeitpunkt wählte er, um sich mit Gewalt zu ihr vorzudrängen und ihr zu berichten, meine Brüder wären Gefangene und in Todesgefahr, es sei denn, sie entsagten ihren Ansprüchen auf das Land meines Vaters. Er zeigte ihr einen Dolch und eine Schere und erklärte ihr, dies sei die einzige Möglichkeit. Er schrie sie an. Meine Großmutter! Und niemand wagte es, Hand an ihn zu legen. Seine Männer standen am Tor, und außerdem wußte meine Großmutter nicht, wo meine Brüder gefangengehalten wurden.«

Er griff nach seinem Kelch, nahm einen tiefen Schluck und schob seinen Teller dann beiseite. Weder Alice noch der Herzog sagten etwas, sondern warteten darauf, daß der Junge seine Geschichte beendete.

Der Herzog hatte sie bereits aus Jeshuas Munde vernommen, doch die Erzählung war noch anrührender, von dieser kindlichen Stimme erzählt und mit Einzelheiten ausgeschmückt, die der Junge vielleicht von einem Diener hatte, der bei der Begegnung zugegen gewesen war. Nun erfuhren sie auch, daß die alte Königin, erschöpft von ihrem Nachtgebet, in schrecklicher Angst um die Jungen und von brennendem Zorn angesichts des Verrates ihrer Söhne erfüllt, heftig und in instinktiver Arroganz reagiert hatte. »Lieber will ich sie tot sehen als mit kurz geschnittenem Haar! Sie sind Blut von Chlodwigs Blut! Sie sind Könige!« Außer sich vor Zorn, hatte sie ihm ihre Antwort beinahe entgegengeschrien, aber als sie einige Minuten später nach einem kurzen, aber leidenschaftlichen Tränenausbruch die Worte gern zurückgenommen hätte, befand sich Arcadius bereits jenseits ihrer Tore und ritt mit halsbrecherischer Geschwindigkeit zum Hof seines Herrn.

Chlodoald erzählte seine Geschichte beinahe ohne Gefühl, wie jemand, der noch immer unter dem betäubenden Schock eines Unglücks stand.

»Als wir eines Nachts an der Straße lagerten – ich habe den Namen des Ortes vergessen, aber die Mönche waren freundlich – hörten wir, daß meine Brüder in die Kirche von St. Peter in Paris getragen worden seien und meine Großmutter sie mit allen ihnen gebührenden Ehren habe begraben lassen. Die Menschen hätten weinend die Straßen gesäumt.«

»Aber wie war das möglich?« Alice war so überrascht, daß sie diese Frage einfach stellen mußte. »Eure Onkel werden doch gewiß . . .«

»Als die Tat geschehen war, liefen sie davon.« Chlodoalds Stimme klang gleichgültig. »Sie hatten Angst. Jetzt werden sie miteinander streiten und einander töten. Es liegt bei Gott.«

»Aber da das Volk Eure Großmutter liebt und um Eure Brüder trauert – vielleicht wollen die Leute, daß Ihr zurückkehrt?«

»Nein. Meine Großmutter wird jetzt ins Kloster gehen. Sie hat das schon vor langer Zeit geplant. Und ich . . .« Er hob seinen kurzgeschorenen Kopf und fuhr fort: »Und ich brauche niemals König zu werden.«

»›Brauche‹?« Das kam vom Herzog.

Chlodoald begegnete seinem Blick mit einer Art Trotz. »Ich habe mir das Haar selbst abgeschnitten. Ich will, daß Ihr das wißt. Und ich habe es nicht aus Angst abgeschnitten.«

»Das braucht Ihr mir nicht zu erklären, Prinz Chlodoald. Ich gehe davon aus, daß Ihr in Gottes Dienst treten wollt. Genau wie ich. Meine Tochter und ich haben vorhin noch darüber gesprochen. Bevor wir Britannien erreichen, ist noch Zeit genug, um Pläne für die Zukunft zu machen. Wir werden Euch sicher dorthin geleiten, und später, wenn Ihr zum Manne herangewachsen seid, werdet Ihr selbst wissen, welche Entscheidungen Ihr treffen müßt.«

»Ich werde nach Hause zurückkehren«, sagte Chlodoald. Die Tatsache, daß seinen Worten jeder Nachdruck fehlte, ließen sie endgültiger klingen, als hätte er geschworen.

»Nach Hause? In die fränkischen Königreiche?« rief Alice erschrocken. »Nach Orléans?«

»Nach Orléans wohl nicht. Aber in mein eigenes Land, ja. Nicht als König, nein, aber ich werde zurückkehren. Ich habe etwas in meinem Besitz, das ich dorthin zurückbringen muß.«

»Und was ist das?«

»Wenn Ihr mich bitte entschuldigen wollt ...« Er glitt von seinem Hocker herunter und ging schnell in die Innenkabine. Einen Augenblick später war er mit einer Schachtel in den Händen wieder zurück.

Er warf einen verstohlenen Blick auf die Tür. »Es wird niemand hereinkommen?«

»Nicht bevor ich jemanden rufe«, erwiderte der Herzog.

»Dann werde ich ihn Euch zeigen. Meine Großmutter hat ihn mir anvertraut und mich geheißen, ihn sicher aufzubewahren und eines Tages nach Hause zu bringen.«

Er stellte die Schachtel auf den Tisch, schob das benutzte Geschirr beiseite und öffnete den Deckel. Die Schachtel schien voller Florettseide zu sein, einer blonden, leuchtenden Substanz.

»Euer Haar?« fragte Alice verwundert. Die langmähnigen Könige hielten dieses Symbol für so kostbar, so heilig? So heilig und kostbar wie eine echte Krone?

Aber Chlodoald schob den weichen Stoff beiseite, um zu enthüllen, was darunter lag. Ein Kelch, goldener noch als das goldene Haar, besetzt mit Edelsteinen, die blutrot und grün und primelgelb in den Griffen aufblitzten. Ein wunderschönes Gebilde, gewiß sehr kostbar, aber anscheinend auch noch mehr als das. Als er den Kelch aus der ihn umschließenden Seide nahm, bekreuzigte sich der Junge und drehte sich dann mit leuchtenden Augen zu Alice und dem Herzog um.

»Es ist der Gral!« sagte er voller Ehrfurcht. »Der wahre Kelch! Der Gral selbst!«

»Zumindest«, sagte Ansirus zu seiner Tochter – sie standen an Deck, während die *Merowing* sich einen Weg in den überfüllten Hafen von Nantes bahnte – »zumindest hat er zu niemandem sonst davon gesprochen. Nicht einmal Jeshua weiß davon. Daher haben wir eine einigermaßen gute Chance, den Gral – und den Jungen – in Glannaventa sicher an Land und von dort aus durch Rheged nach St. Martin zu bringen.«

»Aber Vater, es kann unmöglich der Gral sein! Das weißt du!«

»Ja. Ich denke an, ich habe so viele ›wahre Kelche‹ gesehen wie jeder andere auch; in Jerusalem wird ja offen damit gehandelt. Aber der Junge hat trotzdem einen Schatz bei sich. Einen Schatz, der ihm von überaus praktischem Nutzen sein wird.«

»Was meinst du damit?«

»Er war gezwungen, sein Königreich zu verlassen – ihm zu entsagen –, und nun besitzt er nichts als die Kleider, die er am Leibe trägt. Die Mönche in St. Martin würden ihn auch ohne meine Fürsprache aus reiner Barmherzigkeit aufnehmen, aber wenn er etwas so Kostbares mitbringt – denn der Kelch ist sowohl sehr alt als auch etwas ganz Besonderes, dessen magst du gewiß sein –, nun, dann kommt er nicht als Bettler zu ihnen.«

»Aber wenn er ihnen erzählt, daß es der Gral ist . . .«

»Hör zu, Alice. Wenn die Menschen glauben – wenn sie einen Brennpunkt für ihre Huldigungen brauchen, dann wird dieser Kelch, ob nun Gral oder nicht Gral, für sie so wahr sein wie ein Kreuz, das du oder ich aus dem Holz unserer Obstgärten in Rheged schnitzen. Verstehst du das nicht, Kind?«

»Ja-a. Ja, ich denke doch. Aber . . .«

»Also sagen wir nichts. Abt Theodor wird seine eigenen Entscheidungen treffen. Was geschieht, liegt an ihm. Sieh nur, wir sind schon fast im Hafen. Jetzt wird es nicht mehr lange dauern. Wo ist deine Zofe, mein Kind?«

Alice lachte. »Ich vermute stark, daß sie Jeshua dazu bewegt, ihr mit meinem Gepäck zu helfen. Du weißt, was da vor sich geht, denke ich? Sobald er den Prin. . . Chlodoald sicher in St. Martin weiß, werden wir wohl auf Burg Rose einen Platz für ihn suchen müssen.«

»Wenn seine Pflicht ihn nicht zur Königin zurückführt, soll er mir in meinen Diensten mehr als willkommen sein«, entgegnete der Herzog. »Ich hatte ohnehin schon vor, mit ihm darüber zu sprechen. Beltrane wird alt, genau wie ich, und ich glaube, er hätte nichts gegen erfahrene Hilfe einzuwenden. Wenn wir nach St. Martin kommen, möchte ich einige Tage dort bleiben, um zu sehen, wie der Junge sich einfügt, und die Angelegenheit mit Abt Theodor zu regeln, daher wäre es vielleicht eine gute Idee, Jeshua von Glannaventa aus mit unserem schweren Gepäck direkt nach Hause zu schikken. Meinst du nicht auch? Er kann Beltrane vorwarnen, daß wir früher als erwartet nach Hause kommen, und wenn nötig, kann er ihm gleich zur Hand gehen.«

»Ich bin sicher, daß das nötig sein wird! Daheim erwartet man uns frühestens in einem Monat, und gewiß haben sie sämtliche Zimmer auseinandergerissen, um gründlich sauberzumachen! Soll ich es Mariamne sagen?«

»Natürlich.« Der Herzog lächelte. »Vielleicht kann sie helfen, ihn zum Bleiben zu bewegen, zumindest bis zu deiner Vermählung. Wenn ich nicht mehr da bin, wird es gut sein zu wissen, daß du einen so tapferen und treuen Diener wie ihn an deiner Seite hast.«

Sie näherten sich der Hafenmauer, und Alice schaffte es in dem allgemeinen Wirrwarr des Abschieds und der Ausschiffung – wenn auch mit einigen Schwierigkeiten –, ihre Gedanken von den Dingen zu lösen, die sie zu Hause erwarteten.

Fünf

Der verliebte Alexander

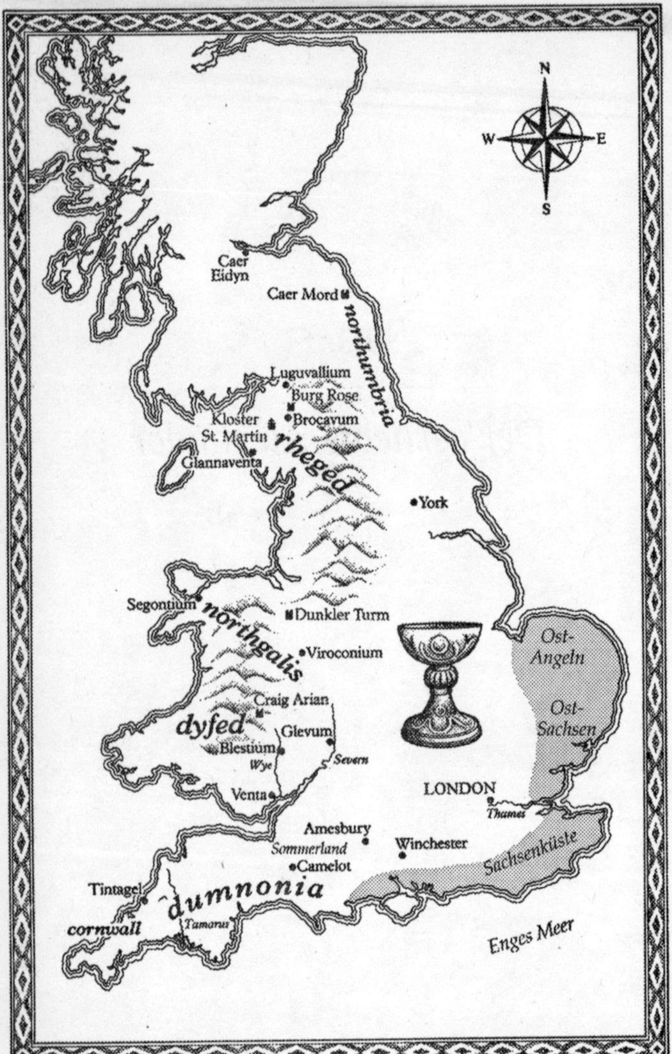
N
W
E
S
Caer Eidyn
Caer Mord
northumbria
Luguvallium
Burg Rose
Kloster St. Martin
Brocavum
rheged
Glannaventa
York
Segontium
northgalis
Dunkler Turm
Viroconium
Ost-Angeln
Craig Arian
dyfed
Glevum
Ost-Sachsen
Blestium
Wye
Severn
Venta
LONDON
Thames
Amesbury
Sommerland
Winchester
Camelot
Sachsenküste
Tintagel
dumnonia
cornwall
Tamarus
Enges Meer

24

Es wäre zu ermüdend, den allzu schnellen und unausweichlichen Gang der Dinge zu schildern, in dessen Verlauf Alexander Königin Morgans Liebhaber wurde. Sie pflegte ihn, und wenn das leichte Fieber ihm auch recht zäh und lange anhaftete, nun, wen kümmerte das schon? Die liebreizende Königin verbrachte um so mehr Zeit im Krankenzimmer und braute ihm um so häufiger ihre raffinierten Tränke aus Kräutern und Früchten und anderen geheimnisvollen Zutaten. Lady Luned bewahrte sich ihre Zurückhaltung; die anderen jungen Männer in Morgans Gefolge mochten lächeln oder schmollen oder miteinander tuscheln, aber die Königin selbst schien nur für Alexander Augen – und Zeit – zu haben.

Zu guter Letzt wich das Fieber. Einige bemerkten sehr wohl, daß dies erst geschah, als die Königin ihn sicher in ihren Schlingen wußte. Dann, als deutlich war, daß er nur noch an sie dachte und sich nach ihrer Berührung sehnte, ihrem Blick, ihrer Gegenwart – nun, da zog sie sich aus dem Krankenzimmer zurück und überließ die Pflege wieder der alten Birgit. Und eben von diesem Zeitpunkt an wurde der junge Prinz schnell kräftiger und war schon bald in der Lage, sein Bett zu verlassen, aufzustehen und in dem Gemach umherzugehen, ja sogar sich ohne Hilfe zu baden und anzukleiden. Was er eines Abends, als Birgit ihn allein gelassen hatte, auch tat. Er suchte seine besten Kleider heraus – die gewaschen und sorgsam zusammengefaltet in einer der Truhen lagen – und machte sich auf die Suche nach der Königin.

Die königlichen Gemächer, in denen Alexander untergebracht war, lagen im mittleren Teil der Burg, und ihre Türen führten auf einen Korridor hinaus, der nach rechts und links zu den beiden Zwillingstürmen ging. Draußen vor seiner Tür blieb er zögernd stehen und fragte sich, wo die Haupttreppe liegen mochte, über die er die öffentlichen Räume der Burg erreichen konnte. Er hatte keinen Zweifel daran, daß Lady Luned ihn jetzt, da er so offensichtlich in der Gunst der Königin stand, empfangen und ihm die ganze Gastfreundschaft der Burg zuteil werden ließe. Obwohl er darauf brannte, Morgan wiederzusehen, wußte er doch, daß es ein Gebot der Höflichkeit war, zuerst die Gastgeberin aufzusuchen, ihr seine Ehrerbietung und seinen Dank zu bezeugen und ihre Einladung abzuwarten, sich der abendlichen Runde zuzugesellen.

Ein Junge in Morgans Livree kam durch den Korridor gelaufen; offensichtlich hatte er irgendeinen Auftrag auszuführen. Alexander streckte eine Hand aus.

»Einen Augenblick, bitte schön! Wie heißt du?«

»Gregory, Herr.« Der Junge sah ihn mit einer Neugier an, die Alexander recht schmeichelhaft erschien. Die Dienstboten der Königin hatten zweifellos über ihn getuschelt, und er dachte – hoffte –, daß der Junge wußte, was man sich über ihn erzählte.

»Nun, Gregory, kannst du mir sagen, wo ich Lady Luned finde? Hat sie zu dieser Stunde Zeit, mich zu empfangen?«

»Was das betrifft, bin ich mir nicht sicher, Herr. Aber ich weiß, wo Ihr sie wahrscheinlich finden werdet. Zu dieser Zeit ist sie für gewöhnlich in einem der Räume, in dem die Damen sitzen. Ihr müßt dort entlanggehen.« Er zeigte in die Richtung, aus der er gekommen war. »Geht die Treppe da hinunter, Herr, und dann wird einer der Diener Euch führen.«

»Die *Damen*? Dann wird Königin Morgan auch dort sein?«

»O nein!« Die belustigte Überraschung des Jungen war an Alexander verschwendet. »Sie sitzt nicht mit den Damen zusammen! Ich bin gerade auf dem Weg, sie zu suchen. Sie ist vor einer Stunde mit den anderen zurückgekommen, und ich denke, sie werden jetzt im Ostturm weilen.«

»›Sie‹?«

»Meine Herrin, die Königin, und ihre Ritter.«

»Aha«, sagte Alexander, der den dringenden Wunsch verspürte, die liebreizende Königin aus solcher Gesellschaft zu lösen; doch immer noch hielt ihn das Gebot der Höflichkeit zurück – aber auch ein anderer, jäher Gedanke. »Nein, warte bitte einen Augenblick. Kannst du mir sagen: Habe ich recht mit der Annahme – ich muß es wohl von irgend jemandem gehört haben –, daß unter den Rittern der Königin auch Männer aus Cornwall sind?« Er wußte jetzt, daß Königin Morgan seinen Namen nicht durch irgendwelche magischen Handlungen herausgefunden hatte; alles, was sie gehört hatte, war sein Gemurmel in einem kurzen Delirium, in dem seine Instinkte ihn jedoch nicht ganz verlassen hatten und er nicht mehr als seinen Namen verraten hatte. Für sie und Birgit – und wahrscheinlich auch für den Rest der Burg – war er »Alexander, der Vaterlose«, ein Edelmann, wie es schien, aber wahrscheinlich von niederem Stand. Der Gedanke hatte ihn zuerst verärgert, aber dann vermochte er ihn als Teil der Romantik zu sehen, aus der dieses Abenteuer, in das er hineingestolpert war, gewoben schien: Zweifellos würde es irgendwann später eine Entdeckungsszene geben, wie die Dichter sie so liebten, und er würde sich als Prinz von Geblüt und daher als geziemender Liebhaber für die Königin erweisen. Weiter als bis zu diesem Punkt hatte seine Fantasie ihn noch nicht geführt. Aber er wußte, daß er es jetzt nicht riskieren durfte, Männern von Markes Hof zu begegnen, die die Ähnlichkeit mit seinem toten Vater erkennen und damit seine Familie in Gefahr bringen könnten. Und nicht nur seine Familie, sondern auch Sadok und Erbin, die ihre Flucht vor all den Jahren gedeckt hatten. Also erwartete er mit einiger Nervosität die Antwort des Jungen.

Sie fiel beruhigend aus. »Das waren sie wohl, Herr. Zwei Männer von König Marke und zwei aus irgendeinem Herzogtum in Dumnonia im Süden, dessen Namen ich allerdings vergessen habe. Sie sind jedoch nicht mehr hier. Sie waren auch keine Ritter der Königin, sondern haben lediglich Botschaften überbracht, und letzte Woche sind sie wieder fortgeritten.«

»Ich verstehe. Nun – der Ostturm, sagtest du?«

»Ja, Herr, aber . . .« Der Junge hielt inne und biß sich auf die Unterlippe.

»Aber?«

»Vergebt mir, Herr, aber ich diene der Königin, und ich weiß, wie ihre Befehle lauten. Es hat keinen Sinn, wenn Ihr Euch jetzt zum Ostturm begebt. Wir alle, das heißt, ihre Diener, haben Anweisung, niemanden einzulassen, während sie und ihre Ritter sich beraten. Aber später, wenn es Zeit fürs Abendmahl ist, werdet Ihr gewiß willkommen sein.«

»Sie beraten sich? Was meinst du damit – sie beraten sich?«

Seine Stimme hatte einen scharfen Klang, und der Junge begann in seiner Verwirrung zu stottern. »Ich meinte nur – sie haben Versammlungen . . . Ich weiß nicht, worum es geht, woher sollte ich auch? Aber sie ist eine Königin, und selbst wenn ihr Gefolge nur klein ist und sie als Gefangene gilt, so hält sie doch Hof. Es tut mir leid, Mylord . . .«

»Ich verstehe. Schon gut. Außerdem suche ich nach Lady Luned, nicht nach der Königin. Ich danke dir; du solltest nun besser weitergehen. Ich finde mich selbst zurecht.«

Der Junge lief davon. Alexander, der ihm nachsah, überlegte kurz, wie lange es dauern würde, bevor auch er zum Mitglied jenes auserwählten und vom Glück begünstigten Hofes werden würde, der sich derzeit im Ostturm versammelte. Wohl nicht lange, dachte er voller Befriedigung, gewiß nicht.

In der Zwischenzeit mußte er sich einer Pflicht entledigen. Er fand mühelos den Weg zu den Gemächern der Damen, wo Lady Luned und ihre Kammerfrauen sich eifrig ihrer Nadelarbeit widmeten. Luned empfing ihn mit offenkundiger Freude, und die Damen ergingen sich in freundlichen Ausrufen über seine glückliche Genesung. Er entschuldigte sich wiederholt dafür, daß er so lange geblieben war, und das zu einer solchen Zeit, Entschuldigungen, die sie mit aller Freundlichkeit von sich wies, bevor sie noch einmal betonte, wie willkommen er ihr sei. Auffällig war, daß weder Lady Luned noch Alexander bei all ihren Entschuldigungen auch nur den geringsten Versuch unternahmen, diesem Besuch ein Ende zu bereiten – Luned, weil Morgan, die sie fürchtete, deutlich gemacht hatte, daß er bleiben solle, und Alexander, weil er mit der ganzen Arroganz der Jugend und dem verzehrenden Begehren, das Morgans Zaubertränke und Schlichen in ihm entfacht hatten, wild entschlossen war, sich Hals über Kopf – und öffentlich – in seine erste wirkliche Liebesaffäre zu stürzen. Und was für eine Liebesaffäre! Wie jeder junge Mann seines Alters hatte er hierhin und dorthin geblickt, aber das waren nichts als die vergänglichen Neigungen der Jugend gewesen. Dies hier war etwas ganz anderes! Die liebreizendste Frau, die er je gesehen hatte, und noch dazu eine Königin und die Schwester des Hohen Königs! Und er, den sie (da war er sich sicher) erwählt hatte, war bis über beide Ohren verliebt und sehnte sich nun nur noch danach, daß sie ihn in ihr Bett nahm und ihn dann vor den Augen der Welt zu ihrem Liebhaber erklärte – oder zumindest vor den Augen der anderen jungen Ritter ihres »Rates«.

Noch am selben Abend wurde dieser Umstand allen im Schloß mit befriedigender Klarheit vor Augen geführt. Bei der Abendmahlzeit in der Halle führte man Alexander auf den Platz zur Rechten der Königin. Auf seiner anderen Seite saß eine ihrer Damen, eine ältliche Frau (Morgans Kammerfrauen waren ohne Ausnahme ältlich oder von wenig gefälligem Äußeren), die den größten Teil ihrer Aufmerksamkeit dem Essen widmete. Luned saß zur Linken der Königin; sie sprach wenig und wurde in der Tat von Morgan weitgehend ignoriert. Letztere war in einem cremeweißen Gewand, das mit blitzenden Diamanten besetzt war, wie zu einer Siegesfeier gekleidet. Man hatte ihr das dunkle Haar zu einer mit Juwelen durchzogenen Hochfrisur gekämmt und einen hauchzarten Schleier darüber gezogen, und ihr sachkundig geschminktes Gesicht sah im Kerzenschein wie das eines Mädchens von zwanzig Jahren aus.

Alexander hätte sich keine sinnverwirrendere Enthüllung kommender Ereignisse wünschen können. Die Halle war nicht groß, aber voll von Männern ihres Gefolges und zahllosen Damen, die in Luneds und Morgans Diensten standen. Da sich die Wachen des Hohen Königs diskret außer Sichtweite hielten, hätte man sich ebensogut bei einer fröhlichen Festlichkeit in der Halle irgendeines Fürsten befinden können. Es herrschte munteres Geplauder und Gelächter, während Essen und Wein herumgereicht wurden, aber es fiel auf, daß nur wenige Gäste für etwas anderes Augen hatten als für Morgan und den hübschen jungen Mann neben ihr.

Sie gab ihnen, wonach sie suchten. Sie sprach fast ausschließlich mit Alexander, beugte sich zu ihm herüber und ließ ihren Ärmel und manchmal sogar ihre Hand die seine berühren. Zu guter Letzt hob sie ihren Weinkelch und trank ihm vor aller Augen zu, küßte den Rand ihres Bechers und reichte ihn dann an Alexander, daß er daraus trinke. Alexander war benommen und fühlte sich nach dem üppigen Essen und dem Wein – zuviel nach der langen Abstinenz, die seine Krankheit ihm aufgezwungen hatte – ein wenig unwohl. Er sah die Blicke nicht – ein oder zwei davon verdrossen, aber die meisten voller Lächeln –, die die Ritter von Morgans Hof miteinander tauschten, Blicke, die jene, die sie kannten, mühelos hätten übersetzen können:

»Also, du bist jetzt an der Reihe?« sagten die lächelnden Augen. »Dann mach das Beste draus, junger Gokkel! Kräh, so lange du krähen kannst!«

Aber in jener Nacht kam sie nicht in sein Gemach. Der Junge, Peter, half ihm wie gewöhnlich zu Bett und brachte auch den Krug mit einem Stärkungsmittel herbei, den die Königin gesandt hatte. Immer noch schwächer, als er selbst vermutet hatte, und berauscht vom Wein und den Aufregungen des Festes leerte Alexander den Kelch gehorsam und ging zu Bett. Peter blies die Kerze aus und ließ ihn allein.

Alexander lag noch eine Weile wach, beobachtete die Tür und lauschte, obwohl die Königin sich so leicht bewegte wie eine Fee und er ihre Anwesenheit in der Dunkelheit nur an ihrer Berührung und dem Duft ihrer Haut bemerken würde. Aber der Trank überwältigte ihn, bevor sich auch nur der Duft der ausgeblasenen Kerze verflüchtigt hatte, und er schlief ein.

Morgan wußte natürlich genau, was sie tat. Als Alexander am nächsten Morgen erwachte, war sie bereits weit fort von der Burg, zur Jagd mit ihren Rittern, wie immer beobachtet von den Wachen des Königs. Auch am Abend bekam er sie nicht zu Gesicht. Sie habe Kopfschmerzen, erklärte ihm Peter, aber am nächsten Tag werde es ihr gewiß besser gehen, und wenn der Prinz sie am Morgen ungefähr zur dritten Stunde treffen wolle, könnten sie vielleicht gemeinsam ausreiten . . .?

Das Stärkungsmittel, das sie ihm in jener Nacht sandte, schmeckte anders, und in die Süße des Trankes mischte sich eine gewisse Schärfe, aber insgesamt versprach der schwere Trank doch tiefen Schlaf. Allerdings war das Versprechen trügerisch. Als der Page ihn zu Bett gebracht, die Kerze gelöscht und ihn allein gelassen hatte, verbrachte Alexander eine unruhige und schlaflose Nacht, voll von den Qualen unbefriedigter Liebe und staunender, ja sogar ängstlicher Erwartung der morgendlichen Begegnung.

25

Trotz der rastlosen Nacht fühlte sich Alexander am nächsten Morgen frischer als seit langem. Er erhob sich früh und ging hinunter, um Morgan im Hof zu treffen.

Sie ließ ihn natürlich warten, aber schließlich kam sie doch, allein bis auf die Wachen, die sie stets bei ihren Ausflügen außerhalb der Mauern begleiteten. Sie trug ein grünes Kleid mit einem grasgrünen und mit rehbrauner Seide gefütterten Umhang, dazu eine Haube aus der gleichen Seide mit einem rostfarbenen Federschmuck, der sich leicht herunterneigte und ihre Wangen streifte. Sie sah genauso reizvoll aus wie in der Festhalle oder in der gedämpften, friedlichen Atmosphäre seines Krankenzimmers. Er küßte ihr die Hand, verweilte eine Spur zu lange darüber und half ihr dann in den Sattel ihrer hübschen Fuchsstute, bevor er seinen großen Braunen bestieg und ihr über die Holzbrücke folgte.

Sie kannte das Land gut, daher überließ er ihr die Entscheidung, in welche Richtung sie reiten wollten. Sein Pferd war sehr frisch, deshalb führte sie ihn in einem guten Galopp am Fluß entlang, fast bis zu der Stelle, an der sich sein Sturz ereignet hatte. Dann wandte sie sich hügelaufwärts und ritt über einen Waldpfad, den sie notgedrungen in langsamerem Tempo nahmen. Nach einer Weile lichteten sich die Bäume, und sie ritten hinaus in den Sonnenschein eines geschützten Hochtals, wo die Pferde wieder nebeneinander herlaufen konnten. Morgan ließ ihre Stute Schritt gehen, und Alexander brachte seinen Braunen neben sie. Die ganze Zeit über folgten ihnen die vier Wachen, und gelegentlich warf Morgan einen flehentlichen Blick über die Schulter, der ihre Sorgen verriet. Sie werde ständig beobachtet, erzählte sie, und die Wachen meldeten ihrem Bruder Arthur jeden ihrer Schritte. Sie fürchtete sich vor ihnen – ein Geständnis, das ihr anmutig über die Lippen kam –, fürchtete, daß diese Männer, gelangweilt von der Einförmigkeit ihrer Aufgabe an diesem entlegenen Ort, Arthur schon bald Lügenberichte schicken könnten. Und dann würde Arthur Anweisung geben, sie zurück nach Caer Eidyn in den trostlosen Norden zu bringen, oder er würde sie gar sofort in das streng bewachte Gefängnis (so nannte sie es) Castell Aur in den Bergen von Wales schicken. Und dort, so ließ sie durchblicken, würde Alexander sie nicht mehr zu sehen bekommen. Es sei denn natürlich, er würde ihr helfen, der Strafe, die so ungerecht und hart war, zu entfliehen . . .

Aber da war sie an den Falschen geraten. Wie vernarrt Alexander auch in sie sein mochte, er war nicht zu einer offenen Kritik am Hohen König zu bewegen. Für ihn hatten während seines ganzen jungen Lebens Arthur und Camelot immer für alles gestanden, was gut und recht war. Und wenn er daran dachte, wie prunkvoll die Königin hier im Dunklen Turm untergebracht war, wenn er an den Luxus ihrer Gemächer, der Speisen und der Bedienung dachte, die ihr geboten wurden mit ihrem »Hof« und ihren »Gärten« und der Freiheit ihrer, wenn auch bewachten, Ausritte – nein, wenn er an all das dachte, konnte er die Königin wahrlich nicht als mitleiderregende und schlecht behandelte Gefangene sehen. Also hörte er zu, sprach sein Mitleid aus, schwor ewige Treue – noch wagte er nicht von Liebe zu sprechen –, schrak aber vor jedwedem Gerede über eine »Rettung« oder gar einen Versuch, die Wachen abzuschütteln, zurück. Sie ihrerseits mied direkte Erwiderungen auf seine zaghaften Fragen nach den Gründen für Arthurs strenges Verfahren. Morgans hübsche Augen blickten in die seinen, und ihre Hand lag auf seinem Knie, während ihre Pferde Seite an Seite dahinritten. Alexander war jung genug, um gleichzeitig daran zu glauben, daß Arthur sie für einen Vertrauensbruch zu Recht bestraft hatte und daß sie andererseits eine gar schmählich behandelte Dame war, die nur durch den Verrat eines Geliebten in Schwierigkeiten geraten sein konnte. Eines Geliebten, der, gelobt sei Gott und Arthur sei Dank, nunmehr tot war.

All das durchschaute Morgan natürlich sofort, und sie sah auch, daß sie, wie verliebt der junge Narr auch sein mochte, keine Hoffnung hegen durfte, ihn ihrem »Hof« beizugesellen, der in dem privaten Gemach im

Ostturm Rat hielt. Diese jungen Männer, von denen einige ihre Liebhaber gewesen waren (und von Zeit zu Zeit immer noch waren), hatten allesamt aus dem einen oder anderen Grund nichts für Arthur übrig. Überall im Land, vorwiegend jedoch unter den jüngeren Kelten aus den Außenbereichen des Reiches, herrschte wachsende Unzufriedenheit mit dem »Frieden des Königs«, der Zentralisierung der Regierung und friedlichen Durchsetzung von Recht und Ordnung. Aufgewachsen in der Tradition von Kriegen, verachteten sie das »Altweibergewäsch« der Tafelrunde zu Camelot und sehnten sich nach Taten, nach dem »Ruhm« des Krieges.

Für diese jungen Rebellen war der Hof, den Morgan hier und in Castell Aur hielt, ein willkommenes und erfreuliches Zentrum, in dem sie Ränke gegen Arthur schmiedeten und Pläne für ihr eigenes Fortkommen machten. Sie hatten keine Ahnung, daß Arthur das alles genau wußte und beschlossen hatte, es zuzulassen. Als er den Liebhaber seiner Schwester getötet und seine Schwester zu einer Gefangenen gemacht hatte (selbst wenn es seidene Fesseln waren, die sie hielten), hatte er gewußt, daß ihr Haus zu einem Zentrum der Verdrossenheit und sie selbst sogar zum Ausgangspunkt einer Rebellion werden würde. Aber sein Ratgeber war, seit Merlin sich zum letztenmal in seinen Kristallturm zurückgezogen hatte, eine Frau, und sie verstand mehr vom Charakter der Frauen als Merlin. »Laßt Morgan ihren Hofstaat und ihre Liebhaber«, hatte Nimuë gesagt, »und laßt sie in Frieden Intrigen spinnen an einem Ort, an dem Ihr sie im Auge behalten könnt.« Arthur hatte ihren Rat befolgt und Morgan ihre kleine Schar von Abtrünnigen belassen, so daß sie eine Beschäftigung hatte; bisher waren all ihre Verschwörungen gegen ihren Bruder harmlos gewesen.

Da Alexanders halsstarrige Loyalität Morgans Pläne durchkreuzte, ließ sie von dem Versuch ab, ihn ihrem Hofstaat hinzuzufügen. Sie war sogar nahe dran, auch ihren Plan, ihn in ihr Bett zu nehmen, fallenzulassen, aber sie hatte eine andere Idee, und da mochte jemand wie Alexander mit seiner absoluten Aufrichtigkeit Erfolg haben, wo andere Mitglieder ihres Gefolges gescheitert waren. Außerdem war es an der Zeit, daß sie sich einen neuen Liebhaber nahm, und er war hübsch und jung und mehr als willig, daher . . .

Daher änderte sie ihre Taktik, gestand mit einer hübschen, reuigen Pose ihren Fehler ein, sprach mit liebevollem Respekt von Arthur und bat Alexander zu vergessen, was sie in einem Augenblick der Verzweiflung gesagt habe. Statt dessen solle er von sich selbst und seinen Hoffnungen für die Zukunft erzählen. Zu diesem Zwecke ließ sie sich von ihm aus dem Sattel helfen, und sie setzten sich gemeinsam in eine sonnenbestrahlte Bodensenke, die von blühenden Ginsterbüschen beschirmt wurde. Unterdessen warteten die Männer des Königs mit stoischer Ruhe, in Sicht-, aber außer Hörweite, auf die Ergebnisse dieses Ausflugs; sie schlossen sogar Wetten darauf ab.

Was sie sahen, war ein hübsches Bild: Die Königin saß auf Alexanders ausgebreitetem Umhang in ihrem grünbraunen Gewand aus Samt und Seide, das sie anmutig um sich herum ausgebreitet hatte, und der junge Mann lag ihr, den Blick auf ihr Gesicht geheftet, zu Füßen. Er redete; es steht zu vermuten (da er ihr kaum die Wahrheit über sich, seinen Ritt zu Drustans Burg und von dort aus weiter nach Camelot erzählen konnte), daß seine Worte sich überwiegend um seine augenblicklichen Hoffnungen auf Liebe drehten. Und so redete er, während sie lächelte und ihm mit anmutiger Aufmerksamkeit lauschte. Aber die Wachen sahen auch, daß sie gähnte, als Alexander einmal wegschaute. Kurz darauf hielt sie ihm die Hand hin, und er preßte sie eifrig an seine Lippen. Dann beugte sie sich, immer noch lächelnd, vor und sagte etwas, das ihn hastig auf die Füße brachte. Anschließend hielt er ihr beide Hände hin, um ihr beim Aufstehen zu helfen. Sie ließ sich von ihm hochziehen und gestattete es ihm sogar, daß er sie in die Arme nahm und lange und leidenschaftlich küßte, bevor er sie in den Sattel hob.

Die Wachen brauchten wirklich nicht zu hören, was gesagt wurde; sie wußten es ohnehin, hatten das alles schon gesehen oder gehört. Die Dame hatte wieder einmal einen jungen Narren in ihr Bett befohlen, und der Narr würde kommen und sich noch weiter narren lassen und mit der Zeit vielleicht erfahren, welchen Preis er für seine Narrheit würde zahlen müssen.

Ungefähr einen Monat später erfuhr Alexander, was der Preis war. Ein wundervoller Monat für ihn, der wundervollste in seinem ganzen jungen Leben – zumindest war das seine ehrliche Überzeugung. Den ganzen Tag war er an Königin Morgans Seite, lag des Nachts bei ihr in den Kissen und wähnte sich über alle anderen Männer in ihrem kleinen Hof erhoben. Die Tage und Nächte vergingen wie ein Traum von Glück und Freude, so daß er die Wirklichkeit, wenn sie sich denn einmal leise Gehör zu verschaffen vermochte, genauso schnell wieder vergessen hatte, wie sie über ihn hereingebrochen war; diese Wirklichkeit bestand, auch wenn er es nicht einmal sich selbst zugegeben hätte, aus benommenen Sinnen und Kopfschmerzen und einem überwältigenden Verlangen nach Einsamkeit und ein oder zwei Nächten ununterbrochenen Schlafes. Natürlich sorgte seine Geliebte dafür, daß er diese Nöte vergaß, sei es mit einem köstlichen, aber mit einem Rauschmittel versehenen Wein in einem goldenen Kelch oder mit den Liebkosungen weicher Lippen und geübter Finger. Dann ertrank er abermals in dem heißen Verlangen, das er für Liebe hielt, und schwor, alles für sie zu tun, die ihn in dieses süße, seidige Netz schlang, wie eine Spinne eine Fliege umschlingt.

Eines Tages gab es einen Zwischenfall am Tor der Burg. Ein Reiter ritt auf einem atemlosen Pferd heran und fragte nach Königin Morgan. Er war schlammbespritzt, völlig erschöpft und sah so wild aus, daß ein Page in das Gemach lief, in dem die Königin und Alexander gemeinsam frühstückten; vor der Tür blieb er stehen und klopfte heftig.

Morgan, die noch im Bett lag und sich träge auf die Kissen stützte, hob lediglich die Augenbrauen, aber Alexander, in diesen Tagen ungewöhnlich reizbar, rief wütend: »Wer ist da? Habt Ihr nichts Besseres zu tun, als die Königin zu stören?«

»Mylord, um die Königin geht es ja gerade. Graf Ferlas ist zurück und muß sie sprechen. Mylord, ist sie wach?«

»Wie könnte sie wohl bei solchem Getöse weiterschlafen? Geh und sag ihm, er soll warten!«

Aber Morgan, die ihn ungeduldig mit dem Arm beiseite stieß, setzte sich im Bett auf und rief: »Gregory? Schick Graf Ferlas hierher! Sofort!« Dann warf sie mit eiliger Gebärde die Decken zurück und sprang aus dem Bett. »Alexander, mein Morgenmantel!«

»Aber meine Königin – hier?«

»Wo sonst? Ich muß den Mann sofort sprechen! Gib mir meinen Morgenmantel, es sei denn, du möchtest, daß ich ihn nackt empfange!«

Alexander begann zu stammeln und sah sich hilflos in dem königlichen Gemach um, das so wunderschön mit Gobelins und seidigen Wandbehängen eingerichtet war und dessen Fenster mit ihrem Blick auf Fluß und Wald jetzt in vollem Morgenlicht standen. Für ihn war dies das Boudoir der Freuden, ein von ihrer Liebe geheiligter Ort, ein Ort der Erinnerungen, die er, wie er schwor, nie vergessen würde.

Draußen im Korridor ließen sich eilige Schritte vernehmen. Alexander riß sein eigenes Nachtgewand an sich und warf es sich hastig über, da klopfte es auch schon an der Tür. Königin Morgan, die ihren Morgenmantel ohne Eile gürtete, befahl mit lauter Stimme einzutreten, und der gerade erst angekommene Graf Ferlas trat, gefolgt von den Kammerfrauen der Königin und einigen Pagen, in das königliche Schlafgemach.

Der Graf war ein stämmiger, kräftig aussehender junger Mann, aber als er sich vor der Königin auf ein Knie niederließ, war deutlich zu sehen, wie erschöpft er war.

Sie reichte ihm ihre Hand zum Kuß, scheuchte die Frauen und die Jungen mit einer kurzen Handbewegung zurück und sagte scharf: »Welche Neuigkeiten bringt Ihr mir?«

»Keine. Ich habe versagt und kehre mit leeren Händen zurück.«

»Mit leeren Händen? Ihr habt keine Spur davon entdeckt?«

»Keine. Wir haben überall gefragt, aber niemand schien etwas darüber zu wissen. Es gab nur das gewohnte Gerede über Magie und ob Merlin . . .«

»Das interessiert mich nicht! Habt Ihr sie gesehen? So redet doch!«

»Nein. Man sagte uns, sie sei nach Süden gegangen.

Also sind wir ebenfalls dorthin gezogen, wie Ihr uns befohlen habt . . .«

Sie brachte ihn mit einer hastigen Geste zum Schweigen. »Nicht hier. Lassen wir es dabei. Später. Ihr habt versagt, also welche Rolle spielt es da, wohin Ihr gegangen seid?« Dann schwieg sie für einen Moment und starrte blicklos vor sich hin, während sich die hübschen Zähne in ihre Unterlippe gruben. Schließlich drehte sie sich mit einer Gebärde, als schüttelte sie die Katastrophe – worin auch immer diese bestehen mochte – ab, wieder zu dem knieenden Mann um.

»Nun denn, es scheint, wir müssen es noch einmal versuchen. Was ist mit der anderen Angelegenheit, in der ich Madoc ausgeschickt habe? Ist Euer Bruder Julian nach Bannog Dun geritten, um mit ihm zu sprechen?«

»Nein, Madame. Das wollte ich Euch als nächstes berichten. Es war nicht nötig. Madoc hat uns in Luguvallium aufgesucht. Er scheint sich den Besitz schon verschafft und alles unter Dach und Fach gebracht zu haben. Er hat uns gebeten, Euch mitzuteilen, daß alles gut sei und das Geschäft schon bald besiegelt sei.«

»Nun, das ist wohl immerhin eine gute Nachricht. Ich werde später mit Julian reden. Ich verstehe doch recht, daß er mit Euch zurückgekehrt ist? Wo ist er?«

»Madame, er ist tot.«

Alexander, der sich immer noch in Morgans Nähe aufhielt, obwohl er ausnahmsweise völlig ignoriert wurde, sah sie voller Überraschung an, als sie lediglich bemerkte: »So? Wie?«

»Durch Zauberei. Das heißt, zumindest glaube ich das. Als wir von Luguvallium fortritten, klagte er über Übelkeit und Schmerzen in der Seite, und in jener

Nacht befiel ihn ein Fieber, und drei Tage später war er tot.«

Alexander, den der müde Gram im Gesicht des Mannes mit Mitleid erfüllte, erwartete, daß die Königin ihm nun bedeuten würde, sich von den Knien zu erheben, oder daß sie zumindest einen Diener herbeiriefe, der ihm Wein einschenkte, aber sie tat weder das eine noch das andere. Sie setzte sich lediglich, das Kinn auf eine Faust gestützt, auf die Bettkante, zog die Augenbrauen zusammen und würdigte, tief in Gedanken verloren, keinen der Männer eines Blickes.

Der Prinz trat an einen Beistelltisch, füllte von dem Wein, der dort stand, einen Kelch voll, um ihn dem knienden Mann zu bringen, aber daraufhin erhob sich die Königin plötzlich und sagte scharf: »Nein! Das nicht! Graf Ferlas! Wir müssen uns ausführlich unterhalten. Im oberen Gemach, Ihr kennt es ja, in einer halben Stunde. Geht jetzt; ich möchte, daß Ihr alle geht bis auf meine Frauen, damit ich mich ankleiden kann. Geht!«

Der Graf erhob sich, verneigte sich und verließ, gefolgt von den Pagen, das königliche Schlafgemach. Alexander wollte etwas sagen, aber sie fiel ihm mit schroffer Stimme ins Wort. »Ich sagte ›alle‹. Hast du nicht gehört? Alle bis auf die Frauen. Laß mich jetzt allein!« Als er mit gerötetem Gesicht und aufwallendem Zorn stehenblieb, schien sie sich wieder zu fangen. Sie trat zu ihm, zog seinen Kopf zu sich herunter und küßte ihn. »Da. Verzeih mir, mein Liebster. Ich muß mit diesem Mann sprechen. Er war mein Bote und hat Neuigkeiten für mich, ernste Neuigkeiten, fürchte ich. Ich werde dir später davon erzählen.«

»Wenn ich Euch helfen kann . . .«, sagte er heiser.

»O ja, das kannst du«, sagte sie und lächelte.

26

Alexander sah Morgan an jenem Tag nicht wieder. Bei Einbruch der Nacht kam einer ihrer Pagen mit der Botschaft – in liebevolle Worte gekleidet, aber unmißverständlich –, daß die Nachrichten, die Graf Ferlas gebracht habe, die Königin bekümmert hätten. Sie habe den ganzen Tag über in dieser Angelegenheit zu tun gehabt und könne sich ihm deswegen noch immer nicht widmen. Sie müsse ihn um Vergebung bitten, aber sie könne nicht sagen, wann ... Und so weiter und so fort. Sie ließ es so klingen, als wäre es nicht mehr als der Kopfschmerz, der die Frauen zu gewissen Zeiten plagte, aber er wußte – wer könnte es besser wissen als er? –, daß das nicht der Wahrheit entsprach. Doch nach ihren letzten Worten an jenem Morgen konnte er nicht glauben, daß dies seine Verstoßung aus ihrer Gunst und ihrem Bett bedeutete. Aber es blieb ihm nichts anderes übrig, als seinen Verdruß zu verbergen und sich mit der ganzen Würde, die er aufbringen konnte, in sein eigenes Gemach im Westturm zurückzuziehen. Dort verbrachte er rastlose Stunden, in denen Stolz mit Eifersucht rang; ruhelos ging er in seinem Gemach auf und ab und fragte sich, ob er an jenem Abend in der Halle zum Mahle willkommen sei oder ob Ferlas auf den Ehrenplatz neben der Königin gerufen werden würde.

Wie sich herausstellte, waren weder die Königin noch Graf Ferlas an jenem Abend beim Mahl zugegen. Dies war natürlich nur ein kleiner Trost für Alexander, der ausnahmsweise nur wenig aß und dankbar dafür war, daß seine Tischnachbarin, Lady Luned, sich nicht wohl zu fühlen schien, bleicher war denn je und keine Neigung zeigte, mit irgend jemandem zu plaudern. Sie erhob sich frühzeitig von der Tafel, so daß er selbst bald wieder in die Einsamkeit des Westturms entfliehen konnte, um dort den erhofften Ruf von seiner Geliebten zu erwarten.

Er kam nicht. Statt dessen erschien zur gewohnten Stunde Peter mit neuerlichen Entschuldigungen der Königin und dem Stärkungsmittel, das er auf ihr Beharren hin des Abends immer noch zu nehmen pflegte: »Gegen die Wiederkehr des Fiebers, mit der man zwei oder drei Monate lang rechnen muß, wenn keine Behandlung erfolgt.«

Alexander wurde von einem ganz anderen Fieber geplagt, auch wenn er nicht wußte, daß es eine direkte Folge der Stärkungsmittel der Königin war. Er zeigte auf den Tisch und sagte in dem Bemühen, höflich wie immer zu sein: »Stell es bitte dorthin, ja? Vielen Dank. Ich werde es später nehmen. Sag mir, Page, hat die Königin dir diese Botschaft selbst aufgetragen?«

»Ja, Mylord.«

»Ist sie krank? Sie hat mir heute morgen Nachricht geschickt, daß dringende Angelegenheiten sie davon abhielten, mit mir auszureiten, aber diese Dinge müssen doch jetzt erledigt sein? Ich habe sie den ganzen Tag nicht gesehen, und wie du weißt, war sie nicht beim Abendessen. Wie geht es ihr?«

Peter, der so etwas schon früher erlebt hatte und Alexander mochte, sagte schnell: »Es geht ihr wirklich gut, Herr; nichts, um das Ihr Euch sorgen müßtet. Seit heute morgen gab es wichtige Dinge, um die sie sich kümmern mußte, und heute abend mußte sie sich mit ihrem Rat besprechen. Es sieht so aus, als könnte es spät werden, daher hat sie mich beauftragt, Euch um Verständnis zu bitten.«

»Ich verstehe. Natürlich. Die Nachrichten, die der Graf gebracht hat, waren so schlimm?« Dabei konnte es, so überlegte er, wohl kaum um den Tod des anderen gehen; darüber hatte sie keinen großen Kummer gezeigt, ja, sie hatte nicht einmal davon gesprochen.

»Ich weiß es nicht, Herr. Ich meine, ich weiß nicht, was es für die Königin bedeutet, obwohl man sehen konnte, daß es ihr schwer zu schaffen machte. Aber es war schlimm für meine Lady – das heißt meine eigene Herrin, Lady Luned. Sie kannte den Grafen und seinen Bruder gut, noch aus alten Zeiten. Eine ihrer Zofen hat mir erzählt, sie habe sehr geweint.«

»Ich verstehe«, sagte Alexander wieder und erinnerte sich an Luneds Schweigen und an die geröteten Augen. Er wünschte, er hätte eher davon gewußt, so daß er ihr vielleicht ein paar Worte des Trostes hätte sagen können. »Nun, ich danke dir, Peter. Sag deiner Herrin, daß der Tod ihres Freundes mich mit Bedauern erfüllt. Ich werde morgen früh selbst mit ihr sprechen, falls sie mich empfängt. Und jetzt laß mich bitte allein. Ich mache mich selbst für die Nacht fertig. Gute Nacht.«

Später vermochte Alexander nie so recht zu sagen, welche Mischung aus verletztem Stolz, Eifersucht und enttäuschter Neugier ihn zu dem trieb, was er in jener Nacht tat.

Nachdem Peter gegangen war, wartete er, saß in der Fensternische, sah zu, wie die Sterne am nächtlichen Himmel hervortraten, und lauschte den Geräuschen in der Burg, bis sie immer leiser wurden und zu guter Letzt im Frieden des Schlafs verklangen. Dann ging er, ohne sich die Mühe zu machen, Waffen anzulegen, noch immer genauso gewandet, wie er bei Tisch erschienen war, leise aus seinem Gemach.

Stocklaternen, die in Eisenhaltern an den Wänden steckten, gaben ihm genug Licht auf seinem Weg. An der Tür, die in den Hof hinausführte, blieb er zögernd stehen. Draußen war noch immer keine völlige Ruhe eingekehrt. Wachen – die Männer des Königs und die der Burg – waren für die Nacht dort postiert, und Geräusche, die von den Ställen herüberdrangen, ließen vermuten, daß irgendein Stallbursche bei einem kranken Pferd wachte oder vielleicht auch bei einer Stute, die ein Fohlen erwartete. Aber es gab auch eine Tür, die in den mittleren Teil der Burg führte, ohne daß man durch den Hof mußte. Wenn sie des Nachts unverschlossen blieb ...

Und so war es tatsächlich. Alexander ging auf leisen Sohlen hindurch und dann vorbei an der offenen Tür der großen Halle, wo einige Diener schliefen. Schnarchen und das Rascheln von Stroh waren zu hören, aber niemand wachte auf. Dann lief er hastig die große Treppe hinauf und stand schließlich vor der Tür, die zu den privaten Räumen der Königin führte – den königlichen Gemächern, die er als sein Heim zu betrachten sich angewöhnt hatte.

Dort blieb er verunsichert stehen. Vor der Tür standen Wachen; die Männer des Königs mit dem Drachenwappen. Er hätte natürlich damit rechnen müssen, obwohl sie abends wahrscheinlich erst postiert wurden, wenn er und die Königin bereits zu Bett gegangen waren. Er zögerte und kam sich plötzlich sehr töricht vor, aber die Wachen zeigten weder Überraschung noch (was er befürchtet hatte) belustigte Teilnahme. Der Mann, der ihm am nächsten stand, zog seinen Speer zurück, als erwartete er, daß der Prinz anklopfen oder eintreten werde, aber Alexander schüttelte nach einem weiteren kurzen Augenblick des Zögerns den Kopf und wandte sich schnell nach rechts, um mit hastigen, immer noch leisen Schritten, nun aber auch mit einem beschleunigten Puls, durch den Korridor auf den Ostturm zuzueilen.

Den Blick – nicht überrascht und ganz gewiß nicht belustigt –, den die beiden Wachposten tauschten, während einer sich von der Tür löste, um ihm zu folgen, sah er nicht mehr.

Die Treppe, die in den Ostturm hinaufführte, war eine Spirale aus Stein und nur spärlich beleuchtet. Eine einsame Fackel in einer Konsole am Fuß der Treppe spendete kaum Licht. Durch die Fensterschlitze blies der sommerliche Nachtwind. Man hörte den Ruf einer Eule. Alexander stieg die Stufen schweigend hinauf. Von irgendwo über sich hörte er gedämpfte Stimmen; eine einzelne Stimme, die bisweilen von einem ganzen Chor von Männerstimmen verdrängt wurde, und dann wieder eine Stimme, die versuchte, sich Gehör zu verschaffen. Die Geräusche waren nicht weit über ihm. Er blieb auf einem kleinen, dreieckigen Treppenabsatz stehen und lauschte. Es war nicht möglich, bestimmte Worte herauszuhören, und es schien, als wären die Sprecher darauf bedacht, auf keinen Fall die Stimme zu heben. Dann folgte eine kurze Pause, bis schließlich wieder eine einzelne Stimme zu hören war – unverkennbar die der Königin. Zornige, von einem Mann gesprochene Worte erklangen, wieder mischten sich andere Stimmen ein, von denen einige ungeduldig wirkten, andere sogar streitsüchtig. Hastig lief Alexander die letzte Biegung der Treppe hinauf.

Er kam an einen weiteren Treppenabsatz, breiter als der erste und mit einem Teppich auf den Steinfliesen sowie einem Hocker, der neben der Tür an der Wand stand. Es war eine stabile Tür, mit Eisen beschlagen und fest verschlossen, und daneben stand ein weiterer Wachposten.

Diesmal war es kein Mann des Königs, sondern ein Junge, der, den Rücken an die Wand gelehnt, auf dem

Hocker saß. Er schien halb eingeschlafen zu sein, aber als Alexander die Treppe hinaufkam, fuhr er zusammen und sprang auf die Füße. Der Prinz erkannte ihn. Es war der Page Gregory, von dem er die ersten Berichte über die »Räte« bekommen hatte, der Junge, der ihm erzählt hatte, daß die Diener der Königin »die Tür bewachten« und jedem außer den Bevorrechtigten den Zutritt verweigerten.

Nun, das war lange Zeit her, und mittlerweile mußte jeder in der Burg und ganz gewiß Morgans persönlicher Page wissen, daß er zu den Bevorrechtigten zählte. Er nickte dem Jungen lächelnd zu und ergriff mit leiser Stimme das Wort. »Deine Herrin hält heute nacht Rat ab, nicht wahr, Gregory? Würdest du bitte die Tür öffnen oder, wenn dir das lieber ist, hineingehen und mich ankündigen?«

Der Junge rührte sich nicht, sondern stand nach wie vor mit dem Rücken zur Tür. »Es tut mir leid, Herr. Das kann ich nicht.«

»Wie meinst du das, du kannst nicht?« Alexander zeigte seinen Ärger. »Du kannst nicht einmal hineingehen und fragen, meinst du? Gewiß wirst du doch nach all dieser Zeit ...«

»Vergebt mir, Herr, aber wir haben unsere Befehle. Niemand darf hineingehen, niemand außer dem Rat. Ich habe es Euch schon einmal gesagt, Herr.«

»Nun, aber das war ›vorher‹. Du weißt doch gewiß, daß ich jetzt das Vertrauen der Königin besitze.«

»Aber nicht das des Rates, Herr. Nicht das Vertrauen ihrer Leute.«

»Ihrer Leute? Was für Leute sind das?«

»Das kann ich Euch nicht sagen, Herr, aber es sind die, die immer hier waren. Sie sind mit ihr von Caer Eidyn gekommen und werden, wenn die Zeit kommt, nach Castell Aur gehen.«

»Ich werde mit ihr nach Castell Aur gehen«, sagte Alexander, der bis zu diesem verzweifelten Augenblick niemals auch nur einen einzigen Gedanken daran verschwendet hatte. Um genau zu sein, hatte er überhaupt nicht über die Zukunft nachgedacht, hatte an nichts gedacht außer an die Freuden der Gegenwart. Wenn man ihn danach gefragt hätte, hätte er zweifellos zugegeben zu wissen, daß die Affäre mit der liebreizenden Königin nicht bis in alle Ewigkeit weitergehen konnte, daß er eines Tages sein Pferd nehmen und fortreiten mußte – und daß sein Ziel gewiß nicht das angebliche Gefängnis Castell Aur wäre. Aber er würde, wie sie angedeutet hatte, vielleicht in ihren Diensten reiten, bevor das alltägliche Leben weiterging und er seine unterbrochene Reise nach Camelot fortsetzte ...

Nun sagte er scharf: »Sie hat heute morgen erst gesagt, daß ich ihr zu Diensten sein könne. Wenn das nicht bedeutet, daß ich ihrem Rat angehöre ...«

»Es tut mir leid.« Der Junge wirkte beinahe verängstigt. Er stand nun mit dem Rücken direkt vor der Tür. Der große junge Prinz überragte ihn um Haupteslänge, aber immer noch wagte Gregory nicht mehr als ein Flüstern. Langsam begriff Alexander, daß Morgans Diener nicht leicht dazu zu bewegen waren, ihr ungehorsam zu sein. »Es tut mir leid.« Der Junge wiederholte, was er schon gesagt hatte. »Ich kann nicht, Herr, wirklich, ich kann nicht! Sie hat mir und den anderen nichts von Euch gesagt, und sie – Mylord, ich wage es nicht, ihrem Befehl zuwiderzuhandeln! Vielleicht – vielleicht, wenn Ihr sie morgen aufsuchen und selbst fragen könntet?«

Alexander trat einen Schritt zurück. »Das werde ich tun. Beruhige dich. Ich bin nicht wütend. Du tust nur deine Pflicht. Die Königin muß vergessen haben, dir Anweisung zu geben. Ich werde morgen mit ihr reden. Gute Nacht.« Mit so viel Würde, wie er aufbringen konnte, lächelte er dem Jungen zu, um in sein einsames Zimmer zurückzukehren; sein Ausflug hatte ihn nicht viel weiter gebracht, aber doch in einer Hinsicht beruhigt: Die Behauptung, es gebe dringende Gespräche zu führen, stimmte tatsächlich und war nicht nur ein Vorwand, um ihn aus ihrem Bett zu verbannen. Und sie war ganz gewiß nicht allein mit Ferlas.

Genauso gewiß würde er sie am folgenden Tage sehen und herausfinden, was sie gemeint hatte, als sie davon sprach, er könne ihr einen Dienst erweisen. Und dann würde er sie auch gleich darum bitten – würde darauf bestehen –, zu ihrem Hof und ihren Räten zugelassen zu werden, die ihr anscheinend mehr bedeuteten als ihr Liebhaber.

Er riß sich die Kleider vom Leibe, trank das Stärkungsmittel, das Peter ihm dagelassen hatte, und tat dann, was Morgan ihm schon vor einigen Stunden zugedacht hatte – er versank in einen tiefen Schlaf.

Der Wachposten des Königs, der nun wieder vor der königlichen Schlafzimmertür stand, tuschelte mit seinem Mitstreiter. »Nein. Keiner von denen. Der junge Gregory wollte ihn nicht einlassen. Wenn du mich fragst, er hat keine Ahnung.«

»Wie wir es uns gedacht haben. Eine verdammte Schande, wirklich.«

»Er wird schon drüber wegkommen und gewiß etwas daraus lernen.« Ein hinterhältiges Grinsen folgte, das Alexander verärgert und Morgan belustigt hätte. »Und du kannst nicht leugnen, daß sie ein echter Lekkerbissen ist.«

»Hauptsache, er verstrickt sich nicht zu tief in die Sache.« Das war der ältere Mann. »Wie alt ist er? Sechzehn? Siebzehn? Er ist ungefähr so alt wie mein Sohn, vielleicht noch jünger.«

»Das wird schon nicht passieren. Oh, im Augenblick hat er nichts als das Bett im Kopf, aber sie ist zu klug, um zu versuchen, ihn für ihre Sache einzuspannen. Denk an meine Worte.«

»Ich glaube dir. Aber wir werden trotzdem achtgeben.«

»Pst. Ich glaube, sie kommt. Und sogar allein – wer hätte das gedacht?«

»Nun, er war völlig ausgelaugt, er konnte ja kaum noch stehen, und sie haben nach dem Abendessen drei Stunden lang geredet. Morgen werden wir ihn gewiß wieder in ihrer Begleitung sehen, da gehe ich jede Wette ein.«

Diesmal sprachen sie nicht von Alexander.

27

»Die Königin der Inseln?« rief Alexander erstaunt.

»Nun, so nennt sie sich jedenfalls.« Bei einer weniger erhabenen Persönlichkeit als einer Königin hätte man Morgans Tonfall vielleicht gehässig genannt. »Hat irgendeinen unbedeutenden König geheiratet und kann noch von Glück sagen, daß sie ihn abbekommen hat, wenn man bedenkt, daß sie, Gott weiß, wie viele Jahre, Merlins Mätresse gewesen ist und er alt genug ist, um ihr Großvater zu sein!«

Sie saßen gemeinsam in Königin Morgans Gemach – dem Boudoir der Glückseligkeit. Graf Ferlas, der sich zwei Tage lang auf der Burg ausgeruht hatte, war nach Hause zurückgekehrt, um seiner Mutter die traurige Nachricht vom Tod seines Bruders zu bringen, und seither hatte die Königin sich alle erdenkliche Mühe gegeben, die verletzten Gefühle ihres jungen Liebhabers zu beschwichtigen und ihm zu zeigen, daß sich nichts zwischen ihnen geändert hatte. Während Ferlas in der Burg geweilt hatte, war Alexander durchaus der Gedanke gekommen, daß die Besprechungen zwischen dem Grafen und Königin Morgan recht lange dauerten, ganz gleich, wie wichtig die Angelegenheiten waren, die sie zu besprechen hatten. Aber (obwohl er das nicht einmal sich selbst eingestanden hätte) das Herumscharwenzeln um die Königin und ihre immer anspruchsvolleren Liebesforderungen waren anstrengend, und die kleine Ruhepause war ihm durchaus willkommen gewesen.

Dessen ungeachtet war er ihrem neuerlichen Ruf prompt gefolgt und hatte sie allein in den königlichen Räumen an dem Fenster gefunden, von dem aus man einen Blick nach Süden über das Flußtal hatte. Sie reichte ihm ihre Hand zum Kuß, mehr nicht, und er erhob sich wieder und entdeckte einen sorgenvollen Ausdruck in ihren Augen, der das schöne Gesicht überschattete.

Überflüssig zu fragen, was sie verdroß; sie bedeutete ihm abrupt, auf einem Stuhl ihr gegenüber Platz zu nehmen, und begann zu sprechen.

Graf Ferlas und sein Bruder, erzählte sie ihm, hatten zu den Rittern gehört, die ihr sogar noch vor ihrer Verbannung nach Caer Eidyn gedient hatten und auch während ihrer Einkerkerung dort und in Castell Aur in ihren Diensten geblieben waren. Obwohl (diese Bemerkung wurde von einem gekonnt reuigen Blick in Alexanders Richtung begleitet) man, um bei der Wahrheit zu bleiben, nicht behaupten konnte, ihre Gefangenschaft in den Händen ihres Bruders Arthur sei über Gebühr hart gewesen, so war es dennoch eine Gefangenschaft, und ihre treuen Ritter hatten dies damals und bis auf den heutigen Tag als ungerecht empfunden. Daher hatten sie sich zusammengetan, um ihr alle erdenkliche Hilfe bei ihrem Versuch anzubieten, Arthur zu ihrer Freilassung zu bewegen. Sie wußten – jeder wußte es –, daß das größte Hindernis in dieser Hinsicht die Ratgeberin des Königs war, Merlins Nachfolgerin Nimuë, die Gattin des Königs Pelleas von den Inseln.

Dann sprachen sie von Nimuë. Alexander hatte natürlich bereits von ihr gehört, der jungen Schutzbefohlenen und Schülerin des großen Merlin, die man als Mädchen zu dem Schrein der Damen vom See in Avalon gebracht hatte. Sie hatte sie später verlassen, um bei Merlin zu leben und sich sein Zauberwissen anzueignen.

»Genauso«, fuhr Königin Morgan fort, »wie er mich einst alles gelehrt hätte, wenn er nicht befürchtet hätte, daß meine Macht größer werden könnte als seine. Daher überredete er meinen Bruder Arthur, mich in den Norden abzuschieben, um König Urbgen von Rheged zu heiraten. Es paßte beiden Königen gut, mich zu benutzen, um ihre Königreiche aneinander zu binden, daher wurde ich in Urbgens Burg in Luguvallium mit einem alten Mann zusammengesperrt, dessen zwei Söhne älter waren als ich und mich haßten.«

Und so erzählte die Königin ihre Version vergangener Geschehnisse und verdrehte dabei weithin bekannte Tatsachen, die auch Alexander zu Ohren gekommen sein mußten, um ihre Geschichte auszuschmücken. Die Wahrheit war, daß Morgan auf dem Weg zu einer prachtvollen Hochzeit und in Begleitung Merlins, der als Arthurs Vertreter fungierte, versucht hatte, den Zauberer zu beschmeicheln, sie doch etwas von seiner Kunst zu lehren. Die kalte Abfuhr, die er ihr angedeihen ließ, machte sie zu seinem Feind, und diese Feindschaft hatte sie später auch auf seine Nachfolgerin Nimuë übertragen. Sogar den noch nicht lange zurückliegenden Mord an ihrer Halbschwester Morgause schob sie irgendwie Merlin in die Schuhe, obwohl Merlin gar nicht bei Hof war und Morgauses eigener Sohn den Mord begangen hatte. Aber wußte man nicht, daß Mordred, Sohn von Arthur und Morgause, untätig daneben gestanden hatte, und das auf – weiß der Himmel welche – Anweisungen der königlichen Ratgeberin?

So änderte Morgan nun ihre Taktik, um die schon ein wenig ermüdende Loyalität ihres Liebhabers dem Hohen König gegenüber weiter auszuhöhlen. Während sie ihn vorsichtig unter gesenkten Lidern beobachtete, steuerte sie auf ihr Ziel los. Wenn man all dies bedachte – wer vermochte da zu sagen, was einer anderen Königin – nämlich ihr selbst – geschehen mochte, die genauso als Gefangene lebte wie Morgause und der man fälschlicherweise einen Betrug zur Last legte? Aber im Gegensatz zu Morgause hatte sie keine Söhne und auch keine Verwandten, die sie beschützen konnten, niemanden außer den königlichen Bruder, der nur Nimuës eifersüchtigem Rat lauschte – einem Rat, der darauf bedacht war, Morgan von ihrem Bruder fernzuhalten, damit sie ihrem Bruder nicht eine Macht zur Verfügung stellen konnte, die diejenige Nimuës weit übertraf.

Ja – auf Alexanders einigermaßen überraschten Blick nickte sie heftig –, das könne durchaus der Fall sein. Es gab einen Weg, einen einzigen nur für die hilflose Königin, sich gegen Nimuës Magie zu schützen und an die Seite Arthurs zurückzukehren. Ein bestimmter Talisman würde ihr, wenn sie ihn nur in die Hand bekäme, diese Macht bringen. Nach besagtem Talisman hatten Ferlas und sein Bruder für sie gesucht. Sie waren gescheitert, genau wie eine andere Gruppe ihrer Ritter, die dasselbe versucht hatte.

Und nun – wie konnte sie einen weiteren Mann, ganz gleich, wie tollkühn und ritterlich er sein mochte, bitten, einen so gefährlichen Auftrag zu übernehmen? Nein, da würde sie lieber den Rest ihrer Tage in dieser hilflosen Einsamkeit verbringen und vielleicht genauso enden wie Morgause, durch einen Mord in der Dunkelheit ...

Welche Magie auch immer Königin Morgan unzweifelhaft zu Gebote stand, es gab eine Kunst, die Merlin sie niemals hätte lehren können – und Alexander wußte natürlich nicht, daß die meisten Frauen sich darauf verstanden –, nämlich die Kunst, Tränen in die schönen Augen zu bringen und ein Schluchzen in die helle, hübsche Stimme. Eine Kunst, die ihren Liebhaber zu ihren Füßen niederknien, seine verschwommenen Zweifel vergessen ließ, bis er schließlich bei jedem Gott im Kalender schwor, daß er tun werde, was sie von ihm verlange, auch wenn es seinen Tod bedeute. Er war voller Eifer, voller Leidenschaft und noch sehr jung. Dies war das Abenteuer, das zu bestehen er vor, wie es schien, so langer Zeit von Craig Arian aufgebrochen war. Das war der Stoff, aus dem Dichtung, aus dem Schönheit und Romantik gewoben waren. Eine Abenteuerfahrt im Auftrag einer Königin, und noch dazu einer so liebreizenden und liebenden Königin wie dieser.

Morgan nahm seine Schwüre, seine Küsse und ein Taschentuch aus feinem Leinen an, um ihre Tränen zu trocknen, ließ sich wieder in ihren Stuhl sinken und machte sich daran, ihm von der ritterlichen Aufgabe zu berichten, die ihr so sehr am Herzen lag, einer Aufgabe, der sich schon zweimal Ritter gestellt hatten und die zweimal mit dem Scheitern und dem Tod des Ritters geendet hatte.

Der Suche nach dem Gral.

Anfangs erzählte sie ihm Dinge, die er bereits wußte. Sie sprach von der geheimen Liebe, die König Uther und Ygraine, Herzogin von Cornwall, verbunden und zu Arthurs Geburt geführt hatte; diese Tatsache war bereits in die Legende eingegangen und mit ihr die Geschichte von Arthurs im verborgenen verbrachter Kindheit und seinem plötzlichen Erscheinen an der Seite des sterbenden Uther auf dem Schlachtfeld. Dann die folgenden Geschehnisse voller Rätsel und Wunder, als Merlin, der Zauberer, den jungen König zu dem magischen Schwert Caliburn führte, der es aus dem Stein befreite und sich so zum rechtmäßigen König von ganz Britannien machte – all das wurde an jedem Lagerfeuer in Liedern und Geschichten tausendfach erzählt.

Was nicht allgemein bekannt war, weil die atemberaubenden Ereignisse um die Thronbesteigung des jungen Königs alles andere in den Schatten stellten, waren die Ereignisse, die dazu geführt hatten, daß das Schwert überhaupt in Merlins Obhut gelangt war. Morgan kannte die Geschichte, da sie sie von ihrer Schwester Morgause gehört hatte. Die hatte sie ihrerseits von Spionen, die schon vor langer Zeit beauftragt worden waren, alle Geschehnisse im königlichen Palast im Auge zu behalten.

Das Schwert Caliburn hatte einst dem Kaiser Maximus gehört, den die Briten während seiner kurzen Herrschaft über ihr Land Macsen genannt hatten. Ein britischer Schmied – die Legende sagte, Wieland selbst – hatte es für ihn in einer Schmiede in den walisischen Bergen angefertigt, und es besaß magische Kraft. Es konnte nur dem rechtmäßig geborenen König Britanniens gehören.

Als Macsen außer Landes starb, brachten einige seiner treuen Soldaten, die nicht wollten, daß das Schwert in fremde Hände fiel, Caliburn nach Britannien zurück und vergruben es mit anderen Schätzen unter dem Altar des Mithras-Tempels in Segontium, Macsens letztem großen Bollwerk an der Küste von Wales. Dort hatte Merlin es mit Hilfe seiner magischen Künste entdeckt, und weil er ein Verwandter Macsens war, hatte er das Schwert an sich genommen, um es bis zu Arthurs Rückkehr zu verbergen und zu bewahren.

»Über diese Dinge weißt du Bescheid?« fragte Morgan. Alexander nickte, und sie fuhr fort: »Ich war zu jung, um dabei zu sein. Ich lebte bei meiner Mutter, Königin Ygraine, in Cornwall, wo man mich auf meine Hochzeit vorbereitete, aber Morgause, meine Halbschwester, war mit unserem Vater, König Uther, im Norden und ...« Sie brach ab. »Aber davon wollte ich gar nicht reden. Für das, was sie damals getan hat, hat sie bezahlt.«

Sie schwieg einen Augenblick lang, und ausnahmsweise einmal war ihr Gesicht überhaupt nicht schön. Alexander bemerkte nichts. Zum erstenmal mischte sich so etwas wie eine düstere Vorahnung in die erste Erregung über das bevorstehende Abenteuer. Er erinnerte sich an die andere Geschichte, die manchmal im Flüsterton erzählt wurde und von den wahren Gründen für Königin Morgans Schande und darauffolgende Gefangennahme berichtete; diese Geschichte ging ein gutes Stück über den Betrug im Ehebett hinaus. Es hieß, sie habe ihren Liebhaber Accolon überredet, Caliburn, das Schwert des Königs, zu stehlen und es durch eine Kopie zu ersetzen, damit Arthur nicht Verdacht schöpfte. Was die beiden als nächstes geplant hatten, konnte man nur raten, da Arthur gegen Accolon gekämpft und diesen getötet hatte; später hatte er sich dann mit König Urbgen verbündet, um dafür zu sorgen, daß Morgan kein weiteres Unheil mehr anrichten konnte.

Sie hatte natürlich ihre Unschuld beteuert: daß sie das mächtige Schwert nur ihrem Gemahl Urbgen habe geben wollen und daß Accolon sie überhaupt zu dem Ganzen überredet habe, aber niemand glaubte ihr, und Alexander, der selbst erlebt hatte, wie Morgan mit einem jüngeren Liebhaber umsprang, bezweifelte, daß Accolon auch nur die geringste Macht über sie gehabt hatte.

Als er das nächste Mal das Wort ergriff, versuchte er das Zögern in seiner Stimme zu verbergen: »Ihr könnt das Schwert doch nicht immer noch wollen?«

Morgan, wieder in die Gegenwart zurückgekehrt, erkannte mit einem einzigen schnellen Blick, daß ihr magisches Netz neu gesponnen werden mußte. Sie lachte und erhob sich, um Wein nachzuschenken, setzte sich dann wieder auf die Kissen des breiten Fensterstuhls und bedeutete ihm, neben ihr Platz zu nehmen.

»Nein, nein. Habe ich nicht gesagt, daß es mir um den Gral geht?«

»Ja. Aber ich verstehe nicht. Der Gral? Das ist, soweit ich weiß, ein Kelch? Was für ein Gral?«

»Weißt du nicht mehr, was ich gesagt habe? Daß Macsens Schwert der Macht nicht das einzige war, was Merlin fand, sondern daß das Mithraeum in Segontium noch andere Schätze barg?«

»Ja. Dieser Gral war ebenfalls dort?«

»So ist es. Ein großer goldener Becher, heißt es, juwelenbesetzt und mit Flügeln als Griffen. Daneben gab es noch alle möglichen anderen Dinge – ich habe vergessen, welche –, aber alle unendlich kostbar. Dinge, die aus dem Schatz des Kaisers gerettet und nach seinem Tod auf dem Kontinent in dieses Land zurückgebracht worden sind. Irgendwie wurde das Ganze geheimgehalten, und der Schatz blieb in seinem Versteck, während das Mithraeum verrottete und darüber zusammenstürzte. Merlin nahm nichts als das Schwert. Er ...« Ihre Stimme war plötzlich beißend scharf geworden ... »Er dachte, er brauche den Gral nicht.«

»Aber Ihr braucht ihn?«

»Brauchen! Das hoffe ich doch nicht, aber ich begehre ihn. Alexander, mein Liebster, ich begehre ihn!« Sie stellte ihren Weinbecher unberührt fort, drehte sich mit ausgestreckten Armen zu ihm um und umfaßte mit beiden Händen sein Gesicht. »Mehr noch, wenn das möglich wäre, als ich dich begehre! Nein, nein, mein Liebster, hör mich an! Dieser Gral, dieser Becher, wie du ihn nennst, besitzt, wie ich glaube, noch mehr Magie als das Schwert! Wer immer ihn an sich bringt, besitzt die Macht und den Schutz der größeren Götter. Das habe ich in dem Kristall gesehen und in dem Flüstern der dunklen Geister der Luft gehört.«

In diesem Augenblick hätte sich Alexander gern von ihr zurückgezogen, aber ihre Hände hielten ihn fest, und ihre Augen ließen ihn nicht los. Der Wein, den er getrunken hatte, war ihm warm ins Gehirn gestiegen. Als er zu sprechen begann, war seine Stimme ebenfalls zu einem Flüstern gesunken: »Ich werde ihn dir holen, Morgan, meine Zauberin. Natürlich werde ich ihn dir holen! Es kann nichts Böses daran sein – ein Schatz, den Macsens Truppen vor so vielen Jahren vergraben haben. Und du bist von königlichem Blut, von Macsens eigenem Haus; du hast ein Recht darauf, so wie Arthur das Recht auf das Schwert hatte! Ich werde ihn dir holen. In Segontium, sagst du? Erklär mir nur, wo er liegt, dieser Tempel des Mithras!«

Sie ließ ihn los und sank wieder auf die Kissen zurück. »Dort ist er nicht mehr. Nimuë hat ihn.«

»Nimuë?«

»Ja, Merlins Hure. Er hat ihr gesagt, wo er zu finden sei. Sie hat es aus ihm herausgeholt, als er krank und dem Tode nahe darniederlag, und dann hat sie sich aus den Ruinen des Mithraeums den Rest des Schatzes geholt, den Gral und alles andere, und es zu Arthur nach Caerleon gebracht. Man erzählte mir, daß weder der Hohe König noch der alte Merlin den Gral anrühren wollten, also hat sie ihn mit nach Hause, nach Norden, genommen, und seit diesem Tag hat niemand ihn mehr gesehen.«

Nach einer kurzen Pause fragte Alexander: »Und Graf Ferlas?«

»Er ging nach Luguvallium und hat sich hier und da umgehört, aber das ist jetzt nicht wichtig. Es ist eine lange Geschichte, und er hat nichts erreicht. Er ist nicht einmal in die Nähe Nimuës gekommen. Er hat nichts herausgefunden, und sein Bruder bekam ein Fieber und starb, daher kehrte Ferlas zurück.«

»War es ein Zauber, diese Krankheit?«

»Wer weiß? Fürchtest du dich?«

»Ich fürchte mich nicht vor Hexen, nicht im Augenblick jedenfalls«, sagte Alexander und lachte. Morgan sah ihn fragend an, denn der plötzlich so erwachsene und beinahe duldsame Tonfall erschreckte sie ein wenig, aber dann stimmte sie in sein Gelächter ein.

»Das brauchst du auch nicht, mein Liebster. Dann wirst du also gehen und mir diesen magischen Kelch bringen?«

»Das habe ich gesagt.« Er zögerte abermals. »Wenn Ihr mir dafür etwas versprechen wollt.«

»Bedingungen? Ich habe gesagt, ich liebe dich.« Ein Lächeln voll bezaubernder Schelmerei glitt über ihre Züge und verbarg eine geheime Belustigung. »Ich werde dir sogar Wein in dem Gral servieren, wenn du ihn herbringst.«

Alexander schüttelte kaum merklich den Kopf. Er war jetzt vollkommen ernst. »Sagt mir eins – versprecht es mir –, daß Ihr, wenn Ihr diesen magischen Becher in Händen habt und mit ihm, wie sagtet Ihr noch, alle Macht der größeren Götter, daß Ihr ihn nur benutzen werdet, um Euch zu Eurer ersehnten Freiheit zu verhelfen, und daß Ihr ihn danach in den Dienst des Hohen Königs stellt.«

Einen Augenblick lang glaubte er, zuviel gesagt zu haben. Das jähe Aufblitzen in ihren Augen erinnerte ihn daran, daß er immer noch zwar nicht ein Gefangener, aber doch hier im Dunklen Turm zumindest in ihrer Macht war. Aber sie brauchte ihn. Ihr Bruder Arthur konnte sie jeden Augenblick einem strengeren Regiment unterwerfen lassen, und sie hatte sich mit großer Klugheit überlegt, daß der unschuldige und offenkundig loyale Alexander vielleicht Erfolg haben würde, wo der ungeschlachte Soldat Ferlas und sein Vorgänger versagt hatten: hinter Nimuës Geheimnis zu kommen. Daher lächelte sie nur, ein Lächeln von einer traurigen Süße erfüllt, und hob eine Hand, um abermals seine Wange zu berühren.

»Alles, was ich will, ist die Macht, die der Gral mir schenken wird, um das Vertrauen meines Bruders zurückzugewinnen und nicht dem furchtbaren Schicksal meiner Schwester folgen zu müssen. Ich möchte ihn zu meinem Schutz, Alexander, mehr will ich gar nicht; danach mag der Gral ihm dienen. Ich weiß, daß er das kann. Willst du mir diesen Wunsch wirklich erfüllen?«

»Natürlich will ich! Ich verspreche es!«

Drei Tage später brach Alexander nach Norden auf. Sein Pferd war frisch, seine Waffen funkelten, und ein neuer, reich bestickter Umhang lag über seinen Schultern. So ritt er dem Königreich Rheged entgegen, wo eine Burg stand, die Pelleas gehörte, dem Gemahl Nimuës, der Zauberin.

28

All dies war schon einmal geschehen; der Tag war schön, erneut saß er bewaffnet im Sattel seines prächtigen Pferdes, vor sich ein Abenteuer. Aber Alexander hatte keinen Gedanken für die Vergangenheit. Damals war er noch ein sehr junger Mann gewesen, während er heute ... Seine Gedanken waren immer noch erfüllt von seiner Geliebten und der vergangenen Nacht, während er in leichtem Galopp am Fluß entlangritt.

Seine sehnsüchtige Abwesenheit wäre um ein Haar sein Verderben geworden. Obwohl er eingedenk seines früheren Unfalls unweit von hier dem schlechten Weg einige Aufmerksamkeit widmete, scheute sein Pferd doch so plötzlich und, wie es schien, ohne jeden Grund, daß er beinahe aus dem Sattel gestürzt wäre. Mit einem leisen Fluch faßte er sich wieder, brachte das Pferd unter Kontrolle und erblickte erst dann den Geist, der es so kopfscheu gemacht hatte.

Sie sah tatsächlich sehr geisterhaft aus. Eine schmale Gestalt in einem grauen Umhang, der in der Brise flatterte, eine Dame, die er einen Augenblick lang nicht einmal erkannte. Dann sah er, daß es Lady Luned war. Sie war allein und, wie ihre Blässe und die Art ahnen ließen, mit der sie sich am Stamm einer jungen Silberbirke festhielt, verängstigt. Das Pferd blieb stehen, war aber immer noch ziemlich außer Fassung und rollte mit den Augen, daß das Weiße darin sichtbar wurde. Lady Luned machte einen Schritt nach vorn, umklammerte aber dabei immer noch den Stamm des jungen Baumes, als wäre sie ohne seine Stützte vielleicht gestürzt. Aber ihre Worte klangen recht ernüchternd.

»Es tut mir leid, daß ich Euer Pferd erschreckt habe. Ich dachte, Ihr müßtet es wohl sein, aber ich wagte es nicht, mich sehen zu lassen, falls ...« Sie zögerte.

»Falls?«

»Falls es vielleicht doch einer der Männer der Königin gewesen wäre.«

»Dann habt Ihr also auf mich gewartet?« Die banale Frage entsprang tiefer Verlegenheit. Alexander hatte am Morgen nach der Herrin des Hauses Ausschau gehalten, um sich von ihr zu verabschieden und ihr für ihre Freundlichkeit zu danken, hatte aber nur erfahren, daß sie ihr Gemach noch nicht verlassen habe. Der Höflichkeit halber hätte er warten müssen; das wußte er recht gut. Aber in seinem Eifer, seinem neuen Abenteuer entgegenzureiten, und auf Beharren der Königin hin hatte er nur eine Botschaft hinterlassen und war gleich, nachdem er etwas gefrühstückt hatte, losgeritten.

Nun sagte er hastig: »Ich habe früher am Morgen nach Euch gesucht, aber Eure Kammerfrauen meinten, Ihr wäret noch nicht aufgestanden. Ich wollte Euch für alles, was Ihr für mich getan habt, danken und bin daher sehr froh, daß ich auf diese Weise doch noch Gelegenheit habe, es persönlich zu tun. Aber warum – ich meine, wie kommt es, daß Ihr allein hier draußen seid und noch dazu so früh? Um mit mir zu sprechen? Warum, Lady? Doch gewiß nicht, um mir gute Reise zu wünschen?«

»Ich bin früh ausgeritten und habe meinen Kammerfrauen aufgetragen zu sagen, ich läge noch zu Bett. Mein Pferd ist dort hinten angebunden, im Wald, wo man es nicht sehen kann. Ich mußte mit Euch reden. Solange Ihr in der Burg wart, stand es außer meiner Macht, Euch allein zu sprechen, aber nun . . .«

Ihre Stimme erstarb. Nervös machte sie sich an ihrem Umhang zu schaffen. Alexander sah sie einen Augenblick lang stirnrunzelnd an, ließ sich dann aus dem Sattel gleiten und bot ihr seinen Arm. »Ihr habt mir etwas zu sagen? Ihr wollt mir einen Auftrag geben? Nur allzu gern – obwohl ich nicht weiß, wie lange es dauern wird, bis ich zurückkehren kann. Kommt, Mylady, wenn es sich um eine geheime Angelegenheit handelt, wollen wir uns in den Schutz der Bäume zurückziehen und dort reden. Wo habt Ihr Euer Pferd zurückgelassen?«

Ihre Stute stand angebunden auf einer Lichtung, die vielleicht dreißig Meter tief im Wald lag. Alexander zog seinem Braunen die Zügel über den Kopf und ließ das Tier grasen. Dann hielt er nach einem Baumstumpf Ausschau, nach einem Felsbrocken oder einem herabgefallenen Ast, auf dem die Dame hätte Platz nehmen können, aber er fand nichts, und sie schüttelte nur den Kopf. Schließlich begann sie, drängend und immer noch mit diesem furchtsamen Ausdruck in den Augen, zu sprechen.

»Nein. Dazu ist keine Zeit. Ich muß zurück sein, bevor sie mich vermißt. Mylord, werdet Ihr mich anhören? Ich weiß – wer wüßte es nicht? –, daß Ihr Königin Morgans Geliebter seid und daß sie Euch heute ausgesandt hat, so wie sie früher ihre anderen Liebhaber ausgesandt hat . . .«

»So etwas sagt Ihr zu mir, Madame? Ihr könnt doch unmöglich glauben, daß ich zuhören werde . . .«

»Oh, seid kein Narr!« Dieser Ausbruch kam so plötzlich, so heftig und war so uncharakteristisch für Lady Luned, daß Alexander schwieg. Sie fuhr hastig fort, und auf ihren Wangen erschienen rote Flecke: »Ihr könnt doch nicht geglaubt haben, daß Ihr der erste oder auch nur der einzige wart! Seit ihr Gemahl sie wegen der Sache mit Accolon verstoßen hat, war sie nie lange ohne Liebhaber. Und jetzt, da sie sich diese . . . diese Leidenschaft für Macsens Schatz in den Kopf gesetzt hat . . . O ja, das weiß hier jeder! Was glaubt Ihr, warum Ferlas für sie nach Norden gegangen ist? Und Julian, sein Bruder? Und mindestens ein weiterer Ritter? Hat sie Euch erzählt, daß Julian starb? Und nun seid Ihr an der Reihe!«

»Glaubt Ihr, ich hätte Angst vor der Gefahr? Und was Accolon betrifft, diese alte Geschichte, er hat sie in die Falle gelockt . . .«

»So wie Ihr sie in die Falle gelockt habt?« Sie machte einen Schritt auf ihn zu und legte ihm eine Hand auf den Arm. Der Griff war so zart, die Hand so dünn und bebend, daß es ihm unmöglich war, den Arm wegzuziehen. »Bitte!« flehte sie ihn an. »Bitte, hört mich an!« Ein unerfindliches Gefühl hielt Alexander fest und ließ ihn lauschen. Er blieb, gerade weil sie nicht jung und schön war, sondern eine unauffällige Frau, die ihm mit Freundlichkeit begegnet war und deren Hand auf seinem Arm vor Furcht zitterte.

»Ich wünsche Euch nur das Allerbeste.« Sie sprach hastig und atemlos. »Ich möchte, daß Ihr das wißt. Und das ist auch der einzige Grund, warum ich heute hierhergekommen bin, um Euch die Wahrheit zu sagen, bevor ihr dieses gefährliche Abenteuer im Auftrag der Königin angeht. Wenn das, was ich Euch zu sagen habe, schmerzlich ist, tut es mir leid. Aber ich schwöre bei jedem Gott, den Ihr als den Euren anerkennt, es ist die Wahrheit.«

Sie hielt inne und räusperte sich. Er sagte nichts. Auf eine seltsame Weise ahnte er, was sie ihm sagen würde. Während des kurzen Ritts durch die herrlich süße Morgenluft hatte er abermals eine Art beschämter Erleichterung über die Freiheit empfunden, die ihn aus den schläfrigen, honigduftenden Netzen, in denen er gefangen gewesen war, hinaustrug.

Sie fuhr fort: »Es stimmt, daß König Urbgen sie wegen ihres Ehebruchs verstoßen hat, aber das war nur eine Kleinigkeit gegenüber ihrem Verrat an ihrem Bruder, dem Hohen König. Morgan hat Accolon überredet, das Schwert der Macht zu stehlen und gegen den König zu führen. Nein, hört mich an! Sie sagte, das Schwert sei für Urbgen bestimmt gewesen, aber das war nachher, als sie versuchte, sich von Schuld freizusprechen! Die Wahrheit ist, daß sie Accolon das Schwert gegeben hat, damit dieser gegen den Hohen König kämpfe. Sie wollte, daß Arthur getötet wurde, damit sie mit ihrem Liebhaber das königliche Schwert und dessen Macht besitzen konnte. Der Plan ging schief, und weil sie Arthurs Schwester ist, wurde sie nicht zum Tode verurteilt wie ihr Liebhaber, sondern von König Urbgen, der ein Mann Arthurs ist, verstoßen und unter Bewachung gestellt. Ihr habt selbst gesehen, wie streng ihre Einkerkerung ist! Behaglichkeit, ja sogar Luxus und die Freiheit, überall hinzureiten, wohin es sie zieht! Was glaubt Ihr, warum sie diesen Schatz begehrt? Hat sie es Euch gesagt?«

»Sie glaubt, es gebe da einen juwelenbesetzten Becher, der eine Art von Macht besitzt . . .«

»Ja, ja, diese Macht. Warum begehrt sie die wohl? Sie hat doch bereits ihre eigene Art von Macht, wie jeder weiß und wie sie Euch gewiß nicht verhehlt hat.«

Er zögerte. »Ihre Gefangenschaft ist nicht besonders hart, das gebe ich zu, aber« – zitierte er – »›es ist trotzdem Gefangenschaft‹. Sie begehrt die Macht, weil sie sich befreien und an die Seite ihres Bruders zurückkehren will, um ihm mit ihrer Magie zu helfen. Sie . . . Ihr sagtet, jeder wisse, daß sie über Magie gebiete.«

»Magie?« Überraschenderweise schwang in Luneds Stimme deutliche Verachtung mit. »O ja, sie gebietet über Magie und hat Fähigkeiten der einen oder anderen Art. Das leugnet niemand! Und am wenigsten solltet Ihr, Mylord, es leugnen!«

»Madame . . .«

»O nein, ich meine nicht ihre weiblichen Schlichen. Ich meine die Magie, mit der sie nachgeholfen hat. Die Rauschmittel, die sie sich zunutze macht und die sie sich auch bei Euch zunutze gemacht hat!«

»Lady Luned . . .«

»Wartet. Ich bin fast fertig. Ich bin nur hergekommen, um Euch dies zu sagen, weil ich Angst vor dem habe, was sie vielleicht tun könnte, falls sie jemals diese zusätzliche Macht in ihren Besitz bringen sollte, eine Macht, vor der sowohl Merlin als auch der Hohe König solche Ehrfurcht hatten, daß sie sie vor den Augen der Menschen verbargen. Mylord« – wieder lag die bebende Hand auf seinem Arm – »ich bitte Euch, ich bitte Euch, jetzt, da Ihr frei seid, haltet Euch fern! Kehrt nie wieder zurück! Niemals! Versteht Ihr mich?«

»Wie könnte ich nicht? Ich habe gelobt . . .«

»Trotzdem! Es wäre besser, wenn Ihr niemals nach diesem Schatz suchen würdet, aber solltet Ihr ihn eines Tages finden, möchte ich, daß Ihr genau nachdenkt, bevor Ihr ihn hierher bringt, zu ihr. Sie hat Euch erzählt, daß sie ihn niemals zum Schaden des Hohen Königs benutzen würde?«

»Ja.«

Lady Luned ließ die Hand von Alexanders Arm fallen und trat einen Schritt zurück und dann noch einen. Als sie sich wieder zu ihm umdrehte, sah sie älter aus, zerbrechlicher, von Angst gezeichnet. »Hat sie Euch erzählt, worum es bei diesen ›Räten‹, die sie in jenem Privatgemach im Ostturm abhält, eigentlich geht?«

»Natürlich. Das ist alles, was ihr von einem Hof und einem Gefolge übriggeblieben ist.«

»Und natürlich hat sie Euch eingeladen beizuwohnen?«

»Sie wollte es. Sie hätte es gewiß bald getan. Das hat sie gesagt.«

»Hat sie auch gesagt, worüber da so im Geheimen hoch oben im Turm gesprochen wird?«

»Seit Ferlas' Rückkehr hat sie sich mit ihren Rittern über die Suche nach diesem Gral beraten, der ihr soviel bedeutet.«

»Hat sie Euch auch erzählt, daß der Ritter, der den Tod fand, Graf Ferlas' Bruder Julian, gelobt hatte, mich zu heiraten?«

»Nein, das hat sie nicht. Das wußte ich nicht. Es tut mir leid . . .« Alexander wollte irgend etwas stammeln, aber sie fiel ihm ins Wort:

»Sie wußte es, deshalb hat sie auch dafür gesorgt, daß er in dieses Abenteuer verstrickt wurde. Und ich glaube«, sagte Luned so gelassen, daß Alexander ihr gegen seinen Willen glauben mußte, »daß, falls er wirklich an einem bösen Zauber gestorben ist, sie diejenige war, die ihn gewoben hat.«

»Aber warum?«

»Damit er nicht zurückkehren konnte. O ja, es gefiel ihr nicht, wenn einer aus ihrem Gefolge für eine andere Frau als sie Augen hatte, aber es steckte noch mehr dahinter als das. Sie hatte Angst, daß er mir von diesen Versammlungen im Ostturm erzählen könnte. Aber sie kam zu spät. Ich wußte es bereits.«

Schweigen. Alexander stand wie zu Stein erstarrt da, blickte auf seine Füße hinab und fragte sich, was er tun, was er sagen, was er glauben solle. Man konnte einer Dame keine Lüge unterstellen. Außerdem verdankte er ihrer Freundlichkeit viel, vielleicht sogar sein Leben. Aber all dies von einer Frau zu erfahren, die Morgans persönliche Hofdame war? Sie sprach weiter, immer noch mit dieser ruhigen, ausdruckslosen Stimme, die schon durch ihren Verzicht auf Nachdruck eine gewisse Überzeugungskraft besaß. Es ging um einen Zusammenschluß junger Rebellen, Männer aus den entlegenen keltischen Ländern, die mit des Königs Frieden und der starken, zentralen Regierung, die Arthur den kleinen Königreichen Britanniens auferlegt hatte, unzufrieden waren. Jetzt, da es keine Kriege mehr zu führen gab und die Gerechtigkeit nicht mehr in den Händen unbedeutender Könige lag, sondern bei der Tafelrunde in Camelot, ärgerten sich viele der temperamentvollen und heißblütigen jungen Adeligen über die Untätigkeit, zu der sie verurteilt waren. »Die Jungen Kelten« nannten sie sich. So harmlos die Bewegung auch begonnen hatte, jetzt sah es so aus, als würden die jungen Abenteurer von selbstsüchtigen Männern gesammelt und beeinflußt, und zwar gegen die Interessen des Hohen Königs und des Vereinten Königreiches, um dessen Gründung er kämpfte. Und Königin Morgans Hof war einer der geheimen Treffpunkte der Rebellen.

»Ihr müßt mir glauben!« sagte sie mit ernster Stimme.

Alexander schwieg und dachte an seinen Wunsch, sich an Marke von Cornwall zu rächen, an die Freude seines ersten Scharmützels, an die Erregung des Kampfes am Severn und sogar an die freudige Erwartung, mit der er noch heute morgen seinem nächsten Abenteuer entgegengesehen hatte. Diesen Teil ihrer Geschichte konnte er glauben.

»Darum geht es bei den Räten, die sie hier abhält«, fuhr Luned fort. »Sie finden nicht oft genug statt, um die Aufmerksamkeit der Wachen zu erregen, die dem König davon Meldung machen könnten, aber wann immer sich ein Vorwand anbietet, beruft sie sie ein. Sobald Julian sich mir versprochen hatte, war er in Gefahr. Daher ist er nicht zurückgekehrt.«

Es gab einige Dinge, die man einfach nicht glauben konnte. Alexander sagte immer noch nichts. Lady Luned sah ihn ein oder zwei Sekunden lang an und fragte dann mit sanfter Stimme: »Ihr wollt dieses Abenteuer trotzdem angehen?«

»Ich muß. Ich habe es gelobt. Außerdem, was Ihr mir da erzählt habt . . .« Er hielt inne.

»Ihr könnt oder wollt es nicht glauben? Das verstehe ich. Ich will auch nicht mehr sagen. Nur eines erbitte ich von Euch: daß Ihr, wenn Ihr diesen Gral findet und immer noch glaubt, daß er nur zum Wohle des Hohen Königs benutzt werden dürfe, daß Ihr ihn dann nicht hierher oder nach Castell Aur bringt, sondern zuerst nach Camelot geht und Arthur selbst entscheiden laßt, ob seine Schwester den Gral haben soll oder nicht.«

»Wie könnte ich das tun?«

»Ohne Königin Morgan zu verraten, meint Ihr? Wißt Ihr nicht eigentlich ganz genau, daß er sie niemals auch nur in die Nähe des Grals lassen würde?«

»Lady . . .«, sagte er verzweifelt.

»Und Ihr nennt Euch einen treuen Untertan des Hohen Königs? Oder hättet das jedenfalls vor wenigen Wochen noch getan?«

Die einzigen Geräusche auf der Lichtung waren das gleichmäßige Schmatzen der Pferde und das jäh einsetzende, perlende Lied eines Rotkehlchens, das sich irgendwo in einer Stechpalme versteckt hielt.

»Ist das alles?« fragte er nach einer Weile. Seine Stimme klang rauh.

Sie nickte und sah ihn traurig an. »Das ist alles, abgesehen davon, daß ich Euch noch danken wollte, daß Ihr mich angehört habt. Ich will Euch nicht einmal darum bitten, mir Glauben zu schenken. Ihr werdet das alles selbst herausfinden, sobald Ihr erst einmal frei seid von . . . sobald Ihr fort seid von hier. Aber ich habe noch eine Bitte an Euch.«

»Und die wäre?«

Unter dem grauen Umhang, den sie trug, kam eine Flasche zum Vorschein, die einen vergoldeten Stöpsel trug und in einem Lederbeutel steckte. »Das ist Wein, den die Mönche im Kloster jenseits der Flußbrücke bereitet haben; jedes Jahr machen sie uns einige Flaschen zum Geschenk. Ich bitte Euch, ihn für Eure Reise von mir anzunehmen.«

Alexander nahm die Flasche entgegen und wollte ihr gerade ein wenig verlegen danken, aber sie lächelte und schüttelte den Kopf.

»Das ist nur die eine Hälfte meiner Bitte. Die andere lautet: Bitte, werft das ›Stärkungsmittel‹ weg, das die Königin Euch gestern abend gegeben hat.«

Diesmal war das Schweigen geradezu körperlich greifbar. Sogar die Pferde hörten auf zu grasen, als hätten sie etwas gespürt, und hoben fragend die Köpfe. Mit gepreßter Stimme sagte Alexander: »Woher wißt Ihr, daß sie mir gestern abend ein Stärkungsmittel gegeben hat?«

»Habt Ihr denn nicht verstanden, was ich gesagt habe? Daß Ihr mit solchen Tränken berauscht oder verzaubert worden seid, wie auch immer Ihr es ausdrükken wollt. Es hat in dem Augenblick begonnen, in dem sie Euch sah und zum nächsten bestimmt hat, den sie benutzen wollte für ihr unablässiges Streben nach der Macht und dem Einfluß, die sie einst besaß und durch ihren Verrat verloren hat.«

Noch nach vielen Jahren sollte Alexander bedauern, was er nun tat. Luneds goldbestöpselte Flasche flog in hohem Bogen zu Boden, er riß seinen Braunen heran, schwang sich auf den Sattel, gab dem Pferd die Sporen und trieb es durch die Lichtung und hinunter zur Straße, ließ Lady Luned ohne ein weiteres Wort einfach stehen.

29

Niemand soll denken, daß Alexander so blind und töricht war, daß er seine Geliebte für völlig schuldlos hielt oder seine Liebe zu ihr für unumstößlich. Königin Morgan rühmte sich ihrer Hexenkünste gern, und er respektierte und fürchtete ihre Zauberkräfte, die ihm überdies ihr Interesse an ihm noch schmeichelhafter und erregender hatten erscheinen lassen. Außerdem war sie sehr schön, und er war jung, warum sollte er da nicht nach ihrer Pfeife tanzen, wie die Leute es ausdrückten? Als sie ihre Magie benutzte, um ihn in ihr Bett zu locken und ihn in eine Art der Liebe einzuführen, die seiner jugendlichen und einigermaßen begrenzten Erfahrung völlig neu war, hatte er selbst das größte Vergnügen dabei gefunden – und das trotz der wiederkehrenden Schwäche, die das leichte Fieber mit sich brachte, das er anscheinend nicht abzuschütteln vermochte.

Diese Gedanken gingen ihm durch den Kopf, während er nun nach Norden ritt. Die frische, süße Morgenluft, der stetige Galopp seines prächtigen Pferdes, das Gefühl der Freiheit (ob er sich das eingestand oder nicht) – all dies trug dazu bei, den Zorn abzuschütteln, den die Worte Lady Luneds in ihm geweckt hatten. Schließlich hatte er sich genügend beruhigt, um zurückdenken und abwägen zu können, was im Dunklen Turm geschehen war.

Der verletzte Arm und das Fieber, die freundliche Pflege der alten Birgit und seine scheinbare Genesung. Dann das Erscheinen der Königin; die darauf folgende Verbannung der alten Krankenschwester und der Dienstmägde, die sich um ihn gekümmert hatten. Die medizinischen Tränke, die die Königin persönlich und mit großer Sorgfalt gemischt hatte. Die Traumtage der

Schwäche, die dann folgten und als Reaktion auf das Fieber erklärt wurden, Träume, die erfüllt waren von ihrer Gegenwart, ihrer sanften Berührung – verschwommene Visionen von ihrer Schönheit und dem Versprechen von Liebe. Die Nacht, als sie ihn endlich in ihr Bett nahm und an die er bis auf den heutigen Tag nur fiebrige Erinnerungen hatte, wie das Aufblitzen ekstatischer Augenblicke. Und danach – ja, von dieser Zeit an war er ihr williger und liebeskranker Sklave gewesen.

Niemand soll denken, daß er es bedauert hätte. Er wollte diese Erfahrung nicht missen und hätte nie freiwillig verzichtet, aber nun, während der braune Hengst Meile um Meile hinter sich brachte, lockerten sich die Zauberbande mit jedem einzelnen Hufschlag, und Alexander mußte, ohne es zu wollen, wieder und wieder an das denken, was Luned ihm erzählt hatte.

Der Ehebruch mit Accolon; nun, sie war jung gewesen und durch eine arrangierte Ehe an ein unglückliches Bett gefesselt. So etwas geschah ständig. Aber der Verrat am Hohen König? Und selbst noch in der Gefangenschaft Intrigen zu schmieden, um den Frieden des Königreiches zu zerstören? Die Jungen Kelten und diese Suche, zu der sie ihn ausgesandt hatte und vorher Ferlas und Julian und wer weiß wen noch, diese Suche nach dem Gral der Macht ... Was für eine Macht war das? Alexander war noch jung genug, um zu glauben, daß sie über jede Art von Macht verfügte, die eine Frau braucht. Aber was weiter? Sollte er ein zweiter Accolon werden, ein zweiter Ferlas, derart bestochen, wie sie ihn bestochen hatte, um dann für seine Bemühungen belohnt zu werden? Ein zweiter Julian, der der Bestechung vielleicht widerstanden hatte und deshalb ausgesandt wurde, um den Tod zu finden?

Die Straße führte nach einer Weile aus dem bewaldeten Tal heraus auf offenes Land; der Ritt ging über grünen Rasen an einem See entlang und bot nun keine Schwierigkeiten mehr. Die frühmorgendliche Brise hatte sich gelegt, der Spiegel des Sees lag klar und leuchtend vor ihm. Im seichten Wasser schwammen Schwäne friedlich zwischen dem Ried. Ein Flußuferläufer trippelte mit seinem süßen, flötenden Ruf das kiesige Ufer entlang. Alexander brachte sein Pferd zum Stehen und setzte sich einige Minuten lang auf den Boden, um die stille Szene zu beobachten, während er nachdachte.

Warum also bedeutete ihr dieser Gral soviel? Sie werde seine Macht in den Dienst ihres Bruders stellen, hatte sie gesagt, und natürlich hatte er ihr geglaubt. Luned dagegen hatte eben das bestritten und an seine Loyalität appelliert, sich bei seiner Suche nach dem Gral dem Hohen König zu unterstellen. Aber noch etwas anderes fiel ihm wieder ein. Morgan selbst hatte ihm erzählt, daß Nimuë, die Zauberin des Königs, den Rest von Macsens Schatz in ihrem Besitz habe; der König hatte diese Dinge in ihre sichere Obhut gegeben. Wenn das so war, hätte der König mit nur einem einzigen Wort den Gral jederzeit an sich bringen können ...

Womit Königin Morgan eindeutig der Lüge überführt wäre. Und noch dazu einer so durchsichtigen Lüge, daß nur ein Narr, den sie so betört hatte, daß er nicht mehr denken konnte, sie nicht durchschaute. Also, Alexander, denk nach ...

Erstens: Sie wollte die Macht für sich selbst, das hatte sie selbst gesagt, und sie wollte auf diese Weise den Platz Nimuës einnehmen. Na schön; das konnte er akzeptieren, und er konnte die Ängste begreifen, die sie angesichts ihres Schicksals der Verbannung von Arthurs Hof und Gunst quälten. Zweitens: Sie hatte sich absolut sicher gezeigt, daß Alexander, so jung und unerfahren er auch war, Erfolg haben konnte, wo andere gescheitert waren. Warum?

Darauf gab es eine offenkundige Antwort: Er war nicht zu den Treffen der Jungen Kelten zugelassen worden (und wäre trotz allem, was sie gesagt hatte, auch in Zukunft niemals zugelassen worden), denn es war bekannt, daß er dem Hohen König treu ergeben war, und wer auch immer Bericht über die Ereignisse im Dunklen Turm erstattete, würde diese Tatsache bestätigen. Daher würde es ihm vielleicht gelingen, bis zu Nimuë persönlich vorzudringen, wo andere Gesandte Königin Morgans, die als Mitglieder von ihrem Hof bekannt waren, dies nicht zu bewerkstelligen vermochten.

Aus dieser Schlußfolgerung ergab sich eine weitere: Daß nämlich Luned recht gehabt hatte und Königin Morgan Arthurs Feindin war – und es auch sein wollte. Sie konnte nicht wissen, daß Luned ihm von den geheimen Ratsversammlungen erzählen würde, aber trotzdem – wie konnte sie, Morgan, so sicher sein, daß Alexander, wenn er erst einmal weit fort von ihr war und Zeit zum Nachdenken gefunden hatte, ihren Auftrag wirklich ausführen und ihr am Ende sogar den Gral bringen würde?

Er saß am Ufer, beobachtete die Schwäne und preßte sich einen Fingerknöchel an die Lippen. Der Braune, der die Unaufmerksamkeit seines Herrn bemerkte, zog die Zügel durch seine schlaffen Finger und senkte den Kopf, um zu grasen.

Die Sonne stand jetzt bereits ein gutes Stück über den Hügeln und entzündete auf dem See ein strahlendes Funkeln.

Es war, als hätte sie auch in den verworrenen Gedanken des Prinzen ein Licht entzündet. Frei mochte er zwar sein, aber seine Geliebte war eine Hexe, also war seine Freiheit nicht mehr als die Freiheit des Falken am Ende des Federspiels, den man mit einem einzigen Ruck zurückrufen konnte, wann immer es einem beliebte. Und Luned hatte ihm verraten, wie sie das machte. Er trug ihre Magie bei sich – in der hübschen Silberflasche, die sie ihm mit solcher Achtsamkeit und so vielen Küssen gereicht hatte, als er am Morgen ihr Bett verließ.

Er zog die Flasche aus der Satteltasche, stöpselte sie auf und hielt sie sich an die Nase. Der berauschende Duft, Kräuter, Früchte, Honig, all die süßen Zauber, die sie benutzt hatte, standen ihm plötzlich wieder lebhaft vor Augen. Er dachte an Lady Luned und den Wein, den die Mönche in dem Kloster am Flußufer gebraut hatten, dachte daran, wie er die Flasche fortgeschleudert und es der armen Dame überlassen hatte, selbst auf ihr Reittier zu steigen und zu ihrem unwillkommenen Gast in der einsamen Burg zurückzureiten.

Der Stöpsel der Flasche war ein geschnitzter Granat. Eine schnelle Bewegung seiner Hand ließ ihn in hohem Bogen ins Wasser fliegen, wo er die Schwäne aufschreckte, die ihn anfauchten und anschließend zischend durch die Binsen davonschwammen. Die Flasche flog ihnen nach, und das Stärkungsmittel zog eine Kette vergossener Tröpfchen hinter sich her, die wie ein Regenbogen im Sonnenlicht aufblitzten und dann im See verschwanden.

»Trinkt das«, sagte Alexander mit plötzlicher Munterkeit zu den Schwänen, »und freut euch über eure süßen Träume heute nacht!«

Fünf Tage später kam er zur Zeit des Sonnenuntergangs an ein winziges Dorf in einem sanft bewaldeten Tal.

30

Das Dorf bestand aus nicht mehr als einer Handvoll Bauernhütten, aber es konnte sich einer Schenke rühmen, und vor der saßen gerade zwei Männer mit Bierhörnern.

Alexander brachte sein Pferd zum Stehen und wünschte ihnen einen guten Abend. Einer von ihnen, scheinbar ein einfältiger Mensch, starrte ihn nur an und murmelte etwas, aber der andere, ein älterer Mann, erwiderte höflich die Grußworte des Fremden, stellte sein Trinkhorn beiseite und erhob sich.

»Bist du der Wirt?« fragte Alexander.

»Der bin ich, Herr.«

»Wie du siehst, habe ich heute einen hübschen Weg zurückgelegt, und mein Pferd ist müde. Kannst du mir Essen und ein Bett für die Nacht geben?«

»Was das betrifft, Herr, und bitte, es soll keine Kränkung sein, aber mein Haus ist nicht für Euresgleichen . . .«

»Laß mich das beurteilen.« Alexander, der müde war, sprach ungeduldig auf den Mann ein. »Wenn du Brot und Bier hast und Futter für mein Pferd, reicht mir das völlig. Ich kann bezahlen.«

Er machte Anstalten, als wollte er aus dem Sattel steigen, aber der Mann trat hastig vor. »Bleibt sitzen, Herr. Ich sagte, ich wolle Euch nicht kränken. Ich gebe Euch gern ein Dach überm Kopf, wenn Ihr es wollt, aber wenn Euer Pferd noch eine halbe Meile laufen kann, findet Ihr Speise und Quartier ein kleines Stück weiter das Tal hinunter an einem Ort, der für einen jungen Lord, wie Ihr es seid, wohl geeigneter wäre.« Er zeigte in die Richtung, die er meinte. »Dort entlang. Seht Ihr das große Steinkreuz dort hinten? Nun, an der Stelle müßt Ihr abbiegen, und dann folgt Ihr dem Pfad neben dem Eichenwald und seid auch schon an Eurem Ziel. Es ist ein Kloster, St. Martin genannt, ein gutes Haus – und ein großes, möchte ich sagen. Alle möglichen Leute nehmen dort Quartier. Sie haben viel Platz dort für Reisende. Ich kenne das Kloster gut, denn mein Sohn arbeitet dort, ist Gärtner, mein John, und arbeitet für Bruder Peter persönlich.«

»Verstehe. Nun, meinen Dank. Ich werde weiterreiten. Eine halbe Meile, sagtest du?«

»Höchstens. Hört, da läutet die Glocke. Sie ruft die Mönche zur Vesper, aber der Pförtner wird gewiß am Tor sein, und man wird Euch dort willkommen heißen.« Er trat zurück. »Und glaubt nicht, Ihr hättet die Abendmahlzeit verpaßt, junger Herr! Im Kloster sind sie an Leute gewöhnt, die zu jeder Tageszeit herbeikommen. Erst letzte Woche ist eine große Reisegesellschaft kurz vor Mitternacht eingetroffen, Edelleute waren es, und sie brachten ein Geschenk, das den Abt vor Begeisterung schier um den Verstand gebracht hat!«

»Und was war das?« erkundigte sich Alexander, nicht, weil er es wissen wollte, sondern weil der Mann so offensichtlich darauf brannte, es ihm zu erzählen.

»Nun, ein großer Schatz war es, nach allem, was man so hört, eine Art Reliquie, heißt es, die aus fremden Landen hergebracht worden und obendrein noch heilig ist! Bruder Peter hat meinem John alles darüber erzählt. Er hat die Reliquie selbst noch nicht gesehen, aber er sagt, daß es wohl nicht lange dauern wird, vielleicht nur bis zum nächsten Feiertag – sobald sie einen geeigneten Platz dafür gefunden haben, was ihnen wohl gelingen wird, da seit einem Jahr oder länger schon einer der besten Holzschnitzer in ihrer Kapelle arbeitet. Und angefangen hat er auch schon, sagt Bruder Peter, baut einen Schrein, in den eine Statue sollte und der wohl auch genügen würde, um diesen kostbaren Becher sicher aufzubewahren, solange jedenfalls, wie er in St. Martin bleibt ...«

Alexander, der seinem Pferd bereits die Sporen gegeben hatte, zügelte es wieder. »Becher? Sagtest du, es gehe um einen kostbaren Becher?«

»Jawohl. Einen Becher, ganz aus Gold und Juwelen, sagte Bruder Peter, und er soll irgendwo aus dem Osten stammen, vielleicht sogar aus Jerusalem! Stellt Euch nur vor, und das hier in unserem Tal! Die Rede war noch von irgendeinem fremdländischen Namen dafür, aber ich kann mich nicht mehr recht erinnern, wie der lautete.«

»Gral? War das das Wort?«

»Gral? Gral? Jawohl, das könnte es sein, jedenfalls, wenn damit eine Art Becher gemeint ist.«

»Und dieser Gral wird in dem Kloster dort hinten aufbewahrt?«

Der Mann verriet keine Überraschung angesichts Alexanders plötzlichen Interesses; zweifellos hielt er es für die Inbrunst eines frommen Christen. »Genauso ist es, Herr. Aber ich zweifle doch, daß Ihr ihn zu sehen bekommen werdet. Sie haben ihn weggeschlossen, scheint es, bis ...«

»Ja, ja. Aber sprich weiter, du sagtest, er sei letzte Woche hergebracht worden? Von einer königlichen Reisegesellschaft?«

»Na ja, ob königliche oder nicht, weiß ich nicht, aber es waren jedenfalls hohe Herrschaften, Adel, sagte John, gute Pferde und ein Troß von Dienern und eine Dame in einer Sänfte mit Seidenvorhängen und was weiß ich noch allem.«

»Eine Dame«, sagte Alexander nachdenklich. »Eine Dame hat diesen Schatz mitgebracht?«

»So ist es, aber er ist nicht wirklich ein Geschenk, heißt es. Er soll eine Weile im Kloster aufbewahrt werden, das ist alles. Aber einen solchen Schatz hier zu haben, in unserem Tal, nun, schon allein deswegen werden die Leute in Scharen herkommen, und sogar ein Haus wie meines wird daraus Gewinn schlagen!«

»Ist die Dame – ist die königliche Reisegesellschaft immer noch dort?«

»Ja. Aber sie haben trotzdem noch genug Platz für Reisende, junger Mann, und man wird Euch willkommen heißen, da braucht Ihr keine Angst zu haben!«

»Nun, vielen Dank jedenfalls. Das hier ist für deine Freundlichkeit, Wirt. Ich will nun weiterreiten.«

»Gott sei mit Euch, junger Herr, und ich wünsche Euch noch eine angenehme Nacht.«

Das Kloster lag, wie es bei solchen Einrichtungen die Regel war, tief im Schutz des Tals an einem Fluß, der sich durch Weiden und Wald schlängelte. Es war ein großes Kloster und anscheinend wichtig genug, um über mehrere Höfe zu verfügen sowie eigene Bauerngehöfte, die sich zwischen bestellten Feldern und Obstgärten befanden. Ein Mühlrad drehte sich im Fluß, und durch ein Schleusentor wurde ein Fischteich innerhalb der Klostermauern mit Wasser gespeist.

Alexander, der seinem müden Pferd erlaubte, selbst das Tempo zu bestimmen, ließ einen zufriedenen Blick über die Anwesen streifen. Er würde eine behagliche Nacht verleben und – durch einen unglaublichen Glücksfall – das Ziel seines Strebens schon weit eher erblicken, als er es für möglich gehalten hätte. Er würde den Gral wohl kaum an sich bringen können, solange er sich in der sicheren Obhut des Klosters befand, aber wenn Nimuë mit ihm nach Süden reiste und den Schutz des Klosters nur für eine Unterbrechung ihrer Reise genoß, würde er vielleicht zumindest die Gelegenheit bekommen, mit ihr oder einem Mitglied ihres

Gefolges zu sprechen und herauszufinden, wohin der Schatz gebracht werden sollte. Und wenn es ihm durch irgendeine List möglich sein sollte, sich ihrem Troß anzuschließen, mochte sich sehr wohl eine günstige Gelegenheit ergeben . . .

Luneds Worte und seine symbolische Zurückweisung Morgans und ihrer Flasche »magischer« Rauschmittel waren für den Augenblick vergessen. So müde war er, daß es ihm nicht einen Augenblick in den Sinn kam, Nimuë könnte nach Süden reisen, um den kostbaren Becher persönlich in Arthurs Hände zu legen. Die Worte des Wirtes waren ihm wie ein plötzlicher Wink des Schicksals erschienen, ein Fingerzeig, die Berührung mit einem Zauberstab. Der Gral hatte ohne sein Zutun seinen Weg gekreuzt. Selbst wenn es bereits beschlossene Sache gewesen wäre, von der Suche abzulassen, wäre er doch kein Mensch gewesen, wenn er nicht wenigstens einen Blick hätte darauf werfen wollen.

Die Glocken der Klosterkapelle hatten in ihrem Geläut innegehalten, als er schließlich das Tor erreichte, aber der Pförtner war auf seinem Posten und öffnete ihm bereitwillig. Dann wies er ihm den Weg zu den Ställen, hinter denen, wie er sagte, der Schlafsaal für männliche Reisende lag. Eine Abendmahlzeit? Natürlich gebe es eine Abendmahlzeit für ihn. Der Lord (diese Bemerkung folgte einem sachkundigen, abschätzenden Blick auf das Zaumzeug des Pferdes und das goldene Glitzern an Gürtel und Schwertgriff des jungen Mannes) erhalte im Refektorium unter dem Schlafsaal ein Mahl. Bruder Magnus, der sich um die Reisenden kümmere, werde ihm den Weg zeigen. Sobald die Vesper vorüber war, werde man ihm gewiß das Abendessen auftragen. Zweifellos wünsche der Herr, später der Komplet beizuwohnen?

Alexander wünschte nur, ein Essen und ein Bett zugewiesen zu bekommen, aber er wußte, was man an einem solchen Ort von Gästen erwartete, und außerdem war es höchst wahrscheinlich, daß auch die Hüter des Grals dem Gottesdienst beiwohnen würden. Daher bejahte er und begab sich, nachdem er sein Pferd der Obhut eines Laienbruders anvertraut hatte, in die für die Gäste des Klosters vorgesehenen Quartiere.

Wie sich herausstellte, nahm er das Mahl nur in Gesellschaft einiger anderer Reisender ein, die nach Glannaventa unterwegs waren und von dort aus mit dem Schiff weiter nach Irland wollten. Es waren Leute aus Irland, die nur irgendeinen merkwürdigen irischen Dialekt sprachen, so daß er sie nicht nach der königlichen Reisegesellschaft befragen konnte. Die hatte, wie zu vermuten stand, schon früher zu Abend gegessen.

Das Abendessen war einfach, aber gut, Suppe, der ein heißer, dicker Eintopf mit frisch gebackenem Brot folgte, und schließlich ein mit Kräutern gewürztes Fischgericht. Nach dem Abendessen sah Alexander noch einmal kurz nach seinem Pferd und stellte fest, daß der behaglich untergebrachte und mit einer Decke versehene Braune herzhaft dem Inhalt einer vollen Futterkrippe zusprach. Er teilte sich den großen Stall mit drei eleganten, leichten Reitpferden, die dem Kloster gehören mußten, sowie zwei kräftigen Maultiergespannen. Von den Reittieren der Reisegruppe war nichts zu sehen. Sie waren in dem anderen Stall untergebracht – dem, der gewöhnlich für Gäste benutzt wurde – und befanden sich in der Obhut der eigenen Stallburschen und Dienstleute der Gäste. Für das Pferd des jungen Herren hätten sie dort keinen Platz mehr, sagte der Laienbruder, der als Stallbursche arbeitete, aber der junge Herr brauche keine Furcht zu haben; sein Pferd werde genauso gut versorgt wie das des Abtes selbst.

Daran konnte kein Zweifel bestehen. Alexander dankte dem Mann und stellte ihm ein paar zögernde Fragen nach der Reisegesellschaft, bekam aber keine zufriedenstellende Antwort. Er wisse nichts über sie, sagte der Laienbruder, nur daß einer von Ihnen – ein kleiner Junge, dem es bestimmt sei, Novize zu werden – im Kloster bleiben werde, wenn die übrige Gesellschaft weiterreise. Sie hätten alle, die Dame und auch die übrigen, sämtliche Messen besucht; es schien, als seien sie fromme Leute (fromm? Die Zauberkönigin Nimuë?), daher werde der junge Herr, wenn er die Komplet besuchen wolle, gewiß Gelegenheit haben, sie dort zu sehen und vielleicht anschließend ein Wort mit ihnen zu wechseln. Und nein, er könne kein Geschenk für sich selbst annehmen, aber wenn der junge Herr vielleicht etwas in die Kollekte geben wollte, würde Gott ihn für das Geschenk segnen ... Und da ertönte auch schon die Kapellenglocke.

Die Kapelle war sehr vornehm. Ein hohes gewölbtes Dach verschlang das Licht der Kerzen. Der Geruch des feinen Wachses, der hier verbrannt wurde, mischte sich mit dem des Weihrauchs, der sich dem im Dunkeln liegenden Dach entgegenkräuselte. Ein wunderschön behauener Steinlettner trennte den hinteren Teil des Gotteshauses von dem Bereich, in dem die Mönche beteten. Hinter diesem Lettner befanden sich die Plätze für die Laienbrüder und die Reisenden, die Gäste des Klosters. Durch das Gitterwerk des Lettners konnte Alexander nur einen Blick auf das Kruzifix über dem Hochaltar erhaschen; es schien in dem rauchigen Kerzenlicht dahinzuschweben. Keiner der Mönche war zu sehen, aber ihr Gesang hob sich kräftig und aufrichtig dem Kuppeldach entgegen.

Und die königliche Reisegesellschaft war ebenfalls anwesend, auf der anderen Seite des Mittelgangs. Sie bestand aus etwa einem Dutzend Leuten. Alexander blickte, den Kopf scheinbar zum Gebet geneigt, seitlich durch seine Finger und unterzog sie einer sorgfältigen Musterung.

Zuerst die Dame selbst, Königin, Zauberin, fromm oder auf Abwegen, jedenfalls züchtig verhüllt hinter einem schweren Schleier. Ihr Kleid war leuchtend rostrot, und darüber trug sie einen braunen Umhang, um sich gegen die Kälte zu schützen, die in der steinernen Kapelle selbst an einem Sommerabend herrschte. Er erhaschte einen Blick auf ein schlankes, mit einem Goldreif geschmücktes Handgelenk und das Glitzern eines Saphirs an den gefalteten Händen. Der Rest wurde von Umhang und Schleier verborgen.

Neben ihr kniete ein älterer Mann, der sein nobles, altes Gesicht dem Hochaltar entgegenhob und die Augen im Gebet geschlossen hielt. Er war nüchtern gekleidet, aber der graue Stoff seines Gewandes war von guter Qualität und das Kruzifix, das er in den schönen, schlanken Händen hielt, aus Silber und mit einigen tiefroten Steinen besetzt, die durchaus Rubine sein mochten. Hinter ihm konnte er noch gerade eben eine schmale Gestalt erkennen, wie es schien nicht mehr als ein Kind, aber im Gewand und Umhang eines Mönchs. Das war gewiß der Junge, dem es bestimmt war, Novize zu werden. Auf der anderen Seite des Jungen kniete ein Priester. Die anderen Männer und Frauen, die ein kleines Stück dahinter knieten, mußten ihre Diener sein.

Schließlich war der Gottesdienst zu Ende. Eine lange Pause der Ruhe, dann das langsame Schlurfen von Füßen jenseits des Lettners: Die Mönche verließen, einer nach dem anderen, die Kirche. Die Dame erhob sich und half dem alten Mann auf. Den Jungen zwischen sich, verließen sie die Kapelle. Der Rest folgte, und Alexander hielt sich dicht hinter ihnen.

Draußen löste sich die Gesellschaft binnen kurzem auf. Die Dame blieb einige Augenblicke stehen und unterhielt sich mit zwei Frauen aus dem Troß – zweifellos ihren Kammerfrauen. Alexander wartete darauf, daß sie sich von dem alten Mann verabschiedete und mit den Frauen auf die für weibliche Reisende bestimmten Quartiere zusteuerte, aber als sie sich endlich abwandte, ging sie, ohne den Arm des alten Mannes loszulassen, auf ein prächtiges Gebäude direkt hinter der Kapelle zu. Das Haus des Abtes wahrscheinlich; und natürlich war eine Dame von Nimuës Stellung dort untergebracht und nicht bei den gewöhnlichen Reisenden ... Eine der Frauen folgte ihr, während die andere sich abwandte, um sich in das Gästequartier zu begeben. Der Priester war bereits zusammen mit dem Jungen durch eine Tür in das Hauptgebäude des Klosters verschwunden. Ein anderer Junge, dieser in Pagenuniform, lief dem alten Mann entgegen, sagte etwas, wurde dann entlassen und folgte den Dienern, die auf den Schlafsaal der Männer zugingen. Aber er ging langsam, bummelte hinter den übrigen her, als widerstrebte es ihm, wie es bei Jungen dieses Alters immer der Fall war, zu Bett geschickt zu werden.

Alexander ging schnell hinter ihm her und holte ihn einige Meter vor der Tür zum Schlafsaal ein.

»Der Abend ist doch zu schön, um zu dieser Stunde schon ins Bett verfrachtet zu werden, nicht wahr? Sag mir, werden die Türen verschlossen, wenn sie uns erst mal für die Nacht im Haus haben?«

Der Junge lachte. »Ja, wie hinter den Hennen im

Hühnerstall, damit der Fuchs uns nicht kriegt! Aber wenigstens reißen sie uns nicht beim ersten Morgendämmern aus dem Schlaf – das besorgen ja schon die Glocken der Kapellen!«

»Bist du schon lange hier?«

»Fast eine Woche.«

»Ich bin heute erst angekommen; ich komme von Süden. Ich kenne diesen Teil des Landes nicht, überhaupt nicht, aber dieser Ort scheint mir recht angenehm. Wie lange werdet ihr noch hierbleiben?«

»Ich weiß nicht. Ein paar Tage, denke ich. Sie sagen uns ja nie etwas, aber es würde mich nicht überraschen, wenn der Herr vorhätte, etwas länger hierzubleiben.«

»Und deine Herrin?«

»Oh, sie wird sicher nach Hause wollen, wenn sie erst weiß, daß der Prinz hier gut untergebracht ist. Warum fragt Ihr? Wer seid Ihr?«

»Einer, der gern einmal ein Wort mit deiner Herrin reden würde, wenn sich das bewerkstelligen ließe. Ich reise allein, ohne Diener, aber wenn ich mich morgen vorstellte, würde sie mich dann wohl empfangen, was meinst du?«

»Nun, natürlich!« Der Junge, der Alexander in dem Licht, das durch die offene Tür des Schlafsaals fiel, angesehen hatte, klang zuversichtlich. »Sie ist eine sehr freundliche Dame, die Herrin. Kein Zeremoniell, jeder kann mit ihr reden. Wenn es wichtig ist . . .«

»Für mich ist es das. Wie heißt du?«

»Berin.«

»Nun, Berin, kannst du mir noch etwas mehr von deiner Herrin erzählen? Ist es wahr, daß . . .?«

»Hört nur!« sagte der Junge hastig. »Das ist die Glocke. Sie werden jetzt jeden Augenblick die Türen versperren. Ich verrate Euch, wie Ihr am ehesten mit meiner Herrin sprechen könnt. Sie geht morgens als allererstes im Obstgarten spazieren, während der Herr noch beim Gebet ist. Dann wäre es ganz einfach, mit ihr zu sprechen ... Nein, nein, das ist nicht nötig, Herr! Seht, da kommt schon Bruder Magnus, der darauf wartet, die Hennen einzusperren! Wir sollten uns besser eilen! Und nun gute Nacht, Herr!«

Daraufhin eilte der Junge los, und Alexander, der zum zweitenmal an diesem Abend ein Bestechungsgeld in seinen Beutel zurückwarf, eilte hinter ihm her.

Sechs

Alice und Alexander

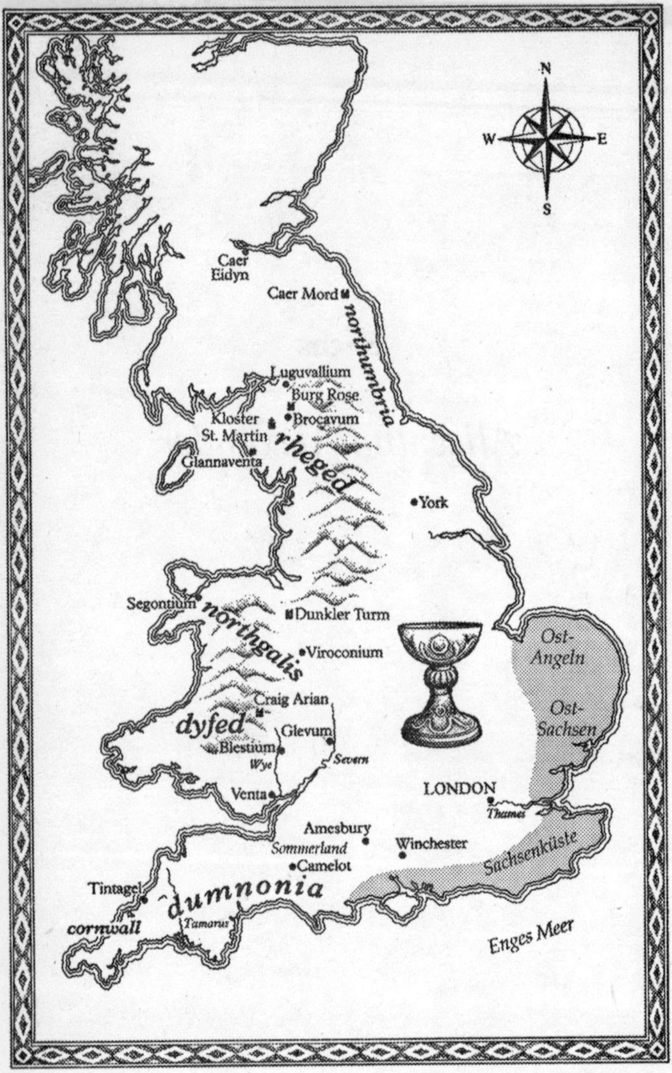

N
W
E
S
Caer Eidyn
Caer Mord
northumbria
Luguvallium
Burg Rose
Kloster St. Martin
Brocavum
rheged
Glannaventa
York
Segontium
northgalis
Dunkler Turm
Viroconium
Craig Arian
dyfed
Glevum
Blestium
Wye
Severn
Venta
Ost-Angeln
Ost-Sachsen
LONDON
Thames
Amesbury
Sommerland
Winchester
Camelot
Sachsenküste
Tintagel
dumnonia
cornwall
Tamarus
Enges Meer

31

Und so lernten sie einander endlich kennen, Alice und Alexander; es war am frühen Morgen eines schönen Sommertages im Obstgarten des Klosters von St. Martin.

Sie saß unter einem Apfelbaum, der voller Früchte war, kleiner grüner Äpfel, die so rund und glänzend zwischen so symmetrisch beschnittenen Blättern und Zweigen prangten, daß das Ganze wie ein Baum in einem beleuchteten Meßbuch aussah – der Baum Evas, der dem Sündenfall entgegenreifte. Im kurzen, moosdurchsetzten Gras darunter waren ein paar Mohnblumen und Margeriten der Sichel entgangen, etwas abseits wuchsen Butterblümchen und die kleinen, wilden Stiefmütterchen, und der Klee war bereits von zahllosen blauen Schmetterlingen umflattert.

Sie trug Blau, die Farbe der Schmetterlingsflügel, und da sie vorhatte, später in die Kapelle zu gehen, trug sie auch ihren Schleier. Sie wollte ihn gerade zurückschieben, um das Rotkehlchen beobachten zu können; der kleine Vogel war aus dem Apfelbaum herabgeflogen gekommen und hockte jetzt einen Meter von ihren Füßen entfernt auf einem umgestülpten Eimer, den jemand dort liegengelassen hatte. Als Alexander durch das Gras auf sie zukam, erhob sich das Rotkehlchen schimpfend in die Lüfte, und Alice hielt – immer noch verschleiert – inne und wandte den Kopf um.

»Mylady«, sagte er ein wenig heiser und verbeugte sich.

Als sie durch den Schleier aufblickte, sah sie einen hübschen jungen Mann mit blauen, leuchtenden

Augen in einem gebräunten Gesicht und braunem Haar, das in dichten Wellen auf seine Schultern fiel. Er hielt sich stolz, und seine Kleider waren, wenn auch abgetragen und eher zweckdienlich als elegant, so doch von guter Qualität. Sein Schwertgürtel glänzte so strahlend wie Roßkastanien, und der Griff seines Schwertes war juwelenbesetzt.

»Mylord?« fragte Lady Alice und wartete.

Nun, da der Augenblick schon gekommen war, da das Ende von Alexanders Suche nach den sagenumwobenen Zauberkräften Macsens so greifbar schien und ihm wie Zauberei vor Augen stand, mußte er feststellen, daß er nicht mehr daran dachte. Hier wirkte ein Zauber, der stärker war als der Königin Morgans, stärker noch als der Macsens, ein Zauber, den jener erste Apfelbaum des Garten Eden vielleicht hätte erklären können. Er versuchte zu sprechen, räusperte sich und brachte dann lediglich hervor: »Wenn ich vielleicht Euer Gesicht sehen dürfte? Wenn ich die Kühnheit haben dürfte, Euch zu bitten, den Schleier beiseite zu nehmen?«

»Das wollte ich ohnehin gerade tun«, entgegnete Alice. »Ich trage ihn nur in der Kapelle, und ich glaube, er hat das Rotkehlchen erschreckt.« Und nun schob sie den feinen Stoff zurück und blickte lächelnd zu ihm auf.

Ohne überhaupt wahrzunehmen, daß er sich bewegt hatte, fiel er vor ihr auf die Knie, holte tief Luft und brachte wiederum nicht mehr als ein recht törichtes Stammeln zuwege: »Ihr ... Ihr könnt unmöglich eine Hexe sein! Wer seid Ihr? Wer seid Ihr? Ihr seid das schönste Mädchen, das ich in meinem ganzen Leben gesehen habe! Sagt mir, wer Ihr seid!«

»Ich bin Alice, die Tochter des Herzogs Ansirus von Burg Rose in Rheged. Und ich versichere Euch, daß ich keine Hexe bin, obwohl ich mir das so manches Mal schon gewünscht habe! Und Ihr, Herr? Habt Ihr auch einen Namen?«

Sie lachte, aber er bemerkte es nicht. Er antwortete und scherte sich plötzlich um keine Vorsichtsmaßnahmen, keine möglichen Gefahren mehr. »Ich heiße Alexander. Mein Vater war Prinz Baudouin von Cornwall, Bruder von König Marke. Meine Mutter verwaltet Craig Arian für mich im Tal des Wye.«

»Und was führt Euch hierher, Prinz, hierher nach Rheged – wo Ihr, wie es scheint, Hexen vorzufinden erwartet?«

»Ich glaube«, sagte Alexander und meinte jedes einzelne Wort in vollem Ernst, »daß ich nur herkam, um Euch zu begegnen. Und ich glaube, daß ich Euch liebe.«

In dem angespannten Schweigen, das folgte, flog das Rotkehlchen wieder auf den Rand des Eimers herab und trillerte ein lautes, entrüstetes Lied, das jedoch ungehört blieb.

In späteren Jahren konnte keiner von ihnen sich genau daran erinnern, was als nächstes geschah, was gesagt wurde oder ob überhaupt während jener ersten langen Augenblicke, da sie einander ansahen, ein Wort fiel. Beide wußten plötzlich, daß sie dieser Begegnung mit stetem Schritt durch ihr junges Leben entgegengegangen waren. Für Alexander war es, als träte er aus dem Nebel in Sonnenlicht, aus dunklem Wasser in frische, strahlende Luft. Den Dunklen Turm hatte es nie gegeben. Eines Tages und irgendwie mußte seine Geschichte erzählt werden, mußten seine törichten Sünden gebeichtet werden, aber nicht jetzt, bitte, allmächtiger Gott, nicht jetzt. Dies war der Augenblick, in dem sein Leben als wahrer Prinz, als Ritter, als Mann vielleicht seinen eigentlichen Anfang nahm.

Für Alice war es der Augenblick, in dem der ängstliche Matrose das Licht des Hafens erblickt. Oder, praktischer ausgedrückt – und Alice war immer sehr praktisch –, der Augenblick, in dem sie den zukünftigen Herrn ihrer geliebten Burg Rose erkannte, den Mann, zu dem sie nicht nur einer Pflicht gehorchend, sondern mit der ganzen Freude einer Liebenden gehen konnte. Dies war das junge und willige Schwert, das ihr und den ihren Sicherheit und Frieden bewahren würde, wenn ihr alter Herr Vater sie verlassen hatte.

Was immer ihre Augen und ihre Gemüter einander zu sagen hatten, ihre Zungen plapperten die gewöhnlichen, höflichen Gemeinplätze von Fremden, die einander in der Fremde zum erstenmal begegneten. Alexanders jäher Ausbruch blieb unbeantwortet; Alice hätte kaum gewußt, was sie darauf hätte erwidern sollen, oder ob es überhaupt ernst zu nehmen war, und Alexander selbst war sich nicht mehr sicher, ob er seine Gedanken wirklich laut ausgesprochen hatte.

Und so beeilte er sich, während er sich neben ihr im Gras niederließ, etwas über die Schönheit des Tages zu bemerken und die herzliche Behaglichkeit des Klosters; er hoffe, daß die Reisegesellschaft des Herzogs ein gutes Quartier habe, und frage sich, wie lange sie unterwegs gewesen seien und – der Kern seiner Fragen – wie lange sie wohl in St. Martin zu bleiben gedächten?

»Nur noch ein paar Tage. Wir waren außer Landes und sind nun auf dem Weg nach Hause, aber wir mußten eine Weile hierbleiben. Mein Vater und der Abt hatten geschäftliche Dinge zu besprechen.«

Geschäftliche Dinge zu besprechen? Ein erschreckender Gedanke ließ ihn den Atem anhalten. Vielleicht war es diesem liebreizenden Mädchen bestimmt,

Nonne zu werden? Aber bevor er sprechen konnte, lächelte sie und sagte gelassen und ganz, als antworte sie ihm: »Mein Vater wird eines Tages in dieses Kloster eintreten, aber jetzt sind wir nur hergekommen, um jemanden hier unterzubringen, der in St. Martin Zuflucht sucht. Ein Junge aus den fränkischen Königreichen, der dort in Gefahr war und sich ebenfalls dem religiösen Leben verschrieben hat.«

»Aus Gallien? Wartet, Ihr sagtet, Euer Vater sei Herzog Ansirus? Den man den Pilgerherzog nennt?«

»Derselbe.«

»Ich habe natürlich von ihm gehört. Und auch von Euch. Ich glaube, unsere Familien haben irgendeine Verbindung, und ich habe meine Mutter von dem Herzog und seiner Tochter sprechen hören. Man nennt Euch ›die schöne Pilgerin‹. Wußtet Ihr das?«

»Man macht sich über mich lustig, denke ich«, sagte Alice. In ihrer Stimme lag keine Spur von Koketterie.

»Man macht sich über Euch lustig? Wie könnte das sein, wo Ihr doch . . .?« begann Alexander erhitzt, aber sie fiel ihm – auch, um eine Wiederholung seines Ausbruchs zu verhindern –, hastig ins Wort:

»Wahrhaftig, ja! Ich glaube, man findet es merkwürdig, wenn ein junges Mädchen – und ich bin seit meinem sechsten Jahr mit meinem Vater auf Reisen gegangen – solch lange Fahrten unternimmt, sich auf der Straße unter allerlei Volk mischt und so manches Mal Gefahren begegnet oder sie doch zumindest riskiert. Aber ich hätte es gar nicht anders haben wollen. Ich habe wunderbare Dinge gesehen und die herrlichsten Orte besucht. Ich glaube nicht, daß ich irgend etwas davon je vergessen werde, solange ich lebe.«

»Und jetzt, da Euer Vater beabsichtigt, diesem Orden hier beizutreten, werdet Ihr da das Leben nicht eintönig und schal finden nach so vielen Abenteuern?«

Sie schüttelte den Kopf. »Auf all meinen Reisen habe ich nie ein schöneres Land gesehen als dieses und keinen herrlicheren Ort als mein eigenes Zuhause in Rheged. Nicht einmal Rom, Athen oder Jerusalem können sich damit messen ...«

»Jerusalem!« Als hätte das Wort einen Pfeil in Alexanders Herz gesandt, fiel ihm plötzlich alles wieder ein. Sein Abenteuer, auf das er sich für Königin Morgan so heißblütig eingelassen hatte; der Gral; sein heimlicher Plan, das Vertrauen derer zu gewinnen, die die wunderbare Reliquie bei sich trugen. Und, um ehrlich zu sein, seine Hoffnung, diese Reliquie, wenn nötig mit Gewalt, an sich zu bringen.

»Was ist Euch?« fragte Alice, die sein Blick verstörte.

Er wandte sich von ihr ab, senkte den Kopf und riß unbewußt ein paar unschuldige Gräser heraus. Endlich begann er zu sprechen, obwohl er sie immer noch nicht anzusehen wagte. »Ich habe mich mit dem Tavernenwirt unten im Dorf unterhalten. Er war's, der mir von diesem Kloster erzählt hat und von dem guten Quartier, das man hier finde. Und er hat mir auch von einer Reisegesellschaft erzählt – er nannte sie eine ›königliche Gesellschaft‹ –, die vor kurzem in St. Martin eingetroffen sei und einen großen Schatz mitgebracht habe, der hier aufbewahrt werden solle. Das war doch gewiß Eure Reisegesellschaft? War seine Geschichte wahr?«

»Durchaus. Ich habe Euch doch erzählt, daß wir einen jungen Franken hergebracht haben, der sich den Brüdern hier beigesellen will. Er ist ein Prinz, und er bringt einen Schatz mit, wie es einem Prinzen geziemt.«

»Aus Jerusalem?«

»O nein, aus Gallien. Er mag wohl ursprünglich aus Jerusalem stammen oder von irgendeinem anderen Ort im Heiligen Land, aber er ist nun schon seit vielen Jahren in Gallien. Königin Chrodechild, die Witwe des Frankenkönigs Chlodwig hat ihn irgendwann an sich gebracht und in ihrer Privatkapelle aufbewahrt. Das ist alles, was ich weiß, nur daß dort jetzt Krieg herrscht, so daß man den Gral zur sicheren Aufbewahrung hierhergeschickt hat.«

»Dann ist es also der Gral?«

»Die Leute behaupten es.«

Alexander schien keinen ausweichenden Ton in ihrer Antwort entdecken zu können. Stirnrunzelnd blickte er auf die Gräser in seinen Fingern hinab: »Man hat mir gesagt, daß der Gral hier sei, in Britannien, in der Obhut Nimuës, der Zauberin, die die Königin irgendeiner Burg im Norden ist. In Rheged, sagte sie ... sagte man mir.«

»Macsens Schatz. Ja, das weiß jeder.«

»Das ist auch der Grund, warum ...« Er klang verlegen. »Ihr müßt Euch gefragt haben, warum ich vorhin von Hexen sprach. Ich dachte, Königin Nimuë habe den Schatz hierhergebracht, vielleicht auf ihrem Weg nach Süden, zum Hof des Hohen Königs. Und Ihr wart verschleiert, daher konnte ich, nun, ich ...«

»Ihr habt mich für die Zauberin des Königs gehalten?« Alice lachte. »Ich verstehe. Und Ihr wünschtet, mit ihr zu reden. Darf ich fragen, was Euch an Macsens Schatz so interessiert?«

»Ich ... Ja, natürlich werde ich es Euch später erzählen. Später werde ich Euch alles erzählen. Aber glaubt mir, im Augenblick interessiert mich der Gral nicht mehr. Jedenfalls nicht mehr so wie früher. Verstehe ich recht, daß Ihr wißt, wo er sich befindet?«

»Ich weiß, daß Königin Nimuës Gemahl, Pelleas, im Nordwesten eine Burg am Meer hat, ein paar Meilen jenseits der Grenzen unseres Landes. Nimuë besitzt außerdem ein Haus in der Nähe von Camelot, das früher

Merlin gehörte. Es heißt Applegarth. Wenn König Pelleas beim Hohen König ist, verbringt sie sehr viel Zeit dort. Aber ich weiß nicht, wo sie Macsens Schatz untergebracht hat. Wie sollte ich auch? Niemand weiß es. Es heißt, daß sie ihn durch einen Zauber versteckt hält, bis Arthur oder das Hohe Königreich seiner bedürfen.«

Alexander schwieg und dachte noch einmal zurück. Wie er so in diesem Obstgarten saß, wo das Sonnenlicht die Gräser mit einem goldenen Schimmer überhauchte und die frischen Geräusche und Gerüche des Morgens ihn umgaben, erschien es ihm unmöglich, daß er den düsteren Reizen Morgan le Fays jemals zum Opfer hatte fallen können.

Alice, die die Besorgnis in seinem Gesicht las, drang mit sanfter Stimme in ihn: »Habt Ihr vielleicht geglaubt, Ihr selbst würdet seiner bedürfen? Das tut mir leid. Es scheint, als hätten arme Sterbliche wie wir kein Recht auf ihn, nicht das geringste Recht, selbst wenn wir herausfinden könnten, wo der Rest des Schatzes – der Speer und der Gral – verborgen liegen. Vielleicht sind sie an einem Ort, der nicht einmal Nimuë zugänglich ist. Vielleicht sind sie bei Merlin selbst, verborgen im Licht. Ihr wißt, was die Leute von ihm sagen, daß er in seinem heiligen Berg schläft, wo all sein Feuer und Ruhm ihn umgibt. Also müßt Ihr Euch beruhigen, Mylord, und Euch mit dem Anblick des Grals begnügen, den wir aus Gallien hierher gebracht haben.«

»Der Gral, den ihr hergebracht habt ... Das ist es, was ich nicht verstehe. Wollt Ihr sagen, es gäbe mehr als einen Becher des Letzten Abendmahls?«

»O ja, so ist es«, antwortete Alice ein wenig traurig.

»Wie meint Ihr das?«

»Ich habe Euch doch erzählt, daß ich mit meinem Vater auf Pilgerfahrt war – zweimal nach Jerusalem und zweimal zum Schrein von St. Martin im Königreich der

Franken. An solchen Orten, vor allem aber in Jerusalem, bietet man den Pilgern Reliquien aus der Zeit Jesu an, ja sogar die Reliquien der heiligen Augenblicke seines Lebens und seines Todes. Und ... Aber ich möchte Euch nicht bekümmern.«

»Nein, sprecht weiter.«

»Nun, es gibt Männer, die von diesem Handel leben – denn genau das ist es, ein Handel. Reliquien erzielen gute Preise, bei armen Pilgern ebenso wie bei den Gesandten wohlhabender Kirchen und Höfe, die solche Dinge gern besitzen und ihnen huldigen wollen. Es tut mir leid, daß Ihr das nicht wußtet.«

»Nur weil ich nie darüber nachgedacht habe! Aber jetzt, da Ihr mir davon sprecht ... Aber meint Ihr, daß Macsens Schatz, daß diese Dinge der Macht Fälschungen sind? Das ist doch gewiß nicht möglich!«

»Natürlich nicht! Aber nach allem, was man so hört, ist Macsens Gral, obwohl er wie das Schwert, das die Menschen Caliburn nennen, über Macht und große Schönheit gebietet, genausowenig der Becher, aus dem Jesus trank, wie ungefähr ein Dutzend anderer Kelche, die ich im Heiligen Land gesehen habe.«

»Und was ist mit dem, den Ihr hierhergebracht habt?«

»Es ist ein kleiner Becher aus Gold, sehr hübsch und wunderbar gearbeitet.« Sie lächelte. »Aber hättet Ihr gedacht, daß Jesus und seine Jünger von goldenem Geschirr aßen und tranken?«

»Ich ... So habe ich die Sache noch nie betrachtet.«

»Ich denke, daß sein Becher aus Ton gewesen sein muß, ein schlichter Kelch, der schon vor langer, langer Zeit in Stücke gebrochen ist.«

»Aber wenn Ihr das wißt ...« Alexander schien, wie sie mit Freuden bemerkte, ihr Mangel an Leichtgläubigkeit nicht zu beunruhigen, obwohl er immer noch besorgt aussah. »Wenn Ihr das wißt, warum habt Ihr dann – oder vielmehr warum hat der Herzog, Euer Vater – zugelassen, daß dieser Franke in Eurer Begleitung den Brüdern hier diesen ›Gral‹ bringt? Schon jetzt erzählt man sich Geschichten über seine Heiligkeit, und das arme Volk wird Wunder erwarten!«

»Dann wird es wahrscheinlich auch Wunder bekommen«, entgegnete Alice gelassen.

Während er sie nun mit wirklicher Beunruhigung ansah, begann eine Glocke zu läuten. Alice griff nach dem Schleier, den sie auf den Rasen gelegt hatte, und machte Anstalten, sich zu erheben, aber er streckte eine Hand aus.

»Nein, bitte wartet. Sagt mir, wie Ihr das gemeint habt. Sprecht Ihr . . . Ihr könnt doch unmöglich von Betrug reden?« Nicht, so dachte er, während Ihr hier vor mir sitzt und ausseht wie ein junger Engel . . .

»Nicht Betrug. Es ist durchaus ehrlich, eine Frage des Glaubens. Seht Ihr, Chlodoald – das ist der Prinz – glaubt an diesen Gral; die alte Königin und die Brüder hier ebenfalls. Das ist der wahre ›Gral‹, dieser Glaube, auch wenn der ursprüngliche Gral schon vor Hunderten von Jahren in Stücke gegangen sein muß. Es ist ein Gedanke, ein Symbol, genau das, was er an jenem ersten Abend sein sollte. Das jedenfalls sagt mein Vater – und Jesus selbst hat es auch gesagt, wenn Ihr Euch erinnert.«

»Ihr sprecht von ihm, als hättet Ihr ihn gekannt.«

»Das dachte ich auch einmal, als ich noch sehr klein war.«

Eine neuerliche Pause, während die Glocken ihr süßes Geläut beendeten und sich neuerliches Schweigen über die beiden jungen Menschen senkte.

»Ich kam her, um den Gral zu finden«, sagte Alexander plötzlich. Seine Stimme erschien ihm irgendwie zu laut, und er senkte sie. »Ich kam in einem sündigen Auftrag, um Macsens großen Kelch zu finden, ihn, sei es mit List oder mit Gewalt, an mich zu bringen und jemandem zu übergeben, der seine Macht wollte. Jemandem, dem ich diente. Andere Ritter sind mit demselben Auftrag umhergereist. Keiner von ihnen hat den Gral gefunden, und mindestens zwei Männer haben bei der Suche nach ihm ihr Leben gelassen.«

»Dann«, sagte Alice sehr schlicht, »haben sie auch eine Art von Wahrheit gefunden. Und Ihr? Werdet Ihr weitersuchen? Dieser Mann, dem Ihr dient, wird er das von Euch verlangen?«

»Es war eine Dame, die mich ausgeschickt hat. Für mich war es eine große Herausforderung und ein Abenteuer. Für sie war es . . .« Er unterbrach sich jäh.

»Für sie? Sie wollte ihn wegen seiner Macht, sagtet Ihr? Nun«, meinte Alice, »vielleicht glaubt sie, daß sie seiner bedarf. Jeder hat seinen eigenen Gral.«

»Diese Dame?« Er sprach mit großer Heftigkeit, hielt dann jedoch beschämt inne. »Vergebt mir«, sagte er mit großer Demut. »Was ich getan habe, war falsch. Ich hatte kein Recht, mit Euch zu sprechen, wie ich es getan habe, oder über . . . über sie zu sprechen, wie ich es gern täte. Ich glaube, ich werde Euch jetzt besser allein lassen.«

Diesmal war es an ihr, bittend die Hand auszustrekken. »Nein, bitte bleibt. Warum erzählt Ihr mir nicht mehr von diesem Abenteuer, das Euch so quält?«

Und so blieb er. Er setzte sich wieder neben sie ins warme Gras und erzählte ihr die ganze Geschichte von ihrem Anfang in Craig Arian bis zu ihrem umschatteten Ende im Dunklen Turm. An dieser Stelle allerdings konnte er nicht dazu überwinden, ihr alles zu sagen, aber trotzdem saß er, als er geendet hatte, in unglücklichem Schweigen da und sah sie nicht an. Er erwartete, daß sie ihn tadelte oder sich wenigstens schweigend und von Abscheu erfüllt abwandte.

Sie schwieg in der Tat eine ganze Weile, aber als sie dann etwas sagte, war es nur ein: »Und nun?«

»Ich weiß nicht. Ich kann dieses Abenteuer nicht fortsetzen, und ich kann mich auch nicht einfach umdrehen und nach Süden gehen, um mich mit König Marke auseinanderzusetzen. Beide Abenteuer sind falsch, obwohl ich mich in gewisser Weise beiden verschworen habe. Jetzt ist mir klar, daß das eine sündig ist und das andere töricht. Aber was kann ich tun? Was *soll* ich tun?«

Alice wandte sich wieder ab, um den am Boden liegenden Schleier aufzuheben. »Es scheint mir, das Wichtigste ist doch, was Ihr von Lady Luned über diese geheimen Treffen von Männern gehört habt, die der Politik des Hohen Königs feindlich gesinnt sind. Selbst wenn Ihr nichts von ihren Plänen wißt, so kennt Ihr doch die Namen einiger Männer, und einer davon wird meinen Vater gewiß interessieren. So . . . Ah, hört! Ich glaube, sie kommen aus der Kapelle. Meint Ihr nicht, es wäre das erste, was Ihr tun solltet, und auch das Beste, zu ihm zu gehen und mit ihm zu reden?«

32

Es dauerte jedoch noch einige Tage, bis Alexander mit dem Herzog sprechen konnte. Als Alice sich an der Tür des Refektoriums von ihm verabschiedete und sich zum Frühstück zu Abt Theodor und ihrem Vater gesellte, herrschte dort eine Stimmung, die man an einem weniger stillen und von Frieden beherrschten Ort als Durcheinander bezeichnet hätte. Der Abt selbst eilte Alice mit der beunruhigenden Nachricht entgegen.

Ihr Vater war zum Ende der Messe in der Kapelle ganz plötzlich erkrankt. Offenbar hatte er sich am Morgen müde und ein wenig schwindlig gefühlt, aber er hatte alle Besorgnisse seines Gefolges beiseite gefegt und darauf bestanden, die Morgenandacht zu besuchen. Als er sah, daß Alice nicht in der Kapelle war, untersagte er streng, daß irgend jemand ihr die Neuigkeit brachte, die sie vielleicht erschrecken würde. Und in der Tat schien in den wachsamen Augen seiner Dienerschaft alles gut zu verlaufen. Aber am Ende der Messe, als der Herzog sich von den Knien erheben mußte, stand er nur halb auf, bevor er plötzlich in sich zusammensackte, als hätte er die Kraft in seinem rechten Bein verloren. Er fiel quer über seinen Stuhl und konnte sich nicht mehr bewegen. Als Alice hörte, wie die Kapellentüren sich öffneten und die Leute herausströmten, war es schließlich eine angsterfüllte kleine Prozession, die den Herzog, der bei Bewußtsein, aber hilflos war, zu seinem Schlafgemach trug.

Die magischen Augenblicke im Obstgarten, Alexander selbst, alles war vergessen. Alice wartete nicht darauf, daß der Abt weitersprach, sondern raffte ihre Röcke und eilte die Treppe hinauf, um nach ihrem Vater zu sehen.

Er lag in seinem Bett im Gästegemach des Abtes, einem prächtigen, behaglichen Wohnraum. Der Hospizbruder versorgte den Herzog mit Hilfe einer der Nonnen und Alices Kammerzofe Mariamne.

Alice flog an die Bettstätte. »Vater, was ist dir? Wie geht es dir? Was ist geschehen?«

Der Herzog, der flach in seinen Kissen lag und grau und müde aussah, brachte ein Lächeln zustande, vermochte aber nicht zu sprechen. Eine dünne Hand strich über die Decke, und sie beugte sich über ihn und nahm die Hand in die ihren.

»Vater ...«

Der Abt, der ihr, wenn auch in gemäßigterem Tempo, gefolgt war, trat vor und legte ihr freundlich eine Hand auf die Schulter. »Ruhig, mein liebes Kind, seid nur ruhig. Euer Vater hatte einen leichten Anfall, aber er wird sich sehr bald davon erholen. Er ist ein kräftiger Mann und an einem Ort, an dem ihm jede Pflege zuteil wird. Bruder Lukas wird Euch sagen, daß keine Gefahr besteht. Kommt jetzt, überlaßt ihn seiner Ruhe.«

Der Hospizbruder, der auf der anderen Seite des Bettes stand und eine Hand um das Handgelenk des Herzogs gelegt hatte, nickte ermutigend, und nach einer Weile gelang es ihm im Verein mit dem Abt, Alice zu überreden, das Schlafgemach zu verlassen. Sobald sie draußen auf der Treppe war und sich die Tür hinter ihr geschlossen hatte, beeilten sie sich, sie auf jede nur erdenkliche Weise zu beruhigen. Es sei eine Art von Anfall gewesen, sagten sie, und sie hätten solche Dinge schon früher erlebt; es sei nicht leicht, den Verlauf der Krankheit vorherzusagen, aber es schien sich wirklich nur um einen leichten Anfall zu handeln. Der Herzog hatte bereits wieder etwas Gefühl in der Seite und konnte die Finger der betroffenen Hand bewegen – seiner rechten. Sein Herz war stark, und obwohl er müde und geistig ein wenig verwirrt war, so hatte er doch gesprochen. Die Worte waren langsam und undeutlich, aber auch das würde sich mit der Zeit richten. Das Beste sei es, ihn jetzt überhaupt nicht reden zu lassen, meinte der Hospizbruder; er solle ein paar Tage lang still im Bett bleiben. Was er jetzt brauche, seien Schlaf und Ruhe. Wenn Lady Alice selbst mit dem Boten sprechen wolle, würde sie ihren Vater später gewiß beruhigen können. Die Sache sei für seinen Seelenfrieden offensichtlich von großer Wichtigkeit.

»Ein Bote? Was für ein Bote?« fragte Alice scharf.

»Wußtet Ihr das denn nicht? Ach natürlich, Ihr seid ja heute schon früh ausgegangen«, sagte der Abt. »Nun, heute morgen kam ein Mann von Burg Rose hergeritten. Vor der Messe hat Euer Vater sich etwa eine halbe Stunde mit ihm eingeschlossen. Ich selbst war bereits zur Kapelle hinübergegangen, daher habe ich ihn nicht mehr gesehen. Aber ich habe mich doch gefragt, ob er vielleicht irgendeine Nachricht gebracht hat, die Euren Vater in Unruhe versetzte. Bruder Lukas glaubt, dies habe vielleicht mit zu dem Anfall beigetragen.«

Alice spürte fast, wie das Blut aus ihren Wangen wich. Schlechte Nachricht von Burg Rose? Feuer? Ein Todesfall? »Ich muß ihn sehen. Bitte, bitte sofort! Ist er noch hier?«

»Ja.« Sie waren nun unten an der Tür zu den Räumen des Abtes. Ein Laienbruder, der dort Reinigungsarbeiten verrichtete, wurde eiligst hinausgeschickt. »Ich glaube, er ist weggegangen, um sich etwas zu essen geben zu lassen. Lady Alice, möchtet Ihr, daß ich bei Euch bleibe, wenn Ihr mit ihm sprecht?«

»Vielen Dank. Aber ... es ist schon gut. Ich habe mich wieder gefangen. Ihr seid sehr freundlich, aber ich möchte Euch nicht von Euren ...« Sie zögerte. Das Wort »Pflichten« schien für den Abt nicht recht passend zu sein.

»... von meinem Frühstück abhalten?« ergänzte der Abt lächelnd. »Und Ihr solltet ebenfalls etwas essen, mein liebes Kind. Ich werde Euch etwas in den Salon bringen lassen. Empfangt den Mann dort und sprecht erst einmal ungestört mit ihm. Ah, da kommt er schon.«

Alice hatte halb und halb mit Jeshua gerechnet, aber es war Adam, einer der Diener. Seine Neuigkeiten waren schnell erzählt und nicht von ernster Natur, doch es fiel trotzdem nicht schwer, sich vorzustellen, daß sie mit dazu beigetragen hatten, den alten, von Sorgen gedrückten Mann aufs Krankenlager zu werfen.

Graf Madoc war, statt auf die Rückkehr des Herzogs zu warten, wie man ihn geheißen hatte, bereits auf Burg Rose. Er residierte dort nunmehr seit fast einem Monat und hatte eine Truppe mitgebracht – Bewaffnete, sagte Adam, unter dem Befehl eines Hauptmanns, und die Dinge stünden in den Dienstbotenquartieren und den Ställen nicht zum Besten, und auch in anderen Teilen der herzöglichen Ländereien nicht, die der Graf zu Pferd besucht habe. Natürlich wußten alle, daß Graf Madoc Lady Alice heiraten werde und deshalb schon bald der Herr von Burg Rose sein werde, aber dennoch . . .

»Davon kann keine Rede sein«, entgegnete Alice; man könnte sogar sagen, daß sie die Worte zischte. »Es hat noch keinerlei Vereinbarungen in dieser Richtung gegeben. Wie, solange der Herzog nicht zu Hause ist? Graf Madoc greift den Dingen vor, aber ich nehme an, das ist verständlich. Nun, wie sehen die Probleme denn im einzelnen aus? Beltrane hat dich mit einer Beschwerde geschickt?« Beltrane war der Haushofmeister.

»Beltrane ist krank, Herrin. Er kränkelt nun schon seit einiger Zeit, und als der neue Mann, Jeshua, kam, war er froh und dankbar, ihm alles in die Hände legen zu können. Ein sehr tüchtiger Bursche, dieser Jude, und umgänglich obendrein. Anscheinend weiß er, wie die Dinge geregelt werden müssen, da er aus einem großen Haushalt kommt . . .«

»Ja, ja. Aber was ist denn nun passiert?«

»Nun, Beltrane hat uns aufgetragen, Jeshuas Anweisungen zu folgen, während er selbst zu Bette lag, und wir hätten das auch gern getan, aber bevor mein Herr, Euer Vater, nach Hause kommt, hat der Jude keine Autorität . . .«

»Wer sagt das? Mein Vater hat ihm Briefe gegeben, als er uns in Glannaventa verließ, um nach Burg Rose zu reiten. Ihr alle wußtet, daß er vom Herzog geschickt wurde, und wenn Beltrane ihn zum Haushofmeister ernannt hat, verfügt er über alle Autorität, derer er bedarf. Zweifelt denn jemand daran?«

»Herrin, Graf Madoc zweifelt daran. Er hat davon gesprochen, ihn zu entlassen. Und einige von uns gleich mit.«

»Ach, wirklich? Graf Madoc entläßt die Männer meines Vaters?«

»Diese Drohung hat er ausgesprochen, Herrin. Und seine Männer nehmen sich allerhand Freiheiten heraus. Es gibt . . . es gibt Beschwerden, Herrin.«

»Zum Beispiel?«

Zum erstenmal wandte der Mann den Blick ab. Er murmelte irgend etwas und betrachtete konzentriert seine staubigen Stiefel.

Alice holte tief Luft, um eine scharfe Bemerkung zu machen, atmete dann jedoch langsam wieder aus und sagte gelassen: »Adam, ich bin kein Kind mehr. Und jetzt, wo mein Vater darniederliegt, bin ich die Herrin von Burg Rose. Beschwerden? Meinst du von den Frauen?«

»Nun ja, es hat gewisse Zwischenfälle gegeben. Beths Mann war in eine heftige Streiterei verwickelt, aber das ist früher auch schon mal passiert. Und ja, es hat andere Zwischenfälle gegeben. Aber das ist nicht alles. Die Männer des Grafen sind zum Teil Trinker, und gelegentlich hat es da Schwierigkeiten gegeben. Aber bisher ist nichts Ernstes vorgefallen, Herrin, nichts, was meinen Herrn so hätte erschrecken können, wie es geschehen ist. Es war nur ... Wir alle hatten damit gerechnet, daß Ihr schon vor mindestens einer Woche heimgekehrt wäret, aber nachdem Ihr erst nach St. Martin gegangen seid, dachte Beltrane, es wäre wohl das Beste, wenn mein Herr ihm einen Brief, eine Art Dokument geben könne, um zu beweisen, daß Jeshua und wir anderen seinen Auftrag haben, die Dinge bis zu seiner Rückkehr zu verwalten. Das ist im Grunde die ganze Nachricht, die ich ihm gebracht habe, und woher sollte irgend jemand wissen, daß sie meinen Herrn dermaßen aufregen würde?«

Alice wandte sich ab und ging schnell ans Fenster. Sie hatte die Hände zu Fäusten geballt, und ihr Puls raste vor Zorn. Sie wußte ganz genau, was ihren Vater so schockiert hatte, daß er zusammengebrochen war. Madoc hatte, übereifrig in seiner Anmaßung, Alice und mit ihr das reiche Erbe, nach dem es ihn gelüstete, für sich zu fordern, Ansprüche geltend gemacht, bevor die Sache überhaupt besprochen war, und er war ihrer und seiner selbst sicher genug, um seinen Männern zu gestatten, sich in ihrem Zuhause wie eine Besatzungstruppe zu benehmen.

Nun, da hatte er sich eindeutig übernommen. Auf ihre eigene Art und Weise war die Nachricht eine gute. Jetzt bestand keine Notwendigkeit mehr, den Herzog zu überreden, von jeglichen Erwägungen bezüglich dieser Hochzeit abzulassen. Und gewiß gab es auch keine Einwände mehr, eine andere Ehe gutzuheißen. Ja, nicht einmal mehr die Notwendigkeit, auf eine Winterhochzeit zu warten, um ihrem Vater die Möglichkeit zu geben, das fromme Leben, nach dem er sich so sehnte, zu beginnen. Es sollte wahrlich nicht schwierig sein, ihm seinen Seelenfrieden zurückzugeben.

Sie drehte sich wieder um, um den Mann anzusehen, der voller Überraschung sah, daß sie lächelte. »Nun,

Adam, es ist offensichtlich, daß wir noch länger hierbleiben müssen, bis mein Vater so weit genesen ist, daß er die Reise nach Hause antreten kann. Aber ich werde tun, was ich kann. Du nimmst Briefe für Beltrane und für Jeshua mit. Diese Briefe werden Jeshua alle Autorität geben, in meinem und meines Vaters Namen zu handeln, bis Beltrane wieder genesen ist. Ich bezweifle, daß Graf Madoc das Siegel des Herzogs ignorieren wird.« Sie lächelte wieder, und Adam hatte den jähen Eindruck, daß die Sonne plötzlich durch die Wolken gebrochen war. »Man hat mir gesagt, du wärest die ganze Nacht über geritten.«

»Ich bin spät aufgebrochen, Madame, als alle in der Burg bereits zu Bett lagen, und ich bin ohne Pause geritten.«

»Du hast schon gegessen, glaube ich?«

»Ja.«

»Dann komm bitte, wenn du dich etwas ausgeruht hast, wieder zu mir und hole dir die Briefe. Und sag dem Stallburschen, er soll dir eins von unseren Pferden satteln. Und Adam ...«

»Ja, Herrin?«

»Sag unseren Leuten zu Hause, daß sie sich nicht allzu große Sorgen machen sollen, sondern einfach nur versuchen müssen, sich so gut, wie es geht, mit einem schwierigen Besuch abzufinden. Und sag ihnen, daß mein Vater auf dem Wege der Besserung ist und mit etwas Ruhe bald wieder genesen wird. Was auch immer ihn an deinen Nachrichten so bekümmert hat, es wird, sobald wir nach Hause kommen, aus der Welt geschafft werden. Das heißt, eigentlich ist es schon aus der Welt geschafft.«

Während der nächsten drei Tage war Alice ständig bei ihrem Vater. Sie schickte jemanden, der Alexander berichtete, was sich zugetragen hatte und daß seine Begegnung mit dem Herzog warten müsse, bis er sich ganz erholt hatte. Die Botschaft, die sie daraufhin von ihm erhielt, besagte, daß der Prinz nicht die Absicht habe, das Kloster zu verlassen, bis er Gelegenheit gehabt habe, den Herzog kennenzulernen und mit ihm zu reden, und daß er ihr ergebenster Diener sei, wenn er irgend etwas für sie tun könne.

Der Bote – es war Berin, der Page des Herzogs – wurde eiligst mit Alices Dank zurückgeschickt; mehr schrieb sie nicht, aber Berin selbst (den das Ganze nunmehr zu interessieren begonnen hatte), hatte einen Nachsatz hinzugefügt, daß er sicher sei, daß seine Herrin einige der Gottesdienste in der Kapelle besuchen werde, um gemeinsam mit den Mönchen und Nonnen, die inbrünstige Gebete für die Genesung des Herzogs sprachen, um Gottes Beistand zu bitten.

Also besuchte Alexander fromm jeden Gottesdienst, morgens wie abends, und verbrachte seine Tage damit, seinem Pferd die notwendige Bewegung zu verschaffen. Und am dritten Abend belohnte ihn der Anblick von Lady Alice im Vespergottesdienst sowie ein kurzes Wort, bevor sie ins Krankenzimmer zurückeilte. Sie sah müde aus, dachte er, und ein wenig bleich, aber ihre liebreizende Heiterkeit war unverändert. Ihrem Vater ging es besser, erzählte sie ihm, er gewinne fast stündlich an Kraft; er lerne schnell, seine Gliedmaßen wieder zu benutzen, und habe auch seine Sprache wiedergefunden, die zwar immer noch langsam, aber deutlich sei. Wenn Prinz Alexander immer noch den Wunsch habe, um eine Unterredung mit ihm nachzusuchen . . .

Er hatte den Wunsch.

Nun denn, so würde es nicht mehr lange dauern, denke sie. In zwei oder drei Tagen vielleicht. Würde er dann noch hier sein?

Er würde.

Alexander ging frohen Mutes zurück zum Stall, wo er zur Zeit den größten Teil seiner Tage verbrachte, und zwar in der angenehmen Gesellschaft seines Pferdes und des Laienbruders, der sich als Stallbursche betätigte. Erst als der ihn fragte, ob er bereits im Allerheiligsten der Kapelle gewesen sei, wo Chlodoalds Gral nunmehr in der ihm gebührenden Pracht in einer eigenen, fein geschnitzten und mit einem Baldachin beschirmten Apsis stand – erst da wurde ihm klar, daß er nicht nur diesen Gral, sondern auch alles andere vergessen hatte.

Bis auf das, was ihm zu seinem Herzenswunsch geworden war.

33

Zwei Tage später kam einer von Ansirus' Dienern zu Alexander, als dieser beim Frühstück saß; der Herzog wolle ihn sprechen, richtete er ihm aus und geleitete ihn bis an das Lager seines Herrn.

Alexander verspürte, während er dem Diener die große Treppe im Haus des Abtes hinauffolgte, eine Nervenanspannung, die ihn selbst überraschte. Sah man von seinen Begegnungen mit Königin Morgan ab, so war sein junges Selbstbewußtsein kaum je erschüttert worden, aber dieses Gespräch ... Plötzlich hatte er keine Ahnung mehr, was er sagen oder wie er es sagen solle, und wußte nur noch, daß irgend etwas auf jeden Fall gesagt werden mußte. Seine Begegnungen mit Königin Morgan – genau da lag das Problem. Was Alice ihrem Vater bereits von dieser Geschichte erzählt haben mochte und was der Herzog sich daraus zusammengereimt hatte, wagte Alexander sich gar nicht vorzustellen. Aber er war Alices Vater, und die Wahrheit mußte heraus.

Alexander holte tief Luft, straffte die Schultern und ging an dem sich verneigenden Diener vorbei in das Schlafgemach.

Der Herzog lag immer noch im Bett, aufgestützt auf hohe Kissen. Das Gemach war groß und sonnig, mit Blick auf die Flußwiesen und die Mühle. Die Möbel waren von so guter Qualität wie im Hause eines Lords – ein Rang, der dem Abt, einem Vetter eines geringeren Königs irgendwo in Wales, schließlich auch zukam. Der Fensterrahmen war aus feinem Horn, die Wandbehänge wunderschön gewoben und gearbeitet. Nur der mit einem Kissen belegte Betschemel in der Ecke, über dem das Kruzifix hing, verriet, daß dies ein Zimmer in einem Gott geweihten Hause war.

Alexander machte seine Verbeugung und sprach seinen formellen Gruß, und der alte Mann lächelte und winkte ihn zu einem Stuhl zwischen dem Bett und dem Fenster.

»Der Sohn von Baudouin von Cornwall, erzählte mir meine Tochter? Ich erinnere mich an ihn. Ich habe ihn zwar nie kennengelernt, aber jedermann wußte nur das Beste von ihm zu sagen. Ein Vater, auf den man stolz sein kann. Und habe ich recht verstanden, daß Eure Mutter noch lebt?«

So wiederholte Alexander seine Geschichte von dem Mord an seinem Vater, von ihrer Flucht von König Markes Hof und dem Schwur seiner Mutter, daß er eines Tages seinen Vater rächen werde.

»Und dies zu unternehmen, seid Ihr von Hause aufgebrochen?«

»Nicht ganz, Herr. Ich wäre natürlich gegangen, aber sie wollte es nicht. Nicht daß ihre Liebe zu meinem Vater und ihr Gram um seinen Tod geringer geworden wären, aber – so sagte sie – seit jenem Tage habe sich manches in Britannien geändert. Es gebe andere Möglichkeiten, um König Marke in Schande zu stürzen und vielleicht auch seinen Tod zuwege zu bringen. Sie wollte mich nicht nach Cornwall gehen lassen, sondern trug mir auf, nach Camelot zu reiten und die Angelegenheit dem Gericht des Hohen Königs zu unterstellen.«

»Was erklärt, warum Ihr durch Rheged reist, nach Norden?« fragte der Herzog mit einem Lächeln. »Nein, mein Junge, ich weiß, warum Ihr hier seid. Ich habe von Eurem Ausflug in den Dunklen Turm gehört – meine Tochter hat es mir erzählt. Glaubt nicht, daß ich einen Stein werfen könnte, um Euch zu tadeln! Früher einmal – sehr lange Zeit ist das nun her – war ich selbst jung und habe einige törichte und sündige Dinge getan, an die ich heute wahrlich nicht mehr gern erinnert werden wollte ... Aber ich glaube, daß Gott uns selbst mit Hilfe des Bösen auf den Weg bringen kann, den wir gehen sollen.«

Er hielt inne und legte den Kopf wieder zurück auf die Kissen, als sei er müde, aber als Alexander sich erhob, entweder um zu gehen oder um die Nonne zu rufen, die draußen saß, hob er eine Hand, um ihm Einhalt zu gebieten.

»Nein. Es ist schon gut. Ich bin nicht müde, nur sehr langsam. Auch meine Stimme ist langsam geworden, wie Ihr hören könnt, und noch langsamer sind meine Gedanken. Man sagt mir, mit der Zeit werde das vorübergehen, aber ich fürchte, daß Zeit ein Luxus ist, den ich nicht habe.«

Daraufhin wollte Alexander irgendwelche Einwände erheben, aber der Herzog schüttelte nur lächelnd den Kopf. »Ich danke Euch, aber ich sprach nicht vom Tod. Ich habe die Absicht, noch eine Menge zu tun, bevor dieser Tag kommt! Ich rede von der Gegenwart, von heute, und davon, was getan werden muß, während ich leider außerstande bin, es selbst in die Hand zu nehmen.« Er holte tief und ausgiebig Atem, und dann, als hätte ihm dies neue Kraft gegeben, nickte er mit neuer Energie und Entschiedenheit. »Ja, es gibt eine Menge Dinge, die ich Euch gern erzählen würde, Prinz Alexander, und vieles, worum ich Euch bitten muß, aber zuerst wollt Ihr vielleicht so freundlich sein, Wein einzuschenken? Er steht auf dem Tisch da drüben, und ja, ich darf auch davon trinken, sonst, dessen dürft Ihr versichert sein, hätte meine fürsorgliche Tochter ihn weggesperrt . . . Vielen Dank. Nehmt Euch selbst auch einen Becher, ja? Und nun setzt Euch wieder, bitte sehr, und erzählt mir die Geschichte, die Ihr schon meiner Tochter erzählt habt. Vielleicht könnt Ihr mir mehr sagen, als Ihr ihr sagen wolltet? Aber ich muß es hören, alles. Es betrifft mich stärker, als Ihr glaubt.«

Also ging Alexander abermals die ganze Geschichte durch, diesmal ohne sich die Mühe zu machen, irgend etwas zu verbergen. An dieser Stelle muß man sich daran erinnern, daß er niemals den Rat oder auch nur die Gegenwart eines Vaters gekannt hatte, und nun stellte er fest, daß er mit einer Unbefangenheit redete, wie er sie nicht einmal Barnabas in Craig Arian gegenüber gezeigt hatte. Von Zeit zu Zeit warf der Herzog eine Frage ein, so daß der Prinz, als er nach einer ganzen Weile zum Ende kam, nichts zurückgehalten hatte.

Der Herzog steuerte sofort auf denselben Punkt zu, wie Alice es getan hatte. »Diese ›Räte‹ von Königin Morgan. Erinnert Ihr Euch all der Männer, die bei ihr waren?«

»Ich denke doch. Ich kannte nicht alle Männer in

ihrer Gesellschaft beim Namen, aber diejenigen, die ihr am nächsten standen und sich mit ihr im Ostturm beraten haben, schon.«

»Und einer der Namen, den Ihr hörtet, war Madoc.«

»Ja, Herr. Ich habe diesen Namen nur einmal gehört, als Graf Ferlas mit der Königin sprach.«

»Dann war er selbst nicht dort im Dunklen Turm?«

»Nein, Herr. Aber ich habe gehört, daß er früher dort war. Er war in irgendeiner Angelegenheit der Königin nach Norden geritten. Ich wußte nicht, worum es ging, nur was ich von Ferlas gehört habe. Aber es ging nicht darum – um die Suche nach dem Gral. Das« – schloß Alexander verbittert – »war für die entbehrlichen Narren reserviert.«

»Nun«, meinte Ansirus lächelnd, »hier ist einmal ein Narr, der sich von seiner Narrheit befreit zu haben scheint – und Ihr seid viele Jahre jünger, als ich es war, bis ich mich dazu entschloß! Nein, mein Junge, wir wollen nicht länger darüber reden. Ich glaube, daß sich Euer Leben in Zukunft ändert. Und nun hätte ich gern noch etwas mehr Wein, und wenn Ihr so freundlich sein wollte, hört Euch an, worum ich Euch bitten möchte.«

Als Alexander Wein nachgeschenkt hatte, legte der alte Mann sich für ein paar Sekunden schweigend zurück und drehte den Kelch in den Händen, die langsam und zerbrechlich, aber doch recht ruhig wirkten. Als er von neuem zu sprechen begann, schien auch seine Stimme stärker geworden.

»Ich glaube, Ihr erzähltet meiner Tochter, daß Ihr Euch zwei verschiedenen Abenteuern verschworen hättet, aber keines von beiden fortsetzen könntet. Eines sei töricht, sagtet Ihr, und das andere sündig.« Er hielt inne, um einen Schluck Wein zu nehmen, und stellte den Kelch dann beiseite. »Was das sündige betrifft, jenes Abenteuer, das Euch von einer Hexe auferlegt wurde, die eine Macht an sich bringen will, auf die sie nicht den Schatten eines Rechts hat, das könnt Ihr vergessen, und Ihr könnt es in Ehren vergessen. Selbst wenn Ihr nicht mit Drogen und allerlei Schlichen dazu gebracht worden wäret, so kann doch niemand sich in Ehren zu einer Sünde verleiten lassen. Ihr versteht, was ich meine?«

»Ja, Herr.«

»Und das andere, der Racheschwur, den Eure Mutter vor all jenen Jahren getan und nun Euch auferlegt hat, um den Mörder Eures Vaters seiner verdienten Strafe zuzuführen; auch das könnt Ihr vergessen.«

»Kann ich das, Herr? Es ist doch meine Pflicht und muß es auch bleiben, auch wenn . . .«

»›Die Rache ist mein, sprach der Herr‹«, zitierte der Herzog sanft.

»Herr, wenn Ihr damit meint, daß ich diesen Teufel von Marke Gottes Gericht überlassen soll . . .«

»Gott hat bereits zugeschlagen. Das ist es, was ich sagen wollte. Ich habe es gleich nach unserer Landung vernommen. König Marke liegt krank danieder, und es heißt, er werde das Jahr nicht überleben. Ihr braucht an ihm keine Rache zu nehmen. Auch dieser Pflicht seid Ihr nun entledigt, und Ihr seid es in Ehren.«

Alexander sah ihn nur wortlos an. Später würden Erleichterung kommen, Freude und die explosionsgleiche Energie der Freiheit; aber im Augenblick war diese Freiheit nur eine große Leere. Die Frage, die unablässig in seinen Gedanken widerhallte, war: Was jetzt? Sollte er weiterziehen, um Drustan im trostlosen Norden aufzusuchen? Aber wozu, jetzt, da Marke im Sterben lag? Oder sollte er sich nach Süden wenden und die lange Straße nach Camelot beschreiten, vielleicht, um mit dem Hohen König in die Kriege zu ziehen, die sich wie Sturmwolken über dem Kontinent zusammenballten?

Oder sollte er tun, was ihm im Augenblick als die unerfreulichste Wahl von allen erschien, nämlich nach Hause und in die Enge zurückkehren, ja, die Enge von Craig Arian und seiner Mutter liebevoller, aber unstrittiger Herrschaft?

Und Alice? Seine Hoffnungen, die ihm so sicher und so leuchtend erschienen waren, hatten sich während des Gesprächs der beiden Männer wie Nebel aufgelöst. Der Herzog war freundlich gewesen, aber welcher Vater würde seine Werbung akzeptieren nach jenen Wochen im Dunklen Turm? Seine Ehre hatte das Geständnis erfordert, und nun war die Ehre alles, was er noch hatte.

Der Herzog begann von neuem zu sprechen. »Es scheint, als gehörte Markes Königreich in Cornwall dem Recht nach Euch, wenn Ihr es jemals für Euch fordern solltet. Werdet Ihr das tun?«

Alexander zögerte und sagte dann die Wahrheit. »Ich weiß es nicht. Ich glaube nicht. Meine Mutter hat mir etwas davon erzählt; es ist ein rauhes Königreich mit rauhen Nachbarn und nach all diesen Jahren für mich ein fremdes Land.«

»Dann werdet Ihr zu dieser Burg, Craig Arian, zurückkehren und Euch dort um Eure Ländereien kümmern?«

»Wahrscheinlich. Obwohl Craig Arian mit Barnabas und meiner Mutter, die es verwalten, kaum noch eines Herren bedarf.«

»Wenn das so ist, dann könnte ich Euer Schwert gebrauchen, Alexander«, sagte der Herzog.

Sein Tonfall war beiläufig, fast ausdruckslos. Es dauerte einige lange Sekunden, bis der Sinn seiner Worte zu dem jungen Mann durchgedrungen war.

»Ihr meint, auf Eurem Weg nach Hause? Oder ... oder auf Burg Rose selbst? Soll ich Euch dort dienen?«

»Beides. Was hat meine Tochter Euch über ihr Zuhause erzählt?«

»Nur daß es der schönste Ort auf Erden sei und daß die Burg zusammen mit Euch, mein Herr, ihr ganzes Herz besitzt.«

»Und daß ich mich schon bald zurückziehen und das Leben führen will, nach dem ich mich sehne, ein Leben des Gebetes und der Einsamkeit?«

»Bei unserer ersten Unterhaltung sagte sie etwas in der Art, aber da ich Euch damals noch nicht kannte, habe ich mir weiter keine Gedanken darüber gemacht.«

»Dann hört mir jetzt zu. Bevor ich Euren Dienst annehmen kann, gibt es einige Dinge, die Ihr wissen müßt. Ich habe einen Erben, den jüngeren Sohn eines bereits verstorbenen Cousins. Der ältere Bruder hält die Ländereien im Norden, und dieser Mann ist landlos. Bevor ich nach Tours aufbrach, habe ich ihm einen Brief geschickt, in dem ich ihm vorschlug, daß wir uns treffen und über eine Heirat sprechen sollten. Er war zu der Zeit außer Landes; man hat mir nicht erzählt, wo, aber jetzt glaube ich es zu wissen. Nun, ich hatte die Absicht, die Angelegenheit weiter voranzutreiben, sobald ich nach Hause käme.« Er schwieg einen Augenblick. »Ihr habt vielleicht gehört, was geschehen ist. Vor einigen Tagen bekam ich Nachricht, daß dieser Mann bereits auf Burg Rose sei, zusammen mit einigen seiner Soldaten, und daß er sich – nach den Berichten meiner Diener – bereits als Herr der Burg ansieht.« Wieder entstand eine Pause. »Und obwohl bisher nichts geregelt oder auch nur besprochen worden wäre, betrachtet er sich als Verlobten meiner Tochter und rechnet mit einer baldigen Hochzeit.«

»Nein!« Das Wort klang wie ein Peitschenhieb, ein heftiger Protest. Alexander hätte es gern zurückgenommen, aber der Herzog warf ihm nur einen schnellen, belustigten Blick zu.

»Nein. Natürlich nicht. Obwohl er ein entfernter Verwandter von mir ist, wünsche ich doch nicht mehr, daß meine Tochter seinen Namen trägt. Wenn ich recht informiert bin, kennt Ihr diesen Namen. Madoc von Bannog Dun.«

Alexander hielt den Atem an. »Derselbe?«

»Derselbe.«

»Dann war das also die Angelegenheit, die ihn vom Dunklen Turm nach Norden führte?«

»Wahrscheinlich. Ihr habt mir erzählt, daß Madoc in irgendeiner Angelegenheit der Königin nach Norden gesandt worden sei und daß Graf Ferlas berichtet habe, er scheine sich ›den Besitz schon verschafft zu haben, und alles sei gut‹. Damit, so denke ich, meinte er wohl die Heirat und mit ihr die Inbesitznahme von Burg Rose.«

»Welches Interesse hat die Königin an der Burg? Will sie einen ihrer Leute dort untergebracht wissen, als Gebieter eines Bollwerks, einer zentralen Feste in Rheged?«

»Was das betrifft, können wir nur raten. Aber ich denke, wir sollten davon ausgehen, daß es sich so ähnlich verhält.«

»Und er ist bereits dort, hat sich den Besitz verschafft! Sagt mir, Herr, könnte Graf Madoc Eure Burg gegen Euch halten? Könnte er Eure Rückkehr verhindern?«

»Das möchte ich doch bezweifeln. Er hat nur ein paar eigene Männer bei sich, und keiner von den meinen würde ihm im Kampf gegen mich beistehen. Und er hat auch noch keine Ahnung, daß ich von seinen Plänen weiß. Er muß immer noch davon ausgehen, daß ich ihn als den versprochenen Gemahl meiner Tochter empfangen werde. Aber falls er sich weigert zu gehen, wenn ich ihn darum bitte, und falls er seine Verbündeten herbeiruft . . . Nun, ich bin ein alter Mann und jetzt auch noch etwas kränklich, und ich habe Angst vor dem, was meinen Leuten zustoßen könnte.«

»Also wollt Ihr mein Schwert. Natürlich. Es gehört Euch!« Alexander antwortete mit einer Art heftigem Ungestüm. »Aber was ist mit Lady Alice? Eine Heirat wurde für sie arrangiert, besprochen, wie Ihr sagt, aber nie wirklich beschlossen? Sie hat nichts davon gesagt, obwohl . . . Ich meine, würde sie . . . war sie einverstanden?«

»Ja, sie war einverstanden. Sie betrachtete es als ihre Pflicht. Aber eine«, fuhr der Herzog lächelnd fort, »derer sie sich ohne Bedauern entledigt weiß. Nun war die Rede von einer anderen Heirat; Alice selbst hat davon begonnen. Sie erzählte mir, daß sie Euch heiraten werde. Mit Eurer Zustimmung natürlich. Nein, antwortet mir nicht, Junge. Seht zu, daß Ihr erst wieder zu Atem kommt, und nehmt Euch noch einen Becher Wein.«

34

Zwei Tage später wurden sie in der Klosterkapelle vermählt, am Morgen eines weiteren herrlichen Sommertages. Abt Theodor persönlich traute sie. Es war das erste Mal, daß der Herzog seit seinem Anfall einen Ausflug aus seinem Schlafgemach unternahm, aber wenn er auch langsamer in seinen Bewegungen war als zuvor, so doch kräftig genug, und die Erleichterung über den Gang der Dinge sowie der Anblick des Glücks seiner Tochter brachten fast wieder ein jugendliches

Leuchten in seine Augen zurück. Das junge Paar wurde von einem ernsten Kind in der weißen Robe eines Novizen zum Altar geleitet. Es war ein kleiner Junge, den Alexander noch nie gesehen hatte, bei dem es sich aber, wie man ihm zu verstehen gab, um Chlodoald handelte, den fränkischen Prinzen, der mit der herzöglichen Reisegesellschaft von Tours gekommen war und die Reliquie, die er den Gral nannte, zur sicheren Aufbewahrung hierher nach St. Martin gebracht hatte.

Nach der Zeremonie gab es einen kurzen Gebets- und Dankgottesdienst, dann brach das junge Paar zusammen mit dem Abt, dem Herzog und Prinz Chlodoald im Speisesaal des Abtes sein Fasten, während sich draußen die Gesellschaft des Herzogs bereit machte, um noch am selben Tag nach Hause aufzubrechen. Dies verstieß zwar gegen den Rat des Hospizbruders, aber der Herzog konnte es jetzt nicht mehr erwarten, endlich aufzubrechen, und hatte sich bereit gefunden, in der Sänfte zu reisen, die sonst Alice benutzte. Sie ihrerseits war überglücklich, ein Pferd zu besteigen und die allzu lange Reise nach Hause Seite an Seite mit ihrem jungen Gemahl antreten zu dürfen.

Allzu lang, weil man beinahe wortlos übereingekommen war, daß der Vollzug der Ehe, das Brautbett, warten müsse, bis sie nach Burg Rose kamen. Ein Kloster war kaum der geeignete Ort für eine Hochzeitsnacht, und die Gasthäuser längs der Straße waren dünn gesät und kein einziges von ihnen wirklich gut. Die Reise mußte um Ansirus' willen langsam vonstatten gehen, mit mindestens einer Übernachtung unterwegs, und es stand noch lange nicht fest, wie viele Meilen die Gesellschaft zurücklegen konnte, bevor der Herzog eine Ruhepause brauchte. Alice erschien es überdies nur recht und billig zu sein, daß der zukünftige Herr von Burg Rose sie und mit ihr ihr geliebtes Zuhause in diesem Zuhause selbst in Besitz nehmen sollte.

Man hatte einen Boten zur Burg vorausgeschickt, der dort melden sollte, daß sie unterwegs waren. Mehr nicht; kein Wort von der Heirat, nur gerade genug, um sicherzustellen, daß alle Diener der Burg sich wie gewohnt zusammen mit einigen zu den Ländereien gehörenden Gefolgsleuten einfanden, um ihren Herzog daheim willkommen zu heißen. Diesen Leuten wollte er dann augenblicklich Mitteilung von der Eheschließung ihrer Herrin machen, um sogleich öffentlich ihren neuen Herrn vorzustellen.

Obwohl dies ein schwerer Schlag für Graf Madoc sein würde, fühlte sich Herzog Ansirus durch den Austausch der Botschaften im Frühjahr nicht gebunden. Keiner der Beteiligten hatte die Ehe versprochen, und die anmaßende vorzeitige Übernahme der Burg durch den Grafen machte es doppelt sicher, daß die herzöglichen Gefolgsleute und seine Nachbarn ihn unterstützen würden, wenn er sich des Eindringlings entledigte. Wie enttäuscht und zornig Madoc auch sein mochte, er konnte kaum etwas tun, solange er zu Gast in der Burg war und nur eine Handvoll Männer bei sich hatte. Ansirus, der niemals irgendeinen Mann in seinem Leben gefürchtet hatte, fürchtete auch seinen jüngeren Verwandten nicht. Zornige Worte würde es vielleicht geben, vielleicht sogar Gerede von gebrochenen Versprechungen. Aber dem konnte man ein gefährlicheres Wort entgegensetzen, *Verrat*, und was sollte Madoc dann anderes tun, als die Tatsache hinzunehmen, Königin Morgan von seinem Fehlschlag zu berichten und in sein Land zurückzukehren, wo er weiter seinen Verschwörungen gegen den Frieden des Königreiches nachhängen konnte, wenn auch in dem Wissen, daß seine Pläne und die der Königin nunmehr bekannt waren und jederzeit dem Hohen König zu Gehör gebracht werden konnten.

Was Königin Morgan denken mochte, wenn sie erfuhr, daß ihre Pläne für Burg Rose von ihrem eigenen Gimpel Alexander vereitelt worden waren, das konnte der junge Mann weder sagen, noch interessierte es ihn. Der Bann war gebrochen. Eine andere Magie hielt ihn gefangen. Sein Abenteuer war fast bestritten, sein eigener Gral errungen.

Und so machte sich die Gesellschaft lachend und fröhlich auf den Weg nach Norden und hatte nichts vor Augen als Glück und Erfüllung.

Das Wetter blieb schön, und sie kamen ohne Zwischenfälle und Mißgeschicke voran – eine wahre Hochzeitsreise, meinte Alice glücklich. Endlich gelangten sie über einen sanft bewaldeten Hügel, um unter sich das Tal des Paradieses liegen zu sehen.

Die Sonne ging gerade in diesem Augenblick in einem zarten Schleier dünner safranfarbener Wolken unter. Nicht weniger leuchtend waren die Bäume und Wiesen des Tals, deren Sommerfülle zwischen Grünbronze und Goldbronze erstrahlte und hier und da von dem schwarzen Glitzern der Stechpalmen und Tannen durchbrochen wurde. Alles, Wald, Hecke und Trokkensteingraben wurde von der tiefstehenden Sonne mit violetten und dunkelindigofarbenen Schatten nachgezeichnet. Hier und dort erblickte man auch das kühle Aufleuchten des Flusses, der sich durch Wiesen und reiches Waldland schlängelte.

»Burg Rose liegt da drüben«, sagte Alice und zeigte die Richtung. Sie und Alexander waren den übrigen ein kleines Stück vorausgeritten.

»Wie weit noch?«

»Noch zehn Meilen oder so. Wir werden morgen zu einer guten Zeit dort ankommen. Ich bin froh, daß wir heute so weit gekommen sind.« Sie hob abermals die Hand, um ihn auf etwas aufmerksam zu machen. »Sobald wir diesen Buchenwald dort hinter uns haben und auf dem Boden des Tals angelangt sind, werden wir auf eine kleine Siedlung stoßen, wo man uns nur allzugern für die Nacht ein Quartier anbieten wird. Außerdem werden wir dort erwartet. Wir haben mitteilen lassen, daß wir auf unserem Heimweg vorbeikommen, und ich habe vor einer Stunde Berin vorausgeschickt.«

»Noch ein Kloster!« Diesmal war Alexanders Stimme nicht so sorgfältig beherrscht und ganz eindeutig die eines enttäuschten Liebenden; als Alice antwortete, zeigte sich ein Grübchen in ihren Wangen.

»Wahrhaftig. Und in gewisser Weise unser eigenes Kloster – deines jetzt. Meine Mutter liegt dort begraben.«

»Das tut mir leid.«

»Nicht nötig. Ich habe meine erste Pilgerreise dorthin unternommen – so erzählte man mir jedenfalls –, als ich zwei Jahre alt war. Mein Vater geht an besonderen Tagen immer dorthin – an ihrem Hochzeitstag, an Mutters Geburtstag und an meinem, der auch der Tag war, an dem sie starb. Für ihn ist es, glaube ich, ein Ort, an dem sie sich immer noch treffen.«

»Dann hätte ich doch gedacht, daß er sich dorthin zurückziehen würde, in die Nähe deiner Mutter und in die Nähe seines Heims, statt in das doch recht abgelegene St. Martin.«

»Es ist ein Kloster nur für Frauen.« Alice lachte über seinen Gesichtsausdruck. »Ja, ich fürchte, für dich und die übrigen heißt es heute, draußen im Dunkeln zu nächtigen, mein lieber Lord!«

»Während du mit deinen Frauen in einem warmen

Gänsefederbett schläfst. Ich werde mich damit abfinden«, sagte Alexander, »aber nur für diese eine Nacht. Und danach, meine liebe Gattin, wenn dann noch einmal irgend jemand, sei es nun ein Abt, eine Nonne oder gar der Hohe König selbst, versuchen sollte, mich davon abzuhalten, in deinem Bett zu schlafen . . .«

»Das wird schon niemand tun. Und da drüben liegt auch das Kloster, siehst du? Sind diese rosigen Steine nicht wunderschön, wie sie zwischen den Bäumen aufleuchten? Aus demselben Stein ist auch Burg Rose erbaut. Sollen wir zurückreiten und feststellen, wie es meinem Vater ergeht? Oh, und Alexander . . .«

»Ja, meine Geliebte?«

»Wenn wir nach Burg Rose kommen, ist dein Bett, das verspreche ich dir, ebenfalls aus Gänsefedern.«

Er lenkte sein Pferd neben das ihre, um mit ihr zusammen zur herzöglichen Sänfte zurückzureiten. »Etwas Geringeres erwarte ich auch nicht«, sagte er lachend und fügte, wenn auch leise, hinzu: »Aber glaube nicht, daß ich sehr fest schlafen werde, meine geliebte Alice.«

35

Als sie Burg Rose endlich sahen, stellten sie fest, daß Graf Madoc sie – als Verwandter des Herzogs in vollem Staate – am Tor erwartete. Bei ihm war eine Gruppe seiner Männer, die, wie man deutlich sehen konnte, alle bewaffnet waren. Aber hinter ihm im Hof, nahe den Stufen, die zu der großen Tür führten, stand der Hüter der Burg, Beltrane, der vom Krankenbett genesen war, und um ihn scharten sich die Leute der Burg, ihre Schlüssel in den Händen. Eine beträchtlich größere

Schar als gewöhnlich war es; man sah Pachtbauern mit ihren Knechten und Gutsarbeiter und Stallburschen ebenso wie Hausdiener, als hätte Beltrane sich bedroht gefühlt und so viele Leute aus dem herzöglichen Gefolge wie nur möglich um sich versammelt. Dicht hinter ihm war Jeshua in einer Amtsrobe (die wohl die Frauen der Burg irgendwie zuwege gebracht hatten). Sie ähnelte der, die er als *domesticus* bei Königin Chrodechild getragen hatte.

Die herzögliche Sänfte wurde an der Spitze der Reisegesellschaft getragen und auf den Seiten von Alice und Alexander eskortiert. Nachdem sie für das Mittagsmahl Rast gemacht hatten, hatte Ansirus Anstalten gemacht, darauf zu bestehen, die letzte Etappe der Reise zu reiten – um seine Leute nicht zu erschrecken, wie er sagte, obwohl Alice argwöhnte, daß er Madoc gegenüber kein Zeichen von Schwäche verraten wollte. Aber am Ende hatte er sich, da ihn die Reise sehr ermüdet hatte, überreden lassen, sie zu beenden, wie er sie begonnen hatte, obwohl er die Sänfte dazu in eine Trage verwandelt hatte, die mehr von Prunk als von Krankheit zeugte. Er saß mit geradem Rücken gegen die Kissen gelehnt da. Man hatte die Vorhänge der Sänfte zurückgezogen, so daß er ganz zu sehen war in seinem prächtigen Gewand mit dem juwelenbesetzten Kragen, der sein Gewand funkelnd überschattete, sowie dem großen Herzogsring, einer Rose aus Rubinen, an der Hand.

Als die Sänfte sich dem Tor näherte, trat Madoc vor. Er warf einen schnellen, neugierigen Blick auf den Prinzen, in dem nicht das leiseste Zeichen von dunklen Ahnungen oder gar Interesse lag (also hatten sich keine Gerüchte über ihre Hochzeit herumgesprochen, dachte Alice), dann wandte er sich mit dem denkbar knappsten Gruß an Alice und eilte augenblicklich zu der Sänfte hinüber.

»Vetter! Seid willkommen!« Es war die Art, wie man einen Verwandten begrüßt, einen Gleichgestellten, nicht die Art, wie ein Gast seinen heimkehrenden Gastgeber begrüßt hätte. Der Herzog streckte ihm mit einer steifen, höflichen Erwiderung seine beringte Hand hin, und Madoc beugte sich nach einem winzigen Zögern darüber und küßte sie, bevor er mit einem Blick eifriger Besorgnis und einer Stimme, die bis in die letzte Ecke des Hofs drang, bemerkte: »Aber Ihr seid krank? Verletzt vielleicht gar? Euer Bote hat uns gar nichts davon berichtet. Bei allen Göttern, lieber Vetter, es ist nur gut, daß ich hier war, um die Dinge für Euch zu regeln . . .«

»Ich bin weder krank noch in irgendeiner Weise verletzt, vielen Dank.« Der kühle Tonfall des Herzogs gab nichts preis. »Nur älter und leichter zu ermüden als früher. Wenn ihr mir jetzt Eure Hand leihen würdet?«

So kam es, daß der Herzog, ohne auch nur eine Spur von seiner Schwäche zu verraten, am Arm seines Verwandten kräftig und aufrecht in den Hof schritt, dicht gefolgt von seiner Gesellschaft. Graf Madocs Männer mußten notgedrungen die Nachhut bilden. Als der Herzog an die große Treppe kam und sich befreite, um die freundlichen Grußworte und Fragen seiner Leute entgegenzunehmen, konnte Madoc nur zurücktreten, während die Schar derer, die den Herzog willkommen heißen wollten, sich vorwärts drängte. Dem Grafen blieb nichts anderes übrig als zuzusehen, während der Herzog mit Alice und dem jungen Fremden die Treppe hinaufstieg und sich der Menschenmenge im Hof zuwandte.

Es war nicht nötig, erst um Stille zu bitten. Kein Mann, der nicht darauf gebrannt hätte zu erfahren, wer dieser junge Fremde war mit den von der Reise befleckten Kleidern und dem Benehmen und dem Schwert eines Prinzen, das an seiner Hüfte funkelte. Und keine Frau, die nicht bereits den Ring an Alices Hand gesehen und das glühende Leuchten in ihren schönen Augen bemerkt hätte und zu dem richtigen Schluß gekommen wäre.

Der Herzog sprach unbefangen, als spräche er zu Freunden. »Verzeiht mir, wenn ich mich kurz fasse, aber es ist richtig, daß ich in jüngster Zeit ein wenig kränkelte, und eine solche Reise ist für einen Mann in meinen Jahren doch recht ermüdend. Aber jetzt, da ich hier bin, in meinem Zuhause und wieder mit euch vereint, brauche ich nichts Böses zu fürchten. Um so mehr, als ich eine großartige Neuigkeit für Euch habe.« Er faßte Alexander leicht bei der Hand und zog ihn einen Schritt näher zu sich heran, ebenso Alice, bis beide neben ihm standen. »Laßt mich euch den Mann vorstellen, der nach mir über Burg Rose herrschen wird. Er ist der Gemahl Eurer Herrin, meiner Tochter Alice, und sein Name ist Alexander. Er ist Prinz Alexander, einziger Sohn von Prinz Baudouin von Cornwall und der Lady Anna von Craig Arian im Wyetal ... Nein, wartet noch einen Augenblick, gute Leute! Nur noch einen Augenblick! Der erste Kuß auf die Wange meiner Tochter und der erste Willkommensgruß für den Bräutigam muß meinem lieben Verwandten, Graf Madoc, überlassen sein, der in meiner Abwesenheit hier geherrscht hat. Madoc?«

Dieser Schachzug war genauso geschickt wie die ganze Heimkehr. Und doch spürte Alice, die den rituellen Kuß empfing und Madoc Alexander begrüßen sah, wie ein Hauch von Furcht ihr Rückgrat hinaufstrich, als hätte man den Pelz einer argwöhnischen Katze gegen den Strich gekämmt.

Dann plötzlich war alles Lachen und laute Rufe und

Grußworte und Freude. Alice gelang es schließlich, durch die Küsse und Glückstränen ihrer Kammerfrauen nahe genug an ihren Vater heranzukommen, um ihn dazu zu drängen, sich niederzulegen und auszuruhen, aber der Herzog hatte noch etwas zu sagen, und nach einer Weile wurde der Menge Schweigen geboten.

»Ich danke euch, ich danke euch, meine Freunde! Ich glaube, jetzt ist für uns alle der Zeitpunkt gekommen, wieder unseren eigenen Angelegenheiten nachzugehen. Graf Madoc, laßt mich Euch ein weiteres Mal willkommen heißen. Wenn Ihr Euch einen anderen Ausgang für Eure Reise erhofft habt, tut mir das leid. Ich konnte kaum erwarten, Euch noch vor meiner Ankunft hier zu finden. Ich hätte Euch von dieser Neuigkeit geschrieben und Euch so einige Mühe erspart, aber nun« – eine lächelnde Geste begleitete die Worte – »fürchte ich, daß die Pfeile der Liebe, die sich ja bekanntermaßen willkürlich ihr Ziel suchen, uns nichts zu bereden übrig lassen, und mir bleibt nur, Euch noch einmal dafür zu danken, daß Ihr Euch während meiner Abwesenheit um meine Leute gekümmert habt. Ich hoffe, daß Ihr und Eure Männer das glückliche Ereignis mit uns feiern werdet.«

Madoc, der bleich vor Zorn war, sich aber gut unter Kontrolle hatte, wollte etwas sagen, aber der Herzog hob, immer noch lächelnd, eine Hand. »Später, mein lieber Vetter, später werden wir reden, aber nun muß ich mich mit Eurer Erlaubnis ein wenig ausruhen.« Dann wandte er sich wieder dem Gedränge im Hof zu. »Hört mich an, meine Freunde! Als meine Tochter und Prinz Alexander im Kloster von St. Martin getraut wurden, schworen sie alle beide, daß ihre eigentliche Hochzeit hier auf Burg Rose stattfinden müsse. Also werden wir heute abend das Hochzeitsfest abhalten, an dem ihr teilhaben sollt, und danach wird die Braut hier in ihrem eigenen Heim mit Gottes Segen und unser aller Liebe in ihr Brautbett gehen.«

Auf diese Ankündigung hin brach neuerliches Getöse aus, das jedoch sogleich wieder verklang, da der Herzog sich umwandte, um hineinzugehen, und Alice lachend und mit vor Verlegenheit geröteten Wangen Alexander hinter ihm her schob. Plötzlich waren Köche und Hausdiener ganz mit der Frage beschäftigt, wie es ihnen in den wenigen noch verbliebenen Stunden gelingen solle, das Brautgemach und ein Hochzeitsfest vorzubereiten, das ihrer Herrin und ihnen selbst zur Ehre gereichen würde.

Währenddessen lächelte Graf Madoc und sah mit kalten Augen zu, und seine Männer standen wie Soldaten, die keine Schlacht auszufechten hatten, bis er mit ihrem Hauptmann sprach und sie sich von dem fröhlichen Wirrwarr entfernten, um ihre Quartiere in dem Turm, in dem sie untergebracht waren, aufzusuchen.

36

Als dürfte in dieser Nacht nichts Schönes und Freudiges ausgelassen werden, hatten sie einen vollen Mond, der spät und aprikosenfarben an einem Himmel voller leuchtender Sterne aufstieg. Alice und Alexander bemerkten jedoch weder Mond noch Sterne, obwohl das Fenster ihres Schlafgemachs offenstand und einen herrlichen Blick auf den Himmel preisgab; nicht einmal, als die Liebenden in den toten Stunden vor der Dämmerung des neuen Morgens wie alle anderen in der Burg schliefen und ein Mondstrahl wie verblassendes Silber auf das Bett fiel und Alexanders Augen berührte.

Wegen dieses Mondstrahls allein wäre er vielleicht nicht aufgewacht. Er regte sich, murmelte etwas, und der Arm, der Alice umfaßte, zog sie fester zu sich heran, aber dann durchbrach ein Laut schwach, aber beharrlich seinen von der Liebe betäubten Schlaf und ließ seine Augen, wenn auch widerstrebend, sich öffnen.

Das Geräusch war immer noch da. Jemand stand an der Tür. Und nun gesellte sich eine leise, aber drängende Stimme zu dem Klopfen.

»Mylord! Mylord Alexander!«

Jeder, der diese Nacht unterbrach, dachte Alexander verschwommen, sollte gehängt werden. Aber andererseits mußte jeder, der dies tat – sein Verstand klärte sich sehr schnell, während er aus dem warmen Bett schlüpfte und die kühle Luft der Morgendämmerung seinen nackten Leib wie ein kalter Schauer überhauchte –, einen sehr guten Grund dafür haben. Und das konnte nur bedeuten (er hatte einen Schlafrock an sich gerissen und warf ihn sich hastig über), das konnte nur irgendeine Art ernsthafter Schwierigkeiten bedeuten.

Jeshua stand vor der Tür. In dem verschwommenen Licht der Stocklaterne an der Tür sah sein Gesicht bleich und angespannt aus.

»Was ist geschehen? Der Herzog?«

Jeshua blickte hastig an Alexander vorbei, dorthin, wo Alice im Schlaf lag, und sagte dann mit einem drängenden Flüsterton: »Das mag sein. Nein, er ist nicht krank, aber ich glaube, er oder Ihr seid in Gefahr. Ich bitte um Vergebung, daß ich Euch jetzt störe, aber ich glaube, wir müssen miteinander reden.«

»Gefahr? Der Herzog?« Alexander hatte Graf Madoc

im Hof natürlich mit Neugier und allerhand Überlegungen betrachtet und nachher in der Festhalle ebenfalls, aber er sah nur, daß der Graf sich anscheinend recht bald wieder in der Gewalt hatte, auch wenn er zu Anfang einen verständlichen Verdruß und Zorn angesichts des Fehlschlags seiner Ehepläne nicht ganz zu verbergen vermocht hatte. Und beim Hochzeitsmahl, wo er zur Linken des Herzogs saß, war er zurückhaltend, aber freundlich und von ausgesuchter Höflichkeit. Sonst bemerkte Alexander nichts. Da er nur Augen für Alice hatte und in Gedanken ganz bei der kommenden Nacht war, fiel nichts auf. Und er verschwendete auch keinen Gedanken daran, was nach dem Festmahl bei einem Gespräch unter vier Augen zwischen Madoc und dem Herzog gesprochen wurde.

Nun sagte er leise: »Nein, wartet. Gehen wir hierhin.« Nachdem er die Tür des Schlafgemachs leise hinter sich geschlossen hatte, faßte er Jeshua am Arm und führte ihn durch den Flur zu einer Nische, wo ein Fenster die kühle Morgenluft einließ.

»So. Nun sprecht. Ihr redet von Graf Madoc?«

»Von wem sonst? Mylord, aus keinem geringeren Grunde hätte ich Euch heute nacht gestört, und ich habe so lange gewartet, wie ich es wagte . . .«

»Verschwendet darauf keinen Gedanken. Fahrt fort. Was wißt Ihr?«

»Nur, daß der Graf alles tun, alles wagen würde, um diese Ländereien in seinen Besitz zu bringen. Beltrane hat mir von anderen Dingen erzählt, die sich zugetragen haben, aber damit wollen wir uns jetzt nicht aufhalten. Ich weiß von einer Sache, die heute abend zwischen ihm und dem Herzog besprochen werden sollte, weil ich die entsprechenden Vorkehrungen zu treffen habe. Der Graf soll die Burg verlassen, allerdings erst in ein oder zwei Tagen. Diese Frist ist ihm nur der

Form halber belassen. Aber seine Soldaten soll er schon morgen fortschicken und ihnen den Auftrag geben, jenseits der Grenzmauern der Burg auf ihn zu warten.«

»Ja? Kann der Herzog das erzwingen?«

»O ja. Aber versteht Ihr, was das bedeutet? Wenn der Graf etwas vorhat, muß es heute nacht geschehen.«

»Etwas vorhat? Was sollte das sein?«

Aber er kannte die Antwort, noch bevor Jeshua sagte: »Habt Ihr je von den Jungen Kelten gehört?«

»Ah«, sagte Alexander leise. »Ja, in der Tat. Und sie und diese ... Frau verlassen sich wirklich darauf, daß er Burg Rose in seinen Besitz bringt?«

»Ich glaube ja. Er war der naheliegendste Kandidat, der Erbe, dem dann auch noch ein müheloser Weg über die Ehe in Aussicht gestellt wurde. Ich weiß nicht viel von Eurem Land, mein Herr, aber ich habe gehört, daß es sehr nützlich wäre, diesen Ort zu halten und vielleicht die Straße nach Norden zu beherrschen oder den Hafen im Westen, wo wir an Land gegangen sind.«

»Ich weiß ebenfalls nichts darüber, aber ... Es ist doch gewiß nicht sehr wahrscheinlich, daß er jetzt etwas unternimmt? Selbst wenn ich aus dem Wege wäre, muß der Herzog ihm bei ihrem Gespräch doch klargemacht haben, daß er von den Verbindungen des Grafen zu der Rebellengruppe weiß und daß er sich keine Hoffnungen auf Lady Alice machen kann? Welchen besseren Grund konnte er dem Mann dafür nennen, daß er seine Ansprüche auf ihre Hand übergangen und sie mir gegeben hat? Was fürchtet Ihr? Was habt Ihr sonst noch gehört?«

»Nichts Bestimmtes. Aber ich war da, als die Botschaft kam, daß der Herzog auf dem Rückweg von St. Martin sei, und ich habe den Grafen beobachtet, als der Herzog Euch als Lady Alices Gemahl vorgestellt hat. Danach – als alle damit beschäftigt waren, das Fest vorzubereiten – bin ich dem Grafen Madoc gefolgt, um festzustellen, was er tut. Ich erkenne einen Mord, wenn ich einen sehe, Mylord. Er hat mit seinem Hauptmann geredet, und obwohl ich nichts von dem, was gesagt wurde, hören konnte, habe ich ihre Blicke gesehen. Dann habe ich versucht, Beltrane zu warnen, aber er hatte nur Gedanken für die Heirat und das bevorstehende Fest – und außerdem wollte er mir nicht glauben. Er ist ein schlichter Mann, und für ihn ist dieser Ort nach einem ganzen Leben des Friedens der Friede selbst. Es mag in letzter Zeit Schwierigkeiten gegeben haben, aber jetzt, da der Herzog wieder daheim ist, kann er sich nicht vorstellen, daß irgend jemand Unfrieden stiften könnte. Und mehr noch, er wollte einfach nicht glauben, daß ein Verwandter dem Herzog oder Lady Alice Schaden zufügen könnte. Genausowenig« – die gleichmäßige Stimme mit dem schwachen Akzent veränderte sich nicht im geringsten – »wie er bereit wäre, etwas zu glauben, was ich, ein Fremder und Jude, über den Vetter seines Herrn sagen würde. Also bin ich zu Euch gekommen.«

»Und was soll ich Eurer Meinung nach jetzt tun?«

»Herr ...« Nun veränderte sich die Stimme doch; Erleichterung und Drängen sprachen aus ihr. »Herr, wenn Ihr in das Zimmer des Herzogs gehen wolltet ... Er und Graf Madoc haben ihre Unterredung erst vor nicht allzu langer Zeit beendet und sind zu Bett gegangen. Ich habe abgewartet, bis mein Herr sicher in seinem Gemach war, und im Augenblick ist alles gut, aber nur ein Mann wacht über ihn, ein Diener, der für gewöhnlich in Rufweite im Vorraum schläft. Ich dachte, man würde Wachen aufstellen, aber das war bisher nie nötig, und niemand hat jetzt daran gedacht. Deshalb, Herr, wenn Ihr jetzt zu ihm gehen könntet, nur so lange, wie es dauert, bis ich einige der Männer des Herzogs geweckt und Wachen aufgestellt habe ... Auch dafür bedarf ich Eurer Autorität. Ich bin bereits unten im Ostturm gewesen und habe die Männer des Grafen dort eingesperrt. Wenn sich herausstellt, daß sie nichts im Schilde führten, werden sie es nie erfahren. Beim ersten Tageslicht werde ich wieder aufsperren.«

»Guter Mann. Ihr habt recht getan. Ich werde gehen. Gebt mir nur einen Augenblick Zeit, um etwas anzuziehen und mein Schwert zu holen. Aber wenn meine Lady erwacht und mich nicht an ihrer Seite findet ... und glaubt, ihr Vater sei in Gefahr ...«

»Ich habe Mariamne geweckt. Sie wird bei Eurer Lady bleiben für den Fall, daß sie erwacht. Laßt uns zu dem Gott, den wir teilen, beten, daß wir sie nicht in Unruhe zu versetzen brauchen und daß all dies umsonst gewesen ist.«

»Abgesehen davon, daß es meine Hochzeitsnacht ruiniert hat.«

»Hoffen wir, daß Ihr wieder bei Eurer Frau seid, bevor sie erwacht«, sagte Jeshua. Er wandte sich um und rief leise: »Mariamne? Komm jetzt.«

Sie hatte irgendwo im Korridor in der Dunkelheit gewartet. Als Alexander sich Kleider und Waffe holen ging, kam sie schnell herbei, blieb neben Jeshua stehen, um sich im Flüsterton mit ihm zu unterhalten, stellte sich auf die Zehenspitzen, um ihn zu küssen, und schlüpfte dann lautlos in das Schlafgemach und an die Seite ihrer Herrin. Alice regte sich nicht. Alexander, nun bekleidet und das Schwert in der Hand, hob eine Hand zum Gruß und verließ genauso lautlos das Gemach.

Jeshua war bereits fort. Alexander, dessen Rehlederschuhe keinen Laut machten, lief durch den Korridor zum Zimmer des Herzogs.

37

Die Räume des Herzogs lagen an der Südfront der Burg, und um zu ihnen zu gelangen, mußte Alexander zum Eckturm gehen, sich seinen Weg über ein Dutzend Stufen der Wendeltreppe hinuntertasten (denn im Treppenhaus des Turmes gab es kein Licht) und dann die Tür von Ansirus' Schlafgemach suchen. Nach den hastigen Anweisungen, die Jeshua ihm hatte geben können, wußte er, daß es die dritte Tür auf dem Gang war, unschwer zu verkennen, da sie normalerweise von zwei Stocklaternen beleuchtet wurde, die zu beiden Seiten des Bogenganges angebracht waren.

Ebenfalls unschwer erkannte Alexander, als er auf den Lichtkreis der beiden Fackeln zueilte, daß die Tür zum herzöglichen Gemach offenstand. Und während er hastig weiterlief, sah er drei Dinge: einen Mann, wahrscheinlich des Herzogs Diener, der mit dem Gesicht nach unten und einem Dolch im Rücken auf dem Boden lag; den Herzog selbst, der anscheinend ungestört in dem großen Bett schlief; und Graf Madoc, der sich mit einem Kissen in Händen über die schlafende Gestalt beugte.

Es entstand eine totenstille, erschrockene Pause, bevor Alexander einen atemlosen Schrei ausstieß. »Zu mir!« Einen Augenblick später stürzte er ins Zimmer. Im selben Augenblick sah er, daß der Graf unbewaffnet war: Er hatte seine geheime Mission ohne Schwert angetreten, und sein Dolch steckte im Leichnam des Mannes, den er getötet hatte.

Alexander hielt einen Augenblick inne, und dieser Augenblick war alles, was Madoc brauchte. Er schleuderte Alexander das Kissen ins Gesicht, und als der junge Mann zur Seite auswich, setzte der Graf mit einem Sprung quer durch den Raum und riß des Herzogs Schwert und Dolch, die an der Wand gehangen hatten, an sich. Dann wandte er sich mit Zorn in den Augen, aber mit der ganzen Selbstbeherrschung des erfahrenen Kämpfers der Attacke zu.

Alexander hatte, während er sich diesem ersten Ansturm stellte, alle Hände voll damit zu tun, seinen Angreifer abzuwehren. Dies war eine ganz andere Sache als seine früheren Kämpfe, die, wie es schien, lange Zeit zurücklagen. Der Graf war ein großer Mann und sowohl wütend wie auch verzweifelt, denn für ihn stand mehr als nur das Leben auf dem Spiel, und es läßt sich schwer sagen, wie der Kampf in jenen ersten Minuten verlaufen wäre, wenn das Glück nicht auf Alexanders Seite gestanden hätte. Aber das Schicksal – oder die Gerechtigkeit – waren gegen den älteren Mann. Als er sich mit dem Kissen über sein Opfer gebeugt hatte, waren seine Augen nah an der Nachtkerze gewesen, die neben dem Bett des Herzogs brannte, und ihre kleine Flammenkrone brannte immer noch geisterhaft und blendend in seinen Augen. Und das Schwert, das er schwang, war nicht sein eigenes: Ansirus' Waffe, die eher zur Parade als zum Töten taugte, war sowohl länger als auch leichter als seine eigene Klinge. Seit vielen, vielen Jahren hatte es in Herzog Ansirus' Leben keine Kämpfe mehr gegeben.

Alexander dagegen hatte seine Augen an das fahle Licht gewöhnt und benutzte das eigene Schwert – seines Vaters Schwert, eine Waffe zum Kämpfen, die schon in seinen Scharmützeln mit den Kornen Blut gesehen hatte. Sie hatte sich in langer Übung an seine Hand gewöhnt und kämpfte nun wie eine Verlängerung derselben. Welcher Ehrgeiz und welche Furcht Madoc auch bewegen mochten – Alexander wußte, daß, wenn er diesen Kampf verlöre, auch der Herzog sterben würde und Alice, seine süße Alice, ohne Erbarmen von dem Mörder ergriffen und mißbraucht werden würde, damit er Burg Rose in seinen Besitz bekam und die Menschen hier für seine niederen Ziele einspannen konnte.

Die Schwerter schlugen klirrend aufeinander, hackten, hieben und klirrten abermals. Madoc, der mit Schwert und Dolch in einer mörderischen Attacke auf Alexander losstürmte, schaffte es, den jungen Mann zurückzuzwingen und sich ein paar kostbare Sekunden zu verschaffen. Er schwang das sirrende Metall über seinem Kopf, wog das unvertraute Gewicht ab und fluchte, als er sich an den Juwelen auf dem Griff die Hand aufkratzte. Dann ließ er es abermals herunterkrachen, um Alexanders Hieb abzufangen, als der Prinz sich von neuem auf ihn stürzte. Madocs Dolch bohrte sich in den ausgestreckten Schwertarm des Prinzen, verfing sich im Saum des Ärmels und kam schließlich blutig wieder zum Vorschein. Er lachte, ein kurzes, atemloses Grunzen des Triumphs, und drängte dann, nachdem sich Hand und Auge endlich angepaßt hatten, wieder vor, denn er wollte den Kampf beenden, bevor der Lärm die schlafende Burg weckte.

Ein Schläfer konnte das Scharmützel jedoch kaum überhören – der Herzog erwachte. Er regte sich kurz, drehte sich halb um und sprach mit leiser, verschwommener Stimme einige Worte, bevor er sich wieder in seine Kissen sinken ließ.

Keiner der beiden Männer nahm Notiz davon. Mit Hieben und Stichen, Ausweichmanövern und Vorstößen sprangen sie erst auf die eine Seite des Bettes, dann auf die andere und kämpften, während der wieder in seinen betäubten Schlummer versunkene Herzog laut- und regungslos dalag.

Alexander, den der zweifache Angriff von Schwert und Dolch zur Tür zurücktrieb, war sich verzweifelt der Überlegenheit seines Gegners bewußt, ebenso wie er nicht umhin konnte, an den Leichnam des Dieners zu denken, der irgendwo hinter ihm in dem dunklen Eingang lag. Wenn er darüber stolperte, würde das seinen fast sicheren Tod bedeuten, doch während er nach Kräften kämpfte, um sowohl Schwert als auch Dolch zu parieren, wagte er es nicht, auch nur eine einzige kostbare Sekunde zu verschwenden, um seinen Blick abzuwenden. Mit der linken Hand tastete er nach dem Türpfosten, während er verzweifelt versuchte, sich daran zu erinnern, wo genau der Leichnam lag.

Noch ein Schritt zurück, so kurz, wie er ihn zu machen wagte, während Madocs Gesicht, von Zorn und Triumph gerötet, ihm immer näher kam und schließlich von dem Licht der Stocklaternen im Korridor beleuchtet wurde. Die plötzliche Veränderung in diesen hämisch blickenden Augen zeigte Alexander, daß sich etwas Neues ereignet hatte. Im selben Augenblick spürte er, wie ihm kühl und unendlich tröstlich der Griff eines Dolches in die linke Hand gedrückt wurde.

Dann erklang Alices Stimme, so kühl wie das Metall selbst. »So, Mariamne! Hilf mir, den Leichnam des armen Barty aus dem Weg zu ziehen. Mylord braucht Platz. Kümmere dich nicht um das Blut, Frau! Es ist nur da, wo ich den Dolch rausgezogen habe! Gut. Schnell jetzt! Lauf, sag den Wachen, sie sollen sich eilen, und wecke jeden, den du siehst! Lauf!«

Wenn sie noch mehr sagte, hörte Alexander es jedenfalls nicht. Da er jetzt genauso bewaffnet war wie sein Gegner und spürte, daß der Zweifel den Zorn des anderen Mannes überstieg, empfand er nichts mehr als eine Art von Jubel. Seinen verletzten Arm spürte er nicht mehr. Er lachte, brachte den Dolch neben seinem Schwert mit ins Spiel und sprang nach vorn, als wäre dies der erste Angriff und nicht ein verzweifelter Versuch, die drohende Niederlage doch noch abzuwenden.

Zwölf Sekunden später tötete er Madoc mit einem Stich von dessen eigenem Dolch. Alexander stand über dem Leichnam, sein Atem ging stoßweise, sein Rock war mit dem Blut des Grafen bespritzt, und ein Rinnsal seines eigenen Blutes tropfte von seiner Hand herab. Er ließ beide Waffen auf den Boden fallen und drehte sich um, um Alice seine Arme entgegenzustrecken. Sie flog auf ihn zu, und er umfing sie in einer Umarmung, die ebenso stürmisch war, wie es die anderen in dieser Hochzeitsnacht gewesen waren.

»Alice! Alice.«

»Ich dachte, er würde dich töten.«

»Das hätte er wohl auch, wenn du nicht gewesen wärest.«

»Nein, nein. Mein tapferer Lord, mein Geliebter.«

Sie streckte die Hände nach ihm aus, und sein Kopf senkte sich zu einem Kuß. »Alice, Alice . . .« war alles, was er sagen konnte.

»*Alice?*«

Die Stimme vom Bett holte sie zurück auf die Erde und in die Gegenwart. Der Herzog, noch vom Schlaf und den nur langsam verebbenden Nachwirkungen des Beruhigungstrankes benommen, versuchte, sich auf den Kissen aufzustützen.

»Was ist passiert? Was tust du hier, Kind? Alexander?«

Alice befreite sich aus der Umarmung ihres Mannes und lief zu ihm. »Nichts, nichts, Vater. Alles ist gut, wirklich. Es ist vorbei. Und Madoc ist tot.«

So wenige Minuten waren vergangen, obwohl der Kampf für Alexander, der sich gerade Alices Taschentuch um den nicht allzu tiefen Schnitt in seinem Unterarm band, eine ganze Ewigkeit gedauert zu haben schien. Die Wachen, die Jeshua geschickt hatte, kamen im Laufschritt herbei und direkt hinter ihnen die Diener der Burg. Sie waren jetzt alle nüchtern und brannten darauf, das Heim ihres Herrn von der Bedrohung zu befreien, die sie alle gefürchtet hatten, die allein zu beseitigen sie jedoch außerstande gewesen waren.

Jetzt war diese Bedrohung durch die Tat des Grafen selbst aus der Welt geschafft worden. Es stellte sich heraus, daß Madoc bei der Unterredung mit Ansirus nach dem Hochzeitsfest offen von seiner Enttäuschung gesprochen, aber zugegeben hatte, daß kein bindender Vertrag geschlossen worden sei. Er hatte sogar gelacht und die unausweichliche Veränderung seiner Pläne mit einer Art trockenem Humor aufgenommen. »Wenn Kinder sich verlieben, was sollen erwachsene Männer dann sagen? Nun, was geschehen ist, ist geschehen, also laßt uns noch einmal auf die beiden trinken, Vetter, und dann zu Bett gehen.« Wäre der Herzog nicht von den Ereignissen dieses langen Tages erschöpft gewesen, hätte er vielleicht trotz seiner Erleichterung über den Ausgang dieses Gesprächs nicht so gedankenlos den Wein getrunken, den sein Vetter ihm eingeschenkt hatte. Aber Höflichkeit und Vertrauen verlangten es, daher hatte er nach dem Becher gegriffen und war nach kurzer Zeit in einen Schlaf tiefer Betäubung gesunken.

Jeshua hatte, was die Verzweiflung des Grafen betraf, durchaus recht gehabt. Die Ereignisse hatten ihn zu einem übereilten und sehr riskanten Plan getrieben. Wenn er Ansirus im Schlaf erstickt hätte, so mußte er wohl gehofft haben, würde man den Tod des Herzogs einem neuerlichen Anfall zuschreiben. Wie seine weiteren Pläne aussahen, ließ sich nun nur noch vermuten. Die Entdeckung des Leichnams hätte die Burg natürlich in Aufruhr versetzt, so daß es dem Grafen ein leichtes gewesen wäre – schließlich war er der nächste Verwandte des Herzogs und hatte sich obendrein ein gewisses Recht in der Burg gesichert –, seine Autorität über die der beiden zu stellen, die er als »Kinder« bezeichnet hatte. Er hätte sich womöglich auf Ansirus' Zustimmung berufen – dazu hätte er lediglich behaupten müssen, dies sei in dem Gespräch am vergangenen Abend vereinbart worden, eine Feststellung, der niemand hätte widersprechen können.

Und danach? Ein Akt des Ungehorsams von seiten Alexanders, ein leicht entfachter Streit, der ihn zwingen würde, gegen den jungen Mann zu kämpfen und ihn zu töten? Dann wäre für Madoc als Verwandten und Erben der Weg frei gewesen, sich auf den ersten Ehevorschlag des Herzogs zu berufen und Alice für sich zu fordern, die in ihrem Gram und ihrer Verwirrung, so hatte der Graf vielleicht gehofft, seinen Anspruch auf sie und Burg Rose als erste Wahl ihres Vaters akzeptiert hätte? Da er nichts über Alice wußte, hätte er vielleicht erwartet, daß sie, jung, allein und bekümmert, wie sie war, nicht versucht hätte, seine Ansprüche zu bestreiten, sondern seinen »Schutz« für sich und ihre Leute willkommen geheißen. Und selbst wenn sie in ihrem Kummer gedroht hätte, den Hohen König wegen Alexanders Tod um sein Urteil zu bitten, würde sie die Angelegenheit wohl kaum weiter verfolgt haben, sobald sie erst das Kind Madocs und damit einen unbestrittenen Erben der Burg unterm Herzen trug.

Über den ermordeten Diener hatte sich Graf Madoc wohl nicht die geringsten Gedanken gemacht. Ein Leichnam, der in den Fluß geworfen wurde und vielleicht Tage nach jener tragischen Nacht gefunden und mit Verwunderung betrachtet werden würde . . . Bis endlich Fragen gestellt wurden – wenn sich überhaupt jemand die Mühe machte, dem Tod eines Dieners auf den Grund zu gehen –, wäre der Graf mit etwas Glück Herr von Burg Rose und über jegliche Befragung erhaben.

Seine Männer, die nicht wußten, daß sie die Nacht über Gefangene gewesen waren, kamen bei Tagesanbruch zum Vorschein, um sich – mit einer Ironie, die sie nicht zu schätzen wissen konnten – sagen zu lassen, daß ihr Herr während der Nacht einen Anfall erlitten habe und daran gestorben sei. Ihr Hauptmann, der von Jeshua in das Zimmer des Grafen geleitet wurde, warf einen Blick auf den blutüberströmten Leichnam auf dem Bett und kam nach einer geziemenden Pause, in der er über seine Situation und die seiner Männer nachdachte, ebenfalls zu dem Schluß, daß es ein Anfall gewesen sein müsse. Seine Männer würden noch am selben Tag aufbrechen und den Leichnam ihres Herrn zur Beerdigung mitnehmen. In der Zwischenzeit wurde der Leichnam des Dieners in die herzögliche Kapelle getragen, und der Herzog, der sich endgültig von den Nebelschleiern des Schlaftrunks befreit hatte, ging persönlich hin, um zusammen mit der Schwester des Mannes, einem Küchenmädchen, das weinend dort kniete, seine Gebete zu sprechen.

Endlich kam, wie es für gewöhnlich der Fall ist, der Morgen.

Weder Alexander noch Alice nahmen irgendeinen Anteil an all diesen komplizierten Dingen. Sie stahlen sich aus dem überfüllten Schlafgemach des Herzogs, stiegen über Madocs Leichnam hinweg und gingen wieder zu Bett.

Epilog

Und so endete das Abenteuer von Alexander, dem Vaterlosen, und Alice, der schönen Pilgerin. Sie fanden ihr Heim und lebten, wie der Chronist berichtet, »dort in großer Freude bis an ihr Ende.«

Aber vorher gab es noch einige Dinge zu regeln. Die Leiche des Grafen Madoc wurden von seinen Männern nach Hause gebracht, wo sie mit allen Ehren bestattet werden sollte. Es ist bekannt, daß der Hauptmann, dem die Pläne seines verstorbenen Herrn teilweise bekannt waren und der sich ganz gewiß über die Art seines Todes im klaren war, weder über das eine noch über das andere ein Wort verlor. Zwischen dem Herzog und seinen entfernten Verwandten herrschten wie zuvor Gleichgültigkeit und Höflichkeit.

Genau genommen zwischen ihnen und Burg Rose. Der Herzog blieb nicht mehr lange dort. Nachdem Alexander als Herr der Burg bestätigt war, traf Ansirus seine letzten Vorbereitungen, um sich in das Kloster von St. Martin zurückzuziehen. In der Zwischenzeit wurde ein Bote, ein Diener, der sich seines Vertrauens erfreute, nach Camelot entsandt. Er trug einen Bericht über sämtliche Geschehnisse bei sich, über Königin Morgans Verbindung zu den Rebellen, ihre Versuche, den Gral der Macht an sich zu bringen, ihren Plan, durch den Grafen Madoc und zum Nutzen der genannten Möchtegernrebellen Burg Rose unter ihre Kontrolle zu bringen, und schließlich über Madocs Überfall auf den Herzog und den Mord an dessen Diener. Überdies lag eine Art von Geständnis bei, das um ein barmherziges Urteil für Alexander bat, der den Grafen Madoc getötet hatte.

Ein weiterer Brief – der vielleicht schon ein klein wenig überfällig war – wurde gleichzeitig von Alexander nach Craig Arian geschickt, der seiner Mutter Mitteilung von seiner Heirat und seiner Einsetzung als Herr von Burg Rose machte. Im selben Brief teilte er ihr die Nachricht von König Markes unmittelbar bevorstehendem Tod mit, was das Ende seines eigenen Trachtens nach Rache bedeutete. Er habe es, so schrieb er, nicht für notwendig befunden, die Sache in seinem Brief an den Hohen König weiterzuverfolgen, und ebensowenig hege er den Wunsch, einen möglichen Anspruch auf ein ihm völlig fremdes Königreich zu erheben; es müsse doch gewiß einen anderen Erben geben, der sich Arthurs Billigung erfreue und ängstlich auf König Markes Dahinscheiden warte. Was Craig Arian betreffe, so komme er natürlich, falls dies ihr Wunsch sei, gern nach Süden, um mit ihr über die Verwaltung der Ländereien dort zu sprechen, aber ...

Er hätte sich die Zweifel sparen können. Prinzessin Anna reiste mit dem heimkehrenden Boten nach Norden, um persönlich ihre Freude und Zufriedenheit über diese Ehe zum Ausdruck zu bringen und zu erklären, daß auch sie nun endlich Baudouins Geist zur Ruhe betten wolle. Sadok hatte ihr bereits Nachricht von Markes bevorstehendem Tod gegeben, so daß sie, als Alexanders Brief kam, das blutbefleckte Hemd verbrannt und seine Asche auf Craig Arian begraben hatte (natürlich in einer Art von privater Zeremonie), das nun ebenso ihr Zuhause war wie Burg Rose das Heim Alexanders.

Und so verblaßte Cornwall mit seiner dunklen Vergangenheit, und alle waren froh darüber. Ein weiteres Fest wurde abgehalten, um Prinzessin Anna willkommen zu heißen, und diesem Fest folgten keine erschrekkenderen Ereignisse als ein Austausch von Geschenken und Komplimenten. Die beiden Damen umarmten sich, schätzten einander vorsichtig, aber mit dem süßesten Lächeln ab und kamen zu dem Ergebnis, daß sie, da die eine auf Craig Arian und die andere auf Burg Rose lebte, wohl gute Freundinnen werden konnten. Und so kam es auch. Anna hätte, um die Wahrheit zu sagen, nur höchst widerwillig die Herrschaft über Craig Arian jemandem überlassen, den sie als unerfahrenen Jungen betrachtete – und wohl immer betrachten würde. Sie kehrte dorthin zurück und wartete, unterstützt von der selbstlosen Hingabe von Barnabas und Theodora, ungeduldig auf die nächsten Nachrichten von Burg Rose.

Die nach einiger Zeit auch kamen. Aber nicht, bevor Alice und ihr Vater ihre letzte gemeinsame Pilgerreise unternommen hatten.

Es war Anfang November. Bis dahin hatten sich die Dinge in der Burg gut entwickelt. Alexander hatte jeden Hof, jedes Feld und jeden Pächter kennengelernt, hatte gelernt, wem er trauen durfte und wen er im Auge behalten mußte, wann er zur Tat schreiten und wann er Geduld haben mußte. Schon bald war er fast ebensosehr Teil der Burg wie Alice, und der Herzog, der all dies mit tiefer Zufriedenheit beobachtete, konnte sich auf seine letzte Reise begeben.

Alice, die fast im vierten Monat schwanger war, bestand darauf, ihn zu begleiten, und nahm auch die Sänfte mit, dies aber vor allem, damit ihr Vater, falls er ermüdete, dazu überredet werden konnte, sich ihrer zu bedienen. Sie brachen in aller Stille auf wie so oft zuvor, und wenn es diesmal bei den Leuten, die sich zu ihrem Abschied auf dem Hof versammelt hatten, Tränen gab – nun, es hatte immer Tränen gegeben, selbst wenn sie damit rechnen durften, daß ihr Herr nach Hause zurückkehren würde.

Und so reisten sie leichten Herzens durch die kühlen Nebel eines milden Novembertages, und als sie das Kloster erreichten, trat Alice mit ihrem Vater und ihrem Gemahl an das Grab ihrer Mutter und betete. Später sagte sie am selben Grabe ihrem Vater Lebewohl, und die beiden Gruppen trennten sich, der Herzog, um sich von seinen Dienern nach St. Martin geleiten zu lassen, und die jungen Leute, um nach Hause zu reiten und ihr Leben dort wiederaufzunehmen.

Kurze Zeit danach kam der lang erwartete Brief vom Hohen König.

Die Liebenden gingen in der schwachen Wärme der Novembersonne auf der Terrasse spazieren. Unter ihnen standen am Flußufer die Buchen in flammendem Rot und Gold zwischen noch grünen, aber schon mit bernsteinfarbenen Flecken überzogenen Eichen. Die zierlichen Birken, die schon die Hälfte ihrer Blätter an die Herbstwinde verloren hatten, waren mit hellstem Gelb übersprenkelt. Die Stechpalmen bogen sich unter der Last ihrer Beeren und der Amseln, die nach den ersten Früchten gierten. Alle Vögel des Sommers waren fortgezogen, aber ein Reiher ließ sich unter heftigem Flügelschlagen auf seinem Angelplatz nieder, und ein Schwarm von Bergfinken zankte sich lautstark irgendwo zwischen den Zweigen. Der Fluß glitt voll und sanft und fast ohne einen Laut durch Ried und Untiefen.

Es kamen zwei Briefe. Alice, die sich immer noch anmutig, aber mit einer etwas vorsichtigeren Würde als früher bewegte, setzte sich auf eine von inzwischen kahlen Rosen und vom Geißblatt umrahmte Bank und hielt Beltrane, der mit wichtiger Miene angelaufen kam, eine Hand entgegen.

»Von meinem Vater?«

»Ja, Herrin. Und dieser andere Brief trägt das königliche Siegel. Der muß vom Hohen König selbst kommen!« Der Mann sah sie ängstlich an. »Mein Herr ist doch wohlauf?«

»Ja.« Alice überflog den kurzen Brief. »Alles ist bestens. Oh, und er hat von Jeshua gehört. Er und Mariamne haben Jerusalem sicher erreicht. Sie wird im Mai ein Baby bekommen, genau wie ich! Bis zur Geburt wollen sie bei seiner Familie bleiben, dann will er nach Burg Rose zurückkehren. Da Königin Chrodechild ins Kloster gegangen ist, gibt es im Frankenreich keinen Platz mehr für ihn. Nun, das sind gute Nachrichten für uns. Dann wirst du es etwas leichter haben, Beltrane! Und es wird schön sein, Mariamne wieder hier zu haben. Das ist alles, vielen Dank. Sag den anderen Dienern Bescheid, ja?«

Alexander war bereits tief in den anderen Brief versunken, der tatsächlich vom Hohen König kam. Er war lang und von Arthurs Schreiber kunstvoll ausgefertigt. In dem Schreiben dankte der König Alexander für das, was er getan habe, um seinen Teil des Reiches gegen Verrat zu schützen, und sprach ihn gleichzeitig von jeglicher Schuld an Madocs Tod frei. Er selbst (so schrieb er) habe die Aktivitäten der Jungen Kelten bereits seit einiger Zeit beobachtet; ja, er habe sogar in der Person seines treuen Neffen Mordred ihre Räte infiltriert. Daher sei er vorgewarnt gewesen. Aber nun (fuhr er fort) müsse er angesichts der Möglichkeit einer britischen Verstrickung in die Kriege auf dem Kontinent seinen Rücken sichern. Zu diesem Zweck habe er veranlaßt, daß Königin Morgan unter Beobachtung in die entlegene Festung Castell Aur in den walisischen Bergen gebracht werde, wo ein anderer Neffe, Gawain von Orkney, sie genau im Auge behalte. Dann werde sich ihr Gefolge bald zerstreuen. Die Kämpfe auf dem

Kontinent würden die Energie der müßigen Schwerter verschlingen und den Ehrgeiz der jungen Männer nähren, die es nach Taten und Ruhm gelüste. In der Zwischenzeit sei Prinz Alexander, falls er jemals nach Camelot komme, ein Ehrenplatz an der Tafelrunde des Hohen Königs gewiß . . .

»Camelot!« sagte Alexander, nachdem sie den Brief beide gelesen hatten.

»Camelot!« seufzte Alice. »Früher dachte ich immer, daß ich nirgendwo lieber hingehen wollte als dorthin!«

»Und jetzt denkst du das nicht mehr?«

Sie lächelte und strich sich mit den Händen über die sanfte Schwellung ihres Leibes. »Schöne Kleider, Satingewänder, Juwelen? Die werden mir noch eine ganze Zeit nicht passen! Nein, es war ein Mädchentraum. Ich habe alles, was ich will – hier. Und du?«

»Ein Jungentraum, mehr nicht«, entgegnete er. Dann legte er sanft seine Hände auf die ihren. »Alles, was ich heute will, alles, was ich in Zukunft jemals will, ist ebenfalls hier.«

Alexander kam nie nach Camelot. Später schrieb der Chronist, daß »er seinen Weg verlor und lange, lange Zeit umherwanderte.«

Aber er wußte – und wir wissen es auch –, daß er seinen Weg in Wahrheit längst gefunden hatte.

Die Legende

(Die Geschichte von Sir Alisander le Orphelin und Alice la Beale Pilgrim, wie erzählt von Thomas Malory in *Le Morte d'Arthur*, Buch X.)

König Marke von Cornwall hatte einen jüngeren Bruder, Boudwin, den das Volk sehr liebte. Es kam eine Zeit, da die Sarazenen versuchten, Cornwall von See aus zu überfallen, und Boudwin, der das Land gegen sie zum Kampf führte, steckte drei seiner eigenen Schiffe in Brand, ließ sie auf die feindlichen Schiffe zusteuern, zerstörte diese und tötete die aus vierzigtausend Männern bestehende Invasionsarmee.

König Marke, der seinem Bruder dessen Beliebtheit längst neidete, war wütend über Boudwins Erfolg und plante, ihn zu töten. Er ließ ihn mit seiner Gemahlin Anglides und ihrem kleinen Sohn Alisander an seinen Hof kommen. Beim Abendmahl suchte der König Streit mit Boudwin und erdolchte ihn. Königin Isolde (Isoud) ließ Anglides warnen, daß ihr Sohn sich in ernster Gefahr befinde, so daß diese mit Hilfe von Sir Tristan (Tristram) aus Markes Burg fliehen konnte. Boudwins blutbeflecktes Hemd und sein Wams nahm sie als Erinnerung an einen Mord mit, der gerächt werden mußte.

Unterdessen schickte Marke, der durch die Burg tobte und das Kind, das er töten wollte, nicht finden konnte, einen Ritter namens Sadok aus, die Flüchtlinge einzufangen und zurückzubringen. Aber Sadok war Boudwins Freund gewesen, so daß er Anglides und das Kind zwar aufspürte, aber ziehen ließ. Das einzige, was er verlangte, war ihr Versprechen, daß sie Alisander, wenn dieser erwachsen war, den Auftrag geben würde, den Mord an seinem Vater zu rächen. Dann ritt Sadok zurück, um König Marke zu berichten, daß er den Jungen eigenhändig ertränkt habe. Was Marke zutiefst befriedigte.

Anglides reiste weiter, bis sie zur Burg Arundel in Sussex kam, die einem Vetter gehörte. Man hieß sie willkommen, und sie lebte dort in Sicherheit, bis Alisander erwachsen war. Dann – es war am Tag von Mariä Verkündigung, als er mit zwanzig anderen jungen Männern zum Ritter geschlagen wurde – zeigte sie ihm die blutbefleckten Kleider, das Hemd und das Wams, und bat ihn, den Mord an seinem Vater zu rächen.

Als das Festmahl und die Turniere vorüber waren, machte sich Alisander auf den Weg nach London, verirrte sich aber und wanderte weiter. Er kämpfte in einem Turnier nach dem anderen, wobei er jedesmal seinen Gegner bezwang, bis er schließlich in einem Kampf verwundet wurde, den er für ein Fräulein, das eine Burg in der Nähe besaß, unternommen hatte. Das Fräulein ließ den verwundeten Alisander in ihre Burg tragen, wo Morgan le Fay (die die Motive des Fräuleins erriet, ihn aber für sich selbst haben wollte) ihn eine Weile pflegte. Schließlich betäubte sie ihn und ließ ihn in ihre eigene Burg bringen, wo sie ihm versprach, ihn zu heilen, aber die Bedingung stellte, daß er ein Jahr und einen Tag lang keinen Versuch mache, ihr Land zu verlassen. Notgedrungen versprach er es, und sie heilte ihn tatsächlich.

Aber eines Tages warnte ihn eine Dame, eine Cousine Morgans, insgeheim davor, daß Morgan beabsichtige, ihn als ihren Liebhaber dortzubehalten, ein Gedanke, der Alisander entsetzte. »Ich würde eher mein Schwert preisgeben, als ihr diesen Gefallen zu tun«, rief er, aber wegen seines Versprechens konnte er die Burg nicht verlassen. Eines Tages schließlich wurde die Burg angegriffen und niedergebrannt, so daß er mit Hilfe besagter Dame in die umliegenden Ländereien entkommen konnte. Dort schlug er ein Lager auf, machte sich daran, das Land (und wahrscheinlich auch seine Tugend) gegen alle zu verteidigen, die sich ihm näherten – bis die geforderte Zeit, ein Jahr und ein Tag, verstrichen war. Sein Ruhm als Kämpfer verbreitete sich schon bald überall in den Königreichen. Es scheint, daß Morgan ihn nicht verfolgt hat.

Es gab einen Herzog namens Ansirus, der jedes dritte Jahr nach Jerusalem reiste, so daß er schließlich als »Ansirus der Pilger« bekannt war.

Er hatte eine sehr schöne Tochter namens Alice, die die Leute »Alice la Beale Pilgrim« nannten, »die schöne Pilgerin«.

Sie hörte von Alisanders Heldentaten und ließ verlauten, daß sie den Ritter heiraten werde, dem es gelinge, sich zum Herrn des Stückchen Lands zu machen, das Alisander halte. Da sie so liebreizend war und obendrein alleinige Erbin der Ländereien des Herzogs, versuchten viele Ritter, Alisander zu vertreiben, hatten aber keinen Erfolg dabei.

Zu guter Letzt beschloß sie, ihn sich selbst anzusehen, und kam gerade rechtzeitig an, um ihn gegen einen hervorragenden Ritter kämpfen zu sehen. Daraufhin eilte sie zu seinem Pferd und bat ihn, den Helm abzunehmen und sie sein Gesicht sehen zu lassen. Er tat es.

»O heiliger Jesus«, sagte Alice.

»Dich muß ich lieben und keinen anderen.«

»Dann zeig mir dein Gesicht«, sagte Alisander. Woraufhin sie den Schleier abnahm, und als er sie sah, sagte er: »Hier habe ich meine Liebe und meine Dame gefunden.«

Und so wurden sie verheiratet und lebten in großer Freude. Aus diesem Grund geschah es, daß Alisander niemals die Gnade und das Glück hatte, an König Arthurs Hof zu kommen, ebensowenig wie er den Mord an seinem Vater rächte.

Nachwort der Autorin

Meine Geschichte hat zwei Primärquellen. Eine ist eine Bemerkung eines Freundes: »Jeder hat seinen eigenen Gral.« Die andere ist der kurze Zwischenfall in meinem Buch *The Wicked Day*, als Mordred im Wald einen umherwandernden Priester und ein junges Mädchen trifft. Ich hatte Malorys »Alice la Beale Pilgrim« im Sinn – die Erzählung hatte mich schon seit langem fasziniert –, aber irgendwie paßte sie einfach nicht in diese Geschichte. Hier ist sie endlich.

Aus der »Legende«, die ich zusammengefaßt wiedergegeben habe, ist ersichtlich, daß Malorys Geschichte von Alisander le Orphelin und Alice la Beale Pilgrim sich nicht leicht in die »echt arthurische« beziehungsweise vormittelalterliche Zeit des Untergangs Roms einfügen ließ. Es ist eine mittelalterliche Geschichte von kühnen Taten, in der sich Könige, Königinnen und Ritter so schablonenhaft bewegen wie Schachfiguren und genauso wie diese wieder und wieder dieselben Schritte tun. Die Hauptsorge der Ritter scheint ihrem Abschneiden in den Turnieren zu gelten – das mittelalterliche Äquivalent zum modernen Sport.

Malorys kurze Bezugnahme auf Herzog Ansirus, den Pilger, gab mir zusammen mit der Idee einer Art »Gralssuche« den Hintergrund für die Ereignisse in Jerusalem und Tours. Eine andere Stelle aus *The Wicked Day* rief mir die Ermordung der jungen Merowingerprinzen in Erinnerung; so habe ich die Pilger mit dem Abenteuer von Chlodoalds Rettung in Verbindung gebracht.

An dieser Stelle verlassen wir die Legende und begeben uns auf historisch gesicherten Boden. Die notwendige Quelle für jeden Bericht über die Merowingerkönige sind Gregor von Tours' *Zehn Bücher Geschichte (Fränkische Geschichte)*[1]. In Buch III gibt er eine lebhafte Schilderung der Ermordung der jungen Prinzen durch ihre Onkel und des furchtbaren Grams von Königin Chrodechild angesichts der Wahl zwischen »Schere oder Schwert«, die die Mörder ihr ließen. Er erzählt uns, daß der jüngste der Knaben, Chlodoald, entkam, »denn jene, die ihn bewachten, waren tapfere Männer«. Chlodoald schnitt sich das Haar – die symbolische Löwenmähne der fränkischen Könige – ab, und zwar eigenhändig, und stellte sich in den Dienst Gottes. Er blieb eine Weile in seinem Versteck, kehrte aber schließlich in sein Land zurück, wo er ein Kloster gründete, das seinen Namen trug – St. Cloud in der Nähe von Paris. Für meine Geschichte habe ich ihn sein Versteck in Britannien suchen lassen.

Gregors Geschichte ist eine Geschichte von Schlachten, Morden und plötzlichen Todesfällen, die gemildert wird von den Taten frommer Männer, aber nur wenig über die gesellschaftlichen Hintergründe enthält. Um mich über die Lebensart der Merowinger ins Bild zu setzen – Häuser, Gewerbe, Landwirtschaft – habe ich Edward Gibbons *Verfall und Untergang des römischen Reiches*[2] herangezogen.

Europa unter den Merowingern. Chlodwig (481–511 n. Chr.) einte Gallien und machte Paris zu seiner Haupt-

1 Hg. Rudolf Buchner, 2 Bde., Darmstadt, Wissenschaftliche Buchgesellschaft 1990.

2 Ein Werk des 18. Jahrhunderts, dessen erste deutsche Übersetzungen ebenfalls bereits im 18. Jahrhundert erschienen sind. Das Buch ist heute noch erhältlich, z. B. bei Eichborn, Frankfurt am Main 1992.

stadt. Bei seinem Tod wurde sein Reich zwischen seinen vier Söhnen aufgeteilt. Der älteste, der illegitime Theuderich, erhielt die Länder an Rhein, Mosel und oberer Maas. Chlodomer wurde Herrscher im Gebiet längs der Loire. An Childebert fielen das Land an der Kanalküste sowie Bordeaux und Saintes. Der jüngste, Chlothar, erhielt das Land nördlich der Somme und einen Teil Aquitaniens. Diese Territorien sollten angeblich ungefähr von gleichem Wert sein, aber das war offensichtlich strittig, und da die Grenzen der »Königreiche« nicht klar definiert waren, folgte der Teilung ein ständiger Streit – was einer der Kommentatoren »blutigen Wettbewerb« zwischen den Brüdern nennt.

Pilgerfahrten. Seit dem ersten Jahrhundert nach Christus gab es ein System von Gasthäusern für Pilger auf dem Weg nach Jerusalem. Diese Häuser lagen an den traditionellen Routen. Pilgerfahrten erfreuten sich bald großer Beliebtheit. Wie Philo von Alexandria schrieb: »Es ist eine Erprobung des Glaubens und eine Flucht vor dem alltäglichen Leben.« Chaucer spottete freundlich über die Tatsache, daß, sobald das Wetter sich bessere, »die Leute danach trachten, auf Pilgerfahrt zu gehen«. Der früheste bekannte Bericht über eine christliche Pilgerfahrt nach Jerusalem stammt von dem sogenannten »Pilger von Bordeaux« aus dem frühen vierten Jahrhundert.

Die Legende vom heiligen Gral. Der Gral war der Kelch, den Christus beim letzten Abendmahl benutzt haben soll. Gemäß einer Legende brachte Joseph von Arimathea, der einige Tropfen des Blutes Christi darin aufbewahrte, den Kelch nach Britannien, wo er schon bald verschwand. Es gibt eine Unmenge von Literatur über die Suche nach dem verlorenen Gral, der mit dem

Speer in Verbindung gebracht wird, der die Seite Christi durchbohrte, und mit einem Schwert. In meinem Buch *The Hollow Hills* habe ich das Motiv der Suche benutzt, aber das Schwert als Objekt gewählt. Dieses Schwert kam schließlich in Arthurs Besitz und wurde Caliburn (Excalibur) genannt, aber der Speer und der Gral wurden Nimuë anvertraut, der obersten Ratgeberin Arthurs, die erst Schülerin und später Geliebte des Zauberers Merlin war.

Morgan und Morgause. Morgause war, der Legende nach, Arthurs Halbschwester, die uneheliche Tochter seines Vaters, König Uther Pendragons. Sie heiratete König Lot von Lothian und Orkney und gebar ihm vier Söhne. Mit ihrem Halbbruder Arthur, den sie zum Inzest verführte, hatte sie ebenfalls einen Sohn, Mordred. Einer ihrer Söhne, Gaheris, ermordete sie. Morgan, Arthurs ehelich geborene Schwester, heiratete König Urbgen von Rheged. Sie nahm sich einen Liebhaber, Accolon, und überredete ihn, das magische Schwert Caliburn zu stehlen, um die Macht ihres Bruders an sich zu bringen. Der Plan schlug fehl, und sie wurde von Urbgen verstoßen; Arthur hielt sie in einer (ziemlich behaglichen) Gefangenschaft.

König Marke von Cornwall ist in den mittelalterlichen Artusromanen ein Onkel von Tristan (Drustan). Er wird gewöhnlich als grausam und verräterisch geschildert. Markes Königin Isolde und Tristan waren Liebende.

Einige weitere Anmerkungen

Ortsnamen. Ich habe eine simple Regel befolgt, die darin besteht, die Geographie der Geschichte für den Leser so klar wie nur möglich zu schildern. Daher die Benutzung einiger moderner Namen neben jenen, die aus römischer oder nachrömischer Zeit stammen.

Die Sachsenküste. Hierbei handelte es sich um einen breiten Streifen der südöstlichen und südlichen Küstenregionen Britanniens, grob gesagt von Norfolk bis nach Hampshire, den sächsische Eroberer in ihren Besitz gebracht hatten.

Die sarazenischen Langschiffe. Malorys Geschichte ist natürlich mittelalterlich, aber da wir uns hier im frühen sechsten Jahrhundert befinden, sind die Eindringlinge Sachsen, und ich habe ihre Anzahl auf eine wahrscheinlichere Anzahl als vierzigtausend reduziert.

Burg Rose. Diese Burg hat nichts mit der Rosenburg zu tun, dem Sitz der Bischöfe von Carlisle. Sie verdankt ihren Namen dem schönen rötlichen Sandstein von Cumberland (Rheged), aus dem sie wahrscheinlich erbaut gewesen wäre.